Cold Match

Cold Match

Justine Brajou

Cette histoire et ses personnages sont fictifs, toute ressemblance avec des personnes vivantes ou ayant existé serait totalement fortuite.

Couverture : Caribal Design
Illustration : Aurore Payelle
Mise en page : Justine Brajou
Correction : Julie Thomière

ISBN : 9782959371974
Dépôt légal : janvier 2026
PRIX : 17 € TTC

Note de l'auteur

Cette romance contient une scène explicite de sexe et deux allusions. Elle traite également de harcèlement et de relations toxiques (pas entre les protagonistes principaux). Parce que la sensibilité de chacun est différente, les chapitres « sensibles » seront indiqués par : TW.

En vous souhaitant une bonne lecture !

Playlist

Kiss From A Rose – SEAL
Dream On – AEROSMITH
Call Out My Name – TH WEEKND
Spectrum – FLORENCE + THE MACHINE
Christmas Island – DEPECHE MODE
Shake It – INNDRIVE
Minefields – FAOUZIA feat JOHN LEGEND
Carry You – RUELLE feat FLEURIE
Blue Banisters – LANA DEL REY
Boyfriend – DOVE CAMERON
Cornefields chase – HANZ ZIMMER
Je te laisserai des mots – PATRICK WATSON
Diamonds – HANNAH V & JOE RODWELL
Dancing On My Own – VITAMIN STRING QUARTET
Until I Found You – STEPHEN SANCHEZ
As The Wolrd Caves In – MATT MALTESE
Another Love – TOM ODELL
Desert Rose – LOLO ZOUAÏ
I Found – Amber Run
Arrival of The Birds – THE CINEMATIC ORCHESTRA
Experience – LUDOVICO EINAUDI

À ma mère, merci d'avoir compris.
À ma psychologue, merci de m'avoir aidé à me reconstruire pour mieux avancer.

PROLOGUE

Nolan
7 mars 2018, Sofia, Bulgarie

Le doux grincement du violon vibre dans mes oreilles et contre la glace sous mes pieds. *November* de Max Richter, la musique de mon programme libre, est sophistiquée et prenante. J'enchaîne ma pirouette avec sérénité. Les mains derrière mes reins, je lève ma jambe et tourne à une vitesse étourdissante.

La musique change de ton. C'est le moment crucial de ma chorégraphie.

Je m'avance vers l'extrémité de la piste, mes poignets décrivent des arabesques dans les airs.

Je suis à l'apogée de ma carrière. Je dois faire honneur à mon titre de champion du monde junior 2017. Avec un record personnel comme le mien, personne ne m'arrive à la cheville.

Les notes instrumentales imprègnent mes veines, mes muscles et mes pensées. Je ne vis plus, ne respire plus le même air que les spectateurs. Je suis Nolan Davis. Une entité gracieuse qui danse sur la plus pure des substances.

Le public applaudit chacun de mes gestes techniques. Je suis le favori de toutes les compétitions depuis mes exploits, l'année passée. J'ai confiance en moi et en mes capacités.

Mes yeux se ferment. Mes mollets m'élancent vers le haut et mon pied s'enroule autour de ma deuxième cheville. Mon cœur bat si fort que je ne le sens même plus.

Je m'envole dans un tourbillon d'*axel* qui dure une éternité pour moi et quelques secondes pour les autres. Cette sensation de voler, à l'instant où je décolle du sol, et de ne faire qu'un avec l'air qui m'entoure est indescriptible. Le triple *axel* est indescriptible.

J'atterris et commence à glisser ma cuisse en arrière pour finaliser le saut. Il ne faut pas plus de quatre minuscules secondes pour éblouir l'auditoire et les jurés. Mon sourire ne décroche pas de mon visage malgré ma concentration pointilleuse. Cette deuxième médaille d'or, je la veux ! Elle me revient. Elle n'est qu'à quelques pirouettes de moi. Je peux déjà la sentir pendre autour de mon cou.

Mon patin zigzague soudain sur la glace. J'essaie de me ressaisir, d'oublier cet égarement et de ne surtout pas me dire qu'il signe la fin.

Alors, comme s'il ne s'était rien passé, je pivote pour engager une nouvelle vitesse. Les crocs de ma lame droite se coincent et envoient mon corps valdinguer vers l'avant.

Je ne me contrôle plus, je chute sans pouvoir l'empêcher.

Un « crac » résonne et je suis étendu sur la glace. Mes paupières convulsent à la vue de mon poignet tordu au bout de mon bras et des piques lancinants dans mon épaule.

Ma salive se coince dans ma gorge. J'ai l'estomac au bord des lèvres. Je ne respire plus. La douleur est trop violente.

Je m'évanouis malgré les hurlements autour de moi.

Une partie de mon âme me quitte, car je sais que c'est terminé.

Ma vie vient de voler en éclats.

Partie 1
Se lancer

1

Nolan
26 février 2022, Grenoble, France

Mes pieds frappent le goudron à mesure que mon cœur tambourine dans ma poitrine. Je garde un rythme régulier dans mon footing tout en accélérant par moments pour battre mon record. J'essaie chaque semaine de gagner deux minutes sur mon temps.

Ça ne fait que deux ans que j'ai repris le sport. J'ai fondu d'au moins dix kilos et remusclé mes bras et mes jambes.

Malheureusement, ce n'est pas assez. Je continue à perdre de la vitesse sur la glace et m'essouffle trop vite. Ne parlons pas des boucles en saut, jusque-là impossibles.

Quand je m'élance, ma gorge se noue et mon corps se fige, telle une statue. Je n'arrive pas à passer ce cap pour le moment.

J'en viens parfois à me demander si j'y arriverai. Si je peux reprendre le patinage comme avant.

Chaque fois que je pense à cette éventualité, je me revois le jour de cette fameuse compétition. Debout, les bras ballants, et soudain mon reflet s'éloigne de moi, disparaît. J'ai l'impression que ce but est inatteignable, malgré mes efforts. À l'âge que j'ai et avec les trois ans que j'ai perdu sans la glace, personne ne voudra m'entraîner. Je suis déjà senior aux yeux de l'*International Skating Union* – ou ISU pour les intimes.

J'ai beau chercher des solutions, je n'en vois aucune.

Mon souffle s'échappe en fumée de ma bouche lorsque j'atteins le restaurant de mes parents. Le froid me picote le bout du nez, je le pince pour le réchauffer.

La montre à mon poignet affiche huit minutes et trois secondes. Je grogne devant l'écran.

Dommage, je passerai peut-être sous les six minutes demain.

J'inspire et expire pour me calmer. Mon rythme cardiaque se tranquillise au fur et à mesure que mes pas ralentissent. Puis je ravale ma salive et range mes écouteurs Bluetooth dans les poches de ma veste.

Je pousse la porte du restaurant et suis acclamé par ma petite cousine numéro deux, Cami.

— Nolan ! Tu en as mis du temps !

Elle plaisante ?

Je retiens un rire en ébouriffant ses mèches rousses. Sa sœur, Jasmine, plus âgée de deux ans, nous rejoint discrètement et me salue de la main. Depuis qu'elle est entrée au lycée, je la sens distante. Elle me jette des regards en biais pour éviter de répondre à mes questions. Je la retrouve souvent seule, dans une pièce de la maison, soit sur son téléphone, soit un bouquin à la main. À cette époque, j'étais moi aussi plutôt solitaire. Ce doit être la période qui veut ça.

— Je suis rentré. De quoi tu te plains ? taquiné-je Cami en retirant mes chaussures.

— Rien. J'aime t'embêter.

Elle me répond le plus sérieusement du monde avant qu'un large sourire ne la trahisse. Elle me provoque en plus !

J'essaie de l'attraper pour la chatouiller, mais Cami m'esquive et s'enfuit à la course. Dans la précipitation, elle bouscule Jasmine. Celle-ci lui envoie un regard mauvais et prend les escaliers pour remonter dans sa chambre. Elles sont peut-être chipies, mais j'adore mes cousines. Elles me redonnent un peu plus le sourire chaque jour, moi, enfant unique. Elles sont comme mes trois sœurs puisque nous habitons sous le même toit depuis cinq ans maintenant.

J'enfile mes chaussons et m'avance vers la cuisine où une délicieuse odeur de *żurek* se détache. Maman est en tablier, comme tous les jours de l'année – oui, même à Noël. Je la surprends en agrippant ses hanches et dépose un baiser sur ses cheveux gris.

— Oh, merde, Nolan ! Tu m'as fait peur !

— Bonjour, maman, désolé pour le retard.

Je devine son sourire. Bien qu'elle le cache derrière la cuillère de son bouillon qu'elle suçote avant de la jeter dans l'évier. Un son approbatif sort de sa gorge tandis qu'elle ajoute deux morceaux de carottes dans cette soupe typique de son pays d'origine : la Pologne. Je ne parle que quelques mots de cette langue, même si ma mère a bien essayé de me l'inculquer par le passé. Je préférais toujours astiquer les lames de mes patins plutôt que d'apprendre à l'école.

Je la libère de mon étreinte affective et me dirige vers la salle à manger du restaurant. Elle se situe derrière la maison. C'est ici que nous accueillons nos clients. Nous ne possédons pas une grande enseigne, mais nous avons acquis de nombreux habitués depuis son ouverture.

Mon père dresse les tables, les unes après les autres, couvert après couvert. Il lisse les serviettes rouges avec délicatesse. Lorsqu'il se rend compte de ma présence, son sourire illumine ses traits ridés. J'adore le charrier sur sa vieillesse. Il est plus doux et moins bourru que ma mère donc il le prend souvent à la rigolade.

— Tu peux m'aider à faire la poussière sur les chaises, s'il te plaît ?

Je m'exécute en récupérant le chiffon à nettoyer. Ce restaurant, nous l'avons ouvert il y a quatre ans, quand nous avons emménagé en France. Il est devenu mon lieu de vie et de travail. Mon chez-moi.

Mes parents se sont rencontrés au Texas. Ma mère était une jeune étudiante polonaise en stage de découverte. Elle faisait une thèse sur les *fast-foods* américains et ses méfaits sur la santé mondiale. Nous en rions chaque fois qu'ils nous racontent ce temps où elle était une écolo activiste à la langue bien pendue. Mon père, lui, est américain. Sacré mélange d'origines, oui, on me le dit souvent.

Et puis… après mon accident, nous avons quitté les États-Unis et nous nous sommes installés en France, là où vivait la sœur de ma mère, Angélika. Actuellement, elle doit encore ronfler dans la chambre du haut, ma troisième cousine dans ses bras.

— Tu en es où de tes recherches, aujourd'hui ? me demande soudain mon père.

Je lui jette un coup d'œil, surpris. J'aurais aimé ne pas aborder le sujet de nouveau. Ma poitrine se compresse à chacune de ces discussions. Je soupire et tapote la dernière chaise pour retirer la poussière.

— Toujours au même point. Comme je te l'ai dit, j'ai vingt-deux ans et aucun coach ou sponsor ne veut de moi. J'ai été hors circuit trop longtemps.

— Et moi je te répète qu'avec une médaille d'or et deux d'argent, ils devraient te baiser les pieds !

Un ricanement m'échappe.

— Tu exagères.

Je l'aperçois se redresser de tout son long, du coin de l'œil. Il fait un bon mètre quatre-vingt-dix, ça surprend souvent les clients qu'un serveur aussi grand leur apporte leurs plats chauds.

Par contre, mes deux plus jeunes cousines adorent qu'il les hisse sur sa nuque !

— Pas du tout ! Continue à chercher, à envoyer des mails, je suis certain que ça payera. Ils finiront par reconnaître ta valeur.

J'acquiesce pour seule réponse, sans vraiment y croire. Ça me fait plaisir qu'il soit aussi investi, surtout depuis que je leur ai annoncé être fin prêt à reprendre le patinage artistique, il y a deux ans. Mais depuis, *nada*. Aucune réponse. Tout le monde a oublié Nolan Davis, le champion du monde junior 2017. Les médias ont fait énormément de bruit sur mon accident et mon arrêt brutal du sport. C'est ce qui nous a poussés à quitter mon pays natal.

Tout est pour le mieux maintenant... *Sans doute.* Je peux repartir à zéro. Mais je suis aussi trop vieux pour reprendre le patinage en compétition de haut niveau, telle que les championnats d'Europe 2023.

Je monte prendre une douche rapide avant de gagner ma chambre. Tout en frottant mes cheveux encore humides, je m'avance vers le calendrier accroché au mur de mon bureau. Mon regard s'y accroche et je caresse machinalement le mois de janvier 2023 avec mon index. J'espérais tellement pouvoir participer à ceux de 2022, mais je n'ai eu aucune réponse d'entraîneur. Et je suis convaincu que cette année, ce sera le même néant.

Je serais seul. À nouveau. Un amateur perdu, un déchu du patinage.

Cette pensée m'enserre la gorge et me fait perdre l'équilibre. Je m'assieds lourdement sur ma chaise, puis ouvre mon ordinateur.

Parfois, je me demande comment je fais pour avoir encore de l'espoir. Quelle force en moi reste éveillée alors que je me noie davantage chaque jour ?

Le reste de la journée, j'aide mes parents à servir les clients le midi et le soir, à laver la vaisselle et à jouer avec Cami sur sa console, tandis qu'Angélika aide Jasmine à faire ses devoirs et que Jocelyne, la troisième née, fait du coloriage dans le salon.

À 20 heures, je suis épuisé. Mais c'est le meilleur moment qui commence.

Je descends les escaliers, enfile mes baskets, ma veste, et attrape mon sac de sport.

Ce soir, il fait encore plus froid qu'hier, mais je décide quand même de monter sur mon vélo pour aller à la patinoire Polesud. Chaque moment compte pour renforcer mes muscles et récupérer mes anciennes capacités.

Il y a peut-être encore une chance. Où ? Je ne sais pas, mais je la sens.

J'arrive au bout d'une vingtaine de minutes. Le parking est quasiment vide, ne restent que deux véhicules garés que je ne connais pas. Des professionnels qui passent par notre patinoire, sans doute. Je pourrais leur donner ma carte et me faire un peu de pub, qui sait !

C'est naïf et certainement pas une bonne idée, mais j'en suis au point où je veux tout essayer pour retrouver la compétition.

Je me dirige vers les vestiaires pour y ranger mes affaires dans mon casier habituel. Mes sourcils se froncent devant le numéro 57 déjà occupé. Quelqu'un qui n'est pas d'ici, je suppose. Je me vois obligé d'utiliser celui d'à côté, pour la première fois en deux ans.

Dans le couloir qui mène à la piste, patins pendants sur mon épaule, je croise un groupe de filles quittant les lieux. Elles hochent la tête pour me saluer.

Une musique résonne soudain dans mes oreilles. De plus en plus fort. Je crois reconnaître la musique d'un film. Il me semble qu'il s'agit de *Kiss From A Rose* du chanteur Seal.

Sans jeter un coup d'œil à la patinoire, je m'installe sur l'un des quatre mille sièges pour enfiler mes bottines de cuir avec leurs lames aiguisées, que j'abrite sous les protections. Le silicone est là autant pour éviter d'abîmer le métal que le sol de la patinoire. Puis je me lève et m'avance jusqu'à la petite porte d'entrée à hauteur de mes hanches.

C'est là qu'*elle* me passe devant.

Si vite, si violemment, que je manque de trébucher en arrière.

Je suis cette ombre des yeux tandis que la musique accélère. Ses bras flottent dans les airs comme je n'ai jamais vu quelqu'un d'autre le faire. La jeune femme se lance dans un tourbillon sur elle-même. Plus rapide encore qu'elle ne glisse sur la glace.

Ma bouche reste entrouverte et s'assèche. Je ne peux plus quitter cette danseuse du regard ni cligner des paupières.

Elle continue de se mouvoir comme une plume légère, comme si des pétales de rose caressaient sa peau à chacun de ses mouvements gracieux.

Je suis hypnotisé. Mes yeux s'écarquillent.

L'inconnue effectue un *sauté allongé* parfait avec ses jambes jetées à l'horizontale. Puis enchaîne sur le reste de sa chorégraphie sans ralentir le rythme. Elle prend toute la place de la patinoire, comme si elle lui appartenait. Son aura emporte chaque atome de la salle.

Je ne sais pas trop ce que je ressens exactement. Mon cœur est fouetté par un sentiment puissant que je ne parviens pas à définir.

Un double *axel*, suivi d'un autre et d'un enchaînement de figures avec pieds et bras tendus. Ses cheveux blonds virevoltent en chœur avec ses doigts. Comment fait-elle pour être aussi souple, élégante, harmonieuse et forte à la fois ?

Enfin, elle ploie les genoux et amène son dos frôler la surface. Je suis le mouvement de ses doigts, qui effleurent la glace, au-dessus de son visage serein. Pour l'avoir essayé plusieurs fois, cette figure est d'une difficulté à vous brûler les abdominaux. La patineuse semble pourtant aussi envoûtée que je le suis par la mélodie et la chorégraphie qu'elle effectue sans un seul dérapage. Tous ses gestes sont d'une fluidité et d'une maîtrise déconcertantes.

Elle est tout ce que j'aime et admire dans le patinage artistique. Elle est l'incarnation même de toutes les émotions que j'éprouve en patinant.

L'inconnue termine par une nouvelle pirouette sur elle-même, de plus en plus rapide, et s'arrête net. Ses bras s'allongent vers le haut et sa tête penche en arrière.

Silence.

Je commence peu à peu à me souvenir de comment respirer. La réalité autour de moi reprend forme.

Les épaules de la jeune femme se détendent et se soulèvent rapidement. Est-elle au moins humaine ?

En fait, non, ce n'est pas la question qui me brûle les lèvres. Car c'est à cette seconde de ma vie que tout s'éclaire.

Mes pieds me transportent sur la glace. Je suis à quelques mètres de distance lorsqu'elle se tourne et plante son regard sombre et brûlant dans le mien.

Je lâche :

— Patine avec moi.

2

Maddison
Février 2022, Grenoble, France

— Patine avec moi.

C'est qui ce type ?

Je fronce les sourcils pour lui signifier que je n'ai pas compris. Je savais qu'en allant m'entraîner dans une patinoire française, j'allais probablement devoir dire « merci » ou « bonjour ». Les seuls mots que je comprends de cette langue. Et ce gringalet vient me parler comme s'il me connaissait.

J'attends. Rien. Il continue de me fixer avec ses gros yeux marron.

Il a l'air d'avoir mon âge. Il a une légère barbe de trois jours et des cheveux ébouriffés. D'où il sort ? De son lit ?

— *I don't speak french.*[1]

Sans attendre de réponse, je lui passe à côté et glisse vers la sortie. Autant lui laisser la place, je n'ai pas envie qu'il m'embête davantage.

— Non, att… *Wait* !

---

1 « Je ne parle pas français », en anglais.

Il ne va donc pas me lâcher la grappe celui-là ? J'espère qu'il n'a pas peur de se prendre la lame de mon patin au visage, parce que s'il essaie quoi que ce soit de pervers, c'est là qu'elle terminera.

Je continue ma route en l'ignorant. Sauf qu'il semble être un emmerdeur de première. Ses patins crissent et sa silhouette réapparaît devant moi.

Cette fois, il me parle en anglais :

— J'aimerais que tu patines avec moi pour les prochains championnats d'Europe 2023 en couple.

Sa poitrine se soulève comme s'il venait de faire l'effort du siècle. Je ne peux cependant pas nier que sa phrase me laisse sans voix. Est-ce encore une groupie ? Ou une caméra cachée peut-être ?

Ma surprise laisse place à un fou rire, qui me tiraille le ventre. Si c'est une blague, elle est bien trouvée.

J'essuie les larmes, qui perlent à mes paupières, et inspire un bon coup.

— Je ne sais pas qui tu es, mais tu es stupide.

De nouveau, j'avance sur sa droite pour me diriger vers la sortie et il me bloque. Je manque d'entrer en collision avec son long torse.

— Pas du tout. C'est une véritable proposition.

Cette fois, je ne ris plus. Je soupire et fronce encore plus mes sourcils.

— Alors, c'est non.

— Pourquoi ?

— C'est une vraie question ?

Il plisse le front. Je crois que j'hallucine. Peut-être ai-je trop abusé de ma boisson énergisante ?

Bon, je vais essayer d'être gentille tout en lui expliquant ses quatre vérités. J'arme mon plus beau sourire et penche la tête sur le côté.

— Premièrement, on ne se connaît pas. Deuxièmement, on ne se connaît pas. Troisièmement, on ne se connaît pas. Et quatrièmement… Je ne patine pas en couple.

On ne peut pas faire plus clair, je crois. Je le laisse bouche bée, sa lèvre suspendue dans le vide, et j'en profite pour disparaître. J'atteins la sortie et me saisis de mes protège-lames en plastique pour les intégrer à mes patins. Une fois mes bottines de sport retirées, je lui jette un dernier regard. Il n'a pas bougé du milieu de la patinoire. Sa posture affaissée et figée est presque romanesque.

Je secoue la tête. Peu m'importe, je l'aurai déjà oublié demain. Même si je m'amuserai sans doute à raconter cette anecdote à Igor.

Je disparais dans les vestiaires sans me retourner et récupère mon sac dans le casier 57.

Dehors, en bas des marches, mon téléphone vibre dans la poche de ma veste. Une notification pour me signaler que la nouvelle interview de Yelena Sovetsky est parue dans les journaux sportifs suisses. Il va falloir que j'éduque mieux mon smartphone pour qu'il arrête de croire que je m'intéresse à *cette* personne.

Oh, ça y est, madame a eu sa première médaille d'or en couple et tout le monde s'enflamme ! Tandis que je subis un haut-le-cœur, car elle a souillé *ma* piste olympique. Les Jeux, c'est mon domaine, mon affiche aux tabloïds. Et elle a osé y concourir. Je me souviens encore de la chute qu'a faite mon cœur dans les vestiaires quand j'ai entendu son nom à la première place de sa catégorie. Cette fois aussi, j'étais persuadée d'halluciner, mais non.

J'éteins mon écran et serre mon téléphone entre mes doigts pour contenir la rage qui m'envahit.

Ma peau s'embrase.

J'exécute des exercices de respiration tout en avançant vers mon arrêt de bus pour calmer ma température corporelle. Lorsque je m'apprête à ranger mon smartphone, Igor m'envoie un message :

Ne lis pas les infos.

Ma mâchoire se contracte.

Merci, coach, c'est trop tard.

Les roues du bus grincent en s'arrêtant devant moi. Je jette mon téléphone dans mon sac de sport et attrape mon ticket.

Une fois installée à l'intérieur, je fourre mes oreilles sous mon casque antibruit et lance ma playlist *I'm badass.* Elle me permet de déverser ma colère sans casser des choses ou crier sur tout le monde. Elle me rappelle aussi que je suis une patineuse médaillée qui doit arrêter de souffrir quand le nom de Yelena Sovetsky apparaît.

Igor affirme que je suis masochiste par moment. Même si je lui maintiens que c'est faux, je sais que c'est vrai. Mon cœur se contracte chaque fois que je lis ou entends ces quatorze lettres de Satan.

Pourtant, je poursuivrai toute ma vie ce fantôme.

Un fantôme roux avec des yeux bleu cristallin, qui m'a tout volé et qui continue de tout me prendre.

*

Le lendemain matin, je prépare mon jus de fruits dans le mixeur du petit appartement que je loue. Je lance *The Weeknd* à travers les enceintes de la télévision et dandine mes hanches sur son dernier album. Puis, je bois mon mélange sur mon canapé tout en zappant les chaînes françaises.

Comme il n'y a rien d'intéressant, et que je ne comprends rien, je me perds sur les réseaux sociaux en finissant ma boisson violette. J'adore les myrtilles, elles ont un goût particulier et onctueux.

Tous les comptes que je suis ne parlent que de Yelena Sovetsky et de son incroyable petit copain et compagnon de patinage Vladimir Bukin. Il est moche, en plus, avec son nez de travers à la cassure nette et sa barbe fournie mal taillée. Enfin, ce n'est que mon avis personnel puisque tout le monde se damne pour une photo avec lui.

Au bout de quelques minutes, j'en ai déjà assez de voir des images d'eux partout. Je fais un peu de vaisselle avant d'aller me changer pour la salle de sport. Les équipements de celle que j'ai dégotée, non loin de la patinoire, sont vraiment intéressants. J'aurais bien fait du footing, mais je n'ai pas encore trouvé l'endroit parfait dans cette ville.

J'enfile ma tenue de fitness de couleur mauve et attache mes cheveux blonds en une haute queue-de-cheval.

Nous sommes déjà en février et la prochaine compétition se déroule dans un mois. Ce seront les championnats du monde. Je vais y participer avec la boule au ventre, car à présent, Yelena possède une médaille de plus que moi. Et je ne peux pas la laisser creuser davantage l'écart entre nous.

Je m'y refuse.

Mon poing se serre lorsque j'arrive dans les vestiaires de la salle de sport.

Je souffle devant mon casier. Je dois rester concentrée. La peur ne peut pas me dominer. Uniquement la détermination et le calme. Dans le patinage artistique, la moindre erreur et la moindre crispation conduisent à l'échec. Je dois rester tranquille.

Zen.

Quand je pénètre dans la zone de musculation, un homme est déjà assis sur la machine que je voulais utiliser pour mes bras. Je m'avance pour lui demander combien de temps il lui reste quand il pivote.

Les mots s'étranglent dans ma gorge.

— *You ?*[2]

Son visage se décompose.

— *And you*[3], répond-il.

Je me demande s'il ne manque pas des cases à ce garçon. Ou alors, il ne se rend pas compte de ce qui sort de sa bouche.

Il se relève soudain de toute sa hauteur. Et il est grand… Il doit au moins faire une tête de plus que moi. Son torse est long et imposant, pourtant le reste de son corps est mince et délicat. Je dois bien avouer qu'il a l'étoffe d'un patineur. Mais sa tête ne me dit rien du tout, je n'ai pas souvenir de l'avoir déjà vu. Fait-il des compétitions ?

Peu importe.

Je secoue la tête et croise les bras en le fusillant du regard.

— Est-ce que tu es un *stalker* ? C'est un autographe que tu veux, en fait, c'est ça ?

Ses sourcils se froncent brutalement.

— Quoi ? Non ! J'étais dans cette salle avant toi.

Je soupire avant de m'installer sur le banc en cuir qu'il vient de libérer. J'espère qu'il va finir par se lasser et me laisser en paix. J'ai bien d'autres préoccupations.

Tandis que j'attrape la barre au-dessus de ma tête, ses doigts se tendent devant mes yeux. Dites-moi que c'est un mauvais rêve !

— Enchanté. Je suis Nolan.

Un rire amer creuse ma gorge. Il n'a pas l'air de comprendre.

— Je croyais avoir été claire ? Je n'en ai rien à foutre.

---

2 « Toi ? »

3 « Et toi. »

Ce Nolan est décidément aussi agaçant qu'un paparazzi. Je ne voulais pas être méchante, mais je m'y vois obligée.

Il pince la bouche et recule son bras. Je pense être enfin débarrassée de lui jusqu'à ce qu'un sourire fende son visage. En plus, il se paye ma tête ? Je crois qu'on atteint des sommets.

Mes yeux roulent vers le ciel.

— Qu'est-ce qu'il y a de drôle ?

— Rien. Tu parles comme ma mère.

Génial. Maintenant, il me raconte sa vie.

— Charmante dame, alors. Bon, tu permets, j'aimerais m'entraîner.

Nolan hoche la tête et s'éloigne vers la porte ouverte de la sortie.

Enfin libérée, je peux entamer ma musculation du jour. J'irai me faire une bonne salade coréenne après ça, tiens !

Je soupire et commence à descendre la barre jusque derrière ma nuque. L'effort me fait inspirer et expirer fortement. Mes biceps se contractent au fur et à mesure de mes tirages. Ça me détend les trapèzes tout en les étirant. C'est à la fois agréable et difficile par moments. Mes joues s'échauffent au bout de la sixième descente.

Je n'ai même pas fait une série complète que son visage réapparaît dans la pièce.

Je vais le tuer.

— Je ne renoncerai pas.

Mes dents se serrent. Je suis à deux doigts de lâcher mon exercice pour aller lui corriger la figure. Mais j'ai à peine le temps d'ouvrir la bouche, qu'il ajoute :

— On se voit ce soir à la patinoire ? Ou demain ? Enfin, quand tu y seras, j'y serai.

— Je vais finir par porter plainte pour harcèlement, tu en as conscience ?

Un sourire en coin creuse une fossette dans sa joue. Je n'ai failli par le reconnaître au début, avec ses joues à présent imberbes et lisses. Mes yeux suivent la ligne anguleuse de sa mâchoire. Elle est si carrée.

— Laisse-moi une chance de te prouver que ma proposition vaut le coup. Et après, je te laisserai tranquille.

— Jure-le sur ta mère, soufflé-je.

Ses yeux se plantent dans les miens à une vitesse et une intensité déconcertante. Son regard me brûle la peau, j'en ai des frissons.

— Tu peux me faire confiance.

Je ne réponds rien et continue de le fixer. J'aimerais le contredire, mais quelque chose dans sa manière de m'observer m'en empêche. Nous ne nous connaissons pas, et je ne sais même pas s'il est capable de faire au moins une pirouette sur lui-même. C'est peut-être un amateur, qui sait ?

Mais ça me rend étrangement curieuse. Pourquoi tient-il tant à patiner avec moi ? M'a-t-il reconnue au moins ?

Au bout de quelques secondes à nous épier en silence, il me salue d'un geste du menton et disparaît pour de bon. Un nouveau soupir m'étreint la poitrine.

Je ravale ma salive, ferme les yeux et inspire une bonne goulée d'oxygène. Puis, je reprends mes exercices physiques. Ce garçon est vraiment bizarre. Je ferais mieux de changer de salle de sport, et même de patinoire.

Je m'attaque à des squats pour le reste de la matinée, et je l'oublie petit à petit. Je reste concentrée sur ma chorégraphie que je répète en boucle tous les soirs. Parce qu'un seul objectif m'envahit : battre Yelena aux prochains mondiaux. Je vais lui repasser devant dans les classements quoi qu'il m'en coûte.

Sur cette pensée, je rentre à mon appartement et prends une longue douche bien chaude. Comme prévu, je me commande une salade coréenne sur une application et me lance dans ma séance de yoga habituelle. Tout en écoutant des podcasts de méditation, je répète certains mouvements de mon programme court. J'allonge mes bras, tente un petit *axel* au milieu de mon salon. Mon pied retombe calmement sur le sol et ma jambe glisse vers l'arrière. La précision est maîtresse de ma gestuelle.

Je passe une grande partie de l'après-midi à parfaire la fluidité de mes articulations et corriger l'équilibre de mon corps.

Lorsque la nuit tombe, je reçois un message de mon entraîneur :

On a reçu ta tenue pour les mondiaux ! Tu veux que je t'envoie une photo ou je passe directement à ton appartement ?

Enfin une bonne nouvelle ! J'ai l'impression d'être épuisée psychologiquement depuis deux jours. Ou en fait, non, depuis les Jeux olympiques de la semaine dernière. Je fais tout ce que je peux pour effacer la sensation de mon cœur tombé sous mes talons à l'annonce des résultats. Je revois mes doigts trembler sur mes genoux, assise sur le canapé du *Kiss and Cry*[4].

Une boule se forme dans ma gorge à ce souvenir. J'aimerais pouvoir l'oublier, le laisser derrière moi. Un nouveau message d'Igor me ramène au présent :

Maddison ?

La vibration du téléphone dans ma main me fait revenir à la réalité. Je déglutis et tape une réponse tout en muselant ma petite voix intérieure pessimiste.

Passe à la patinoire Polesud quand tu peux.

4Zone d'attente des résultats de performance pour les patineurs.

C'est noté ! Je suis désolé de ne pas pouvoir être là. Je te promets de faire au plus vite. La fédération ne me lâche pas.

Normal. Ils ne sont pas ravis de ma dernière performance.

Juste avant d'entrer en piste, j'ai appris que Yelena avait battu le record olympique au programme court. Mon cerveau a disjoncté et j'ai dérapé sur la glace. Je porte encore les stigmates douloureux de cette chute sur mon corps.

Je suis arrivée quatrième. Moi, la triple championne olympique…

Igor essaie de les convaincre que ce n'était qu'une erreur et que je ferai mieux la prochaine fois. Je doute encore, à quelques semaines des mondiaux, de faire partie de l'équipe de la *Swiss Ice Skating*[5]. Je me dis que continuer à m'entraîner malgré l'incertitude me portera chance. Car je n'ai plus rien d'autre que ça.

Ainsi que cette horrible et brûlante douleur dans le ventre.

On se voit bientôt. Bonne nuit, Igor.

Toujours aussi sentimentale ! Je prends ça pour un « merci ». Allez, repose-toi !

J'éteins mon smartphone, je ne veux plus être dérangée. Je serre machinalement mes poings et me laisse tomber sur le lit.

Ma nuit est bercée par les souvenirs de la dernière compétition. Je sens encore les hématomes à ma fesse droite et à mon genou me titiller dans mon sommeil.

Marques de mon échec. Rappels cuisants que j'ai laissé mes émotions prendre le dessus.

5Fédération de l'équipe de patinage artistique suisse.

Ça ne doit plus se reproduire.

3

Nolan
Mars 2022, Grenoble

— Tu ne me battras jamais à Mario Kart, cousin !

Cami braque sa manette vers la gauche, droit sur ma voiture champignon. Non !

Je vise alors devant moi pour lui envoyer une carapace rouge.

— *Yes !*[6]

En plein dans le mille. Encore un tour et je serai premier. Enfin, si ma troisième petite et adorable cousine, Jocelyne, arrête de m'embêter à me faire des couettes. Il est vrai que j'ai assez de cheveux pour de minuscules, mais ce n'est pas une raison. En tout cas, je sais quoi lui offrir pour son prochain anniversaire : une tête à coiffer.

Cami grogne à côté de moi tandis qu'un rire léger échappe à Jasmine. Je lui jette un bref regard en biais. Ça me fait tellement plaisir qu'elle ait accepté de sortir de sa tanière d'adolescente pour se joindre à nous. La voir sourire, emmitouflée dans le fauteuil à côté du canapé, me remplit de bonheur. Elle a attaché ses mèches rousses en

6Oui !

un chignon ébouriffé et glousse encore quand Cami jure en se prenant une barrière dans le jeu vidéo.

Je me concentre de nouveau sur la course, car bientôt, ce sera mon heure de gloire ! Mon coude dévie vers la droite pour effectuer le dernier virage. Mais soudain, ma manette vibre entre mes doigts et une carapace bleue avec des ailes d'ange me fait exploser. Sous ma bouche entrouverte et mes yeux écarquillés, la voiture de Cami me passe devant et termine première. Il me faut même attendre plusieurs secondes avant de repartir. Jasmine me double également en émettant un faible « désolée ».

Je finis cinquième.

— Je te l'avais dit. Tu n'y arriveras pas, lance Cami.

Je me laisse retomber sur le dossier du canapé en criant ma frustration.

— C'est la faute de Jocelyne !

La concernée fronce les sourcils et me tire une mèche de cheveux entortillée entre ses doigts. Je grimace, mais ris tout de même de bon cœur. Cami est vraiment imbattable aux jeux vidéo, je dois bien l'admettre. Et nous avons passé un chouette moment ensemble. C'est tout ce que je préfère retenir. Le résultat n'est pas si important si nous avons tous le sourire aux lèvres.

Je frotte mon visage, fatigué par tant d'émotions. N'empêche qu'il faut être concentré et stratégique dans ce jeu. C'est si épuisant !

— On se refait une partie ! déclare Cami en sautillant sur le siège à côté du mien.

Malheureusement, je vais les rendre tristes, car il est bientôt 21 heures et j'ai rendez-vous avec ma femme.

Enfin, la patinoire.

— Désolé, les filles, mais je dois aller m'entraîner.

— Encore ? gémit-elle.

Je lui secoue les cheveux avec mon sourire le plus sincère.

— Ne m'en veux pas, ma crevette. Demain soir, tu auras encore l'occasion de m'écraser à Mario Kart.

— Promis ?

— Quand elle aura fini son exposé, oui, répond sa mère depuis l'autre fauteuil, un bouquin entre les mains.

Cami gémit de nouveau et penche sa tête en arrière. Sans un mot, Jasmine pose la manette sur la table basse en verre et monte à l'étage. J'espère qu'elle n'est pas trop déçue… Je devrais peut-être aller la voir ? Lui parler ?

Mais je sais qu'à son âge, ça n'arrangeait pas grand-chose que l'on vienne discuter avec moi. J'étais aussi très têtu, il faut dire.

Je dépose un gros bisou baveux sur la joue de Jocelyne et rejoins l'entrée pour me chausser. Elle aussi n'est pas très contente que je les abandonne ce soir. J'essaie de m'enlever l'image de leur visage déçu et chasse cette boule de mon estomac.

J'enfile donc mes baskets, ma doudoune de sport et je grimpe sur mon vélo. Le vent est déstabilisant, je manque plusieurs fois de rater mes freinages au feu rouge. Marcher aurait sans doute été une meilleure idée.

Lorsque j'arrive à la patinoire, le parking est vide. Je gare ma bicyclette et passe par l'accueil pour saluer le gardien.

Philippe sursaute à mon entrée et pose le gâteau qu'il savourait dans son assiette.

— Toujours pas de jolie blonde aujourd'hui ! Désolé, Nolan.

Je secoue la tête en souriant.

— C'est toi qui l'appelles comme ça. Merci pour l'info, Phil.

Il hoche la tête, puis reprend sa dégustation.

Le casier 57 est effectivement libre. Ça fait une semaine que nous nous sommes croisés à la patinoire. Je dois avouer que ma manière de lui proposer un rendez-vous était pourrie. J'ai dû avoir l'air d'un harceleur. Oui, carrément même.

Je secoue la tête en enfilant mes patins.

Ce n'était pas mon intention, mais j'ai paniqué. Elle était là, dans la même salle de sport que moi. J'ai cru à un signe. Si elle se présentait devant moi, si elle voulait utiliser la machine sur laquelle j'étais au même moment, dans la même journée, ça ne pouvait pas être une simple coïncidence. Et j'ai dit n'importe quoi…

Je crois que je ne la reverrai plus jamais. J'aurais pu avoir une chance de la retrouver, mais les deux fois où Phil l'a vue passer, elle n'a pas signé le registre. Donc aucun moyen de connaître son nom.

J'ai même tapé sur Google : « blonde patinage artistique *Kiss From A Rose* ». Ça n'a rien donné. Je me suis senti tellement stupide et honteux que j'ai supprimé mon historique.

Sa manière de bouger, de patiner. Elle est spéciale, hypnotique. Toute mon âme me hurle de danser avec elle. Pourtant, me revoilà seul. En ce moment, mes amis sont soit partis skier dans une station, soit trop occupés avec leurs cours à l'université.

Il n'y a donc personne avec qui je peux parler patinage. Et je dois bien avouer que cette solitude me pèse de plus en plus.

Pour la première fois depuis longtemps, en l'observant sur la glace, j'ai ressenti la tension du patinage artistique. Cette sensation d'un autre monde qui m'a poussé à vouloir le pratiquer, enfant, et qui m'envahit encore aujourd'hui lorsque je me défoule sur la piste.

Dans l'instant, sans vraiment réfléchir, je suis poussé par un désir inconnu. Je branche mon téléphone à l'enceinte de la salle et je lance *sa* musique.

Car je me souviens avec précision de chacun de ses mouvements tant ils me hantent depuis plusieurs jours.

Je commence par faire le tour de la piste en pivotant mes chevilles de droite à gauche. La mélodie et la voix du chanteur me dominent. Les souvenirs de son corps fluide me reviennent au fur et à mesure. Je tourbillonne au milieu de la patinoire au même rythme que cette inconnue qui m'obsède.

Je dérape deux fois, mais me retiens de justesse avec mes mains contre la glace. La piqûre au bout des doigts me réveille et me décroche un sourire. J'adore la sentir pour qu'elle me guide de tout son long.

J'enchaîne avec un simple *lutz*[7] que je rate en beauté. Mes fesses s'écrasent contre le sol dur. Heureusement que j'avais prévu les protège-fesses sous mon jogging.

Ce n'est pas le moment d'abandonner, je me sens pousser des ailes, je me sens déterminé comme jamais. Est-ce la musique qui a cet effet sur moi ? La voix du chanteur ? Ou simplement cette incroyable chorégraphie ?

Sans perdre une seconde de plus, je me relève et reprends les mouvements. Lorsque Seal chante le *baby* du refrain, je me lance dans un *saut allongé*. Mon torse se retrouve au-dessus de la glace le temps que mes jambes effectuent un triangle parfait dans les airs.

À nouveau, ma lame dérape à l'atterrissage, mais je l'oublie vite, envoûté par ma danse. Mon cœur bat la chamade tandis que j'enchaîne avec les derniers gestes.

J'en perds mes sens. Je n'éprouve rien d'autre que du plaisir pur.

La fin de la chanson s'approche, je me dirige vers le centre de la patinoire pour entamer la dernière figure en

7 Simple pirouette en saut, comme l'*axel*, à la différence que dans le *lutz*, le patineur prend appuie sur la pointe de sa jambe arrière, alors que l'*axel* fait appel à l'avant du corps.

toupie. J'essaie d'aller aussi vite que cette patineuse, malgré les douloureux tambours dans mes tempes.

Le son s'arrête.

Dommage, j'ai raté la pose finale. Je me suis laissé emporter par la pirouette.

Le silence me fait brutalement revenir à la réalité. Je ne m'étais même pas rendu compte que mon souffle était aussi saccadé. Je déglutis en me penchant pour reprendre ma respiration.

Des applaudissements résonnent soudain. L'écho dans le bâtiment est si fort que j'ai l'impression qu'ils viennent d'ici. Ils ne cessent pas. Je fronce les sourcils et me retourne.

Elle est là, derrière moi, et frappe ses paumes l'une contre l'autre.

Je rêve, pincez-moi.

Elle sourit ? Bon, disons plutôt une moue narquoise.

Je ne suis pas certain que ce soit réel. Depuis combien de temps m'observe-t-elle ? Mon pouls, qui était censé se calmer, repart dans un marathon étouffant. Je racle ma gorge et passe une main dans mes cheveux.

— Bravo ! C'était nul à chier.

Mon sourire reste figé, crispé entre mes joues. Ai-je bien entendu ?

Ma gorge se noue, les mots avec.

Dans mon silence éloquent, elle s'avance en dandinant ses hanches comme si elle était fière d'elle. Et elle l'est !

Arrivée à ma hauteur, elle me provoque en crissant ses lames sur la glace d'un mouvement en biais.

Les bras croisés contre sa poitrine, elle ajoute :

— Depuis quand tu patines ?

Je ne lui réponds pas tout de suite. J'ai du mal à avoir une respiration normale et je ne comprends pas bien cette question. En quoi ça l'avancera, elle m'a déjà dit non.

Même s'il est vrai que j'étais déterminé à la convaincre du contraire. Peut-être est-ce le moment ?

Je secoue légèrement la tête. Il faut que je me ressaisisse. Elle est revenue, c'est un signe.

— J'ai commencé à l'âge de quatre ans.

— Oh, je vois. Tu n'as donc pas progressé depuis.

Un rire jaune m'échappe.

— J'ai eu… une période d'arrêt.

Silence.

Son sourire se fait plus discret, plus sincère. Mon inconnue baisse les yeux et me jauge de haut en bas. Sa poitrine se soulève et redescend dans un soupir.

— Je suis désolée, mais ma réponse est toujours non.

Mon palpitant sursaute douloureusement.

— Pourquoi ?

— Nous ne sommes pas du tout compatibles. Tu as fait tellement d'erreurs dans cette chorégraphie que tu n'arriverais même pas à être coordonné avec moi. C'est stupide.

Outch.

Au moins, elle ne passe pas par quatre chemins. Ça me touche plus que ça ne le devrait, je l'avoue. Après tous mes entraînements, mes efforts, mes renforcements, je suis toujours au point mort. Un amateur.

Je serre les poings pour éviter de montrer la tristesse sur mon visage. Mais je sais que ça ne fonctionne pas au regard qu'elle me lance. Mi-compatissant, mi-sévère. Que dois-je faire alors pour la convaincre ?

Les yeux baissés, je remarque à peine ses patins s'éloigner de moi.

— Bon, au revoir Nolan.

C'est la fin, elle va disparaître et j'aurais perdu la dernière chance que j'avais de revenir dans la compétition.

« *Qui ne tente rien n'a rien.* »

Ce sont les derniers mots encourageants de mon entraîneur à l'époque. Avant qu'il change son discours par « *J'ai besoin d'entraîner de nouvelles recrues, c'est terminé pour toi.* »

Une main invisible me pousse dans le dos et mes pieds me guident jusqu'à ses magnifiques cheveux blonds virevoltants.

Je frôle son épaule de mes doigts.

— Attends !

C'était probablement un geste idiot, car elle pivote et repousse mon bras. Je dérape et manque de tomber la tête la première en avant.

— *Kurwa*[8] *!* Ça suffit !

Je n'avais pas tout de suite reconnu son accent, mais maintenant si. Elle est polonaise !

Je suis si désespéré que tout mon corps brûle. Je ne peux plus continuer à vivre dans l'ombre de mon ancien moi.

Ses poings se serrent le long de ses hanches tandis que j'ouvre la bouche :

— Juste une danse. Laisse-moi te prouver qu'on peut patiner ensemble, que je ferai un bon partenaire. S'il te plaît !

J'essaie de rester extérieurement calme, mais c'est difficile.

— Tu n'es qu'un pervers, c'est ça ? Est-ce que tu sais qui je suis, au moins ?

Non, justement. J'ai conscience que ce que je demande est démesuré, fou et inimaginable. Mais je préfère écouter mon cœur que ma raison. Il ne me reste plus que cet espoir auquel m'accrocher.

L'émotion torpille mes tripes. Je sens les larmes perler mes paupières, et je serre les dents pour les retenir.

---

8 Putain !

La poitrine en feu, je me redresse et la fixe droit dans les yeux. Elle recule légèrement.

— J'ai besoin de toi. Tu es ma seule chance de remonter dans la compétition. Je ne te demande qu'une seule danse. Si tu es toujours certaine que nous n'avons aucune chance de patiner ensemble, alors je jure sur ma mère que je te laisserai tranquille. Et Dieu sait que je tiens à elle. Tu m'oublieras, je changerai même de patinoire s'il le faut !

Son expression est interdite, je n'arrive pas à déterminer ce que je dois y lire. Je me sens horrible, honteux et détestable d'insister de la sorte. Je suis un homme brisé qui court après les entraîneurs, les sponsors, les nouvelles figures à améliorer pour convaincre une fédération de me prendre dans son équipe. Je ne sais pas ce que sera ma vie sans le patinage et je ne veux pas l'imaginer.

Une larme traîtresse roule sur ma joue, car je *vis* pour patiner. Ses épaules tendues jusqu'à maintenant s'affaissent doucement. Elle baisse les yeux vers mes patins quelques secondes. Puis dit :

— Une seule danse.

4

Maddison
Mars 2022, Grenoble

Sa première main glisse derrière ma hanche et sa seconde enroule ses doigts autour des miens pour les soulever. Il n'est pas du tout brusque. Même plutôt… délicat. Je ne sais plus pourquoi j'ai accepté de danser avec cet inconnu. Est-ce à cause de la détresse que j'ai lue dans son regard ou bien sa manière de me parler ?

J'ai l'impression de me tromper sur lui. Il n'a finalement rien à voir avec les groupies pervers que j'ai déjà pu croiser. Malgré son insistance, il semble sincère.

Ses pieds pivotent soudain. Je suis le mouvement tandis qu'une faible pression sur mes reins m'incite à suivre le rythme de son corps. C'est une sensation étrange. Je me sens flotter comme lorsque je patine, mais dans le silence. Et accompagnée.

Oui, bon, il est doué pour danser la valse sur glace. Mais encore ?

— Attention, je vais te faire tourner, me prévient-il.

Il me laisse quelques secondes pour assimiler l'information avant de me reculer pour effectuer son geste. Mes patins glissent tranquillement. Puis ma poitrine vient s'écraser contre son torse.

Un soupir m'échappe lorsque je me redresse pour remettre une distance plus adéquate entre nous.

J'avoue être très surprise. Il prend son temps avec moi et me jette même des coups d'œil de temps en temps pour vérifier que tout va bien. À aucun instant, il ne me force à suivre son rythme. On dirait même qu'il fait tout pour s'adapter au mien.

Malgré tout, je ne me sens pas à l'aise. Des frissons désagréables me parcourent aux endroits où il me touche. Du bout de mes ongles jusqu'à mes hanches, j'ai des picotements bizarres. Je ne suis pas très tactile, c'est vrai. Mais là, c'est différent, et je ne saurais l'expliquer.

Deux fois, au cours de notre valse bancale, nous dérapons avec nos lames de patins, mais nous nous retenons de justesse l'un à l'autre. Nous ne nous connaissons pas et… je suis très gênée.

Il me pousse la hanche délicatement pour que je recule et soulève son bras en long à l'opposé du mien. Sa poitrine se soulève plus rapidement que tout à l'heure. Il est déjà épuisé alors que nous ne faisons presque aucun mouvement.

À moins que…

Il me ramène à lui et accuse à nouveau la chute de mon corps contre le sien.

J'ai compris.

Depuis le début, il porte nos deux poids dans cette danse. C'est lui qui me guide, qui fait attention aux moindres de mes gestes. Ça doit effectivement lui demander beaucoup d'efforts et de concentration. Est-il si déterminé que ça à me convaincre ? C'est dingue. Il fait trop d'erreurs, il n'est même pas capable de faire un *lutz* correctement.

Un simple lutz !

Nous n'avons rien en commun et c'est un amateur.

Pourtant…

Oui, pourtant, il fait attention à sa partenaire au péril de son propre souffle. Et malgré toutes mes réticences, il pique ma curiosité plus qu'il ne le devrait. Ça me déroute. Rares sont les personnes à s'être souciées de ce que je pouvais ressentir. Mais ce Nolan, il lui a suffi d'apprécier ma chorégraphie pour vouloir faire partie de ma vie ; ne serait-ce que professionnellement.

Mon cœur s'emballe, ça ne va pas du tout. Je resserre mes doigts autour des siens par réflexe.

Il le remarque, car il baisse la tête.

— Est-ce que ça va ?

Non, je suffoque.

— Bon, ça suffit, répliqué-je en me détachant de lui.

Mes patins glissent vers l'arrière et je sens à nouveau l'air entrer dans mes poumons.

Je ne peux pas mentir, c'était bien. *Très* bien. J'ai apprécié cette danse, mais trop de paramètres sont en jeu. Igor essaie de convaincre la fédération suisse de me faire concourir aux mondiaux dans un mois. Je ne peux pas changer d'avis et annuler ma demande, après tout ce qu'il fait pour m'obtenir cette place !

Même si mon cœur a failli primer sur ma raison pendant un instant, nous ne serons jamais prêts pour la prochaine compétition. Et ça veut dire laisser Yelena gagner encore et me passer devant dans le classement des scores internationaux. Malgré sa médaille d'or supplémentaire, elle est toujours derrière moi dans le tableau des performances. Mais pas de loin.

J'inspire profondément et relève les yeux vers Nolan. Ses traits tirés en arrière me surprennent. Je m'attendais à du mécontentement, mais pas à de la tristesse. On dirait que je l'ai blessé.

— Écoute, tu peux t'améliorer. J'imagine…, déclaré-je.

Il hausse les sourcils.

— Mais je ne peux pas faire… *ça,* clarifié-je en nous pointant du doigt l'un après l'autre. Les mondiaux m'attendent le mois prochain. J'ai déjà fait ma demande et je serai bientôt accep…

— Waouh !

Nous nous retournons comme un seul homme vers la sortie de la patinoire d'où provient cette exclamation. Je crois rêver en découvrant mon entraîneur, les bras en l'air et un large sourire aux lèvres.

Que fait-il là ?

Ah, oui, je me souviens lui avoir demandé de passer à la patinoire… Il tombe au pire moment.

— Coach !

Il m'ignore et s'avance vers Nolan, la main tendue. Qu'est-ce qu'il lui arrive ?

— Bonjour, je suis Igor. Et vous êtes… ?

— Euh, Nolan.

Il hésite à la lui prendre, puis finit par céder devant l'expression sur-enthousiasmée de mon entraîneur. Mon regard dévie de l'un à l'autre. Je suis perdue. Les bras m'en tombent et les battements de mon cœur sont irréguliers. J'étais sur le point de mettre un terme à cette histoire qui dure depuis presque une semaine, et lui, il se pointe quand il ne faut pas.

— Juste Nolan ?

— Nolan Davis.

O Panie.[9]

Ça y est, je comprends tout. Comme un éclair d'illumination qui me frappe avec les images du passé que

---

9« Oh Seigneur », en polonais.

j'étais certaine d'avoir oubliées. Igor émet un « oh » similaire avec sa bouche sans que son sourire dépérisse. Le mien, par contre, a disparu.

C'était un peu l'événement du siècle, une chute qui restera dans les esprits de tous les patineurs présents aux championnats européens de 2018. Une année marquante, car tous les journaux en ont parlé pendant des mois.

Nolan Davis, l'étoile montante des États-Unis dont la lumière s'est éteinte trop vite.

Il était plus jeune à l'époque, mais j'aurais dû faire le lien. Son style a tellement changé. On m'aurait dit que c'était un ancien champion junior de patinage artistique masculin, je n'y aurais pas cru.

Mais je me souviens de ses paroles :

« *J'ai eu… une période d'arrêt.* »

Il s'est évaporé après cette chute. Certains pensaient qu'il s'était cassé plus que le poignet et l'épaule. La majorité était convaincue qu'il ne reviendrait jamais sur la glace, que sa belle carrière prometteuse était anéantie à tout jamais.

Et le voilà devant moi, en patins, à rire d'une mauvaise blague de mon coach. C'est une légende et un fantôme à la fois.

— Pourquoi tu ne me l'as pas dit ? les coupé-je.

Ses yeux harponnent les miens. Je me sens honteuse de ne pas l'avoir reconnu, et en même temps, ça ne change rien à la situation.

Il réfléchit à une bonne réponse en se frottant la nuque. Igor le prend de court en s'adressant à moi à sa place :

— Vous allez patiner ensemble ? Tu as enfin décidé de te lancer dans le Graal du patineur senior ? Je suis fier de toi.

— Quoi ? Non ! Stop ! m'exclamé-je en brandissant les mains face à eux. Je ne savais même pas qui il était. Et je ne peux pas. Igor, je te l'ai déjà dit, les mondiaux sont ma priorité.

— Vraiment ? Pourtant, quand je vous ai observés danser, j'ai cru que c'était le cas. Vous êtes beaux ensemble.

Je lève les yeux au ciel.

— N'importe quoi. Comment le pourrions-nous ? Nous ne nous connaissons pas. Nous ne savons rien l'un de l'autre, nous n'avons aucune harmonie. C'est perdu d'avance. On ne prépare pas une chorégraphie pour le mois prochain avec un total étranger.

— Pas si étranger que ça, ricane Igor en le pointant du doigt.

D'ailleurs, pourquoi reste-t-il silencieux ? Nolan n'attend quand même pas qu'on décide pour lui, j'espère ?

— Je ne vais pas patiner en couple aux mondiaux ! hurlé-je.

— Tu ne vas pas patiner du tout.

— Quoi ?

Ma voix s'étrangle dans ma gorge et mes bras s'écroulent le long de mon corps. Mes forces me quittent. Mon cœur bat-il encore dans ma poitrine ?

Igor hausse les épaules comme si ce n'était rien. Pourquoi est-ce mon entraîneur déjà ?

Parce qu'il est le seul à avoir voulu de toi après ce que tu as fait, me rappelle ma conscience.

Je cligne des paupières.

— La fédération n'a pas été aussi catégorique, mais ils ont émis des doutes. Ils ont expliqué que tu avais déjà vingt-deux ans, bientôt vingt-trois, et ils craignent qu'avec l'âge, tu régresses plus que tu ne progresses.

Je suis hors de moi, je hurle plus fort sans me contrôler :

— J'ai fait une seule erreur ! Ils n'ont pas le droit ! Je suis tout en haut du classement !

— Je le sais ça, Maddi. Mais justement, ils ont peur que ce ne soit plus pour très longtemps et ils veulent essayer de donner leur chance à des… plus jeunes.

Nolan émet un rire jaune discret. Je le fusille du regard. Je ne me maîtrise plus, j'ai besoin de me défouler. Une chose pareille ne peut pas m'arriver. Mon sang bouillonne si fort que j'en ai mal au ventre.

— Tu trouves ça drôle ? lancé-je sèchement.

— Non. Bien sûr que non. Mon équipe m'a dit la même chose quand j'ai voulu reprendre le patinage, répond-il.

— Merci pour cette intervention, ça me rassure beaucoup.

J'ai conscience d'être égoïste. Ce n'est juste qu'un mauvais rêve… Il doit y avoir une solution. Je pourrais leur proposer un nouveau programme avec des acrobaties inédites. Peut-être qu'ils seraient assez convaincus avec ça ?

Comme s'il avait entendu mon cri de détresse intérieur, Igor range ses mains dans ses poches de pantalon et dit :

— Si tu patinais en couple, ils t'accepteraient sans hésitation.

Mon regard s'accroche vivement au sien.

— Nous n'aurons jamais le temps.

— Pour les championnats d'Europe 2023, si, déclare Nolan.

Igor hoche la tête dans sa direction pour montrer son approbation. C'est un complot, en fait ?

Je secoue la tête. C'est ridicule. Tout se déroule trop vite, je n'arrive plus à réfléchir. Mauvaises nouvelles sur idées incongrues s'enchaînent. Mes poings se contractent sous la pression.

— Et les mondiaux ? Je ne peux pas laisser Yele…

— Blablabla ! Maddison. Qu'est-ce qui est plus important ? Ta carrière ou ton ego ?

— Mon ego ? Tu plaisantes, j'espère ?

Il reprend un air si sérieux que ma bouche s'assèche.

— Je ne plaisante pas. Je vous ai vus danser tous les deux. Si tu présentes quelque chose *d'inédit* à la fédération, tu as tout gagné. Et là, tu pourras battre Yelena sur son nouveau terrain comme elle a volé ta médaille aux Jeux olympiques.

Oh.

C'est… une solution à laquelle je n'avais pas pensé. Mes yeux se tournent machinalement vers ceux de Nolan. Ils pétillent comme des étoiles prêtent à se rallumer et à enflammer la scène. J'ai du mal à détourner le regard de son espoir exacerbé. Je n'avais pas réfléchi de cette manière, trop obnubilée par ma rivalité…

Là est donc ma dernière option ?

Un ancien sportif déchu et une patineuse proche de la fin ? Unis pour remporter la victoire ?

C'est romanesque. Et stupide, et aussi certainement très risqué. Il y aura du travail à faire, beaucoup même. Avoir un partenaire, ce n'est pas quelque chose que je maîtrise ni adule, mais…

Je dois accepter.

Igor a raison, c'est ma dernière carte à jouer et Nolan est prêt à tout pour remonter dans la compétition. Il est prêt à tout pour patiner avec *moi.*

Est-ce que je vais vraiment faire ça ? Apparemment.

— OK.

— O-OK ?

— Je marche, annoncé-je d'une voix faible. Mais ne me le fais pas regretter, Nolan Davis.

Un éclat de rire le traverse et nous surprend Igor et moi. Il est si communicatif que mon coach finit par se joindre à lui et tape des mains en hurlant :

— Maddison Petrova revient dans la place !

— Je ne l'ai jamais quittée.

— Façon de parler !

J'espère sincèrement ne pas le regretter. Je ne pourrai plus revenir en arrière, et sans doute que demain matin, je me demanderai quelle idée m'est passée par la tête. Malgré tout, je ne peux nier les sensations que j'ai ressenties pendant notre danse ni la détermination de Nolan Davis et la mienne qui se mélangent à cet instant.

Ma dernière chance se jouera grâce à lui. Ou à cause…

5

Maddison
Mars 2022, Grenoble

La pluie dégouline contre ma fenêtre. Je suis les gouttes du regard et me demande pour la millième fois si je n'ai pas fait une bêtise.

Nolan Davis.

Je me rappelle la première fois que j'ai visionné l'une de ses prestations. C'était un peu avant les championnats du monde juniors 2017. Je voulais me donner de la motivation, examiner les petits nouveaux et m'inspirer de leurs danses. Ce nom était resté dans mon esprit. Sa manière de bouger était fluide et très agréable à observer. Mon cœur palpitait d'excitation.

Quand cette vision se calque à celle d'hier, je me demande vraiment s'il s'agit du même garçon. Il a changé. Ses mouvements sont beaucoup moins maîtrisés, plus mécaniques. Comme s'il n'essayait plus de se faire plaisir, mais de plaire. Une blessure au poignet n'est pas si grave pour un patineur. Avec la guérison, il aurait pu reprendre bien plus tôt.

Y a-t-il eu autre chose ?

Au bout de la troisième sonnerie à mon oreille, ma tante décroche enfin.

— *Darling*[10] !

— Pitié, Patty, arrête de te donner un genre en parlant anglais…, soupiré-je.

— *I love you too*[11] !

Un petit sourire fend mes joues. Mon cœur se remplit de guimauve à chaque fois que j'entends sa voix. Elle est un peu mon pilier, mon roc. Et là, j'ai besoin d'elle.

Je recroqueville mes jambes contre ma poitrine, dans mon lit, et pose la tête sur contre le mur. La pluie s'intensifie, au point de claquer la fenêtre de ma chambre. Ce temps me rend mélancolique.

— Comment tu vas ? lui demandé-je en polonais.

— Très bien et toi ?

J'essaie de retenir mon soupir, car je ne souhaite pas l'inquiéter, mais c'est plus fort que moi. Je suis lasse ce matin, perdue par avec mes sentiments. Il m'arrive une chose inédite, imprévue. Je n'aurais jamais cru me poser autant de questions sur ma carrière.

Première ou deuxième depuis mes débuts, toutes compétitions confondues. Et triple championne olympique. Que demander de plus ? Pourtant…... Un bâton continue de se coincer dans ma roue.

— C'est compliqué.

— Tu n'as pas digéré ta quatrième place ?

Toujours aussi directe. Elle me ressemble plus que ma propre mère. Bien que je ne l'aie pas connue longtemps…...

---

10 Chérie !

11 Je t'aime aussi !

— Un truc comme ça.

— Hum, oui, un truc comme ça, répète-t-elle.

Je déglutis.

— Et ta femme, comment va-t-elle ?

Le silence me répond. Je sais qu'elle sait. Elle n'est pas ma tante pour rien et inversement.

— Elle va très bien, c'est gentil de demander et de changer de sujet pour éviter de parler de toi.

— Tu sais bien que ce n'est jamais bon de dévoiler ses émotions aux autres. Je ne fais que me protéger.

Un rire résonne dans l'enceinte du téléphone. J'ai conscience de pouvoir me confier à elle, mais je ne le fais pas. J'ai mal au ventre, la bouche sèche. Je suis convaincue que ce sont mes émotions qui m'ont mise dans cette situation.

— Maddison.

— C'est bien mon prénom.

— Comme je te connais bien, j'ai une petite idée de ce que tu ressens et je vais essayer d'imaginer avec tes faibles indices.

Mes lèvres s'étirent davantage tandis que la pluie se calme. Mon cœur s'assoupit en sa présence, même virtuelle. L'une des seules personnes à vouloir encore de moi.

— Tu dois arrêter de penser à Yelena. Ça va te ronger jusqu'à te faire perdre l'équilibre. Si ce n'est pas déjà fait…

Elle prend une pause pour souffler et ajoute :

— Écoute, tu dois continuer à te fixer des objectifs personnels. Vivre ta vie ! Ne t'accroche pas au passé, il ne fera que te ralentir. Plus tu y penseras, plus la douleur sera difficile à tolérer. Et je ne crois pas que tu aies envie de souffrir davantage. Tu te mets trop la pression.

— Je connais cette phrase par cœur…, murmuré-je.

— Alors, faisons un *deal* ! Tu veux arrêter de l'entendre ? Arrêter d'avoir mal ? Apprends à penser à toi et à lâcher prise.

C'est si facile dit comme ça. J'ai cru que mon cœur avait cessé de battre lorsque Igor m'a appris que la fédération ne me voulait pas dans la prochaine sélection. Ça a bien dû être le cas pendant une nanoseconde.

Je relève brièvement le regard en direction de la housse accrochée à mon portant. Entourée de mes autres tenues, se cache celle que j'aurais dû porter aux mondiaux, dans vingt jours. Tout ça parce que j'ai dérapé une seule fois.

Argh !

Ça me ronge, Patty a raison. Je me mords la lèvre inférieure, ne sachant quoi dire. Je ne veux pas lui faire de fausses promesses et prétendre que je vais faire attention. Je suis pessimiste, c'est ainsi, on ne me changera pas.

— Maddi chérie…, soupire-t-elle.

Mon silence parle pour moi, elle a très bien compris.

Après le décès de ma mère, Patty en a été une seconde pour moi. J'ai perdu la femme de ma vie et elle, sa sœur. Nous avons partagé notre douleur ensemble. Elle est la seule famille qu'il me reste. J'aimerais tellement lui faire plaisir et lui répondre que, oui, je vais avancer et arrêter de penser à Yelena Sovetsky. Arrêter de vouloir prouver que je suis meilleure qu'elle. Arrêter de courir après un amour qui n'a jamais été réciproque. Arrêter de rouvrir mes propres blessures à longueur de journée en pensant à ceux que j'ai perdus.

J'inspire et expire pour effacer toutes les tensions qui naissent dans ma poitrine à cet instant.

— Je voulais t'annoncer quelque chose, commencé-je pour changer de sujet.

Une exclamation surprise et enthousiaste me répond dans le combiné.

— Igor m'a trouvé un partenaire pour patiner en couple.

Ce qui n'est pas totalement faux… ni totalement vrai. Mais je suis certaine qu'elle s'en contentera. Mieux vaut ne pas entrer dans les détails de cet accord que je sens déjà foireux.

— Oh, c'est super ! Tu vas donc faire du patinage artistique de couple ?

— C'est ça.

— Avec une fille ou un garçon ?

Je souris.

— Un garçon.

— Ah ! Et il est mignon ?

Mes lèvres s'étirent cette fois vers le bas et je fronce les sourcils à cette question tout droit sortie du manuel du meilleur tuteur parental.

Nolan est-il mignon ? Je repense à son visage, ses cheveux mal coiffés, sa légère barbe de trois jours, ses yeux noisette et miel en amande. Ses iris sont beaux, je dois bien l'avouer. Sa manière de m'observer pendant notre danse sur la glace… Et son petit sourire en coin si chaleureux.

— Pas mon type, réponds-je.

C'est la stricte vérité. Il a son charme, mais les hommes ne m'attirent pas plus que ça. Ils ne sont pas ma priorité et celui-là a le don de jouer avec mes nerfs.

Je relève la tête vers l'horloge murale de mon appartement. Il est bientôt l'heure que je le retrouve à la patinoire. Nous allons voir s'il est aussi rapide que moi.

— Bon, Patty, fais un bisou à ta femme pour moi, et, promis, je te rappelle dans le mois.

— Je prends ça pour un « je t'aime, ma tante adorée » !

Je laisse un gloussement m'échapper avant de raccrocher.

En passant à côté de mon portant, je glisse une main contre la housse. Je n'ai pas encore osé l'ouvrir depuis hier soir. Je ne sais pas si j'aurai le cran d'admirer cette tenue et de me dire que je ne la porterai sans doute jamais. Mes doigts s'extirpent vite avant que les battements de mon cœur ne deviennent trop irréguliers.

Je m'équipe et vérifie une dernière fois l'état de mes lames de patin avant de descendre à mon arrêt de bus pour rejoindre Nolan.

Je peux encore changer d'avis, rappeler Igor et lui avouer que, finalement, j'abandonne l'idée. Oui, son avion n'a pas encore atterri à Berne. Il n'a donc pas encore vu la fédération pour leur annoncer mon revirement.

Je pourrais.

Mais je repense aux cheveux flamboyants de Yelena, à son sourire lorsqu'on lui a entouré le cou de sa médaille d'or en patinage de couple. J'imagine ensuite son visage se déformer en me voyant gagner à sa place, dans un an. Enfin, je lui prouverais qu'elle n'a jamais été ma rivale.

Car j'ai toujours été la première et je le resterai quoi qu'il m'en coûte.

Oui, même en m'associant avec Nolan Davis. Quitte à y laisser mon corps et mon âme.

6

Nolan
Mars 2022, Grenoble

J'envoie une émoticone qui pleure de rire sur le groupe Facebook de mes potes à l'université. Certains ont poursuivi leur formation et font leur rentrée cette semaine. Ils ne sont pas ravis et leur réaction est hilarante.

Hélène nous partage le menu du RESTO'U et ce n'est pas très appétissant. Je lui rappelle alors qu'ils ont toujours leur table réservée dans notre restaurant. Chaque mardi, ils viennent me voir travailler et ils adorent que je les serve !

Une main me tapote l'épaule et je range aussitôt mon smartphone dans la poche de mon jean.

— Allez, jeune homme ! Plus que quelques assiettes et tu es libéré pour le week-end, rouspète ma mère.

Je reprends donc mon éponge bien mouillée et savonneuse pour terminer de nettoyer la vaisselle. Couvert après couvert, et verre après verre, j'astique chaque porcelaine avec un produit à l'odeur aigre.

Être plongeur n'est pas le poste que je préfère. C'est de loin le contact avec la clientèle qui me donne envie de me lever tous les matins. Et aussi, bien sûr, de patiner le soir. Glisser sur la glace m'apaise autant qu'un somnifère.

C'est mon échappatoire quand je passe des journées comme celle-ci : enfermé derrière un lavabo, avec des assiettes remplies de restes nauséabonds qui s'empilent. Demain, le nouveau serveur, engagé par mon père, fera mon boulot. Chacun son tour.

Il faut aussi voir le bon côté des choses. Cette activité me permet de muscler mes bras et de travailler mes réflexes et ma rapidité. Ce sera très utile pour la chorégraphie que nous allons établir avec ma partenaire.

Une chorégraphie… Ma partenaire…

J'ai encore du mal à y croire. Ma carrière est relancée ! C'est tellement incroyable. Malgré la sueur perlant sur mon front, mon sourire ne m'a pas quitté depuis hier soir.

Igor est un ange tombé du ciel. Il m'a envoyé tous les papiers administratifs à remplir pour qu'il devienne officiellement mon entraîneur. Même ce mot me paraît surréaliste. Mon cœur bat la chamade, mes mouvements circulaires s'accélèrent contre cette assiette blanche aux dorures bleutées. Si nous étions dans un dessin animé Disney, je serais en train de chanter ma victoire !

Il est cependant vrai que derrière ce sentiment de plénitude, les doutes persistent. Maddison est une personne très spéciale. Du peu que nous avons discuté jusqu'à maintenant, je ne sais jamais sur quel pied danser avec elle – façon de parler. Elle peut passer d'un regard assassin à un regard totalement indescriptible qui mêle curiosité et peur. J'ai sans doute un peu trop insisté… Pourtant, si je ne l'avais pas fait, nous n'en serions pas là.

C'était la bonne solution.

Je garde tout de même en tête qu'elle a raison sur un point. Nous ne connaissons rien de l'autre et j'ai conscience de la difficulté à choisir un bon partenaire pour le patinage en couple. J'ai pris un gros risque. Mais je ne pouvais pas faire autrement. J'ai toujours écouté mes sentiments en premier.

L'avenir me dira si j'ai fait le bon choix.

Lorsque je termine mon service, j'embrasse le front de ma mère, endormie sur le canapé, et ferme à clé la porte de notre maison.

Il est 22 heures quand mes lames s'avancent sur la glace vers Maddison. Les bras croisés contre son torse, elle tape du patin. Ses cheveux blonds sont attachés en queue-de-cheval haute. Ils sont également entourés d'un bandeau gris par-dessus son front et ses oreilles.

Je bute sur ce détail, car je ne trouve pas qu'il fasse si froid à l'intérieur. Que mijote-t-elle pour notre premier entraînement ?

Je ravale ma salive et calme les battements de mon cœur par la même occasion. Je suis trop nerveux, il faut que je me détende.

Difficile, accueilli avec une telle irritation.

— Tu devrais être là depuis quinze minutes. Si tu commences comme ça, on est fichus.

— Du calme, je finissais mon service.

Son sourcil droit se hausse.

Je vérifie la pièce. Il n'y a personne d'autre à cette heure-ci. J'ai presque peur qu'elle m'enfonce vraiment son patin dans le visage comme elle m'en a plusieurs fois menacé.

— Tu ne travailles pas, toi ?

— Je n'ai pas le temps pour ça. Je m'entraîne tous les jours, me répond-elle.

— Pas un seul moment de repos ?

Ses paupières se plissent.

— Trêve de bavardages. Nous avons une compétition à gagner et nous sommes loin d'avoir le niveau adéquat.

— Bien, alors parle-moi de ce « niveau adéquat ». Tu as l'air d'en savoir plus que moi.

Elle hoche la tête, l'expression plus détendue. J'ai cru comprendre qu'elle appréciait lorsque l'on flatte son ego. C'est une chose que je retiens dans un coin de ma tête. Ça ne me surprend qu'à moitié pour ce que j'ai vu d'elle jusqu'à maintenant. Il faudra que je m'adapte à contrecœur si je veux garder une bonne entente entre nous.

Peut-être finirai-je même par la convaincre que je ne suis pas le loup et qu'elle n'est pas le petit chaperon rouge. Ce qu'elle semble croire pour l'instant.

Je réajuste l'élastique de mon jogging autour de mes hanches tandis que Maddison progresse jusqu'au milieu de la patinoire. Même sa façon de bouger sur la glace est fluide et élégante. Je comprends mieux sa dextérité. Le patinage la transcende comme il me transporte. Elle pense y jouer sa vie comme je joue la mienne.

Sur ce point, nous ne sommes pas différents.

— Par où on commence ? demandé-je en échauffant mes poignets.

— Par la vitesse. Nous avons besoin d'avoir le même niveau technique. Sinon, ils nous enlèveront des points et notre programme sera une catastrophe. Il suffit que tu me tires trop fort ou trop lentement vers toi et notre porté sera raté.

J'acquiesce d'un simple mouvement de tête en essayant d'assimiler toutes les informations. Elle continue d'avancer jusqu'au rebord de la piste d'où elle récupère un chronomètre entre ses doigts.

— Attends… Notre porté ? Nous serons un couple de danse sur glace ?

Maddison daigne à peine me regarder en biais.

— Tu es nul en saut, je ne vais pas prendre le risque de partir avec un handicap. La danse sur glace est quelque chose que nous maîtrisons tous les deux.

— Igor a donné son accord ?

Elle soupire.

— Bien sûr que oui. Pourquoi ? Ça ne te va pas ?

— Euh, si, si ! C'est très bien.

Elle hoche le menton et termine de préparer son chronomètre. Je comprends mieux le bandeau contre son front. Si elle va aussi vite que la dernière fois, il vaut mieux le protéger.

— J'en ai pris un au cas où tu n'en aies pas, m'explique-t-elle en me montrant l'objet.

Un ricanement traverse ma gorge.

— Je ne suis pas si amateur que ça. Je n'ai simplement pas emporté le mien.

— Tu aurais dû.

Je la fusille du regard en penchant ma tête sur le côté.

— Et toi, tu aurais dû me donner ton numéro de téléphone pour qu'on se coordonne davantage.

Sa bouche s'entrouvre et se referme aussitôt. Je l'ai laissée sans voix, tant mieux. Première fois.

— Hum, bon, je te le passerai tout à l'heure. Mais ne spamme pas ma messagerie.

— Promis, juré.

Maddison pince les lèvres et me montre la piste du doigt.

Elle a de jolis cheveux, un visage de poupée et un regard très intense et mystérieux. Mais je ne ressens que pierre et froideur dans son cœur. Je suis déçu qu'elle soit si méfiante envers moi.

Et, ouais… Je me demande ce que ça me ferait de la voir sourire.

— Commençons par une simple glissade en vitesse jusqu'à l'autre bout.

Sa voix me ramène au présent. Je dois rester concentré sur notre entraînement. Mes lèvres s'étirent tandis que je me place en position de départ : jambes fléchies, coudes en avant. J'ai très envie de lui prouver que je suis à la hauteur. Alors, je vais tout donner !

Du coin de l'œil, je l'aperçois lever les yeux au ciel en entourant son cou du chronomètre pendu au bout d'un fil.

— C'est parti ! s'exclame-t-elle en enclenchant le bouton.

J'ai à peine le temps de cligner des paupières, qu'une fusée me fouette la joue. Aussitôt dit, aussitôt fait, Maddison s'embarque sur la piste d'une unique poussée.

Merde, je ne dois pas me faire distancer dès le début !

Sans réfléchir plus longtemps, je la suis de toutes mes forces. Mes mollets me propulsent dans sa direction. En quelques secondes à peine, je réussis à la rattraper, mais pas assez pour toucher la barre avant elle.

Maddison frappe dans ses mains et s'exprime en polonais. Je ne comprends pas tout à cette langue, mais je devine qu'elle est contente.

Moi, par contre, je peine à sentir mon cœur battre sous ma cage thoracique en feu. C'était rapide et éphémère, mais ça a suffi à mon corps. Je suis plutôt endurant donc le sprint n'allait forcément pas me réussir.

— Quinze secondes et douze centièmes. Tu y étais presque, j'admets.

Je me redresse tant bien que mal en gémissant et lui souris de toutes mes dents.

— Merci, Votre Majesté.

Sa tête remue de droite à gauche tandis que je me tiens le torse. Son souffle est calme, je ne sais pas comment elle fait.

— Nous n'avons pas beaucoup d'écart, c'est bon signe, ajoute-t-elle.

Je rêve où la Maddison pessimiste peut aussi être optimiste ?

— Mais ce n'est pas suffisant. Il faut que nous soyons synchro.

Je m'en doutais. Tous mes espoirs s'effacent aussitôt. Je pourlèche mes lèvres pour essuyer la sueur.

Si nous ne sommes pas en accord sur le sprint, il faudrait sans doute que nous essayions de patiner main dans la main en vitesse. Pour s'ajuster, ce serait le mieux. Mais Maddison m'a semblé crispée pendant notre danse. Si elle n'est pas très tactile, ça pourrait poser problème à notre couple. Il va falloir qu'elle apprenne à me faire confiance.

J'ai le sentiment que l'étape la plus difficile ne sera pas le sport en lui-même, mais notre entente personnelle.

— Et si…

— Il faut qu'on essaie de patiner main dans la main, me coupe-t-elle.

Les poings contre mes hanches, je la dévisage avec intensité. Elle lit dans mes pensées ? En fait, le loup dans l'histoire, c'est Maddison. Et je crains qu'elle ne finisse par me dévorer tout cru.

— Quoi ?

Elle fronce les sourcils en me fixant à son tour avec ses yeux ronds. Est-ce que je lui avoue que nous avons eu la même idée ? Non, je ne ferai que la contrarier.

Dis donc, c'est une vraie partie de plaisir de jongler avec ses humeurs !

— Bonne idée, réponds-je donc.

— Merci.

Son front se plisse lorsqu'elle approche sa paume dans ma direction. J'inspire un grand coup et expire plus lentement quand nos peaux se touchent. Ses doigts sont moites, mais ce n'est pas désagréable. Son épiderme chaud enflamme mon toucher d'une drôle de sensation. Des frissons dévalent ma nuque.

J'ai dû prendre une décharge d'électricité statique. La faute à son bandeau en laine. Oui, c'est connu avec cette matière.

Ses doigts se crispent autour des miens et les serrent très fort. Pas au point de me faire mal, non, mais plutôt au point de me montrer son malaise.

Je l'observe un instant, ses yeux fixés dans le vide, loin de moi. Maddison garde une expression froide et maîtrisée à toute épreuve. Elle n'est pas obligée de l'être avec moi, car je comprends sa frustration. Lorsque Igor lui a annoncé que la fédération ne comptait pas la prendre pour les mondiaux, je jurerais avoir entendu son cœur se briser en deux.

Ma propre souffrance d'antan a vibré en moi. Je me suis vu dans le reflet de son regard ébranlé par le choc. J'ai très bien conscience des efforts qu'elle s'apprête à faire pour remporter la victoire.

Peu importent ses motivations, elles me suffisent. Elle ne me fait pas encore confiance, peut-être deviendrons-nous amis avec le temps, même si ça ne m'enchante pas trop pour le moment. Je reste ouvert à toutes les possibilités.

Je suis certain que derrière la barrière de glace qu'elle érige, se cache autre chose.

7

Nolan
Mars 2022, Grenoble

Nous filons ensemble sur la glace. Maddison braque un peu trop de son côté, alors je tire légèrement sur sa main pour la ramener vers moi. D'un bref regard, elle semble me remercier.

Nous y allons d'abord doucement. De simples glissades sans trop forcer sur les patins. Nous touchons la barre et recommençons dans le sens inverse. Tout cela dans le silence et pendant plusieurs minutes. Je me contente de son souffle et du raclement satisfaisant de nos lames contre le givre comme mélodie pour me guider.

C'est apaisant de la tenir lorsque j'avance sur la piste. Je me sens connecté, accroché à la chaleur que dégage son corps. Au bout de la cinquième fois, j'ai l'impression que le mouvement devient naturel. Ce n'est qu'un début et nous aurons probablement encore beaucoup de progrès à faire, mais je suis content !

Quand nous atteignons à nouveau le rebord, je la retiens et la ramène vers moi.

— Et si on essayait un croisé arrière ?

— Oui, voyons ça.

C'est une réponse sèche, mais je m'en satisfais. Nous nous tournons alors pour patiner de dos, sa main gauche dans ma main droite. J'entame la série de pas croisés vers l'arrière. Elle me suit dans un premier temps sans difficulté. Au bout d'un moment, son patin dérape légèrement et ses doigts m'enserrent la main.

— Aïe, lui signifié-je avec une grimace.

Ses yeux se relèvent à peine vers mon visage avant de se concentrer à nouveau sur les mouvements de mes pieds. Le souci étant qu'à cause de cette méthode, elle ne surveille plus ses propres chevilles.

— Tu devrais me suivre à ta vitesse, on va finir par s'acco…

Je n'ai pas le temps de terminer ma phrase qu'elle me tire trop fort. Mes lames dérapent et je m'écroule sur les fesses.

— Mais qu'est-ce que tu fais ? me hurle-t-elle.

Elle plaisante ?

C'est elle qui m'a embarqué dans son sens ! Je ne savais pas qu'elle s'apprêtait à contourner l'arcade de la piste.

Je balance mes bras en l'air en signe de protestation.

— Préviens la prochaine fois !

— Je pensais que tu allais me suivre ! Tu voulais faire du croisé ? Eh bien, c'est ce que j'ai fait !

— Oui, mais on est deux. Tu aurais pu me dire « attention, on va tourner » !

Maddison m'exaspère. Je serre les poings tellement mon cœur bat de façon irrégulière. Elle lève les yeux au ciel et commence à faire les cent glissades sur la glace en me tournant autour, telle une mouche.

— Oh, bien sûr, pardon ! Tu n'as pas la science infuse.

Je soupire.

— Ce que tu dis est ridicule.

Ses patins crissent juste à côté de moi et quelques morceaux de neige retombent sur mon jogging.

— Là, c'est toi qui es ridicule à rester assis par terre comme un enfant grondé.

— Aide-moi, alors ?

Un juron polonais traverse ses dents serrées. Malgré tout, elle me tend ses bras pour que je m'y agrippe. Une seconde d'inattention supplémentaire et je m'écroulais sur elle en tombant vers l'avant.

C'est une catastrophe, elle avait raison… Mais j'essaie de repousser ces pensées et de me rassurer. Il ne s'agit que de nos premiers entraînements, rien de concret encore. Nous devons trouver nos marques l'un avec l'autre.

Je lui murmure un faible « merci » tandis qu'elle recule trop vite de moi. C'en est blessant, mais je calme les picotements dans ma poitrine. Ça ne servirait à rien de s'énerver davantage.

Ses bras se croisent à nouveau, comme pour protéger son cœur. C'est une habitude chez elle et ça ne présage souvent rien de bon.

— La patinoire va bientôt fermer. Je crois qu'on en a terminé pour aujourd'hui.

— Vraiment ? Nous n'avons patiné qu'une trentaine de minutes…

— J'en ai assez vu pour comprendre que c'est fichu d'avance.

Un nouveau souffle puissant d'exaspération s'échappe de ma bouche. J'ai cru comprendre que la colère l'énerve plus qu'autre chose, alors je vais tenter la manière douce et prendre sur moi.

Je réduis la distance qui nous sépare. Malgré un léger mouvement de recul de sa part, elle ne s'éloigne pas.

— Écoute, Maddison…

— Je déteste ce début de phrase, marmonne-t-elle.

Je ne dois pas être le seul à la lui sortir, effectivement.

— Il va nous falloir beaucoup de patience à tous les deux.

Elle plante un mauvais regard dans le mien.

— Mais n'oublie pas notre objectif. Il nous reste approximativement trois cents jours avant les championnats d'Europe. Nous n'y arriverons que si on y met tous les deux du nôtre. Ce n'est que le premier jour, conclus-je.

Ses sourcils restent froncés et ses traits crispés, mais je lis dans ses yeux pétillants que la détermination la domine de nouveau. J'en suis soulagé. Mes épaules s'affaissent lorsque je rétablis une distance entre nous et lui tends la main.

— Une dernière foulée ?

J'étire mes lèvres du mieux possible dans l'espoir de l'adoucir un peu. Mes amis trouvent que j'ai un sourire charmeur, prouvons-le !

Elle hésite en fixant ma paume tendue, puis se décide à la prendre dans la sienne. J'efface de mon esprit le nœud dans ma gorge à son toucher et recule sur la patinoire pour qu'elle me suive.

Nous abandonnons les croisés pour nous concentrer seulement sur notre vitesse commune. Il faut que nous arrivions à trouver notre propre longueur d'onde sur laquelle vibrer. Petit échelon par petit échelon.

Quelques minutes avant la fermeture, nous nous changeons dans les vestiaires et je l'attends sur les marches de la patinoire Polesud. Assis sur le béton froid, je consulte mes messages, dont plusieurs de Cami, qui me demande si je rentrerai avant qu'elle s'endorme. Malheureusement, je crois qu'il est trop tard. Mes paupières me piquent…

Je souffle de la buée dans l'air glacial du soir pour me soulager. Mon regard dévie vers le ciel étoilé et j'en oublie l'écran de mon smartphone que je range dans la poche de ma veste.

Les paillettes de la nuit pétillent vivement. L'absence de nuage rend ce paysage plus hypnotisant encore.

Je n'entends pratiquement pas les baskets de Maddison descendre vers moi. Elle garde le silence. Je ne perçois que son souffle tranquille juste à côté du mien et comprends qu'elle vient de s'installer à mes côtés.

Les lumières de la patinoire, derrière nous, s'éteignent et les étoiles s'illuminent davantage, comme par magie. Ce moment silencieux est apaisant. Nous ne disons rien, mais nous partageons un magnifique spectacle bien loin de notre portée.

Malheureusement, elle rompt ce délicieux instant :

— Tu travailles demain ?

— Non. Ni le samedi ni le dimanche.

— Parfait. Voici mon numéro, m'informe-t-elle en me tendant quelque chose.

Je baisse à contrecœur le regard vers le morceau de papier. À l'ancienne, donc. Je retiens un sourire pour qu'elle ne s'énerve pas et le récupère.

— Interdiction de m'envoyer des trucs cochons.

Là, ce n'est plus possible, j'explose. Je ris si fort que j'essuie des larmes au coin de mes paupières.

Cette fille est dingue.

Mais dingue à sa façon.

— Je suis très sérieuse, me réprimande-t-elle en se relevant. On se voit demain à la salle de sport. Je t'y attendrai pour 9 heures. Ne sois pas en retard, pitié.

Je parviens difficilement à me calmer, mais j'essaie de lui répondre avec des mots compréhensibles :

— Oui, Votre Majesté.

Ses yeux se dressent vers le ciel une dernière fois avant qu'elle ne s'éloigne. Je la suis du regard jusqu'à son arrêt de bus, sur le trottoir d'en face.

Je suis tombé sur un sacré spécimen. Maddison m'exaspère autant qu'elle me fascine. Un mystère plane autour d'elle et je peine à saisir quoi…

Je lève à nouveau mon menton vers la nuit étoilée, que je savoure encore un peu. Le froid me picote les joues et le nez tandis que je souffle entre mes poings pour me réchauffer.

Je n'ai jamais croisé de femme comme elle.

Un grand mystère, oui…

8

Maddison
Mars 2022, Grenoble

Pas moyen de trouver des *kolaczki*[12] en France. Je suis déçue et soupire devant le rayon des biscuits du supermarché. Je pourrais m'amuser à chercher une épicerie du monde dans le coin, mais je n'ai pas le temps ce matin. Je suis attendue à la salle de sport.

J'insère les écouteurs Bluetooth dans mes oreilles et reprends à pied le chemin de la salle. Sam Smith guide mes pas jusqu'à l'entrée.

Il n'y a pas grand-chose ici qui m'apporte du plaisir. Je n'ai, certes, pas pris le temps de visiter les environs de Grenoble, mais il n'y a rien à part Starbucks® qui m'intéresse. Et la patinoire Polesud où j'étais certaine d'y trouver la tranquillité. C'est vrai ! Dans une ville, au fond de la France, plus petite que Paris. Je pensais être seule, sans personne pour me reconnaître. J'espérais me

12 Biscuit polonais traditionnel à base de confiture et de fromage à la crème pour la pâte.

détendre loin des médias, des grandes patinoires d'entraînements.

Puis j'ai tourné la tête et mon regard a croisé celui de Nolan Davis.

Je n'aurais pas cru, il y a deux semaines, en être là où j'en suis aujourd'hui. Moi ? Patiner en couple alors que j'ai du mal à supporter le contact des autres ?

Je dépose mes affaires dans un casier tout en ruminant encore sur la question. La petite porte en métal claque lorsque je la referme, puis j'entre dans la pièce aux tapis de course.

Nolan se tient devant moi, la tête penchée vers le sol, le regard concentré sur le vide, les poings serrés. Il sautille sur lui-même pour se préparer…

À moi ? Je suis si effrayante que ça ?

Et pourquoi ça m'intéresse ce qu'il peut bien penser de moi ? Je ne me suis pas engagée avec lui pour créer du lien. Je suis là pour remporter une victoire.

Quand mes baskets atterrissent sous ses yeux, il retire rapidement son casque audio et me sourit.

— Salut !

— Bonjour. Tu es prêt ?

— Oui, si tu me dis pourquoi je dois l'être ? se moque-t-il.

Il ne comprend donc rien ? C'est pourtant évident. Je secoue la tête et me dirige sur le premier tapis, à ma droite. Une femme plus âgée s'entraîne au fond de la salle avec nous.

Je diminue le son de ma voix pour ne pas la déranger en m'adressant à Nolan :

— Tu as l'air d'être compétitif alors, je te propose que l'on se teste l'un l'autre. Nous devons aussi être équivalents sur la force de nos bras et de nos jambes.

Il hoche la tête tandis que je lui explique par quel exercice nous allons commencer. Je suis certaine d'avoir plus d'expérience que lui, de ce fait, je connais les muscles à travailler en priorité pour être efficace sur la glace.

Il s'installe sur la machine à côté de la mienne et tapote la tablette de commandes pour réguler sa vitesse.

— Tu sais, ce serait encore mieux si nous courions dehors, propose-t-il.

— Je ne vais pas risquer de me perdre dans une ville que je ne connais pas. J'ai eu de la chance de trouver cette salle sur Internet, avoué-je.

Son visage pivote soudain dans ma direction.

— Je pourrais te montrer plein de supers coins ! Ce serait motivant d'avoir quelqu'un avec qui courir, pour une fois.

Pour une fois ? J'espère qu'il ne me propose pas un rencard détourné par cette excuse. Je déglutis en me concentrant sur ma propre tablette. J'ajuste la vitesse du tapis et entame les premiers pas.

Ce ne serait pas une mauvaise idée… Je pourrais analyser sa manière de s'échauffer, de bouger ses pieds. J'y aurais un intérêt certain.

— Pourquoi pas.

Dans ma vue périphérique, je distingue ses lèvres s'étirer faiblement.

— Bien, répond-il.

Nolan réajuste son casque audio contre ses oreilles et démarre sa course au rythme du tapis. Coudes plaqués contre mes côtes, je fais de même, dans le silence.

Il n'a pas envie de parler avec moi. Je ne peux pas nier le tout petit pincement dans ma poitrine. Je ne sais pas si je suis énervée qu'il m'ignore ou affectée. Pourquoi le serais-je ? Après tout, je ne sais pas grand-chose de lui. Je ne sais pas ce qu'il aime, ce qu'il visionne, quels sont ses *hobbies* et ses amis ? Je sais simplement qu'il a remporté plusieurs médailles, dont une en or, et qu'il travaille dans un restaurant.

Ça ne m'avance pas beaucoup.

Au bout d'une quarantaine de minutes, j'arrête ma machine et pose mes paumes contre les accoudoirs afin d'étirer mes bras. J'allonge mon dos et laisse retomber ma tête entre mes biceps. Mon souffle est saccadé et ma cage thoracique me brûle. Je n'en peux plus, j'ai l'impression d'avoir déjà épuisé la moitié de mes forces.

Un coup d'œil sur le côté m'informe que Nolan est toujours très concentré sur son exercice. Il ne transpire même pas ? Mais comment fait-il ?

Je suis impressionnée par son endurance. Il doit beaucoup s'entraîner en dehors de la patinoire pour reprendre sa forme d'avant.

Ses paupières sont fermées et calmes. Les traits de son visage sont étonnamment détendus malgré ses poings serrés à en faire pâlir ses jointures. Sa maîtrise de lui-même est admirable. Elle me déroute…

Ses cils sont longs et très foncés. J'avais déjà remarqué que ce détail rendait son regard plus intense encore. Il a un beau visage quand on l'observe de près. Et plus j'en apprends sur sa personnalité, plus j'ai l'impression de remettre mon jugement en question.

Il ne faut pas oublier, tout de même, qu'il a énormément insisté. Cela devenait très gênant à force. Je ne peux cependant pas réfuter le courage qui lui a fallu pour reprendre le patinage après quoi ? Cinq ans d'arrêt ? C'est beaucoup pour un patineur.

Des frissons fourmillent dans ma nuque et le bout de mes doigts. Ce Nolan Davis m'intrigue…

Je perds patience au bout de quelques minutes et lui tapote l'épaule avec mon index. Nolan sursaute et manque de se faire emporter par le tapis roulant jusque dans le mur derrière lui.

Mais à quoi pensait-il ?

Il retire son casque et éteint la machine. Une main contre son torse qui se soulève rapidement, il pivote face à moi.

— Tu es tête en l'air, énoncé-je.

Mon partenaire essuie la sueur sur son front avec la serviette posée sur l'accoudoir.

— Et toi, tu m'as fait peur.

Mes bras se croisent autour de ma poitrine et je serre mon biceps entre mes doigts pour continuer de paraître calme et détendue.

— Bien. Voyons à présent si tu es aussi doué aux squats qu'à l'endurance.

— Je vous suis, *Madame*, réplique-t-il d'un large sourire.

Après « Votre Majesté », il m'appelle « Madame » ? N'en a-t-il pas fini avec ces surnoms stupides à mon égard ?

— Plus vite, Garçon ! lancé-je à mon tour.

Je me détourne pour ne pas qu'il devine mon presque sourire.

Nolan me suit jusqu'à la salle en haut des escaliers où sont installés des tapis en libre-service ainsi que d'autres outils de fitness. Pour être un bon porteur en patinage artistique, il faut avoir des bras et des trapèzes fermes. Voyons s'il en est aussi capable qu'il le prétend.

J'ajuste l'élastique de mon legging mauve et me penche vers le sol pour entamer une première série de pompes.

Durant les deux heures qui suivent, nous enchaînons les exercices dans différentes salles. Il me bat malheureusement aux squats, mais je remporte le duel au vélo elliptique. Il gagne ensuite aux tractions verticales sur machine. Je le devance juste après au porter de poids.

Chaque fois que je décroche la victoire, je suis prise d'un étrange fou rire. D'une excitation nouvelle dont je n'ai pas l'habitude en m'exerçant seule. Nolan continue de me charrier avec des petits surnoms aigris. Je vais vraiment devoir le supplier d'arrêter, car c'est dénigrant. Je ne suis pas si autoritaire ! Je ne fais que donner mon opinion avec franchise. L'honnêteté est une qualité primordiale que nous devrions tous avoir. Cela éviterait tellement de malentendus et de non-dits.

L'égalité perdure toute la matinée. Quand ce n'est pas Nolan qui réalise une traction de plus que moi, je suis celle qui le détrône aux extensions de jambes.

Je m'effondre sur un tapis dans la salle de musculation, les bras le long du corps et les paupières closes. L'air entre dans mes poumons à une telle vitesse que j'en ai mal aux côtes. Chacune de mes articulations est douloureuse, de la nuque jusqu'aux orteils.

Mais pour une raison que j'ignore, je suis soulagée. Je me sens lavée de toute mauvaise pensée, je ne ressens plus que le plaisir d'être en sueur, satisfaite et simplement bien dans ma peau.

Nolan s'écroule juste après moi en position assise, la respiration aussi bruyante que la mienne.

Un sourire s'élance sur mon visage. Je suis si détendue que j'en oublie tout le reste et me laisse aller.

— Égalité, annonce-t-il entre deux expirations effrénées.

L'adrénaline m'envahit et un souffle rieur m'échappe.

Cette séance m'a beaucoup appris. Nolan Davis a beau avoir encore des progrès à faire en patinage, il n'en est pas moins robuste et courageux. Je n'imagine pas tous les efforts qu'il lui a fallu pour reprendre sa forme passée. Et seul, je présume. Même s'il n'est pas le meilleur dans son domaine, il garde son sang-froid et essaie toujours de s'améliorer.

Je rouvre mes yeux et penche mon menton dans sa direction pour mieux l'observer de l'autre côté de la pièce. Nos regards, ivres de fatigue, s'accrochent. Des secondes qui me paraissent des heures.

Nous pouvons peut-être réussir à produire quelque chose ensemble, finalement. Entre sa détermination évidente et la mienne, plus froide, nous pourrions nous perfectionner.

Je suis toujours convaincue que le chemin sera long et tempétueux avant d'avoir un niveau similaire. L'espoir n'est pas encore au rendez-vous, mais je pense pouvoir essayer de patiner sérieusement avec lui.

— Qu'y a-t-il ? m'interroge Nolan au bout d'un moment.

Je remue légèrement la tête. Même si je dois admettre certaines de ses qualités, il reste un étranger. Je ferai tout pour l'empêcher de briser ma précieuse coquille. Elle m'a permis de survivre jusqu'ici malgré mon passé, qui continue à me hanter tous les jours. Je ne laisserai personne la fendre.

Jamais.

— Rien, j'ai besoin d'un *Refresha.*

Ses sourcils se froncent. Pitié, dites-moi qu'il ne va pas dire ce que je pense.

— Un quoi ?

Je me redresse sur les coudes, mon sourire disparu dans les limbes.

— Nolan ? Starbucks® ?

Ses lèvres se pincent et sa tête s'échoue en arrière, contre le banc en mousse.

— Connais pas. C'est polonais ?

— *O Panie* ! lâché-je en m'écroulant à nouveau sur le dos.

Je retire tout ce que j'ai pensé. Je suis tombée sur un extraterrestre !

9

Nolan
Mars 2022, Grenoble

Voilà une semaine que nous avons débuté sérieusement les entraînements. Nous ne faisons, pour le moment, que patiner main dans la main et effectuer quelques pirouettes. Je suis persuadé que nous progressons, car au fil des jours, Maddison se cale davantage à ma vitesse. Il y a encore des ratés, j'ai dû glisser quatre ou cinq fois, mais c'est mieux que ce que je craignais.

Aujourd'hui, nous ne sommes pas seuls. Le samedi, les familles profitent d'emmener leurs enfants faire un tour à la patinoire. Nous essayons donc de nous exercer entre les sièges pingouin et les adolescents qui s'amusent à se pousser les uns les autres.

Je n'apprécie pas trop cette ambiance… Autant j'aime les foules, autant je déteste être freiné dans mes glissades ou simplement déconnecté du monde dans lequel je m'enferme en patinant.

Maddison, elle, ne semble se soucier de personne. Elle coupe la route aux couples, et même à une petite fille qui a failli chuter en arrière si sa mère ne l'avait pas retenue. La femme s'est bien indignée contre la Polonaise, mais avec la musique à fond dans ses oreilles, Maddison n'a rien entendu.

J'ai aussi mon casque audio sur la tête pour rester concentré. Mais ça me rend un peu nerveux d'être éloigné de ma partenaire. Oui, nous effectuons nos pirouettes chacun de notre côté depuis déjà une semaine, mais c'est différent. Il y a un fossé entre nous. Comme si la bulle qui commençait à se former entre elle et moi allait exploser.

Je comprime ma mâchoire tout en baladant mes chevilles d'avant en arrière dans un croisé. Lorsque je m'apprête à accélérer ma vitesse à reculons pour tenter un saut, une femme traverse derrière moi. Il m'en a fallu de peu pour finir étalé à plat ventre sur la glace ! Je m'arrête net et la fusille du regard même si je sais qu'elle ne fait déjà plus attention à moi.

Ce n'était pas une bonne idée de venir aujourd'hui… Impossible de s'entraîner tranquillement sans sentir une boule de colère sous mon torse.

Je secoue la tête et retente un *axel.* Je patine jusqu'au milieu en effectuant quelques pirouettes et mouvements arabesques avec mes bras pour m'échauffer. Puis j'entame un croisé avant et atteins le moment silencieux où je me laisse glisser. Quand je suis dans l'arcade de la patinoire, je me projette dans les airs. Mes pieds ne décollent presque pas du sol et je ne parviens qu'à composer un simple *flip*[13] bancal. Mes patins retombent et je dérape, comme d'habitude.

Je m'écroule sur la hanche droite et amortis ma chute avec mes mains de justesse. Une vive douleur agresse ma gorge et mon poing vient frapper la glace. Assez fort pour m'égratigner les jointures.

---

13 Saut piqué pour lequel le patineur doit prendre l'élan par l'arrière.

Putain !

Je gémis en découvrant les rougeurs et les perles de sang.

J'en ai marre de ne pas réussir des sauts corrects. Je n'arrive pas à expliquer l'étau qui se resserre autour de mes muscles chaque fois que je m'élance. Comme si mon corps se coinçait. Comme s'il se préparait à dégringoler avant même de s'être élevé.

Je sais que nous avons décidé de concourir en danse sur glace plutôt qu'en pur patinage de couple. Mais je suis fatigué de ne pas pouvoir reprendre mes aptitudes passées ! Un profond souffle s'extirpe de mes poumons. Aucune de mes réussites n'aboutit à une parfaite figure. Si seulement je n'étais pas…

Des flashs de 2018 envahissent mes pensées tandis qu'une chaise en forme de tête de lion me passe à côté. Mon poignet disloqué, ma vue qui se brouille… Chaque détail est marqué au fer rouge dans mon esprit à tout jamais.

Une main tendue apparaît soudain devant mes yeux. Je relève la tête et, dans une auréole d'ange autour de son visage, les lampadaires du plafond illuminent la blondeur de Maddison.

Elle est impassible. Peut-être ne veut-elle pas me montrer davantage sa déception. Elle doit regretter d'avoir accepté d'être ma partenaire. Igor ne nous a toujours pas donné de nouvelles concernant la réunion de la fédération sur les prochaines compétitions. Il était censé discuter avec eux de notre projet, mais aucune suite.

Ma poitrine s'alourdit de jour en jour… J'ai l'impression de perdre à nouveau espoir.

— Bon, tu la prends cette main ! s'indigne Maddison.

Tel un éclat dans mes ténèbres.

Je pince les lèvres et l'agrippe. Maddison m'aide sans difficulté à me redresser et secoue sa queue-de-cheval toute lisse.

— Nous aurions dû réserver la patinoire.

Je m'esclaffe en essuyant mes mains moites sur mon pantalon.

— On ne peut pas, voyons. C'est une patinoire publique.

— Ridicule.

Sa réaction ne me surprend pas. Mais je suis néanmoins touché qu'elle soit venue m'aider. C'est assez inédit de sa part. J'ai failli avoir un doute sur la personne qui se trouvait au-dessus de moi.

Maddison est carrément plus un démon qu'un ange. Ou du moins, c'est la seule facette de sa personnalité qu'elle laisse paraître à autrui.

Sans un mot de plus, elle m'abandonne pour retourner s'entraîner dans son coin. Je me sens déjà étrangement calmé. Cette main tendue, j'aurais voulu l'avoir à l'époque. Que quelqu'un me relève comme elle vient de le faire et me dise que je peux continuer, que je ne suis pas *déchu*.

Je déglutis et chasse ces mauvaises pensées pour regagner, moi aussi, la piste. Il ne sert à rien de ruminer le passé. Je vis une nouvelle aventure, une nouvelle page de mon histoire. Je dois rester concentré sur l'avenir et non sur les vieilles blessures. Peut-être que grâce à notre partenariat, je finirai par réussir mes *axels*. Même un triple, soyons fous !

Du coin de l'œil, j'aperçois Maddison qui effectue une pirouette allongée, jambe gauche tendue et tête penchée sur celle-ci. Elle est si rapide que c'en est hypnotisant. J'ai l'impression de ne plus rien entendre, d'être envoûté par la vitesse à laquelle elle tourbillonne.

Une vague d'admiration me submerge chaque fois que je l'observe patiner. Ses mouvements, sa force, son élégance, la fluidité de ses membres. Ça n'appartient qu'à elle.

Je prends tellement de plaisir à l'observer que je me rends compte trop tard de l'homme qui lui fonce droit dessus.

Elle s'allonge vers le haut tout en poursuivant sa pirouette parfaite lorsqu'un large dos la percute. Son prénom reste coincé dans ma gorge. Je me précipite pour la rattraper de justesse avant que sa tête ne s'écrase sur le givre.

Une seconde de plus et je n'aurais pas eu le temps de la soutenir par les aisselles.

— Est-ce que ça va ? demandé-je, affolé.

À genoux, contre la glace, sa tête bouge contre mon ventre. Je l'aide à se remettre debout. Ses bras frissonnent sous mon contact et mon estomac se noue. Elle a dû avoir autant la trouille que moi…

Je fusille du regard l'homme qui est reparti sans même s'excuser.

Quel gros con !

Mais il n'a pas fait trois glissades que Maddison s'écarte de moi et se retourne dans sa direction d'un coup sec.

— *Hey, you* !

Oh, non…

Il est à peine plus âgé que nous, la trentaine sans doute. Son sourire béat quand il comprend qui s'adresse à lui me donne la nausée.

— Pardon, je t'ai fait mal, *princesse* ?

Son pote derrière lui retient un rire sous son poing. Je vais leur faire raval…

— *Chodź tędy i pozwól, że ci pokażę*[14] ! crache Maddison en fonçant vers lui.

Ange en apparence et furieux démon à l'intérieur.

---

14 Viens par ici que je te montre !

Je comprends quand elle remonte sa manche qu'il faut intervenir avant que ça ne dégénère. Si la fédération a vent d'une bagarre provoquée par Maddison, nous sommes foutus.

— *Chcesz zobaczyć ? Hej ! Puść mnie*[15] *!*

Je l'attrape délicatement par les épaules et la fais glisser derrière moi. Avec mes yeux exagérément écarquillés, j'essaie de lui faire comprendre de se calmer.

— Stop, laisse tomber, susurré-je entre mes dents.

Ses sourcils sont déformés par la colère. J'ai envie de caresser sa joue pour adoucir ses traits, l'espace d'un instant. Mais je me reprends en clignant des paupières et jette un mauvais coup d'œil aux deux mecs. Maddison continue de s'indigner et de tenter de me dépasser pour aller faire la baston. Je la tire par les hanches pour l'en empêcher. Nous retournons calmement vers la sortie, mon bras autour de sa taille.

— J'aurais dû lui refaire le portrait. Pour qui il se prend, cet enfoiré ? déblatère-t-elle avec un accent roulé qui me provoque des frissons étranges.

Et s'ensuit une avalanche de noms d'oiseaux en anglais pendant que nous défaisons nos lacets sur le banc des vestiaires. À la fin, j'ai presque envie d'éclater de rire. Sa réaction m'a beaucoup plu. Elle ne s'est pas laissée démonter. Bien que je n'en doute pas venant d'elle, j'ai été agréablement satisfait. Je fixe son visage rageur, ses joues rouges de colère, ses yeux brûlants d'animosité. Et je souris. Je ne sais pas pourquoi, mais j'en ai envie.

Puis soudain, son téléphone portable vibre à côté de moi. Sa mine change totalement. Comme si elle venait de voir un fantôme, elle se fige, telle une statue grecque. Mon sourire disparaît tandis que mon regard dérive entre elle et l'écran de son smartphone, que je ne parviens pas à

---

15 Tu veux voir ? Eh ! Lâche-moi !

distinguer. Mon cœur bat la chamade, j'en abandonne mes patins au sol.

— Qu'est-ce qu'il se passe ?

Ses lèvres s'entrouvrent et elle prononce, la respiration éteinte :

— Igor nous attend ce soir au Starbucks®.

*

C'est ainsi que quelques heures plus tard, je passe la porte de cette enseigne au logo vert et blanc. Nous avons pris le temps de rentrer chacun de notre côté pour nous changer et nous préparer mentalement au pire.

Je secoue mes baskets noires sur le tapis à l'entrée et vérifie la montre à mon poignet. 18 H 40. Ils ne devraient pas tarder. Aussitôt ai-je pensé ça qu'une autre personne pénètre à l'intérieur du café. Je me tourne, supposant gêner le passage, et reste… figé.

Maddison a attaché ses cheveux lisses avec une barrette à l'arrière de son crâne. Elle porte une doudoune kaki, un pull moulant beige ainsi qu'un jean noir. C'est un look urbain. Ce sont des vêtements. De *simples* habits.

Pourtant, je me sens bizarre, ma langue s'assèche. C'est la première fois que je la vois sans tenue de sport. Et une seule pensée me fouette l'esprit : *elle est belle*. Mon cœur se raidit dans ma poitrine. Elle l'est toujours, en fait… C'est juste différent, plus intime.

— Si tu me dis que j'ai une tache quelque part, sache que je m'en fiche.

La parole me revient tandis qu'elle retire son blouson. Ce col roulé lui va drôlement bien et souligne la courbe de son cou fin.

— N-non, pas du tout. Igor est arrivé ?

Maddison pointe son index dans mon dos et lorsque je suis sa direction, je découvre notre entraîneur aux cheveux poivre et sel, installé à une table, au fond de la boutique. Il brandit une tasse pour nous saluer.

Le destin va se jouer maintenant. Rien que de penser cette phrase, j'ai le rythme cardiaque qui repart dans un marathon incontrôlable.

Nous allons commander nos boissons à la caisse avant de rejoindre Igor. Je m'assieds face à lui sur les canapés vert foncé. Maddison se place au fond de la table ronde, entre Igor et moi, et pose son manteau sur ses genoux.

— Comment allez-vous ? commence-t-il.

— Peu importe. Crache le morceau, Igor !

J'écarquille les yeux devant l'impertinence de Maddison face à son coach. Ou peut-être sont-ils plus que ça ? Celui-ci manque de recracher la gorgée de café qu'il venait d'ingurgiter et hoche la tête en reposant la tasse sur la table en bois. Mais avant qu'il n'ait pu dire quoi que ce soit, nos noms sont appelés à la caisse. Je reste sans bouger, ne comprenant pas tout de suite. Jusqu'à ce que Maddison m'indique de la main d'aller chercher nos boissons. Ah, ils ne servent pas, ici ?

Je hausse les épaules et vais récupérer notre commande. Je tends son verre glacé à Maddison et me rassieds pour siroter mon chocolat chaud viennois.

Mmmh… c'est pas mal !

Elle me tend soudain son gobelet et hausse les sourcils :

— Un *Refresha*, Nolan. Un *Re-fre-sha* !

Je pince les lèvres, amusé. Toujours dans l'exagération, cette femme…

Igor nous zieute l'un après l'autre et je secoue la tête pour lui signifier de ne pas s'intéresser au problème. Maddison m'amuse autant qu'elle me sort par les trous. Je pourrais presque avouer que c'est ce que j'aime bien chez ma partenaire. Je connais à présent sa façon de parler, et pourtant, je ne sais jamais à quoi m'attendre.

Elle boit une longue gorgée de sa boisson rosâtre avant de reposer vivement son verre sur la table. Comment fait-elle pour boire froid avec les températures extérieures ? Nous sommes le 12 mars, certes les beaux jours arrivent, mais quand même !

— Alors ? Qu'ont-ils dit ?

Igor grimace et lâche la bombe :

— Ils sont d'accord.

Un profond soulagement détend mes épaules et un franc sourire traverse mes lèvres. Même si je dois me contrôler, car nous sommes en public, l'euphorie est telle que des larmes perlent aux coins de mes paupières. Toute la pression des derniers jours retombe d'un seul coup.

Maddison ferme les yeux quelques secondes, un léger et très faible sourire pinçant ses joues. Ses poings se serrent contre sa doudoune. Je ne saisis pas comment elle réussit à tout garder en elle.

Elle rouvre les paupières et dit :

— *To niesamowite, Igor. Jak ich przekonałeś*[16] *?*

— *Załóżmy, że wydali warunek i wiem, że będziesz w stanie to zrobić*[17].

Le visage de Maddison change totalement de couleur, mon cœur est à deux doigts de rompre. J'en perds tout enthousiasme. Que se passe-t-il ?

— Je ne comprends rien au polonais. Une traduction, s'il vous plaît ?

Elle pivote à peine son regard vers moi et laisse Igor nous annoncer quelque chose qui ne présage rien de bon.

— Ils ont émis une condition. Ils veulent que vous participiez à la *Ice-Dance Petronilla Cup* pour assurer votre place aux championnats d'Europe.

---

16 C'est incroyable, Igor. Comment les as-tu convaincus ?

17 Disons qu"ils ont émis une condition et je sais que vous en serez capables.

— *To jakiś żart ?*[18]

Maddison en perd son anglais et moi ma langue.

— Qu'est-ce que c'est ?

— C'est… l'équivalent de la Coupe de Suisse, qui a lieu à Biasca, me répond Maddison, le souffle court.

Igor braque son attention sur moi.

— Maddison a rejoint l'équipe suisse il y a dix ans. Après avoir perdu son ancien entraîneur polon…

— Ça suffit. Pas besoin d'entrer dans les détails, le coupe-t-elle froidement.

Je ne l'ai jamais entendue s'adresser à Igor de cette manière. Celui-ci ravale son air compatissant et dresse les épaules.

— Cela étant, si vous voulez concourir ensemble, il va falloir que Nolan intègre officiellement l'équipe de la *Swiss Ice Skating*. Et pour cela, ils veulent voir de quoi vous êtes capables. Vous avez jusqu'à novembre donc…

Est-ce un enjeu de taille que nous pouvons surmonter ? Notre temps de préparation est bien raccourci. Nous serons peut-être aussi épuisés pour les championnats européens, deux mois après.

Je consulte la réaction de ma partenaire pour m'assurer que nous pensons la même chose. Mais tout au contraire, elle hoche la tête avec vigueur et boit une gorgée de sa boisson avant d'ajouter :

— Si c'est notre seule chance, alors allons-y.

— Tu en es certaine ? l'interrogé-je, les doigts entremêlés au-dessus de mes cuisses.

Maddison plante un regard indescriptible dans le mien.

— Tu ne vas pas me dire que tu te défiles ?

— Ce n'est pas ce que j'ai dit. Mais en sommes-nous capables ?

---

18 C'est une blague ?

Quand je repense à mon niveau bien plus bas que le sien… les doutes pointent le bout de leur nez et je ne sais plus quelle voix écouter dans ma tête.

Le menton relevé, elle assène :

— Si tu doutes maintenant, tu tires un trait définitif sur ta carrière. Tu n'en as pas envie. Et moi non plus. Après tout ce que tu as fait pour me convaincre, ne fais pas machine arrière, Nolan.

Elle a raison, pourtant, à présent que tout devient concret, j'ai… *peur ?*

Je ne réponds rien. Et si je la lâchais au sol pendant un porté ? Et si nous n'arrivions pas à nous qualifier à la Coupe de Suisse ? Nous resterons amateurs toute notre vie ? Nous aurons fait tout ça pour… rien ?

Mes pensées cessent d'elles-mêmes lorsque Maddison tend sa main vers moi. Je fixe les douces lignes de sa paume, ses longs doigts pâles, puis je ramène mon attention à son regard sombre.

— Je vais te dire ce que tu m'as dit il y a trois semaines.

Yeux dans les yeux, elle ajoute :

— Patine avec moi, Nolan.

Cette femme est déroutante. Intrigante. Dingue aussi, et a un vrai problème d'impulsivité. Mais si je ne prends pas cette main tendue tout de suite, je signe la fin d'un mystère non résolu.

Et j'ai besoin de le résoudre.

Je l'attrape sans hésiter une seconde de plus, ses mots ayant percutés quelque chose en moi.

— OK. Je marche.

Mon cœur bat trop vite. Nous allons concourir ! Officiellement, cette fois-ci ! Je peine à réaliser sur l'instant. Je pense à tous ces moments à actualiser ma boîte mail, à m'entraîner seul, tard le soir, à me demander si je reverrai un jour les projecteurs et si je ressentirai de nouveau ce fabuleux sentiment de victoire. Je me remémore tout ça et je me dis que je vis un rêve grâce à Maddison.

Le début de notre histoire.

— Je peux vous prendre en photo ? nous interrompt Igor.

Telle une douche froide, Maddison récupère sa main pour attraper son gobelet et siroter sa boisson. Suis-je le seul à avoir ressenti cette étrange connexion ? Cette faible électricité statique ? Ce très discret sourire sincère sur son visage ?

— *Idiota*, lance-t-elle en polonais à son entraîneur.

Je bois mon chocolat chaud, plus tiède à présent. Le sucre me réveille les papilles et la douce chantilly dénoue les nœuds dans ma gorge.

Je me sens libéré, mais Igor n'en a visiblement pas terminé avec nous.

— Attendez. Il reste une question en suspens.

Nous braquons nos regards vers lui comme un seul homme, les yeux écarquillés. Oh, non, qu'y a-t-il encore ?

— Patinage artistique ou danse sur glace ?

— Je croyais qu'on s'était déjà mis d'accord ? demandé-je en haussant un sourcil.

Maddison manque de s'étouffer avec son fraîche-machin-chose. Qu'ai-je encore dit qu'il ne fallait pas ? Notre coach hausse les épaules.

— J'en ai parlé avec Maddison, oui. Mais est-ce que cela te pose un problème ?

Je peine à faire des sauts de niveau 2. Dans ce type de compétitions, nous sommes, minimum au niveau 4. Même si la manière dont Maddison me l'a annoncé était cinglante, je suis plutôt d'accord avec le choix de cette discipline.

Je la consulte une énième fois. Elle plisse les yeux et me jauge de haut en bas. J'ouvre la bouche en même temps qu'elle :

— Danse sur glace.

— Danse sur glace.

Ses lèvres se fendent en coin.

— Nous sommes d'accord. Tes *axels* sont laids, nous aurons plus de chance sans.

Ah… Pourquoi je ne suis plus surpris par ses piques ?

Je grimace d'amusement. Au moins, nous sommes unanimes sur ce point. Il ne nous manque plus qu'à trouver un thème, deux programmes et trois musiques. Ainsi qu'à nous faire confiance. Un jeu d'enfant !

Nous discutons ensuite de la Coupe de Suisse, du nombre de points à acquérir pour nous qualifier pour les championnats d'Europe ainsi que des possibles jurés et compétiteurs.

Igor nous laisse un moment pour aller aux toilettes et le silence règne. Je termine le fond de ma boisson tout en réfléchissant à un thème qui pourrait nous plaire à tous les deux.

Maddison soupire et s'avachit contre le dossier du canapé. Je lui jette un regard en reposant mon gobelet avec mon prénom inscrit au feutre.

— Qu'y a-t-il ?

— Rien… Ça me manque de manger polonais.

Telle une lumière qui s'éclaire dans mon esprit, je lui offre un large sourire et propose :

— Tu n'as qu'à passer à mon restaurant familial !

Je réussis à capter son attention malgré ses sourcils froncés. Je crois saisir sa question silencieuse, car il est vrai que nous n'avons pas beaucoup parlé l'un de l'autre.

Je plaque une main contre mon torse et lui avoue :

— En fait, je suis polonais et américain. Mes parents tiennent le restaurant où je travaille. Tu vas adorer la soupe traditionnelle de ma mère !

Maddison grimace en plissant le front et s'apprête sûrement à refuser lorsque je présente mon dernier argument :

— Si nous devons patiner ensemble, il faut que l'on apprenne à se faire confiance, à nous connaître un peu plus. Ça nous aidera aussi à choisir un thème pour nos chorégraphies. Qu'en penses-tu ?

Je suis certain que ça pourrait fonctionner. Elle est tellement méfiante. Si elle comprend que je suis un gars lambda qui ne veut que vivre de sa passion, elle changera d'avis. Ma partenaire secoue pourtant la tête avec une moue moqueuse :

— C'est... Non, merci, c'est trop facile.

Bien. Je ne voulais pas en arriver là, mais il faut que je lui rappelle quelque chose qui semble la gêner :

— Tu sais que si nous exécutons des portés, je vais mettre mes mains sur tes cuisses, sur tes hanches, et je risque de te frôler par endroits si...

— OK ! Stop ! Je viendrai, t'es chiant. Envoie-moi l'adresse...

Son sourire disparu et le mien encore plus grand, je lui transmets les coordonnées par SMS. Ses yeux me fuient tout le reste de la soirée jusqu'à ce qu'Igor revienne et que nous nous séparions à l'entrée du café.

Un jeu d'enfant, oui... J'ai peut-être parlé trop vite.

10

Nolan
Mars 2022, Grenoble

Le mardi est mon jour préféré de la semaine. C'est celui où je retrouve mes amis le temps d'un repas ; dont je suis techniquement le serveur, oui. Qu'importe, je suis avec eux, et c'est tout ce qui compte.

Il est déjà midi lorsque j'enfile mon tablier noir et que je recoiffe les mèches de mes cheveux contre mes tempes. Je me lave les mains dans la cuisine du restaurant et attrape mon calepin pour m'occuper des premiers clients. Les habitués sont présents à la même heure, tous les jours. Un groupe d'hommes âgés venus des pays du nord-est viennent retrouver le goût de leur patrie. Puis les travailleurs des chantiers alentour, qui s'empiffrent de nos sandwichs régionaux.

J'apporte leurs tickets à la cuisine en hurlant chacun des plats demandés. Mon père se met immédiatement aux petits fourneaux à l'aide de ses collègues, Jacques et Martin. Le plus grand a failli être qualifié à l'émission Top

Chef, l'année dernière, c'est une chance pour nous de l'avoir ! Et puis, il est fan des jeux d'échecs, alors après chaque fin de service, Martin, mon père et lui se lancent dans une partie qui peut durer plus d'une heure. J'en profite souvent pour prendre ma pause et aller courir.

Vers midi et demi, j'aperçois la chevelure brune et bouclée de ma Réunionnaise préférée s'engouffrer par la porte de la maison. J'ouvre grand mes bras pour l'accueillir.

— Hélène !

Elle grimace une moue moqueuse en m'étreignant à son tour. Je ne me lasserai jamais de la douce odeur de son soin à la banane pour les cheveux frisés. C'est ma meilleure amie depuis que nous nous sommes rencontrés au lycée. À mon arrivée en France, elle a été l'une des seules à bien vouloir m'aider. Une chose en entraînant une autre, on est devenus inséparables !

— Mon beau gosse est toujours aussi sexy dans son uniforme de serveur, marmonne-t-elle dans mon cou.

Nous nous séparons quand je remarque les deux autres. Sam et Peter pénètrent à leur tour dans l'entrée de notre maison familiale. Les deux blondinets me serrent la main comme de parfaits professionnels et je les charrie.

Peter et moi, nous nous sommes vite rapprochés lors de ma première – et unique – année à l'université. Il est américain lui aussi, et il avait du mal à parler français. J'ai été un peu son professeur ! Sam lui rappelle constamment qu'il a de la chance d'avoir un accent qui fait chavirer le cœur des demoiselles en boîte de nuit.

— Vous savez où vous installer ! leur rappelé-je en leur ouvrant l'accès qui sépare notre salon de la clientèle.

Ils me tapotent l'épaule avant de se diriger sous l'arcade, qui donne sur la salle à manger du restaurant. Nous avions décidé d'y accoler les deux, car notre maison inclut évidemment notre brasserie. Mais nous y avons tout de même installé une large porte coulissante afin de conserver notre intimité.

Mes amis ont une table réservée pour quasiment chaque mardi de l'année. Hélène les guide jusqu'à la baie vitrée, qui donne sur la terrasse aménagée pour accueillir les clients en été. L'hiver, nous fermons les fenêtres qui la bordent afin qu'ils ne prennent pas froid. Nous avons ajouté, en ce début d'année, un chauffage automatique.

Ils s'asseyent tous les trois tandis que je m'occupe des boissons et des desserts de nos premiers consommateurs. Mon nouveau collègue saisonnier prend ma suite pour que je puisse servir mes amis.

Lorsque j'arrive avec mon bloc-notes, ils essuient chacun les larmes au bord de leurs yeux.

Ouh là, qu'ai-je manqué ?

— Personne n'est mort, j'espère ?

Peter m'offre un large sourire en frottant son ventre.

— Non ! Du tout ! Hélène nous racontait comment elle a terminé les pieds *in the air* au ski !

Pas le moins du monde mal à l'aise par son grand exploit à la montagne, notre amie lui frappe gentiment l'épaule pour qu'il arrête de rire.

— *Hey* ! *In the air* ! Tu veux boire quoi ?

— *Beer*, s'il vous plaît, *Milord*, répond-il.

Je grimace en secouant la tête.

— Trois, en fait, intervient Sam.

Je me dirige vers le bar pour sortir les bouteilles en verre et les leur servir. Je décapsule chacune d'entre elles en les écoutant discuter des prochains partiels. Ils ne sont pas tous dans des sections similaires, mais les examens se déroulent en même temps pour tout le monde. Ce qui apporte une certaine solidarité entre eux.

Nous discutons de tout un tas de sujets d'actualité ainsi que du prochain retour en juillet d'Hélène à La Réunion. Elle m'a promis de m'y emmener un jour, ça fait quatre ans que j'attends. Je ris à cette pensée en leur apportant leurs plats, quelques minutes plus tard.

On peut dire que le sandwich « Breton » du mois a du succès !

Pendant qu'ils mangent, je retourne aider mon collègue avec les autres clients. Je sers un couple et un groupe d'enfants du quartier dont certains sont en cours avec Cami, au collège. Au bout d'une quinzaine de minutes, je reviens vers mes amis pour leur demander s'ils se régalent. Peter étire ses lèvres en coin et tend son menton dans ma direction :

— C'est qui cette blonde ?

Cette blonde ?

Un sursaut jaillit à l'intérieur de ma poitrine tandis que mes talons pivotent. Mon collègue et mon père traversent la pièce et la cache l'espace d'un instant, puis d'un sourire taquin, elle me salue en levant sa coupe de champagne vide.

Maddison… Elle est venue.

— Eh bien, Nono, tu en perds ta langue ? me taquine Hélène.

Je reste bouche bée, oui, je suis paralysé. J'ai perdu mes mots, car elle a ondulé ses cheveux et qu'ils tombent en cascade autour de ses joues. Ses lèvres maquillées d'un léger rouge à lèvres corail provoquent des frémissements sur ma propre bouche. Elle est encore plus sublime que samedi. Avec son air arrogant et le regard qu'elle me lance, j'ai presque du mal à la reconnaître. Un visage illuminé par la malice, loin de son habituelle froideur.

Je ne sais pas si elle s'amuse ou si elle me provoque. Ou les deux ?

— Je reviens, marmonné-je en m'éloignant de leur table.

J'entends vaguement Sam pouffer avant que je ne m'approche de Maddison.

— Alors, Garçon, tu ne me présentes pas à tes petits copains ?

Je fronce les sourcils et lui dévoile la carte des boissons posée sur sa table. Son visage change de couleur lorsque je la lui tends. Elle a compris que je n'étais pas vraiment convaincu par son jeu de séduction. Même s'il ne m'a pas laissé indifférent.

Mais ça reste secret.

— Devine ce que je veux, réplique-t-elle, un sourcil dressé.

— Si tu me dis la vodka, je rigole, plaisanté-je.

Elle perd trop rapidement son sourire à mon goût. Non, elle allait *vraiment* me commander cette boisson ?

— Sers-moi au lieu de te foutre de moi, *Chłopiec*[19].

Je pince les lèvres et hausse les sourcils, vaincu. Humour de Nolan : 0; Maddison : 1 point.

Je m'empresse de rejoindre le bar pour la servir. Elle avale une grosse gorgée sèche, la bouche grand ouverte. Je pose ma main sur la chaise en face de sa table et souris :

— Alors, tu es venue.

Maddison repose son verre sur le dessous prévu à cet effet et plisse les yeux en jouant avec le reste du liquide transparent.

— J'étais curieuse.

— Je vois.

Le silence s'étale. Je jette un coup d'œil à mes amis derrière moi, qui ne ratent rien de notre échange. Génial, elle a bien choisi son jour. Je ne dois quand même pas lui jeter la pierre puisque c'est moi qui lui ai proposé qu'on apprenne à se connaître davantage. Je suppose que je suis tenu de lui présenter mes amis. Ou pas ? Est-ce trop tôt ? J'ai peur des sous-entendus qu'ils pourraient lâcher.

19Garçon.

Surtout Peter. Oui, surtout lui, qui nous épie avec un regard plein de sous-entendus, justement !

— La décoration est sympa, lance-t-elle soudain.

Je me retourne face à elle, surpris. Un *vrai* compliment ?

— M-merci. Je crois.

— J'espère que la soupe traditionnelle de ta mère sera à la hauteur de mes attentes.

— Même si tu n'aimes pas, s'il te plaît, mens.

Maddison me regarde à présent comme si je l'avais insultée.

— Pourquoi ça ?

Je lui avoue alors :

— Ma mère est aussi susceptible que toi… Je ne voudrais pas qu'elle m'interdise de te revoir si tu lui fais mauvaise impression.

Mon cœur se tend à son expression. Je cherche les mots de travers que j'ai eus devant le visage décomposé de ma partenaire. Elle reste interdite quelques secondes. Je serre machinalement la chaise entre mes doigts en me maudissant. Pourtant, je n'arrive pas à comprendre ce que j'ai pu dire de mal.

Ma langue s'assèche à mesure qu'elle me sonde de son indescriptible regard froid.

— Je ne suis pas ta copine, détends-toi, conclut-elle en se cachant derrière la carte des menus.

Un profond soulagement mêlé à un léger pincement à la poitrine m'étreint. Je desserre ma poigne et sors mon calepin pour prendre sa commande. J'aimerais lui demander ce qui cloche, mais je crois que ce serait envenimer la situation.

— Oui, évidemment, marmonné-je.

— Je vais prendre le menu « Varsovie ».

Bien, donc une soupe traditionnelle polonaise et une tarte à la poire. Je griffonne sa commande avec mon stylo et récupère la carte que je coince sous mon bras.

J'espérais qu'elle relève les yeux avant que je déguerpisse, mais rien. Maddison garde le regard loin de moi, puis finit par ouvrir l'écran de son smartphone. Message clair.

Les bouts de mes doigts frissonnent autour de la carte. Je regrette d'avoir pu la blesser, d'une quelconque façon. Au lieu de vouloir lui faire découvrir mon monde afin qu'elle prenne confiance en moi, j'ai jeté un froid supplémentaire entre nous…

Je lâche l'affaire et apporte sa commande dans la cuisine. Pendant la préparation, je pars encaisser l'addition d'un couple et retourne à la table de mes amis, qui en sont déjà à la fin de leurs desserts.

— Bah, alors, No*man* ?

Encore ce surnom horrible !

Je soupire de frustration en m'installant sur la seule chaise libre. Je sens le regard attendri d'Hélène sur moi, mais n'ose pas y faire face. Je garde alors les yeux fixés sur mes mains entrelacées sous la table.

— Arrête avec ce surnom, pitié.

Silence.

— Tu la connais ? m'interroge Sam.

Je hoche la tête faiblement.

— C'est ma partenaire de patinage.

J'entends des hoquets de surprise, et les joues en feu, je redresse le menton pour les affronter. Peter tient sa bouteille en suspens face à sa bouche, prêt à boire, et Hélène hausse les sourcils, plus étonnée qu'en colère ; c'est rassurant.

— Depuis quand ?

Je relâche mon souffle.

— Trois semaines.

— Et tu ne nous as rien dit ? C'est une super nouvelle ! s'exclame mon amie.

— Je suis désolé, j'ai zappé avec vos rentrées stressantes, tout ce nouveau chamboulement dans ma vie et les entraînements qui se sont enchaînés…

Sam émet un faible sourire en penchant la tête.

— On est content pour toi, mon pote. Mais… vous n'avez pas l'air de vous entendre.

Ce n'est pas une question. Ils sont bien trop observateurs, et pourtant… j'ai cru, quelques jours plus tôt, qu'on s'améliorait doucement, Maddison et moi. J'ai tout fichu en l'air.

La salive me manque.

— Moi, je dirais qu'il y a eu plus qu'un bisou et qu'ils n'osent plus se parler ! balance Peter après une longue gorgée de sa bière mousseuse.

Un étouffement violent nous fait tous sursauter.

— Eh, alors, ma belle ! Vous allez bien ?

En entendant la voix de ma mère, je me tourne et découvre Maddison, qui s'essuie la bouche avec sa serviette.

J'hallucine ! Elle écoutait notre conversation ?

J'écarquille les yeux. Elle me renvoie un regard meurtrier et s'excuse auprès de ma mère en prétendant s'être étouffée avec sa boisson par mégarde.

Quand je reviens à mon groupe d'amis, j'ai les joues brûlantes et le cœur qui bat à deux mille à l'heure.

Peter hoche la tête de haut en bas, le visage fier.

— J'en étais sûr.

Il est tellement à côté de la plaque… Mais incapable de rester concentré sur lui, je pivote à nouveau et les observe discuter.

Que peut-elle bien raconter à ma mère ?

11

Maddison
Mars 2022, Grenoble

— Si vous sortez avec Nolan, faites attention, c'est une vraie guimauve.

Mes lèvres s'étirent en coin.

— J'avais remarqué.

Sa mère n'y va pas par quatre chemins. Je comprends mieux la comparaison qu'a faite Nolan à notre deuxième rencontre. Malgré ma réponse, elle reste plantée devant moi.

— Vous êtes sa copine, c'est ça ?

Dites donc, elle est aussi persistante que son fils ! Comment en est-elle arrivée à cette conclusion, d'ailleurs ?

— Nous n'avons pas ce type de relation. Je ne suis que son entraîneuse.

Ce qui est un demi-mensonge puisque je l'aide à s'améliorer. Enfin, juste un peu pour le moment.

La bouche de mon interlocutrice forme un rond tandis que je sirote sa délicieuse soupe maison. Ce *zurek* est excellent, Nolan ne m'avait pas menti.

Bien, un point pour lui.

— C'est super ! Il ne m'avait pas dit qu'il avait enfin trouvé quelqu'un ! Quel cachottier, ce bougre.

Je bute plus sur le mot « enfin » que sur « bougre ». Depuis combien de temps cherche-t-il un coach ? Je l'imagine seul, à actualiser ses messages tous les jours, à continuer de courir sans personne pour l'encourager. Du moins, à part ses proches. Je le revois ensuite assis sur la glace, samedi dernier, l'expression dévastée, les paupières tremblantes.

Je buvote une troisième cuillère de mon bouillon pour chasser l'étau, qui m'enserre soudain la gorge. Son goût salé me rappelle une époque troublante de ma vie que j'essaie encore d'oublier.

Je souris à la mère de Nolan et elle me laisse terminer mon repas tranquillement. Lorsque son corps disparaît de mon champ de vision, mon regard se pose sur le dos de Nolan et sur ses amis, qui ne cessent de m'épier. Il doit leur dire que je suis une fille horrible, destructrice et incontrôlable. Des mots que je connais par cœur. Je baisse les yeux vers ma soupe et me perds dans mon reflet.

Une susceptible, hein…, a-t-il énoncé lui-même tout à l'heure. C'est ce que j'ai toujours été pour les autres. Une inaccessible, une tarée du contrôle. Ils ne faisaient qu'ajouter de l'essence sur le feu que Yelena avait jeté. J'ai fini par y croire et m'isoler du reste du monde. Je patinais, j'aimais ça. Rien d'autre ne m'importait. Mais il a toujours été hors de question que je la laisse gagner à ma place. Certes, elle possède une médaille supplémentaire, mais au classement général, elle est encore derrière moi.

Et ça ne changera pas.

On dit bien que le karma retombe sur ceux qui l'ont mérité… Pourtant, parfois, j'ai l'impression que c'est sur moi qu'il s'acharne. Peut-être suis-je vraiment le monstre que les autres voient à travers moi ?

Hier encore, j'étais devant son compte Instagram et je zieutais ses dernières photos pour un magazine de mode avec son petit ami, Vladimir. Je ne pouvais m'empêcher de détourner les yeux de sa cicatrice…

Je suis tirée de mes pensées par Nolan raccompagnant ses amis vers la sortie du restaurant. Le premier blondinet ne m'adresse qu'un rapide coup d'œil et le second, une moue séductrice qui me fait grimacer.

J'essaie de les ignorer en terminant mon *zurek*. Non sans observer l'étreinte de Nolan et de cette femme aux cheveux bruns et frisés. Ses iris vert d'eau contrastent avec la couleur de sa peau. Elle me fait penser à une déesse tahitienne.

Son amie tapote l'épaule de Nolan et me salue d'un geste du menton avant de disparaître à son tour.

Son amie ou plus ? Qui suis-je pour le savoir ?

Avec ses petits sourires charmeurs et sa générosité trop débordante, il doit bien avoir une petite amie ou un petit ami. Je ne suis pas là pour le complimenter, mais il pourrait plaire à n'importe qui avec sa bienveillance incarnée…

Quand, enfin, il se dirige dans ma direction, je manque de recracher la dernière gorgée de mon bouillon. Il ne peut pas lire dans les pensées de toute façon.

J'inspire pour reprendre contenance et essuie ma bouche avec une serviette.

— Je t'apporte ta tarte aux poires ?

— Volontiers, réponds-je.

Nolan s'exécute puis retourne s'occuper des derniers clients. La salle se désemplit et je crois qu'il va bientôt être 2 heures de l'après-midi. Le dessert est un peu trop sucré à mon goût, mais la pâte est très bonne. On sent que tout est fait maison ici, avec amour et passion. Cette pensée me détend, étrangement. Je leur mettrai une bonne note sur Internet. Avec un pseudonyme, bien sûr.

Une fois les derniers consommateurs partis, je me lève et m'approche de Nolan pour payer l'addition. Je n'avais cependant pas anticipé qu'il puisse avoir les mains chargées. Lorsqu'il se retourne face à moi, son plateau se déverse sur mon pull bleu pastel. Un fracas d'assiette retentit ainsi qu'un cri étouffé. Le mien ou le sien.

— Oh, je suis désolé !

Le cuisinier – que je présume à sa tenue – arrive à ma rescousse, une serviette à la main, et me la tend pour que j'essuie les taches de sauce.

J'y crois pas !

Ça ne serait pas drôle si c'était une sauce blanche ou claire.

Non, ça devait être du ketchup pour que ce soit plus amusant !

Nolan s'affole à ramasser les morceaux de porcelaine brisée. Mon cœur bat trop vite tandis que je frictionne mon pull avec nervosité. Quel cauchemar ! Il voulait me montrer son monde, eh bien, j'espère qu'il est content. Je suis au bord de l'implosion, mes mains tremblent de colère.

— Veuillez excuser mon fils, mademoiselle ! s'exclame le cuisinier.

Fils ? Je ne l'avais pas vue venir celle-là.

Je relève mon attention de la tache pour détailler son visage pendant que Nolan balaye ses bêtises. L'homme à la toque ne lui ressemble pas beaucoup, à vrai dire… Ses yeux sont plus ronds, bleus, et ses cheveux blancs, très fins. Nolan a carrément plus de ressemblances avec sa mère. En tout cas, physiquement. Son paternel me fixe avec des yeux humides. Ne me dites pas qu'il va pleurer ?

Nolan retire soudain son tablier et le jette sur le comptoir. J'entrevois légèrement le bas de ses abdominaux, l'espace d'une nanoseconde. Ma salive se coince dans ma gorge. Ils sont… bien dessinés…

O Panie !

C'est indécent, je n'aurais pas dû guider mon regard dans cette direction. Mes joues s'enflamment.

— Je l'emmène aux toilettes, je reviens, prévient-il son père.

Sans me laisser le temps de le contredire, il me conduit jusqu'à la grande porte coulissante d'où sont sortis ses amis, mais pas les autres clients. Est-ce leur maison ?

Lorsque nous commençons à grimper les escaliers grinçants, je sais que la réponse est oui. Je n'ai pas le temps de tout analyser, mais l'ambiance boisée est aussi chaleureuse que leur restaurant.

— Désolé de te presser, mais pour être sûr que la tache ne reste pas, il vaut mieux traiter le problème sans attendre, m'explique-t-il en atteignant le couloir à l'étage.

Il y a plusieurs portes blanches qui se présentent à moi. À vue d'œil, j'en compte plus de cinq. Je tique devant cette information, car je croyais avoir rencontré toute sa famille. Aurait-il des frères et sœurs ?

Nolan ne me laisse pas le temps de me poser plus de questions et me fait pénétrer dans une pièce à la baignoire rose et aux serviettes… *Reine des neiges*. Petites sœurs, donc. Ou filles ? Qui sait, même à vingt-deux ans, Nolan peut déjà être papa.

C'est… Et la mère ?

Mon partenaire de patinage ouvre soudain le robinet, me faisant sursauter. Je m'emballe, il faut que je calme ma respiration et que je reste impassible. Je ne suis pas habituée à aller chez d'autres personnes. À découvrir une intimité étrangère. Je…

— Nolan ! Tu es où ? Nolan ! hurle une femme d'en bas.

Il jure dans sa barbe et commence à déguerpir.

— Désolé, je reviens !

— Quoi ?

Je n'ai pas le plaisir d'ajouter un mot de plus que me voilà seule dans une salle de bain inconnue. Comment en suis-je arrivée là, déjà ?

Et dire qu'il est papa… Non, ne nous affolons pas, c'est peut-être sa petite sœur. Même si ses parents n'ont pas l'air jeunes, qui sait ! Ils ont pu adopter.

OK. Maddison, respire. Ne perds pas le contrôle.

Je mouille mes paumes, puis mes joues pour me rafraîchir. Le picotement agréable de l'eau glacée m'apaise. Je laisse échapper un souffle de ma bouche.

Le *contrôle.*

J'attrape ensuite quelques mouchoirs et tente de faire diminuer la grosse tache rouge sur mon beau pull tout doux. Dire que je l'ai acheté le mois dernier. J'aurais dû penser à mettre de vieux vêtements plutôt qu'à faire attention à mon apparence. C'est vrai, on s'en fiche d'à quoi je ressemble ! J'étais juste venue découvrir son lieu de travail. Nolan m'a presque forcé la main. Il a l'habitude, maintenant.

Je grogne sur la tache difforme qui ne veut pas s'effacer. Tant pis. De toute façon, cette journée est pourrie, nulle. Ses amis se sont bien foutus de moi, sa mère m'a prise pour une fille facile et Nolan a fichu en l'air mon magnifique pull pastel.

Je déteste les autres. Je déteste être sociable. Je n'ai jamais réussi à comprendre les gens, à penser comme eux. Ils ne m'ont apporté que du mal. Je suis bien toute seule, dans mon coin. En parfaite louve solitaire.

Mes mains commencent à trembler. Alors, je jette à la va-vite les mouchoirs dans la petite poubelle et sors de la salle de bain.

Mais je m'arrête subitement devant la seule porte ouverte de tout le couloir. Serait-ce sa chambre ?

Si c'est le cas, je pourrai en savoir plus et découvrir ce qu'il me cache. Cette idée est saugrenue, je ne devrais pas entrer dans son intimité. Néanmoins, je serais certaine de ne pas être tombée sur un menteur envoyé par Yelena. Oh, elle en serait bien capable…

Je vérifie autour de moi. La voie est libre, j'entre donc discrètement. La première chose qui me frappe est l'état de la pièce. C'est un vrai foutoir ! Des tas de livres et de cahiers jonchent le sol. Je lève les pieds pour ne pas en écraser un.

Il y a une petite table en bois basse que je contourne pour m'approcher du lit. La plupart des bouquins sont des manuels scolaires et des romans avec des couronnes et des épées sur leur couverture. C'est donc un amateur de *fantasy* et de… mathématiques niveau lycée ?

Mon regard tombe sur une couverture rose bonbon dont je lis le titre : *Falling Again*. C'est un pavé ! Il lit aussi des romances, alors ?

— Qui êtes-vous ? retentit une voix dans mon dos.

Le livre me tombe des mains lorsque je me retourne.

Yelena… ?

12

Maddison
Mars 2022, Grenoble

Mon cœur s'écroule sous mes talons. Je sens mon estomac remonter dans ma gorge. Cette chevelure rousse… Ces yeux bleus. Attendez, non. Les siens sont marron…

Je cligne plusieurs fois des yeux.

— Je…

— Dites-moi votre nom ou j'appelle la police !

Je brandis les mains en signe de protestation.

— *No, stop ! I'm a friend of Nolan's !*[20]

J'ai vraiment dit ça ? C'est sorti tout seul. Heureusement, c'est la parole de cette inconnue contre la mienne. Qui est-elle, d'ailleurs ? Sa petite amie ? Elle est un peu plus jeune que nous, mais l'amour n'a pas d'âge; c'est ce qu'on dit.

— Et ? Ça justifie que vous soyez dans ma chambre ?

Un point pour elle. Mais je note qu'elle a la décence de me répondre en anglais.

---

20 Non, stop ! Je suis une amie de Nolan.

Mes bras retombent le long de mon corps et je lui souris pour tenter de l'adoucir.

— Non, tu as raison. Je me suis perdue.

— Bien sûr.

Elle ne me croit pas un seul instant. Je l'aime bien. Elle a du répondant. Vaincue, je hausse les épaules.

— Et tu es ? demandé-je pour la détourner de moi.

Elle me jauge de haut en bas et balance son sac à dos contre la bibliothèque de sa chambre.

— Jasmine. Sa cousine.

Sa… Sa cousine ? Bien. Je ne sais pas pourquoi ça me rassure un peu.

Je hoche la tête sans raison, pour meubler le silence tandis qu'elle se dirige vers moi et attrape le livre que j'ai laissé tomber sur son lit.

— Tu lis des romances ?

Jasmine arque un sourcil à ma demande.

— Bah, oui. Qui ne lit pas Morgane Moncomble ?

Euh, moi ? Je ne lis pas tout court, c'est vrai.

— Évidemment, réponds-je en m'éloignant vers la porte.

Mon pied écrase soudain un manuel. Je m'incline pour le récupérer et le lui tends.

— Désolée…

La jeune femme remue une épaule d'un air désinvolte et le jette à nouveau par terre en s'asseyant sur son matelas.

— Pas grave.

C'était un manuel de sciences, que j'ai reconnu au dessin de tube chimique…

— Tu es au lycée ?

La rouquine me fixe une nouvelle fois avec intensité.

— Oui.

Elle soupire en détournant le regard. Je n'aimais pas l'école, moi non plus à son âge. Avenir par-ci, examens par-là. Je souhaitais simplement oublier le deuil, la douleur d'avoir perdu ma mère trop jeune. Patiner m'y aidait beaucoup. Ça me permettait aussi d'oublier ma demi-sœur en pleine crise d'adolescence, et mon père, qui était de plus en plus exigeant envers moi…

Dans la nonchalance naturelle et la carapace que dégage la cousine de Nolan, je me retrouve.

— Tu n'as pas besoin de faire semblant, tu sais, lâché-je sans prévenir.

Tandis qu'elle enroule ses cheveux d'un roux vif en chignon, ses sourcils se froncent.

— De quoi vous parlez ?

— Je vois très bien comment tu réagis.

— Et alors quoi ? Vous voulez jouer la psy bienveillante qui comprend ?

Je bute sur ses derniers mots. Moi ? Psy ? Non, loin de là. J'ai parfois l'impression que c'est moi qui devrais en voir une. Mais je secoue la tête à cette idée.

Je sais ce que ressent Jasmine et je voudrais simplement qu'elle sache qu'en gardant tout pour elle, ça finira par lui exploser à la figure. J'aurais bien souhaité qu'on me prévienne, moi.

Je ferme les yeux quelques secondes avant de les rouvrir.

— Si tu n'as pas d'idées pour le futur, ce n'est pas grave. Si tu as peur de décevoir tes proches, respire un bon coup. Quoi qu'il arrive, tu finiras toujours par décevoir quelqu'un. La seule que tu dois convaincre que tout va bien, c'est toi. Dans la vie, il faut savoir se satisfaire soi-même. Et même si, finalement, tu as mal, prends une année sabbatique, pars découvrir qui tu es et ce que tu aimes au lieu de t'enfermer dans les codes de la société.

Je marque une pause, fière de moi, fière aujourd'hui d'oser dire ces mots malgré toutes mes blessures encore fraîches et bien ouvertes. Je souris en concluant :

— Je ne te connais pas, Jasmine, mais je vois ta force de caractère que peu comprennent. Ne te laisse pas emporter par les autres, vole de tes propres ailes.

Sa bouche entrouverte reste paralysée, le temps d'un silence. Plus il s'étale, plus je crains d'avoir dit quelque chose qu'il ne fallait pas. C'est certainement ce que j'aurais voulu entendre à l'époque.

Ses paupières cillent l'espace d'un instant, avant qu'elle pointe la porte de sa chambre derrière moi. Je suis le mouvement de son index.

— La chambre de Nolan est juste à côté de la mienne.

Mes yeux se baissent vers le sol et j'acquiesce sans rien ajouter. C'est inutile, Jasmine ne semble pas vouloir plus approfondir le sujet. J'espère au moins qu'elle gardera mes paroles en mémoire, le moment venu.

Je retourne dans le couloir et me faufile dans la pièce à ma gauche. Elle est étonnamment bien rangée, sans vêtement qui traîne au sol ou de reste de nourriture. Même son bureau, sur lequel trône son ordinateur, est organisé. Les crayons dans un pot, les trombones alignés, un tas de feuilles cadré. Je m'avance à l'opposé, où se dresse un placard à box.

À ma droite, la couverture sur son lit est ouverte en fente. Mes yeux se perdent sur les marques de son corps dépeint par les draps. C'est… intime. J'inspire pour effacer l'accroc dans ma poitrine.

Par curiosité, j'ouvre une boîte dans laquelle se trouvent des T-shirts pliés proprement. Je l'ai jugé trop vite. Tout son monde m'indique qu'il prend soin des autres avant soi. Le regard qu'il lançait à ses clients et à ses amis. La manière dont Jasmine a prononcé son nom, remplie de chaleur et d'amour. Même ses propres affaires, il en prend soin.

A-t-il au moins des défauts ?

Je libère un soupir amusé.

Soudain, je tire le compartiment du milieu et je… ne sais plus comment respirer. Mes doigts accrochent la languette.

Tout est soigneusement rangé. À l'exception de ses médailles, enfouies en vrac dans un box, sous d'autres babioles. Comme si ce n'étaient que des jouets en plastique sans importance.

La gorge nouée, j'en attrape délicatement une entre mes doigts et la soulève à hauteur de mon visage. Un parfait rond en or où sont gravées les lettres : WORLD JUNIOR CHAMPION 2017. Mon pouce suit la gravure. Je la contemple comme je contemple les miennes. Avec admiration, les yeux humides et mes danses qui hantent mes muscles. Un sourire naît sur mes lèvres. Mais quand je réalise que c'était sa dernière, je le perds brutalement. Ma poitrine s'écrase au souvenir de sa chute. Je n'ose imaginer ce qu'il me serait arrivé si j'avais été à sa place.

Nolan est si… généreux avec le reste du monde. Il ne méritait pas ça.

— Maddison ? Tu es…

La porte couine à ma gauche. Je me retourne, les yeux écarquillés, prise en flagrant délit.

— … où ?

Pourquoi les cache-t-il ? Il a honte, c'est ça ?

Je serre la médaille dans mes mains malgré son regard assombri. Mon partenaire me sonde, les traits durs comme je ne les avais jamais vus. Il est en colère. Mais moi aussi !

À mi-voix, je demande :

— Pourquoi tu ne les exposes pas ?

Ma question semble le poignarder. Sa pomme d'Adam se mouve. Il tique et secoue la tête en baissant les yeux.

— Laisse tomber, Maddison.

— Je ne peux pas. Tu devrais en être fier, peu importe ce qu'il s'est passé après. Tu dois reconnaître leur valeur.

Ses poings se contractent et son front marque une pliure que je ne lui connaissais pas. Car oui, je le pousse à bout. Je veux entendre son cœur et non ses habituelles belles paroles pour rassurer tout le monde. Je veux qu'il se craquelle pour être certaine que je peux lui faire confiance.

— Range ça, Maddison, s'il te plaît.

Il se force à me sourire, à adoucir son regard pour que j'obtempère sans rechigner. Pour qui me prend-il ?

Je m'avance alors, le pas décidé, jusqu'à quelques centimètres de lui, quasiment au point de sentir son souffle sur mon nez. Nolan ne recule pas, le torse droit, ses yeux cherchant les miens. Je suis plus petite que lui, il doit donc pencher légèrement la tête vers le bas pour être face à moi.

J'écrase si fort sa médaille dans ma paume que les gravures doivent s'imprégner dans ma peau.

— Nolan. Tu es champion du monde junior de patinage artistique 2017. Pas un autre. Toi. Est-ce que tu en as conscience ? Personne ne prendra ce titre parce qu'il est à *toi*.

Il dévie son regard de droite à gauche, réfléchissant à mes paroles. J'aimerais qu'il en soit fier. Si c'est cette douleur qui l'empêche d'aller de l'avant sur la piste, alors il doit l'accepter pour mieux se relever. Sinon, ce sera un cercle infernal dont il ne pourra se défaire.

J'en sais quelque chose.

Nolan déglutit, puis il ouvre la bouche, la poitrine abattue dans un souffle lourd :

— Je le sais, Maddison. Et ensuite, tout s'est terminé.

Je me sens giflée par sa conclusion. La compassion laisse doucement place à la colère. Dieu sait comme je n'ai pas beaucoup de patience.

— C'est faux ! Tu as repris le patinage et tu…

Tu es avec moi, maintenant.

Je prends conscience de ce que je m'apprête à dire et ne suis pas sûre de vouloir prononcer ces mots. Il ne semble pas s'en rendre compte, car il poursuit :

— Oui, j'ai repris. Cinq ans après. Ce passé, je ne veux plus qu'il m'appartienne, je veux le réécrire.

— On ne peut pas faire ça.

— Non, c'est vrai. Mais on peut avancer en le laissant derrière nous et en écrivant une meilleure histoire.

La conversation m'échappe. Je ne sais plus quoi répondre. Je voulais entrevoir ses failles, comprendre qui il était vraiment. J'en viens à ne plus savoir de qui on parle…

Je vais perdre mes moyens et lui laisser voir mes propres failles si je continue dans cette direction. Je sais à présent que je peux lui faire confiance. Mais le contraire ? Si Nolan découvre qui je suis en réalité, il ne voudra plus jamais patiner avec moi. Ni même entendre parler de Maddison Petrova.

C'est trop tôt.

J'inspire comme si je venais de me souvenir que c'était un geste naturel. J'enroule la médaille autour de son cou, puis je recule de quelques pas.

— En tout cas, elle te va bien.

J'observe l'or qu'il tient entre ses doigts pour éviter ses yeux couleur miel. Mes mains tremblent. Je les cache dans mon dos et humecte mes lèvres, car j'ai failli perdre mes moyens, aller trop loin.

— Merci, bougonne-t-il.

Ce simple mot incendie tout l'intérieur de mon corps. Est-ce la douceur avec laquelle il l'a prononcé qui me chamboule ?

Je garde mes yeux loin des siens lorsqu'il retire sa médaille et la pose sur son bureau. Un silence gênant résonne dans la pièce quelques secondes avant qu'il ne propose :

— Et toi ? Si tu me montrais un endroit que tu aimes à ton tour.

Un endroit que j'aime ?

Ça ne risque rien, c'est comme si je lui disais ma couleur préférée… Je peux le faire.

— Je ne suis pas certaine qu'il y ait *ça* ici, ricané-je en m'approchant de la sortie.

J'atteins la première marche des escaliers lorsque je pivote vers lui.

— Mais si je trouve, rejoins-moi devant la patinoire jeudi. Je t'enverrai l'horaire par SMS.

Il me sourit de toutes ses dents, et j'ai presque l'impression d'avoir imaginé affronter un Nolan sérieux.

— Marché conclu ! J'adore les surprises.

Je lève les yeux au ciel en cachant mon propre sourire et il me ramène vers la porte d'entrée.

Ce ne sera qu'une journée de plus, et ensuite, nous pourrons reprendre les entraînements et oublier cette idée d'apprendre à nous connaître. Ce serait s'attacher l'un à l'autre.

Trop dangereux.

13

Nolan
Mars 2022, Grenoble

Comme convenu, je retrouve Maddison devant la patinoire à 10 heures. Elle s'est abritée sous le linteau en béton de l'entrée. Sa mine renfrognée ne m'annonce rien de bon. Malgré tout, elle m'a donné rendez-vous ce matin. A-t-elle réussi à trouver ce qu'elle cherchait ?

Je rabats mon parapluie et me cache juste à côté d'elle. Une buée s'échappe de ma bouche.

— Fichues giboulées de mars, hein ?

Son menton se tourne vers moi et elle fronce les sourcils.

— Les quoi ?

— La pluie en mars, c'est une expression française.

— Ah. Moi, j'appelle ça du mauvais temps.

Pas faux. Mes lèvres restent suspendues un instant et se referment. Je hausse une épaule pour illustrer mon propos :

— Je trouve la pluie poétique.

— Hum.

Maddison tire sur la capuche de son sweat-shirt beige, recouvert d'une doudoune à manches courtes, puis elle descend les marches. Je la suis sans un mot, intrigué. Et angoissé aussi. Si elle compte m'emmener dans sa boîte de nuit préférée, je n'ai, comment dire… pas la tenue adéquate avec mon manteau noir, mon pull bleu marine et mon jean. Je suis en civil, tout ce qu'il y a de plus banal.

Une boulangerie, peut-être ? Un spa ? Non, elle m'aurait dit d'apporter un maillot de bain. Elle l'aurait fait, n'est-ce pas ?

Nous nous dirigeons vers l'arrêt de bus et elle s'arrête.

Silence.

Je plisse le front en l'observant. Elle a les mains dans les poches, l'expression impénétrable. Presque… dure ? Si elle m'emmène dans un lieu qui lui est cher, je peux comprendre ses incertitudes. Moi-même, je n'étais pas serein à l'idée qu'elle rencontre ma mère et mon père. Mais finalement, elle semble leur avoir fait bonne impression. Mon paternel l'a trouvée jolie et sympathique, pour les trois mots qu'ils ont échangés. Et ma mère était contente que j'aie apparemment une entraîneuse aussi « mature »; je cite ses propres mots. Bien que je ne saisisse pas pourquoi elle croit que Maddison est ma coach…

Lorsque le bus arrive devant nous, je lui tapote le coude avant de monter.

— Attends, tu peux me dire où on va ?

Maddison arque un sourcil.

— Surprise.

Elle me laisse pantois et grimpe dans le bus en bipant son ticket. La pluie martèle le toit de l'abri, me berçant dans un état second. Je médite sur la possible erreur que je commets en la suivant, mais la conductrice s'impatiente :

— Vous montez ?

— Ou-oui, pardon !

Je replie mon parapluie et bipe à mon tour mon ticket avant de rejoindre la place à côté de Maddison. Elle cache son sourire narquois derrière sa capuche, et ça m'amuse autant que ça m'inquiète de la voir agir ainsi. Il y a quasiment un mois, j'aurais eu peur, mais à force d'apprendre à la connaître, je commence à comprendre certaines de ses réactions.

À mon tour, je souris, impatient d'atteindre notre destination et d'enfin, je l'espère, entrevoir l'arrière de sa carapace. Si elle a accepté de me conduire dans un lieu secret, je suppose que c'est bon signe.

Lorsque nous atteignons la gare de Grenoble, je la sens me pousser pour que je sorte. Attendez ? Elle aime les gares ? Ou nous allons prendre le train ?

Des éclaircies pointent ici le bout de leur nez à travers les nuages. Je garde donc mon parapluie fermé et la suis en cherchant un indice autour de moi. Ce petit jeu est de plus en plus intrigant. Je prends maintenant plaisir à enquêter. Et ça ne fait que nourrir davantage le mystère qui plane autour d'elle.

— Je n'avais pas prévu de prendre le train, avoué-je tandis qu'elle me tend un autre ticket.

— J'ai déjà tout organisé. Nous allons prendre un car. Tu as juste à me suivre. Et j'ai pris des sandwichs pour le trajet, car nous en avons pour environ deux heures.

Mes yeux s'écarquillent.

— Deux heures ?

Mais pourquoi si loin ?

Maddison hoche la tête en mimant une grimace qui signifie « eh, oui ». Je comprends un peu mieux la présence de son sac à dos. Les indices se précisent tout en s'élargissant et me donnent envie de grimper dans le bus pour avoir le fin mot de l'histoire.

Une chose est sûre : je ne suis pas prêt pour la suite des événements.

Nous prenons donc nos places à l'intérieur, et au bout d'une première heure de trajet, j'entame le sandwich qu'elle m'a acheté. Thon et œufs. C'est écœurant, mais comme je n'aurai probablement rien d'autre, je m'en contente. Je m'assoupis peu après, la tête contre le dossier de mon siège, pendant qu'elle écoute de la musique.

Le silence règne jusqu'à notre destination. Avant que nous ne débarquions, je zieute son téléphone portable discrètement et y lis *Fire On Fire* de Sam Smith. Je ne connais pas du tout cette chanson. Alors, je la note vite fait dans mon smartphone pour penser à l'écouter plus tard. Ça pourra sans doute nous aider de connaître nos goûts musicaux communs pour décider d'un thème et d'une chorégraphie.

Je m'apprête à aborder le sujet quand le bus s'arrête. La conductrice nous souhaite une bonne journée et j'interprète qu'il faut descendre.

Je pose un pied au sol et découvre où nous sommes. Il est 12 heures lorsque la gare de Lyon se dessine devant moi. Heureusement que j'ai quand même pensé à prendre mon portefeuille dans la poche intérieure de mon manteau, au cas où.

Je continue de suivre ma partenaire dans le silence. Il y a beaucoup de monde à cette heure-ci, je peine à me frayer un chemin entre les passants. Nous prenons encore un bus et je crois qu'après ce soir je ne pourrai plus en voir un seul !

Il n'y a malheureusement plus de place assise. Nous restons donc debout, au milieu. Maddison tente de s'accrocher aux barres au-dessus de sa tête, en vain. Ses yeux farfouillent autour de nous. Qu'est-ce qui peut la déranger autant ? Puis je me rends compte que l'habitacle se remplit vite. Nous sommes bientôt pressés l'un contre l'autre. Elle se tend contre mon torse, mon cœur bondit.

Les portes se ferment et lorsque le bus démarre, nous trébuchons en arrière. Son nez s'écrase sur mon torse.

Aussitôt, ses mains me repoussent, mais pas assez à son goût, car d'autres personnes se collent à elle par-derrière.

Merde.

Je ne sais pas pourquoi, je suis poussé par un étrange sentiment en remarquant le bout de ses doigts trembler. J'attrape la barre du haut et enroule mon bras autour de sa doudoune pour la rapprocher de moi.

Nous serons bien amenés à être aussi proches pendant nos danses, autant y aller franco. Maddison essaie encore de se dégager, mais je lui lance un regard évocateur par-dessus le sien. Elle cède finalement, tout en gardant ses mains loin de moi. Les virages l'obligent néanmoins à me toucher pour ne pas tomber.

Mes tripes sont en feu. L'odeur de son parfum imprègne mes narines et me fait perdre le fil de mes pensées. Je déglutis. Ma respiration est comprimée, non plus par la foule, mais par les battements sourds que je perçois contre moi et qui ne sont pas les miens. Mon rythme cardiaque s'accélère et se cale sur le sien, bien trop rapide.

Maddison est froide en apparence, mais je sens sa chaleur se diffuser dans mon corps. Et c'est… *agréable.*

Elle ferme soudain les paupières. Nous ne sommes pas encore arrivés, ou nous avons même peut-être déjà raté notre arrêt avec tout ce monde. Ses mains plissent la maille de mon pull avec force.

C'est… une crise de panique ?

J'essaie d'apercevoir son visage et tire lentement sur sa capuche pour qu'elle me regarde. Sous la surprise, Maddison relève le menton. Ma poitrine se remplit d'un froid glacial en tombant sur la lueur dans ses yeux que je ne lui connaissais pas. Mi-furieuse, mi-apeurée.

Je souhaitais entrevoir ses failles, comprendre le mystère qui l'entoure. Mais pas de cette façon.

Sans m'en rendre compte, ma main glisse jusqu'à l'arrière de sa nuque et je caresse la naissance de ses cheveux blonds. L'effet est immédiat. Ses paupières se referment et elle pose son front contre moi. Je perçois ses nerfs sous mes doigts et tente de les dénouer délicatement.

Je ne sais pas pourquoi je fais ça, je ne sais pas pourquoi j'en ai envie. Mais je le fais et ça m'apaise tout en m'incendiant de l'intérieur.

— Arrêt E.N.T.P.E. École Architecture, retentit la voix robotique dans le micro.

Maddison s'écarte soudain de moi et saute pratiquement du bus lorsque la porte s'ouvre. Je la suis en me frayant un chemin à travers la masse de gens. Quand nos pieds touchent le sol, un profond soulagement nous étreint. Je soupire en gémissant et aspire tout l'air que je peux.

La foule ne m'a pas trop dérangé. Mais être si près d'elle, la sentir si fragile, paniquée, si. J'avais envie de hurler sur tous ceux qui étaient autour. J'avais envie de…

La protéger.

C'était soudain. J'étais surpris de sa réaction. La Maddison si forte et confiante que je connais était si différente. Plus humaine, plus sincère…

Quand elle me refait face, j'ai l'impression d'avoir imaginé la scène dans le bus. Elle retrouve son masque d'impassibilité. À quoi ai-je assisté ? Une perte de moyens ? Une crise d'angoisse ?

Je m'apprête à le lui demander quand elle me présente le bâtiment derrière elle. Mes yeux se soulèvent et ma bouche se fige.

— Bienvenue au Planétarium.

Le… *Planétarium* ?

Maddison sourit en s'avançant vers l'entrée, les mains dans les poches. Je ne la talonne pas tout de suite, encore chamboulé par tout ce que j'ai ressenti quelques minutes plus tôt et toutes les questions qui se bousculent dans ma tête.

— Je nous ai réservé une séance, dépêche-toi !

Mes pieds me guident jusqu'à elle, mais mon cœur et mon esprit sont restés dans le bus.

14

Nolan
Mars 2022, Lyon

Une hôtesse nous guide à l'intérieur d'une grande pièce plongée dans la pénombre. Elle nous indique nos places et nous nous installons sur des sièges allongés. Je manque de tomber en arrière quand je réalise que l'on s'enfonce pour être couchés, les yeux dirigés vers l'énorme écran en coupole. Je ne suis jamais entré dans ce type d'endroit, c'est assez impressionnant !

— Bien, mesdames et messieurs, la séance va pouvoir débuter. Avant tout, je vous signale qu'il est interdit de boire ou de manger pendant la projection. Ainsi que de prendre des photos ou de filmer avec une quelconque caméra. Si vous avez le moindre problème, n'hésitez pas à lever la main, un agent viendra s'occuper de vous. Je vous souhaite un agréable voyage autour de nos constellations !

Les faibles néons s'éteignent et le noir nous engloutit. Le silence est apaisant, le temps qu'il dure. L'écran s'allume aussitôt sur une magnifique vue de notre ciel nocturne. Mille et une paillettes m'éblouissent tandis que la coupole semble bouger pour nous présenter une à une les constellations d'hiver. Les couleurs sont sublimes et je suis immédiatement transporté par la voix OFF, qui nous explique des choses dont j'ignorais l'existence.

Je suis mi-surpris, mi-fasciné d'apprendre que Maddison est passionnée par l'astronomie. Ou du moins, par les étoiles.

Je me souviens d'une musique que j'écoutais souvent à l'époque de mes entraînements professionnels. Elle avait ce ton, cette mélodie si particulière. J'avais parfois l'impression d'être dans ce vide interstellaire et je laissais la gravité zéro guider mes mouvements pendant mes chorégraphies.

Je baisse mon regard vers Maddison. Mes yeux se plongent dans les siens, fixant les galaxies multicolores. Ses pupilles sont baignées de petites lumières brillant de couleurs différentes, allant du bleu au rose. Elles pétillent. Et la lueur indescriptible que j'y décèle me chamboule. Mon estomac se remplit d'une chaleur délicieuse.

Cette mélodie s'intensifie dans mon esprit sans que je comprenne pourquoi. Être accrochés à ses yeux si étincelants me détraque l'esprit.

Mes doigts entrelacés contre mon ventre se serrent.

La musique du film *Interstellar* domine mon audition et une chorégraphie s'imagine dans ma tête. Je nous vois, Maddison et moi, l'un avec l'autre, sur la glace. Mes patins tourbillonnant autour des siens, et nos mains scellées, qui nous mènent dans une danse de plus en plus rapide.

Je suis ramené à la réalité lorsque ses iris pailletés se heurtent aux miens.

Une seconde.

Deux… Trois…

Je n'entends plus rien d'autre que mon souffle mélangé à ces notes de musique fictives, dans mes pensées. Les lèvres de Maddison s'étirent lentement, illuminées par les planètes au-dessus de nos têtes.

Ce que je ressens à cet instant me coupe la respiration.

Elle cligne une première fois des yeux. Je ne peux plus bouger.

Une deuxième fois. Mes battements de cœur se paralysent.

Maddison n'a jamais été que glace, un feu intérieur brûle en elle. Je l'avais déjà entrevu lors de sa chorégraphie sur la chanson de Seal. Mais maintenant, j'en suis persuadé. Et je suis fasciné par celui-ci.

Qu'a-t-elle bien pu vivre pour en arriver à se barricader de la sorte ?

Elle reporte à nouveau son attention sur l'écran, et je fais de même. Mon souffle me revient comme si j'avais vraiment arrêté de respirer le temps de quelques secondes, qui m'ont paru une éternité.

Dès que nous sortirons de cette pièce, je dois la convaincre de danser avec moi sur *Cornfield Chase* de Hans Zimmer.

Il est 15 heures quand nous nous dirigeons vers le parvis devant le Planétarium. Maddison commande une glace à l'italienne parfum fraise au *foodtruck* et moi une simple gaufre liégeoise. Je la suis jusqu'à un banc. Elle commence à léchouiller le bout de son goûter tandis que je m'assieds à côté d'elle.

— Alors, comme ça, tu aimes observer les étoiles ?

Maddison acquiesce en silence.

— Est-ce que tu as une idée pour notre programme court ?

— Pas le moindre.

— Et si je te disais que j'en avais une, moi ?

Je réussis à piquer sa curiosité, car elle pivote dans ma direction, les sourcils froncés.

— Au début de ma carrière, j'étais obsédé par *Cornfield Chase* de Hans Zimmer. C'était un peu comme ma musique de prédilection, tu vois ?

Elle hoche la tête, alors je poursuis :

— Je cherchais justement, depuis quelques jours, un thème qui pourrait nous convenir à tous les deux. Que penses-tu de celui-ci ?

Je m'attends à un refus catégorique, comme j'y suis habitué. Pourtant, Maddison détourne les yeux et déguste sa glace sans un mot. Le temps de la réflexion, sans doute. Je cale mon parapluie à côté du banc et croque dans ma gaufre, la gorge nouée par l'appréhension.

Puis, enfin, elle sort ses écouteurs et les place dans ses oreilles. Ses paupières se ferment. J'attends en silence, je ne sais pas trop ce que ça signifie jusqu'à ce qu'elle les retire et me fixe droit dans les yeux.

— J'adore. Je valide.

Je manque de recracher le dernier morceau de mon goûter. Je ne veux pas y croire tout de suite, alors je sonde son visage. Mais je n'y trouve rien d'autre qu'une bouche qui suçote une glace rose bonbon et un sourcil dressé.

Cette vision devrait m'être interdite…

— Quoi ?

— J-je ne m'attendais pas à ce que tu acceptes si vite.

— Je ne vois pas pourquoi. J'aime l'idée, je suis d'accord. Il ne manque plus qu'à l'exposer à Igor.

Je me laisse retomber sur le dossier du banc, agréablement soulagé et heureux. Un soupir puissant m'étreint et mes muscles se relâchent.

— Il va aimer, je le connais, me rassure-t-elle avant de croquer dans son cône.

Un sourire gigantesque plane entre mes joues rosies par la joie. Maddison ne cesse donc de me surprendre. Je ne voyais en elle que défauts et méfiance au début, et après quasiment un mois passé à ses côtés, je commence à entrevoir ses qualités.

— Mais attends, dis-je soudain.

Elle s'arrête de croquer dans son cornet.

— Il nous faut un chorégraphe ?

— Pff ! Non, on peut très bien se débrouiller seuls.

J'acquiesce. Je suis d'accord avec elle, mais tout de même, c'est la procédure. Attendons de voir ce que Igor va nous dire.

Nous reprenons ensuite nos deux bus jusqu'à la gare de Grenoble et nous nous quittons ici. Maddison me salue d'un geste de la main et mon sourire s'agrandit. Cette journée a été pour moi un ascenseur émotionnel.

J'en ressors avec la sensation que notre relation a pris un nouveau tournant. Un bien meilleur.

Lorsque je monte à l'étage de la maison afin de me préparer pour mon service du soir, je découvre la porte de Jasmine ouverte et la pousse doucement.

— *Hey*… ?

Elle est à son bureau, la joue écrasée contre son cahier et la bave collant une de ses mèches rousses sur sa bouche. Un étau de chaleur se diffuse dans ma poitrine. Je pince mes lèvres en glissant ses cheveux derrière son oreille pour la réveiller.

Ses paupières cillent avant de s'ouvrir entièrement.

— Cou… cou, bafouille-t-elle.

— Les examens approchent ?

Ma cousine acquiesce. Je sais très bien ce qu'elle vit pour en avoir moi-même souffert à l'époque. À la différence que, moi, j'avais quelque chose à quoi me raccrocher. Jasmine… pas vraiment. Je vois bien comment elle répond à sa mère dès qu'elle lui parle d'études, de retraite et tout ça…

J'aimerais qu'elle puisse concevoir que la vie devrait davantage être un épanouissement que le fardeau des désirs extérieurs. Mais à son âge, j'étais aussi compressé qu'elle par ce qu'attendaient les autres de moi.

— Tu sais, ce n'est pas grave si tu n'as pas de passion. Tant que tu trouves ce qui te fait plaisir au quotidien.

Elle garde les yeux fixés sur ses équations avant de les relever vers moi.

— Ta copine a dit la même chose. Enfin, un truc dans le genre.

Ma copine ?

Je plisse le front. Alors, elle précise :

— Blonde, les yeux marron, légèrement en amande, avec de longs cils bruns ?

Maddison.

Comment se sont-elles rencontrées ?

— Elle a dit que je devais voler de mes propres ailes… Ça m'a fait plaisir qu'il y ait au moins une personne sur Terre qui finisse par me dire ça.

Je me sens visé par cette remarque. Pourtant, Jasmine a raison et ça me pince le cœur. Je n'ai apparemment pas su voir tout de suite le problème. J'en avais une idée, mais j'avais peur de faire fausse route.

— Je suis désolé, Jasmine.

Elle secoue la tête en tortillant sa bouche de travers. J'aimerais pouvoir dire plus, mais je ne sais pas ce qui pourrait l'aider. Je connais Angélika et je sais qu'elle veut le meilleur pour ses filles. Elle est aussi têtue que ma propre mère, et il n'y a plus leur père pour la convaincre de laisser ses enfants tracer leur propre route. Ma tante est persuadée que les études supérieures sont le droit chemin vers une vie meilleure que la sienne. Je sais qu'elle est convaincue que si ses filles réussissent leurs carrières, elles ne seront pas abandonnées à leur sort par un homme malhonnête… Mais elles ne sont pas Angélika, et… même si j'aime aider, je me sens vide face à son tourment. Je ne sais pas comment la rassurer. J'ai toujours essayé d'être là pour mes cousines, dans tous leurs besoins. Mais j'ai l'impression d'avoir la tête ailleurs en ce moment, de ne plus faire attention à ce que je devrais.

— Vous me faites penser à *Kimi no Uso*…, marmonne-t-elle après un long silence.

J'arque un sourcil.

— Qui ?

— C'est un animé japonais dans lequel on suit un garçon un peu naïf comme toi, qui aime aider tout le monde.

Je grimace.

— Ah.

— Et une fille un peu sortie de nulle part, qui a beaucoup de choses à dire.

Je ne peux pas la contredire sur son analyse de Maddison.

— Dis, Nolan. Je peux te poser une question ?

J'ajuste ma position en lui souriant.

— Bien sûr, mon cœur.

— Qu'est-ce que tu serais prêt à faire par amour ?

Que…

Les mots restent coincés dans ma gorge. Je l'observe, le sourire crispé. Je n'y ai jamais réfléchi, pour être honnête. Je patinais, j'attendais des réponses, j'avais des amis avec qui je sortais de temps en temps, j'avais mon travail. Mais l'amour ?

Le regard pailleté de Maddison apparaît soudain dans mes pensées. Je ferme les yeux et secoue la tête. Non, quelle idée ! Je ne suis pas amoureux de Maddison.

— Euh, je… Très bonne question !

Jasmine me tapote le genou et récupère son crayon sans un mot, afin de se recentrer sur ses mathématiques. Je saisis le message et m'enfuis dans le couloir à pas de loup. Je ferme la porte avec lenteur et me tourne dos à elle, l'attention perdue sur les doigts de ma main droite, qui caressaient, il y a quelques heures, la nuque d'une femme aussi déroutante qu'énervante. Je repense à ce que j'ai ressenti, au sursaut dans ma poitrine lorsque son front s'est posé contre mon torse, à ce désir inédit de protection…

Et Maddison, que ferait-elle par amour ?

15

Maddison
Mars 2022, Grenoble

J'écoute la musique que nous avons choisie pour notre programme court[21]. La piste est vide, je suis seule à filer sur la glace, emportée par les notes mélodieuses dans mes écouteurs.

Lorsque les sons accélèrent, j'entame une pirouette sur moi-même tout en continuant d'avancer. Je lance ma jambe en avant pour donner de l'élan à mon tourbillon. Nolan avait raison, cette composition est incroyable pour patiner. J'ai l'impression de voler à mesure que mes mouvements s'intensifient et forment des ondulations dans les airs.

Je ne perçois plus les battements de mon cœur tambouriner. Je ferme les yeux, me laissant porter par ma créativité.

J'imagine Nolan m'attraper à ce moment précis par la hanche et effectuer un porté au-dessus de sa tête. Il me ferait tourner en même temps que lui dans la dernière

---

21 Première épreuve en compétition pour les patineurs artistiques.

partie intense de la musique. Puis je redescendrais en enroulant mon ventre à sa nuque et notre figure se terminerait avec ses mains sur mon dos pour me plaquer à son torse. Nous figerions nos regards l'un dans l'autre, comme au Planétarium. Le reste du monde disparaîtrait, car plus rien ne compterait. Seuls nos cœurs battraient à l'unisson.

Je tourne vers la droite et lance mon poignet vers l'avant lorsque je percute un mur. Mes lames dérapent, mais des mains me retiennent de justesse.

Mes yeux sont ouverts sur le visage de Nolan, qui murmure des mots inaudibles. Je recule et retire mes écouteurs.

— ...oins une !

J'ai un peu de mal à revenir à la réalité. Mon esprit s'embrouille de milliers d'idées de chorégraphies. L'excitation de l'instant ne redescend pas tout de suite. Alors, la respiration saccadée, je hoche simplement la tête pour toute réponse.

— Igor est en train de se chausser, m'indique-t-il en pointant du doigt l'entrée de la patinoire.

C'est aujourd'hui notre premier entraînement officiel. La fédération suisse a validé notre ticket d'entrée pour les futures compétitions, et Nolan et moi concourrons sous leur bannière. Notre composition du programme court est décidée et Igor a accepté notre choix concernant la musique et notre refus d'un chorégraphe. Mon entraîneur me connaît bien, il sait que j'ai une sainte horreur quand quelqu'un décide à ma place de la meilleure manière de patiner. Cela fait plus de quinze ans que je pratique. Merci, je peux me débrouiller.

Enfin, *nous* pouvons, Nolan et moi, commencer à réfléchir à une danse rythmique, à des figures, des postures, des tenues. Intérieurement, je souris. Je me sens remplie d'une chaleur addictive qui pulse dans mes veines.

Une adrénaline et une détermination à la fois inédite et familière, qui me rappellent la passion que je voue à ce sport.

Igor nous rejoint sur la piste, vêtu d'un jean et d'une polaire rouge et blanche à l'effigie de la *Swiss Ice Skating*. Il s'arrête devant nous, équipé d'un tableau et d'un feutre.

— Passons aux choses sérieuses !

Nolan se frotte les mains à côté de moi. J'émets un faible sourire. Ça me ravit qu'il soit aussi enthousiaste que moi.

Tandis qu'Igor nous rappelle les règles du programme court que je connais déjà par cœur, mon regard dévie discrètement vers mon partenaire. Et les souvenirs de ces derniers jours me reviennent. Je pense que notre relation a pris un tournant inattendu. Je n'irais pas jusqu'à dire que c'est mon ami, mais j'ai appris à mieux le connaître, et j'ai envie de croire que je peux lui accorder un peu de ma confiance.

Rien qu'une petite partie.

— D'après les mails que j'ai reçus : pour les compétitions de cette année 2022, dans le programme court de danse sur glace, il est exigé que vous ne fassiez pas plus de deux minutes trente. Ce qui convient très bien au choix de votre musique !

J'acquiesce pendant qu'il prend des notes sur son ardoise scolaire. De toute façon, ça ne dépasse jamais les trois minutes, ça n'a donc rien de surprenant pour le moment. Mais j'attends, les mains cachées dans mon dos, la décision sur le type de danse. En patinage artistique de couple, qui comprend donc les sauts, ils en spécifient plusieurs ainsi que des figures à respecter. En danse sur glace, c'est un genre de danse, qui est imposé aux patineurs.

Je ne suis personnellement pas fan de tango ou de cha-cha-cha. J'inspire un coup en espérant que ce ne soit pas un trop gros challenge. Non pas que je n'aime pas les défis, mais je ne connais pas encore assez bien toutes les capacités de Nolan.

— Vous devrez interpréter le thème de la tragédie. Quelle qu'elle soit.

— Notre musique peut très bien s'y accorder, affirme Nolan.

Il garde le dos bien droit, les poings compressés l'un contre l'autre devant sa bouche. Il est tellement plus expressif que moi… Dans un sens, c'est rassurant, j'ai plus de facilité à le comprendre qu'au tout début.

— Et pour l'aspect technique ? demandé-je.

— Ils exigent deux *twizzle*[22], peu importe leur nature. Ainsi qu'un porté sur jambes.

C'est pour l'instant correct. Je pense tout de suite à une valse moderne, ce serait ce qui correspondrait le mieux au thème et aux exigences gestuelles.

— Qu'est-ce qu'un porté sur jambes ? s'interroge Nolan.

Je glisse face à lui et imite le geste en montrant le haut de mes cuisses pour qu'il comprenne.

— C'est lorsque la partenaire cale ses lames ici, sous les hanches du porteur, et qu'il la tient pendant qu'elle effectue une figure volée. Par exemple, ça peut être les deux pieds de la patineuse ou un seul, suivant la difficulté.

— Je vois. Ce serait pas mal, ça ! Surtout au moment où la musique change de point d'appui.

Effectivement, ça pourrait être une bonne piste. Nolan a des idées, je suis soulagée. Je me rappelle vaguement la chorégraphie que j'ai imaginée tout à l'heure. Il semble que le porté en hauteur pourrait être aussi intéressant,

---

22 Pirouettes effectuées en parallèles avec son partenaire de danse sur glace/patinage artistique de couple.

mais étant donné nos directives, nous n'aurons droit qu'à un seul. Alors, il faudra bien le choisir.

Igor fait grincer son feutre contre son petit tableau en notant toutes nos idées.

— Pour ce qui est de la danse, on reste sur une danse rythmique classique.

La tension s'envole de mes épaules et je soupire en secouant mes doigts engourdis. Tout s'annonce pour le mieux, espérons que cela dure. Plus qu'à pratiquer pour s'en assurer.

— Alors, allons-y ! s'exclame mon partenaire.

Nous nous plaçons au milieu de la piste et Igor lance la composition de Hans Zimmer.

Mais lorsque nous nous retrouvons l'un face à l'autre, il y a comme une gêne. Aucun de nous ne sait comment démarrer. Est-ce que je devrais le prendre dans mes bras ? Lui tenir la main ?

Je me frotte la nuque en tapant du patin pour m'aider à recentrer mes pensées, en vain.

— Et si vous commenciez avec une position de valse ? propose notre entraîneur en coupant le son du radio-cassette. Le début est assez calme, de ce que j'entends.

J'acquiesce, en manque d'inspiration, et m'avance vers Nolan. Sa main s'enroule autour de la mienne comme la première fois où nous avons dansé ensemble. Puis sa seconde vient délicatement frôler mes reins. Ma salive se coince dans ma gorge et j'ai du mal à inspirer. J'essaie de faire taire les angoisses, qui naissent dans mes muscles, et je passe mon poignet autour de son cou.

Il est certes plus grand que moi, mais pas encore assez pour que je sois obligée de me mettre sur la pointe des pieds. Sa paume est douce contre la mienne. Il ne la serre pas trop ni ne me plaque à lui violemment. Nolan est toujours aussi doux et protecteur. Et, oui, je l'admets, ça m'aide à être un peu plus à l'aise, car j'ai l'impression d'être en sécurité avec lui…

Nous entamons les premiers élans en tournant, l'un avec l'autre. J'essaie de le guider plus loin afin que nous prenions l'entière place de la patinoire. C'est un élément important dans la note des jurés. Il faut leur prouver que nous dominons toute la glace, et pas l'inverse.

Je nous arrête d'une petite poussée sur son torse, non loin de l'arcade de la piste. Igor coupe alors la musique.

— À ce moment-là, tu pourrais me faire tourner autour de ta main, comme la dernière fois, suggéré-je.

Je plante mes yeux dans les siens, qui pétillent. Mon cœur loupe un battement. De si près, ses yeux sont marron avec un fond qui me fait penser à du miel. Ils sont si profonds que je peine à détourner les miens. Je garde néanmoins une respiration normale et m'empêche de serrer les doigts autour des siens pour qu'il ne se rende pas compte de mon trouble.

Je ravale ma salive. Ses mains partout sur mon corps me rappellent cet instant dans le bus, suspendu. Le souvenir de son pouce caressant ma nuque m'électrocute encore. Je n'ai pas su me contrôler. La crise d'angoisse m'a dominée. Et si Nolan n'avait pas été là, j'aurais sans doute craqué sous la pression. Je m'arrange toujours pour prendre les transports en commun aux heures peu animées pour éviter de me retrouver dans la foule. J'avais mal calculé mon coup, cette fois-ci…

Nous revenons au point de départ et nous reprenons la valse en ajoutant la pirouette. Igor nous propose de recommencer ce bout de musique plusieurs fois d'affilée, pour être certains de le perfectionner. En patinage artistique, chaque mouvement compte. Le jury voit tout, et note tout.

Notre séance est donc ponctuée de simples pas de danse, romantiques, et de quelques pirouettes. Nos pieds ont d'abord du mal à se synchroniser, et au fur et à mesure, je sens que nous progressons. Ma gorge est de moins en moins nouée. Je commence à me sentir plus à l'aise dans ses bras. Ou, en tout cas, de ne plus trop frissonner au contact de son toucher sur mes hanches.

Tout comme la dernière fois, Nolan effectue de petites poussées dans mon dos pour me guider sans me forcer à prendre une autre vitesse que la mienne. C'est une sensation très agréable, je me sens presque voler tellement je suis légère grâce à lui.

Je ne peux plus le nier : Nolan est un excellent partenaire.

Les jours qui suivent sont similaires. Nous reproduisons le début en boucle, tout en accélérant un peu par moments, histoire de ne pas endormir nos jurés.

Avec Igor nous avons réfléchi à un schéma narratif pour le programme court, et Nolan a suggéré que la première partie de la mélodie soit consacrée à deux amoureux. J'ai validé l'idée, parce qu'elle correspond bien à notre choix de danse. Deux êtres qui se découvrent, se cherchent, s'aiment d'un amour nouveau, qui serait traduit par notre valse calme et fluide.

Nous avons pour le moment décidé de nous concentrer sur ce point avant d'entamer la deuxième partie, plus intense, de la composition musicale.

La semaine suivante, Igor nous propose d'ajouter un avant-arrière croisé, pied levé, pour pimenter davantage notre danse.

— Comme ça ? demandé-je en criant pour qu'il m'entende de l'autre côté de la piste.

Nolan dévie doucement mes hanches de gauche à droite pour me permettre d'effectuer le mouvement. Nos gestes se coordonnent de plus en plus. Je retrouve une certaine excitation pour le patinage, que j'avais cru perdre après ma défaite aux Jeux olympiques. Une nouvelle adrénaline aussi, en essayant d'autres figures et poses, que je n'aurais pas pu faire seule.

Professionnellement, je suis convaincue d'avoir fait le bon choix en acceptant. Et intimement… je ne pense plus que Nolan soit une mauvaise personne.

Le vendredi soir, avant qu'Igor ne reprenne l'avion pour Berne afin de passer le week-end avec sa famille, je retrouve Nolan, assis sur les marches de la patinoire. Il réfléchit dans le silence et tortille son bracelet en pierres semi-précieuses dans ses doigts. Je me mords la lèvre en hésitant à le rejoindre. Si quelque chose le tracasse, j'ai peur de l'être à mon tour. Surtout s'il nourrit des doutes sur nous.

Nous.

Qui aurait cru que ce mot apparaisse un jour dans mes pensées ? Bien qu'il reste entièrement professionnel. Deux collègues de travail qui… oui, commencent à s'entendre. Plus ou moins. Disons que je n'ai plus trop envie de l'engueuler.

Je me décide, au bout d'une minute à l'épier par-derrière, et m'installe à côté de lui.

Nolan sourit à mon approche, sans pour autant cesser de jouer avec les petites boules violettes de son bracelet.

De l'améthyste ?

J'enroule mes bras contre ma poitrine et observe la clarté du ciel nocturne. J'aperçois mon étoile préférée : Sirius. La plus brillante. Je crois distinguer vaguement Vénus, juste à côté de la lune, marquant le premier jour du printemps. Quelques fleurs de cerisier tombent déjà des arbres en face de nous.

— Pourquoi portes-tu tout le temps des pierres précieuses ?

Un faible rire sort de sa gorge tandis qu'il lève les yeux dans la même direction que moi.

— Disons que je crois en leur pouvoir. Il y a beaucoup de choses qui ne s'expliquent pas. Comme le magnétisme de certaines de ces pierres qui, j'en suis persuadé, ont une incidence sur notre corps humain.

— Waouh. Si poétique.

Nolan rit doucement. Le bruit, en fond, des véhicules et de la brise du soir nous berce.

— Et toi ?

— Moi ?

Nous sourions.

— Toi qui aimes tant observer les étoiles, les constellations. Tu ne crois pas que notre rencontre était écrite ?

Je m'esclaffe en grimaçant. J'y ai déjà pensé, mais si elles étaient si bienveillantes avec nous, pourquoi m'auraient-elles tant fait souffrir ? Pourquoi auraient-elles pris ma mère ? Pourquoi auraient-elles mis tous ces bâtons dans mes roues ?

Ma gorge s'assèche, mais je parviens à murmurer :

— Tu es trop superstitieux, Nolan.

— Vraiment ? Oui, peut-être. Mais c'est rassurant.

— N'importe quoi.

Son épaule se cogne furtivement à la mienne et je remarque son large sourire du coin de l'œil.

— Garde espoir, Maddison. Je sais qu'on est sur la bonne voie. Si tu veux, j'y crois pour nous deux.

Mes joues s'échauffent. Ses paroles me font du bien. Ma poitrine se remplit d'une agréable chaleur, que je n'avais pas ressentie depuis très longtemps…

— Fais-toi plaisir.

Il acquiesce comme un enfant à qui on aurait dit oui pour les bonbons qu'il réclamait. J'ai la sensation de me sentir plus légère avec lui…

Je reçois soudain une notification sur mon téléphone. Je l'attrape et allume l'écran tandis que Nolan déblatère des explications sur la signification de l'améthyste.

Mon estomac remonte dans ma trachée. Un article est paru sur le forum de la fédération :

Yelena Sovetsky se confie sur l'avenir de sa rivale, Maddison Petrova : *« Il n'y a plus de rivalité, monsieur Keller, nous ne jouons plus dans la même catégorie et sa chute est déjà amorcée. »*

— Ma… ? Madd… ddison ? émet Nolan en fond.

Je n'entends plus rien. Mes doigts enserrent les bords de mon smartphone si fort que je me sens prête à l'éclater au sol. Un feu bien plus violent m'envahit. Elle m'affiche encore en public et salit ma réputation comme elle a toujours adoré le faire.

Elle se venge. Je le sais. J'en suis consciente. Et pourtant, je…

Les larmes picotent mes yeux. J'éteins mon écran, le range dans ma poche de veste et déguerpis en vitesse avec un simple au revoir à peine audible.

— Maddison !

Tais-toi ! Taisez-vous !

Les voix résonnent dans ma tête.

— *Petrova, quatrième ? C'est possible ?*

— *Maddison a perdu…*

— *La médaille en chocolat, c'est ce qu'on dit.*

— *Les cartes sont relancées.*

— *Sa carrière est enfin terminée, c'est pas trop tôt !*

Toutes ces voix, qui polluent mon cerveau depuis les Jeux olympiques. Toutes ces voix, que je ne cesse d'entendre depuis le trajet du retour avec la fédération. Toutes ces personnes, que Yelena a montées contre moi pour se venger.

Je le mérite peut-être. Elle me brise le cœur comme j'ai brisé le sien. Même si elle a enfin obtenu ce qu'elle voulait depuis toujours, elle continue de s'acharner sur moi.

Lorsque je commence à croire un peu en Nolan, en son espoir débordant, mes démons me rappellent qu'ils sont encore là.

Qu'est-ce que le destin attend de moi, bon sang ? Quand est-ce que je vais pouvoir *respirer* ?

16

Nolan
Avril 2022, Grenoble

— Non, Nolan ! Je t'ai dit à droite ! Ma droite, donc ta gauche !

Ce qu'elle peut être insupportable depuis deux jours ! Je tire son bras vers moi pour que l'on reprenne du début. Je lance la musique, et c'est parti. Deux glissades de valse, elle tourne. Deux glissades de valse, un croisé avant-arrière avec nos pieds légèrement levés. Deux glissades de valse, elle tourne à nouveau sous ma paume dressée au-dessus de sa tête. Et ainsi de suite depuis quinze jours. Je croyais que l'on avançait. C'était le cas, jusqu'à vendredi soir.

Maddison ne cesse de se braquer à toutes mes propositions. Je n'arrive plus à la comprendre. Je pensais que nous progressions et tout est subitement revenu à une ambiance glaciale.

Elle se tend quand je la guide à travers la piste. J'essaie d'aller à son rythme, d'accélérer un peu plus pour que notre danse soit dynamique. Mais je commence à perdre patience. Les gens agacés m'agacent. Bien que j'aime faire sourire les autres, je ressens aussi beaucoup leurs émotions négatives, et elles me contaminent.

Nous reproduisons le schéma, encore et encore. Au bout de quinze secondes de musique, nous ajoutons une série de pas à reculons, en parallèle, toujours main dans la main. Les patins de Maddison glissent rapidement en arrière tandis que ses bras me tirent doucement vers elle pour que je parvienne à la suivre. Nous longeons l'arcade de la piste ainsi, puis nous nous lâchons et effectuons quelques pas et mouvements avec nos poignets dans les airs.

Nous n'avons pas encore travaillé l'expression faciale, même si nous avons déjà établi une narration dans notre chorégraphie. Dans la première minute de la composition, les notes sont calmes, alors nous devons mimer deux personnes qui se rencontrent et qui entament une valse pour découvrir leurs sentiments l'un envers l'autre.

Maddison se rapproche de moi un peu trop vite. Sa poitrine cogne mon torse et je manque de partir en arrière.

— Qu'est-ce que tu regardes ? Concentre-toi, me reproche-t-elle de nouveau.

La colère monte en moi. Mes dents grincent et je tourne sept fois ma langue dans ma bouche pour éviter de dire quelque chose que je regretterai.

J'essaie encore de me souvenir de vendredi soir. Notre échange était simple, et même si léger que j'avais l'impression de parler à une… *amie*. Je me sentais bien, j'étais à l'aise. Puis, elle a lu quelque chose sur son portable et a disparu sans donner de nouvelles durant tout le week-end.

Je vais bientôt perdre contenance. Je lève les bras en la suivant jusqu'au centre de la patinoire.

— Bon, qu'est-ce qu'il t'arrive ?

Maddison pivote face à moi et me tend sa main en position de valse. Non, elle ne va pas s'en tirer comme ça. Mon sang se change en liquide brûlant dans mes veines.

— Maddison, dis-moi ce qu…

— Salut les jeunes !

Igor nous interrompt en entrant sur la piste, une boîte alimentaire dans les mains. Tout sourire, il nous rejoint, sans se douter de la tension qui était sur le point d'exploser.

J'inspire un bon coup et le salue.

— Ma femme a fait des cookies ! J'ai pensé que ça vous motiverait.

Maddison se détourne et cache son visage derrière sa main. Peut-être parce qu'elle sait que Igor comprendra mieux que moi les signaux qu'elle renvoie. Je ne sais pas depuis combien de temps ils se connaissent, mais je présume, au soudain froncement de sourcils de notre entraîneur, que j'ai vu juste.

Il bifurque son regard d'elle à moi. Puis, il me tend la boîte.

— J'ai raté un épisode ?

— Nous sommes deux, alors. Merci pour les cookies, réponds-je.

Ils semblent bien moelleux lorsque j'ouvre le couvercle et découvre la pâte. Mon appétit s'est cependant envolé. Je repose son cadeau sur la table, derrière les barrières de la piste, et reviens vers eux.

Poings sur les hanches, je demande :

— Est-ce que je peux être informé ?

Igor jette un œil à Maddison, qui secoue la tête. Oh, oui, ce n'est pas comme si j'étais juste à côté et que je voyais très bien ses gestes !

— Maddison.

Aucune réponse.

— Maddison, merde !

J'explose. Mon cœur bat si fort qu'il est prêt à s'extirper de ma poitrine. L'effet est au moins immédiat. Elle se retourne vers moi si vite que ses cheveux lui fouettent les joues. Si un regard pouvait blesser, il faudrait déjà m'appeler une ambulance.

— Ça suffit, Nolan ! Ce sont mes affaires personnelles. Maintenant, est-ce que tu peux arrêter tes gamineries et reprendre l'entraînement ou est-ce trop difficile pour toi ?

Elle hurle, et même Igor la fixe de travers. Mon sang pulse contre mes temps et ma gorge me fait mal. J'ai envie de crier moi aussi. De quel droit s'adresse-t-elle à moi de cette manière ? Je ne suis pas son ennemi, je suis son partenaire de danse !

Bordel !

Mais je ne peux pas m'y résoudre. Je suis un gamin, oui, elle a sans doute raison, car je ne veux pas lui offrir le plaisir d'avoir ce qu'elle souhaite. Maddison veut se taire ? Bien, qu'elle se taise. Peut-être qu'elle finira par craquer.

Sans rien ajouter au feu qui gronde déjà en moi, je m'avance vers la sortie et accroche mes protège-lames pour aller au vestiaire, malgré les nombreuses protestations d'Igor dans mon dos.

Je m'en fiche de quoi j'ai l'air avec ce comportement. Je ne supporte pas d'être mené en bateau. Je ne supporte pas qu'elle continue à me prendre de haut. Ce n'est pas avec son attitude que nous avancerons. Nous reculons même, aujourd'hui. Et ça me rend *dingue* !

Je ferme la porte de ma chambre, les nerfs un peu plus calmes grâce à mes vingt minutes de vélo sur le trajet jusque chez moi. Quand Maddison aura terminé de bouder, je serai là et je l'écouterai. En attendant, je ne suis pas l'homme qu'il lui faut si elle pense que je vais me jeter à ses pieds sans rien dire.

Et j'ai une fête à organiser.

C'est ainsi que, quelques jours plus tard, lorsque Jocelyne accourt dans le salon, nous crions tous ensemble :

— Joyeux anniversaire !

Ma petite cousine célèbre aujourd'hui ses cinq ans, et ce jour doit être le plus heureux possible. Après une bonne nuit de sommeil et un service chargé au restaurant, j'ai tout de suite regretté mes pensées envers Maddison.

C'est le cœur lourd que je m'efforce de sourire à mon adorable cousine.

Ses copains d'école lui offrent leur cadeau en premier. Entourée de mille et un ballons pastel et de confettis, Jocelyne déchire avec avidité chacun des paquets. Je ne peux m'empêcher de rire devant sa bouille chaque fois émerveillée par ce qu'elle reçoit et les gros bisous qu'elle donne à ses amis.

Angélika me propose un verre de punch orangé. Je la remercie et elle me tapote gentiment l'épaule en sirotant le sien.

— Tu étais un peu ailleurs ces temps-ci. Ça va ?

Je pince les lèvres et joue à faire tourner le liquide dans mon gobelet.

— C'est compliqué.

— Roh, allez ! Ne me fais pas le coup, Nolan. Je te connais, tu es bien plus expressif d'habitude et je te sens renfermé sur toi-même.

Je ne m'étais pas rendu compte que c'était si flagrant. Le visage de Maddison hante mon esprit. Encore plus que d'habitude, c'est pour dire. J'essaie de me convaincre qu'une personne qui souffre peut réagir méchamment avec les autres. Je n'ai juste pas l'habitude d'en côtoyer. Sam, Peter et Hélène sont plus ouverts sur leurs sentiments, tout comme moi. Qui se ressemblent s'assemblent, non ?

Et les opposés s'attirent, me chuchote une voix intérieure.

C'est sans doute pour cette raison que je ne parviens pas à effacer Maddison de ma tête.

— Disons que j'ai rencontré une personne très complexe, qui est mal en ce moment, et je ne sais pas comment l'aider.

— Embrasse-le, moi je dis !

Je fronce les sourcils en me tournant face à elle.

— Quoi ?

— Eh bien, oui. Embrasse ton chéri et tout ira mieux.

Ma tante m'ôte les mots de la bouche. Je bois une gorgée avant de préciser :

— Je suis hétéro. Parce que je suis patineur, je suis forcément attiré par les hommes et très efféminé ? Franchement, Angélika, tu peux trouver mieux comme cliché.

Je l'ai tellement entendu cette remarque que ça me rend chèvre à chaque fois. Les stéréotypes sur ce sport sont trop nombreux. Ma tante sirote son punch et dit :

— Désolée. Si c'est une femme, c'est plus compliqué alors, oui.

Encore des clichés… Je soupire, car je n'ai pas envie d'entrer dans des débats avec elle.

— Je n'ai pas apprécié qu'elle ne veuille pas se confier à moi. Avant que tu ne me fasses la morale, je sais que j'ai merdé. Je ne sais simplement pas comment arranger les choses.

Elle remue le menton, le bord de son gobelet entre ses dents.

— Je pense qu'elle le fera quand elle sera prête. La brusquer ne t'aidera pas. Une femme a besoin de se sentir écoutée, tu sais.

J'en ai bien conscience. C'est pour cette raison que je m'en veux autant d'avoir réagi si brutalement. Je n'ai plus aucune nouvelle depuis. Je sais que j'aurais au moins dû essayer de lui envoyer un message, mais j'ai été trop occupé par le travail et l'anniversaire de Jocelyne. Je n'ai réellement eu aucun moment pour me poser et réfléchir aux mots que j'allais employer.

Je n'ai donc rien à ajouter aux propos de ma tante, car elle a raison.

Je vide le contenu de mon gobelet d'une traite afin de me réveiller un peu les nerfs et je grimace face à l'acidité de la boisson.

Jocelyne débarque en courant jusqu'aux jambes de sa mère, un cerceau rose pailleté à la main, accompagnée de ses amis.

— Maman ! Maman ! Est-ce qu'on peut aller jouer dehors ?

Angélika n'a pas le temps d'accepter que la porte d'entrée s'ouvre. Mon père apparaît et secoue ses bottes sur le tapis en me souriant.

— Nolan ! Devine qui j'ai dégoté dehors !

Mon propre sourire s'efface quand Maddison franchit le seuil.

Elle est là, devant moi, vêtue d'un jean noir et d'un léger pull beige où trône un sac à main en bandoulière. Tous les regards se tournent dans sa direction.

Ni une ni deux, je fourre mon verre vide dans la main libre de ma tante et guide Maddison dans la pièce d'à côté en refermant la porte derrière nous. Je garde un instant la main sur la poignée, les yeux rivés sur le bois.

Une inspiration pour une expiration.

Enfin, je me tourne face à elle, les bras croisés contre mon torse.

Je ne sais pas trop à quoi m'attendre, mais j'ai hâte de comprendre pourquoi elle a débarqué chez moi sans prévenir. Non pas que je sois furieux, plutôt surpris. Très surpris, même.

Elle triture d'abord ses ongles avant de croiser les bras à son tour et de rompre le silence.

— Salut.

— Salut.

Je la détaille de haut en bas. Maddison est ravissante. Son pull près du corps moule sa poitrine et sa taille marquée. Elle a laissé ses cheveux détachés et lisses ruisseler sur ses épaules. Ils ont l'air si doux. J'ai envie d'y fourrer mes doigts pour le vérifier…

Maddison se racle la gorge.

— Je ne savais pas que c'était l'anniversaire de ta cousine. C'est l'homme avec le béret qui me l'a dit.

Bon, fini de tourner autour du pot. Si elle est devant moi, aujourd'hui, c'est qu'il y a une raison.

— Je suis désolé. D'être parti, pour commencer, précisé-je.

Elle mord sa lèvre inférieure en hochant la tête.

— Il y a un article qui est paru vendredi. Une interview, en fait, me coupe-t-elle dans mon élan.

Oh.

Maddison commence à se confier… Je referme la bouche et la laisse poursuivre. Elle a besoin d'être écoutée, je le comprends enfin face à sa réaction. Si je peux faire quelque chose pour l'apaiser, je le ferai parce que…

Parce que ?

Il n'y a pas de suite à cette phrase dans ma tête.

— Il me dénigrait pas mal.

Les traits de mon visage se tendent.

— Pour être tout à fait honnête avec toi, je suis arrivée quatrième aux Jeux olympiques d'hiver. Et ça a fait pas mal de bruit au sein de la communauté de patineurs. Avec… tous mes précédents succès.

— Parce que tu es numéro un au classement ?

Son menton se lève de haut en bas et ses yeux fuient les miens. J'ai la trachée nouée de l'observer ainsi. Une question me brûle alors les lèvres :

— Qui était interviewé ?

Sa main compresse son biceps et elle lâche :

— Yelena Sovetsky.

Ce nom me dit quelque chose. Je l'ai déjà entendu, mais je n'arrive pas à me souvenir où. Est-ce Igor qui en parlait la dernière fois ? Ou je l'ai lu dans un article peut-être ?

J'acquiesce pour toute réponse, le temps d'assimiler. Est-ce son ennemie ? Ou seulement une peste qui adore casser des œufs sur le dos de ses camarades ? J'ai moi-même connu cette douleur à l'époque. Ma propre chute, il y a cinq ans, a fait beaucoup de jaloux qui en ont profité pour me salir encore plus. Des journalistes, d'autres patineurs, mon… propre entraîneur.

Le poids des anciennes blessures alourdit ma poitrine, et je dois réunir toute ma force pour rester le plus neutre possible.

— Elle est juste jalouse, ne l'écoute pas, tenté-je.

Un rire amer retentit.

— Tu es loin du compte, Nolan.

— Alors quoi ? C'est ta rivale ?

— Quelque chose dans le genre.

Ses bras retombent le long de son corps et Maddison ajoute :

— Il n'y a plus rien à dire sur le sujet. Je suis simplement venue t'expliquer pourquoi j'étais en colère.

Un souffle amusé m'étreint. Ce ne sont pas des excuses, mais je m'en contenterai. Ce sujet paraît vraiment la bouleverser pour qu'elle ait été pire que d'habitude et qu'elle ait eu tant de mal à m'avouer la vérité. Je me demande ce que cette Yelena a bien pu lui faire pour qu'elle semble en avoir si peur.

Maddison se mord la lèvre et lance ses mains en l'air.

— Satisfait ?

— Presque. Promets-moi juste une chose.

Un sourire, bien plus franc que tout à l'heure, fend ses lèvres.

— Nous ne sommes pas si intimes, Nolan.

Pourtant, à son expression arrogante, j'aurais presque envie de croire qu'elle en a envie. La salive me manque devant cette provocation. Je décroise les bras et fourre mes mains dans les poches arrière de mon jean pour cacher leur moiteur.

— J'aimerais qu'à l'avenir, tu n'aies plus peur de m'avouer ce qui te tracasse. Quoi que tu puisses penser, moi je te fais confiance, aujourd'hui. Et je préférerais pouvoir t'aider que revoir la Maddison-boule-de-nerfs.

Ses coudes s'enroulent contre sa poitrine et son air narquois se prononce.

— Si tu me veux, il faut me prendre telle que je suis. La Maddison-boule-de-nerfs comprise.

Mon sourire s'élargit à sa remarque.

Je grimace avec une moue mi-suppliante, mi-moqueuse dans l'espoir qu'elle soit un peu plus détendue. Mon vœu est aussitôt exaucé, car elle lève les yeux au ciel et dit :

— Je ne promets rien. Mais j'essaierai de ne plus *trop* m'acharner sur toi.

C'est mieux que rien. Je hoche la tête et libère le rire que je retenais.

Soudain, la porte s'ouvre dans mon dos et une Jocelyne sauvage pénètre en courant vers Maddison. Je manque de m'étouffer avec ma salive lorsqu'elle lui saute dessus en hurlant :

— Barbiiiiiiiiiiie !

J'explose de rire instantanément, je ne m'y attendais pas du tout ! Ça a au moins le mérite d'éclater la bulle étrange qui s'était formée autour de nous.

Maddison écarquille les yeux devant le visage ébloui de ma cousine.

— Euh, je…

— Tu es le cadeau de Nolan, n'est-ce pas ? Une vraie Barbie ! déclare-t-elle dans un anglais bancal.

Comment sait-elle que Maddison ne parle pas français ? Je crois que je devrais plutôt me demander combien de personnes écoutaient derrière la porte et qui a osé lui ouvrir !

Ma partenaire de danse me fusille du regard et je hausse les épaules, aussi décontenancé qu'elle.

— Dis, tu veux aller dans ma maison de jardin ? Elle est petite, mais tu vas voir, on peut y boire le thé !

— D'a-d'accord…

Jocelyne enroule ses petits doigts autour des siens et la tire hors de la pièce. J'entends un faible murmure dans mes oreilles lorsque Maddison me passe à côté :

— Tu me le payeras.

Et je ris si fort que j'en essuie les larmes perlant au coin de mes paupières.

Ma poitrine est douloureuse, mais aussi remplie d'une agréable sensation de bonheur et de soulagement.

C'est cette Maddison que j'apprécie. Celle qui aime me taquiner, qui peut sourire et qui commence à me faire confiance, même si elle ne l'admet pas encore. C'est cette Maddison qui contrôle les battements de mon cœur.

À cette pensée, je me mords la lèvre et masse mon torse. Il va falloir que j'apprenne à mon cœur à se calmer.

Si je le peux.

17

Maddison
Avril 2022, Grenoble

Les mains de Nolan s'agrippent à mes hanches et me soulèvent tandis que je fléchis les genoux pour effectuer une pose. Mes lames glissent ensuite sur la glace. Je tournoie en créant des mouvements fluides avec mes bras, puis me raccroche aux paumes de mon partenaire afin de reprendre la valse.

Igor coupe le radio-cassette et applaudit.

— C'était super ! Vous vous améliorez, bravo, les jeunes !

J'essuie la sueur sur mon front, mon pouls affolé. Notre coach a raison, je le constate moi-même. Notre synchronisation s'améliore, nos jeux de regards aussi. Nous arrivons à communiquer avec nos corps. Quand je souhaite accélérer nos pas, je tire légèrement sur son poignet et Nolan me suit. Inversement, lorsqu'il est prêt à me faire décoller du sol pour notre figure, il descend ses doigts vers l'intérieur de ma paume et je comprends le signal.

Je sens que notre communication est importante pour lui. Et je prends plaisir à me laisser guider sans réfléchir avec lui. Je présume que ça peut aussi venir de ma récente confidence. J'ai un peu moins peur de lui parler qu'avant.

Igor avait raison, Nolan n'a pas du tout mal réagi face à mon aveu concernant Yelena. C'est comme s'il compatissait sans même connaître les détails. Si seulement il savait… Mais si justement cela se produisait, peut-être que ce secret détruirait notre début de… relation amicale ?

Je suppose que nous progressons vers ce stade, à mes risques et périls.

Nolan rejoint Igor pour vider la moitié de sa gourde. Je l'imite afin de bien me réhydrater. L'eau fraîche coule dans ma gorge avec avidité et je retiens un gémissement de plaisir. Elle me réveille et apaise les tensions dans ma nuque. Nous enchaînons les entraînements, les mouvements et les figures. Plus nous avançons, plus nous augmentons notre vitesse afin que notre chorégraphie soit plus concrète, à la hauteur de la compétition.

Le souffle court, Nolan suggère :

— On peut essayer de s'attaquer aux *twizzles* maintenant ? Au point où nous en sommes, la prochaine étape sera la seconde partie de la composition. Nous pourrions mimer une séparation, puis enchaîner sur les pirouettes en parallèle ?

J'imagine les gestes dans ma tête pour m'assurer de la fiabilité de son idée. Et ça me semble tout à fait cohérent avec notre début.

L'esprit créatif de Nolan me fascine. Il a cette capacité à voir des choses que je ne perçois pas. Avant-hier soir, nous avons examiné quelques enregistrements de nos possibles concurrents. Il avait une telle manière de décrire leur gestuelle. Comme si tout était une métaphore pour lui. Ce côté visuel était peut-être ce qu'il me manquait. Les jurés me reprochaient souvent de ne pas être assez expressive, pas assez engagée dans le thème de mes programmes.

Avec Nolan, tout est différent. J'ai envie de m'immerger dans l'histoire que nous racontons. Serait-ce sa bienveillance qui est contagieuse ?

Non, n'allons pas jusque-là. Moi, gentille ?

Je ricane toute seule après une autre gorgée d'eau.

Nolan fronce les sourcils.

— L'idée ne te plaît pas ?

— Quoi ? Non, pardon, je réfléchissais à autre chose.

Reprends tes esprits, Maddison !

Je déglutis et accepte sa proposition. Nous reprenons chacun des premiers pas jusqu'à l'accélération de la musique. Tel que mon partenaire l'a suggéré, je me détache de lui en mimant avec mes mains un cœur se briser contre mon sein. Nous effectuons une première pirouette chacun de notre côté. Igor nous arrête pour nous signaler que nous ne sommes pas du tout en parallèle, alors nous instaurons un calcul de secondes et nous recommençons.

Plusieurs dizaines de fois, car tout doit être parfait. Surtout les *twizzles* qui ont une place importante dans la note du jury.

Notre entraîneur nous fausse compagnie pour rentrer à son studio de location vers 20 heures. Je lui ai bien proposé de venir habiter dans le mien, mais il a refusé, prétendant que je devais garder mon espace vital.

C'est dire comme il me connaît bien.

En fait, il a été comme un père pour moi lorsque le mien m'a laissée tomber. J'étais encore une ado. Au début, notre relation était très glaciale… Mais Igor a fini par me prouver qu'il n'était là que pour mon bien. Ma tante et lui sont les deux seules personnes de ma vie à qui je peux me fier.

Enfin… c'est ce que je pensais jusqu'à ce que je rencontre Nolan. Aujourd'hui, j'ai l'impression d'être un peu moins seule.

— Ça vous fera dix euros, s'il vous plaît, demande le cuisinier du *foodtruck* où nous nous sommes arrêtés.

Nolan le paye en espèce avant de revenir vers moi, deux crêpes salées fourrées au fromage et au jambon dans les mains. Avec un large sourire aux lèvres, il me donne la mienne. Je le lui rends timidement et croque un premier morceau. De la fumée s'en extirpe et je me brûle le bout de la langue.

— Ouh, cette crêpe est super chaude !

— Une galette.

— Quoi ?

— On dit « galette » quand c'est salé. Ne dis jamais à un Breton que tu manges une crêpe salée, m'explique-t-il en se moquant.

Je fronce les sourcils et secoue la tête. Nolan souffle dans l'air pour réchauffer l'intérieur de sa bouche. Je pouffe derrière mon poing. Quel *idiota* ! Je viens de le prévenir que c'est bouillant, mais il a quand même essayé de manger.

Après notre entraînement, il a proposé de me ramener à vélo et, quelques rues avant mon appartement, nous avons décidé de manger un bout. Nolan a insisté pour m'offrir le repas malgré mes protestations. Et… même si c'est un gentleman à deux balles, ça me touche un peu, je l'avoue. Il est plus attentionné avec moi que ne l'ont jamais été les autres. Je savoure donc cette crêpe – pardon, galette – avec lenteur tandis que nous marchons dans la rue.

— Jasmine m'a parlé de toi.

— Ta cousine ?

— Oui. Il paraît que tu as été de très bons conseils !

Merde. Elle m'a grillé. Je hoche simplement la tête. Pas besoin d'entrer dans les détails, je n'ai fait que lui suggérer une autre façon de penser.

— Combien tu as de cousines exactement ?

Son sourire s'élargit. Il ne fait même plus attention à sa galette, qui refroidit dans son carton.

— Trois. La petite Jocelyne, Jasmine et Cami. Tu as rencontré Cami ?

Je secoue le menton.

— Ne joue jamais à Mario Kart avec elle.

Je grimace, il ajoute :

— Tu n'en sortirais pas indemne. Crois-moi.

S'il le dit.

Je continue de croquer quelques morceaux de ma crêpe et lorsque j'en suis à la moitié, nous nous rapprochons de mon immeuble. Les bruits assourdissants des véhicules et de la ville nous bercent le temps de notre promenade. Le pollen fait éternuer Nolan, qui manque deux fois de faire tomber son repas. Je retiens mon rire autant que je le peux en le voyant galérer avec son vélo qu'il traîne et sa galette, à présent toute froide.

— Pour revenir à Jasmine, elle m'a posé une question intéressante à laquelle je réfléchis beaucoup en ce moment.

— Ah oui ?

Nolan tente de croquer avec ses dents un morceau de sa crêpe. Sans succès. La mienne déjà terminée, je jette mon carton dans une poubelle et attrape la sienne entre mes doigts pour l'approcher de sa bouche. Ses yeux noisette et miel se bloquent dans mon regard. Une seconde… Deux… Cinq. Mon cœur se fige et les sons alentour disparaissent. Lentement, Nolan avance jusqu'à mes doigts et avale une grosse part de sa galette sans me quitter du regard. Ses lèvres glissent sur la pâte salée pour avaler son bout, et son visage est… trop… trop près.

Mes doigts frémissent et ma bouche s'assèche.

Je reprends bien trop tard ma respiration et lui rends brusquement son carton.

— Hummm... Merci, marmonne-t-il.

— Q-qu'elle était la question de ta cousine ?

— Oui, euh, elle me demandait ce que je serais prêt à faire par amour.

J'acquiesce et fourre mes mains dans les poches de ma veste en jean noir.

— Et ? Que ferais-tu par amour, Nolan ?

Il s'immobilise juste devant l'entrée de mon immeuble et lève les yeux au ciel pour réfléchir.

— Tout, je suppose.

Je ricane.

— Comme c'est chevaleresque !

Il baisse son regard vers moi et ma peau chauffe sous son attention. Je serre les poings et fixe son nez plutôt que ses pupilles.

— C'est normal de protéger les personnes que l'on aime, de les préserver, de les écouter et de se soucier d'elles.

C'est tout Nolan. Croire en l'amour, aider les autres à tout prix. L'opposé total de moi, en somme. Je pouffe amèrement en détournant les yeux vers le coucher de soleil derrière les arbres d'un parc.

Sauf que parfois, les personnes nous mentent en prétendant nous aimer, et c'est encore plus douloureux de se sentir rejeté et haï par eux.

Le silence s'éternise. Je m'apprête à le saluer et à pénétrer dans mon immeuble lorsqu'il assène du bout des lèvres :

— Qu'est-ce qui t'est arrivé Maddison ?

Je ne peux plus retenir mon envie de plonger mes iris dans les siens. Je m'accroche à son regard, le rythme cardiaque irrégulier. Toutes les images que j'essaie de chasser de mon esprit à longueur de journée me fouettent en pleine face. Si seulement il savait…

Puis je soupire. Nolan ne pourra jamais comprendre. Nous sommes l'opposé l'un de l'autre. Il n'y a rien qui nous relie à part notre amour pour le patinage artistique. Le reste… n'est que chance et malchance.

Je baisse les yeux.

— Eh bien, tu as eu une bonne famille, et moi, j'ai eu la mauvaise. Voilà tout.

Sa bouche s'entrouvre. Il fait un pas en avant, mais mon téléphone l'arrête en sonnant dans mon sac à dos. Je décroche rapidement, la tête un peu ailleurs, et entends la voix de Igor.

— *Allô ?*

— Qu'y a-t-il ?

— *Je viens de recevoir une invitation du comité de l'ISU ! Ils organisent un bal pour fêter la fin de la saison, et tu es invitée, ma cocotte !*

Je serre les dents.

— Ne m'appelle plus jamais comme ça.

— *Est-ce que tu as entendu ?*

— Très bien, oui.

Nolan pose son vélo contre un poteau pour grignoter la fin de sa galette.

« *Qu'est-ce qu'il se passe ?* » mime-t-il avec sa bouche pleine.

Je secoue la tête pour l'inciter à attendre.

— Pourquoi m'invitent-ils ?

— *Euh, parce que tu es Maddison Petrova ?*

— Je suis arrivée quatrième aux derniers Jeux olympiques, ils ont oublié ?

Parce que moi non, ai-je envie d'ajouter, les poumons en feu.

— *Peu importe pourquoi, tête de mule ! Ils t'ont invitée, point barre. Tu iras avec Nolan, comme ça, vous pourrez commencer à faire parler de vous.*

C'est une idée ridicule. Je ne fais pas tous ces sacrifices pour la popularité, mais pour remporter les championnats d'Europe 2023 et mettre un terme à cette rivalité avec Sovetsky. Pourtant, je sais aussi que ce genre de bal est une chance à ne pas louper pour nous faire connaître, comme l'a signifié Igor.

Je soupire.

— On ira.

Nolan jette son carton vide et me fait signe avec des gestes.

Je salue Igor et raccroche.

— On va où ?

Cette soirée révèle aussi qu'il y aura tous les autres participants des J.O. Tous ceux qui crachent dans mon dos depuis des années. Et les questions vont fuser. Tous les regards seront braqués sur nous… *Vais-je y arriver ?*

Je serre mon smartphone entre mes doigts avant de l'informer :

— Nous sommes invités à un bal organisé par l'ISU.

— Oh, mais c'est super !

Son sourire s'élargit jusqu'aux oreilles.

Cela signifie également qu'*elle* sera là. Yelena et moi allons nous retrouver dans la même pièce. Et cette nouvelle me glace le sang.

18

Nolan
Avril 2022, Grenoble

— Et ce nœud ?

Hélène secoue la tête avec une grimace désapprobatrice, derrière l'écran de notre appel vidéo. Elle passe une main dans ses épais cheveux bouclés et mâchouille un bâtonnet de réglisse.

Je balance sur mon lit le nœud papillon avec les autres et essaie le rouge écarlate.

— Non plus.

Je marmonne dans ma barbe mon exaspération et le jette à mes pieds. Ce n'est pas le premier bal auquel je vais assister. Pourtant, il me rend fou ! Il y aura tous les plus grands patineurs de mon époque et je ne sais pas si j'ai ma place à leurs côtés. Je n'ai pas leur niveau, leur prestance. Je ne suis rien…

Je souffle et m'affale sur mon matelas en récupérant mon téléphone pour afficher un air morose à ma meilleure amie.

— Pourquoi ne pas rester sur quelque chose de classique ? Une cravate c'est classe, aussi.

Elle fourre une fraise TAGADA dans sa bouche en attendant ma réponse. J'ai des sueurs froides inhabituelles sur la peau. Mes doigts sont moites et j'étouffe. Maddison doit être dans le même état que moi. Se retrouver entourée de ses concurrents et concurrentes ne sera pas une partie de plaisir. Enfin… Disons plutôt que j'ai perdu l'habitude d'assister à ce genre d'événement. Suis-je légitime de revenir sur la piste à leurs côtés ? J'ai abandonné la glace pendant cinq ans. Ai-je vraiment le droit de concourir avec une triple championne olympique ?

Non. Ce n'est plus le moment de se poser ces questions. Maddison l'a dit, si j'ai des doutes maintenant, ça n'en vaut pas la peine.

— Nolan ? Je crois que l'image s'est figée de ton côté.

Je secoue la tête en souriant.

— Non, c'est moi qui réfléchissais. Tu as raison, je vais adopter la cravate.

Elle acquiesce et se frotte les mains pour enlever le sucre sur ses doigts.

— Bon choix. Arrête de te prendre la tête avec cette soirée. Tu vas être CA-NON et c'est tout !

Hélène arrive toujours à me faire rire même dans les moments où je me sens vide à l'intérieur. Mais elle a raison, je dois rester positif. Il faut que je garde en mémoire que ce sera une superbe soirée et que je vais pouvoir récupérer plein de contacts. Et… peut-être que Maddison m'accordera une danse. Qui sait ?

Un sourire plus franc, cette fois-ci, étire mes joues lorsque je coupe notre communication. J'imagine ma partenaire en robe verte, ou bleu, ou rose poudré. Mon cœur palpite trop fort.

Maddison

Qu'il me tarde que ce bal soit passé !

Je jette la troisième robe que j'essayais sur mon mini canapé. J'ai l'impression qu'aucune couleur ne va à mon teint. Le noir me rend sévère, le jaune ne va pas avec ma couleur de cheveux, le vert est fade, le bleu trop électrique. Je me prends la tête avec des broutilles et ça ne fait qu'accentuer mon angoisse.

Je fais donc les cent pas dans mon appartement, en sous-vêtements, pour essayer de me détendre. Les bras croisés, je me répète la liste des invités. Il vaut mieux être prête à rencontrer les pires. Si je sais précisément qui sera présent, je pourrai anticiper mon humeur et mes réactions. Les cibles principales sont Yelena Sovetsky et son cavalier Vladimir Bukin. Rien que de m'imaginer les croiser dans cette foule de patineurs bien habillés, la nausée me brûle l'estomac.

Bon.

Je dois me ressaisir.

Je m'assieds quelques secondes, claque mes genoux et retourne devant mon placard pour essayer la dernière tenue que Igor m'a envoyée depuis mon appartement à Berne. Elle est plutôt sexy sans être trop provocatrice. Si je pouvais mettre la robe la plus discrète possible pour passer inaperçue, ce serait tellement plus simple. Et pourquoi je ne le fais pas ? Parce que… eh bien, Nolan sera là. Je dois faire honneur à notre partenariat. Je dois leur prouver que nous sommes un couple de danse fort et dominant. Une robe de cette teinte sera parfaite.

Je me penche face au miroir et relève mes longs cheveux blonds dans un chignon décoiffé. Il faut que je prouve à mes concurrents et mes coéquipiers de la *Swiss Ice Skating* que leurs remarques ne m'atteignent pas.

Oui, je suis assez forte.

Nolan

Une heure plus tard, je retrouve Maddison pour une petite séance de footing avant le départ de notre avion, dans la soirée. Je pense que ça nous permettra, à tous les deux, de nous vider la tête. Quoi de mieux pour lui faire découvrir certains de mes endroits préférés de la ville.

Ma partenaire me rejoint sur le pont au-dessus de la rivière, près du parc des Berges de l'Isère. Les voitures roulent à vive allure sur la rocade juste à côté de moi. Le bruit et leur vitesse sont une bonne dose d'adrénaline pour nous motiver.

Maddison attache ses cheveux en une haute queue-de-cheval et nous entamons notre premier quart d'heure à pas lents. Je serre les poings tandis que mes poumons s'imprègnent de l'air naturel de ce parc. Le printemps est la meilleure saison de l'année ! À part, bien sûr, le pollen, qui me pique les yeux et irrite mon nez. Les beaux jours reviennent, le soleil réchauffe ma peau lorsque je cours, et l'odeur des fleurs est très apaisante.

J'éternue d'ailleurs plusieurs fois en trottinant.

— Foutu pollen ! raillé-je.

J'adore cette saison, mais elle me rejette !

Nous martelons le sol avec nos baskets jusqu'à l'entrée du parc où nous tournons pour prendre les chemins piétons. Le ciel est d'un bleu ravissant. Je suis tellement immergé dans ma course que je mets un certain temps à me rendre compte de l'inhabituel silence de Maddison.

Je pivote légèrement ma tête et ralentis. Elle est loin derrière moi, je me rappelle notre conversation à la salle de sport. L'endurance n'est pas son domaine de prédilection, il me semble.

Je vérifie sur ma montre combien de temps il nous reste à effectuer et souris au résultat que m'affiche l'écran.

— Plus qu'un kilomètre, Maddison ! Si tu me bats, je te paye un *Refresh* !

Un son étrange survient derrière moi, puis une fusée me passe à côté. J'éclate de rire si fort que je m'étouffe avec ma salive. Ses cheveux fouettent son dos tandis qu'elle creuse de plus en plus la distance entre nous.

— Fallait le dire tout de suite ! rugit-elle.

Hors de question que je la laisse gagner ! Non, mais oh !

Je pousse sur mes quadriceps pour la rattraper, sans pouvoir m'arrêter de rire.

— Un *Refresh*-A, Nolan ! Je vais te le faire tatouer pour que tu t'en souviennes !

Elle glousse, et à mesure que nous filons droit devant nous, je ne peux retenir la pensée qui me remplit d'une délicieuse chaleur réconfortante.

Cette femme est géniale !

Lorsque nous atteignons le temps requis, calibré sur ma montre, nous nous arrêtons près d'un tronc d'arbre. Maddison étire ses mollets en s'y appuyant et j'écarte mes cuisses en crabe pour effectuer le même exercice. La souplesse de mes muscles me permet de détendre les tensions dans ma nuque. J'essuie d'un revers de la manche la sueur sur mon front et me tourne face à elle.

Un cri soudain retentit dans mes oreilles. Je n'ai pas le temps de comprendre que Maddison me fonce dessus et me percute de plein fouet. Je ne sais pas exactement comment se déroule l'instant, mais mon corps est projeté en arrière et je parviens à entourer mon bras autour de sa taille pour nous empêcher de tomber. Malgré mon réflexe, mes genoux tombent au sol, ses jambes autour de mes hanches, ses coudes posés sur l'herbe, ma main dans son dos et… son nez frôlant le mien…

Ses yeux foncés et intenses me sondent si près que les sons extérieurs disparaissent. Mon regard descend jusqu'à ses lèvres humides et entrouvertes. Je ne les imaginais pas si rosées et pulpeuses. Elles ont l'air sucrées… Son souffle chaud se mélange au mien. Il me faut prendre conscience de la position dans laquelle nous nous trouvons pour comprendre que mon cœur a cessé de battre plus de dix secondes.

Sa bouche se referme et me ramène à la réalité. Je cligne des paupières avant de l'aider à se relever en marmonnant des mots que je ne saisis pas moi-même. Maddison s'empresse de frotter ses fesses avec ses mains et de remettre son T-shirt en ordre.

— Désolée, j'ai vu une fourmi. Je déteste les insectes…

— N-non, OK.

Qu'est-ce qu'il vient de se passer ? Est-ce que j'étais prêt à… l'embrasser ? Mais… pourquoi en aurais-je eu envie ? *Ça ne va pas ou quoi !*

Ma gorge me fait mal, j'ai l'impression de manquer d'air alors que nous sommes dans un parc naturel. Je pince les lèvres comme pour forcer mon cerveau à arrêter d'y penser.

— Hum, bon, et mon *Refresha* ?

Je plonge mes yeux écarquillés dans les siens. Ce rappel me permet de me concentrer sur autre chose. Je mets néanmoins quelques secondes à me souvenir de pourquoi elle me parle de sa boisson préférée. Quand je reprends enfin mes esprits, nous courons encore un peu jusqu'à l'arrêt de bus le plus proche. Nous nous arrêtons au Starbucks® pour prendre une collation chacun. Nous rentrons ensuite chacun de notre côté, pour récupérer nos valises, puis nous montons dans un Uber qui nous amène à l'aéroport de Grenoble.

Dans la voiture, c'est le silence qui triomphe. Nous avons tous les deux beaucoup d'appréhensions. Je branche mes écouteurs le temps du trajet. Puis en attendant notre embarquement, nous discutons de notre programme libre et des thèmes qui pourraient nous plaire. Notre conversation divague sur nos films et séries préférés. Maddison m'avoue avec douleur ne pas aimer les dessins animés. Quelle tragédie. Ne pas aimer *Les Simpsons* c'est comme lui dire que je déteste le *Refresha*. Aïe.

Le numéro de notre avion s'annonce au micro, et d'un regard échangé, je comprends que l'angoisse nous saisit en même temps.

Tout le long du vol en direction de Londres, je suis hanté par le parc des Berges de l'Isère. Par cette herbe vert pomme, cette odeur de pêche mélangée à la sueur de Maddison, son corps chaud contre le mien et dans le creux de ma paume. Mon cœur s'emballe et je ferme les yeux pour essayer de le calmer.

Pourquoi suis-je envahi par des émotions aussi contradictoires ?

Plus Maddison s'ouvre à moi, plus j'apprends à la connaître et plus je me perds dans des sentiments aussi incertains que plaisants.

Je dévie mon regard vers son visage paisiblement endormi.

Être attiré par Maddison ? C'est impossible, du délire. Elle est tellement… compliquée. Et belle. Et spontanée. Et en colère. Et attendrissante quand elle le veut bien…

Non.

C'est vraiment une mauvaise idée.

Je reporte mon attention sur les doux nuages, qui embellissent la vue sous les ailes de l'avion, et réajuste mes écouteurs sur une musique dynamique.

Tout pour me faire oublier les sensations énervantes qui compriment ma poitrine.

19

Maddison
Avril 2022, Londres

Notre chambre d'hôtel est assez petite, mais nous offre tout de même le confort d'avoir deux lits séparés. C'est la moindre des choses.

Je dépose mes bagages sur le matelas le plus proche de la fenêtre pour pouvoir observer quelques étoiles malgré la luminosité ambiante de la ville. Ce sera mon lot de consolation face à ce qui va suivre.

Toujours en silence, Nolan installe sa tenue pour demain soir dans l'armoire commune. Puis va disposer sa trousse de toilette dans la salle de bain. Il ne m'a pas adressé un seul mot depuis que nous avons décollé. Si ce n'est pour me demander si je voulais qu'il m'aide à transporter ma valise.

C'est la première fois que son mutisme me gêne autant. J'ai l'impression de l'avoir à nouveau contrarié, et j'ai tellement détesté sa fuite la semaine dernière que je n'ai pas envie que ça se reproduise. Le voir s'éloigner ainsi de moi m'a fait l'effet d'un coup de poing dans l'estomac.

Cela m'a rappelé toutes les autres personnes dans ma vie, qui ont fini, à un moment donné, par faire la même chose : m'abandonner.

Ce soir-là, j'aurais dû retourner à mon quotidien, vide et sans saveur, à part le goût de l'échec et de l'humiliation. C'était avant de rencontrer Nolan. Le vide intérieur que je ressentais a commencé à se remplir peu à peu. Pourquoi ? Je cherche encore la réponse. Peut-être parce que je me suis habituée à le voir quasiment tous les jours. Ou parce qu'il est différent des autres. Toujours à l'écoute de son prochain, à vouloir aider même ceux qui ne le veulent pas.

Et ce regard qu'il m'a jeté au parc, cette après-midi… C'était comme si les engrenages de mon cœur s'étaient remis en route après de longues années. La chair de poule de cet instant frissonne encore sur mes bras, que je frotte en détournant le regard de Nolan.

C'est une sensation que je ne dois pas ressentir. Je dois rester concentrée sur notre objectif, sur notre bonne entente professionnelle. Même si pour le moment, j'ai l'impression qu'il m'évite. Pour une raison que j'ignore.

Je déballe mes propres affaires, en me forçant à penser à autre chose. J'établis une *to do list* dans ma tête, le temps de plier mes vêtements dans les armoires. Nous ne restons que jusqu'à demain soir, mais cela occupe mes pensées avant de me préparer pour le bal. Qui débutera, d'ailleurs, dans quelques heures au Grand Connaught Rooms. Pour faire du chic, l'International Skating Union sait faire du chic.

En attendant, je m'entraîne à sourire sans être crispée. Mes doigts se mettent à trembler lorsque je les glisse le long du tissu de ma robe écarlate. Je compte sur elle pour m'apporter la protection et la prestance dont j'ai besoin, ce soir.

Nolan passe le premier sous la douche. Je ferme les yeux, allongée sur mon lit, et je savoure le calme, bercée par le doux son du jet d'eau dans la pièce d'à côté. J'étends mes mains aux extrémités de mon corps et me concentre sur les mouvements rapides de ma poitrine.

Calme-toi. Calme-toi. Calme-toi.

Je me répète ce mantra en boucle. Je le tatoue dans mon esprit pour ne pas l'oublier de toute la soirée et me focaliser dessus au moindre dérapage.

Nolan sort de la salle de bain, les cheveux mouillés et s'avance jusqu'à son sac de voyage. Il en extirpe une cravate noire ainsi qu'une chemise. Sans un mot à mon égard, il retourne dans la pièce qu'il a quittée et j'entends le bruit assourdissant d'un sèche-cheveux.

Mon cœur se serre et je retombe sur le matelas, les mains enroulées par-dessus mon ventre. S'il m'en veut pour quelque chose, la soirée risque d'être encore pire que je ne l'imaginais.

Il me libère la salle d'eau quelques minutes plus tard. J'ai apporté assez de maquillage pour toutes les occasions, ne sachant pas sur le moment quel produit serait le plus adapté. Je décide de faire classique pour la bouche avec un simple gloss, et j'accentue mon regard avec un léger *smooky eyes*. J'enroule mes cheveux en chignon et laisse trois mèches en suspens pour les attacher en tresse autour de ma coiffure.

La dernière étape est la robe. Je la remonte le long de mes cuisses jusqu'à ma poitrine, la laissant dévoiler mon dos dans une chute en V. J'enfile ensuite les manches à épaules dénudées avec un léger décolleté en cœur. Puis je dévoile ma jambe droite sous la fente du vêtement rouge velours.

La fente est pour le côté sexy, le dos-nu pour la sensualité et le décolleté pour le côté mignon. Il est vrai que j'aurais préféré être discrète au bal, mais c'était la plus élégante de toutes. J'avoue avoir craqué pour cet ensemble « femme fatale ».

Ma gorge me tiraille et ma poitrine se soulève vite. Je me sens plutôt belle dans cette tenue, mais j'ai peur que Nolan ne soit pas du même avis. Je ne devrais pas m'en soucier, pourtant…

Je souffle un grand coup avant d'ouvrir la porte à la volée.

Assis au bord de son lit, Nolan se redresse et se fige devant moi. Il porte un costard cravate noir, simple. Il est extrêmement beau, ses cheveux en arrière, laissant quelques mèches fines pendre sur son front. Je cache mes doigts frissonnants derrière mon dos et le détaille de la même manière qu'il me déshabille du regard. Je remarque aussi qu'il s'est rasé et je ne… sens plus mes battements de cœur. Ses pupilles me sondent si intensément que le reste de la pièce se floute. J'ai la sensation que nous sommes seuls, dans une boîte vide et qu'un feu m'embrase.

Lorsqu'il me sourit, une fossette, que je ne connaissais pas encore sous cet angle, creuse sa joue lisse.

Il me faut beaucoup de force pour réussir à déglutir et à détourner les yeux de ce bel homme.

— B-bien, je crois qu'on peut y aller, me suggère-t-il en me tendant sa paume.

Je la prends avec hésitation, enroulant mes doigts autour des siens jusqu'à l'ascenseur de notre hôtel.

Les portes métalliques se referment et il relâche brutalement ma main. Ce geste me pince le cœur, mais je ne laisse rien paraître et garde le menton bien droit.

Suis-je si horrible que ça pour qu'il ne veuille même plus me toucher ? Et puis, après tout, ça ne devrait rien me faire. Nolan développe depuis quelque temps une emprise sur moi qui m'irrite. J'ai du mal à le cerner. Il a des gestes et des paroles qui sont contraires à d'autres.

Et Dieu sait que je ne supporte pas les silences qui ne sont pas de mon ressort.

— Un problème ? demandé-je alors.

Pas de réponse.

Je garde mon attention fixée sur la porte de l'ascenseur. Le bout de mes doigts devient moite, mais je ne veux rien laisser transparaître.

Puis, enfin, sa silhouette réapparaît juste à côté de moi. Mon menton pivote légèrement vers lui.

— Je suis juste anxieux. Ce sera la première fois depuis cinq ans que je ne me suis pas retrouvé entouré d'autres patineurs professionnels, qui font de la compétition internationale. J'ai le trac, ricane-t-il.

Ce n'était donc que ça…

Je me suis pris la tête pour du stress ? J'ai tellement été habituée, depuis la période de mon adolescence, à croire que tout le monde m'en voulait, que tout le monde avait quelque chose à me reprocher. Parce que c'était le cas.

Et aujourd'hui ? Je ne sais même plus comment interpréter les réactions des autres.

Cela me touche que Nolan me l'avoue, qu'il me fasse assez confiance pour me parler de son ressenti. Il lui a fallu toute la soirée et le trajet en avion, mais qui suis-je pour le lui reprocher ?

Je lui jette un rapide coup d'œil, juste avant que le bip tinte et nous annonce le rez-de-chaussée.

Nolan m'observe déjà depuis je ne sais combien de secondes. Ma salive se coince dans ma trachée et j'use d'une grande inspiration pour l'évacuer et parvenir à détourner le regard du sien. Du coin de l'œil, je le distingue sourire, puis sa paume se ramène dans mon champ de vision.

Je n'hésite plus cette fois. Je la prends. Je veux essayer de croire, ce soir, qu'il pourra être mon courage, l'épaule sur laquelle j'aurai le droit de me reposer.

L'ascenseur s'ouvre et nous nous dirigeons vers l'entrée pour commander un taxi.

J'ai besoin que Nolan soit avec moi. Pendant ce bal, plus que jamais.

À notre arrivée dans le hall du Grand Connaught Rooms, j'ai l'impression de grimper les marches vers l'enfer. Mes talons claquent le marbre de cette sublime salle de réception aux allures royales. Le carrelage est en échiquier et un gigantesque lustre en perles lumineuses nous domine de toute sa hauteur. Au moins, le cadre est magnifique.

Nolan n'a pas retiré sa paume de la mienne depuis notre départ de l'hôtel. Je ne sais pas quel signe je dois comprendre, mais j'ai préféré savourer la chaleur de sa peau contre la mienne. Elle s'est diffusée jusqu'à mes muscles tendus et m'a permis de me détendre le temps de quelques minutes.

Un homme assez baraqué, habillé d'un costard à nœud blanc, exige nos invitations et nous sortons nos smartphones pour qu'il bipe nos QR codes.

— Passez une très belle soirée, nous dit-il d'un large sourire.

Si seulement…

Dès que nous passons la double porte ébène, les chuchotements se taisent et toutes les têtes se tournent vers nous.

Mon cœur est prêt à s'expulser de ma poitrine. Je broie la main de Nolan, incapable de me contenir. Je reconnais le couple japonais de patinage artistique Kurumi et Kobayashi, ainsi que les patineuses Eleanor et Jade, du Canada, en individuel féminin.

Je ne vais pas pouvoir.

Il faut que je sorte d'ici.

Ils me dévisagent tous comme si j'étais une extraterrestre.

Les chuchotements reprennent. J'entends à nouveau les voix toxiques du passé dans ma tête, qui se mêlent à celles autour de nous.

Une main fraîche caresse soudain la peau de mon dos dénudé. Je retiens un hoquet de surprise. Un coup d'œil à Nolan m'indique son sourire timide. Lorsqu'il entame un pas en avant en me guidant, ma poitrine se gonfle d'un indescriptible courage, et je le suis dans sa démarche.

Je garde les yeux vers le sol au début, et plus nous avançons dans la salle, plus les discussions me parviennent.

— Maddison Petrova ?

— Normal qu'elle soit invitée, elle est quand même triple championne olympique.

— Oui, mais à la dernière compétition ?

C'est vrai. Je suis arrivée à côté du podium, j'ai perdu mon fabuleux titre. Mais aujourd'hui, je ne suis plus seule. Nolan me le rappelle en fondant son corps contre le mien pour me signifier qu'il est là.

Tant pis s'il finit par m'abandonner comme les autres. Il aura accepté d'être mon pilier le temps d'une soirée difficile. C'est plus que ce que ferait n'importe qui d'autre pour moi.

— C'est son mec ?

— Tu crois ?

— Non, attends, tu penses que c'est son partenaire de couple ? Mais comment est-ce possible ?

C'est ça, posez-vous des questions. Rien ne me fait plus plaisir que de semer le doute dans la salle. Qu'ils me craignent, car dans un an, je serai championne d'Europe en danse sur glace. Ce sera mon heure de gloire, et je renaîtrai de mes cendres. Ils m'admireront de nouveau, et tout ce que Yelena aura pu leur dire n'aura plus d'importance.

Shake it de INNDRIVE tambourine dans la pièce. Un son électro assez appréciable, qui me permet de rester concentrée sur autre chose que l'attention trop présente sur nous.

Le souffle de Nolan contre mon oreille me fait sursauter.

— Tu vois, c'est pas si mal.

Mes lèvres se tordent malicieusement.

— À qui dis-tu ça ?

— Je m'attendais à pire. Mais je suis rassuré de constater que personne ne m'a encore reconnu.

Je me tourne face à lui, au milieu du couloir, entre les tables couleur ocre, qui se fondent avec les spots rouge et jaune. Une ambiance tamisée, chaleureuse et sensuelle à la fois.

— Pour l'instant. Moi-même, je n'ai pas fait le lien entre ton visage de jeune garçon et celui d'aujourd'hui.

Son sourcil droit se fronce et j'ose plonger mon regard dans le sien, qui brille à cause des lampes sur les tables.

— Et comment est-il, celui d'aujourd'hui ?

Je glousse et lui tapote la joue sans pour autant répondre.

J'allais répondre : viril, beau, attendrissant, sexy. Mais je garde ces compliments dans mon esprit.

— Maddison ?

Le monde se renverse. Mes yeux s'écarquillent. Les sons disparaissent, je ne sens plus ni la chaleur de Nolan ni l'air entrer dans mes poumons. Les palpitations dans ma poitrine se sont éteintes.

Je lâche lentement les doigts de mon partenaire. Dans un souffle crispé, mes talons pivotent.

Elle est là, devant moi.

Surprise, elle aussi, de me trouver ici. J'ai la sensation d'être hors de mon corps, mon âme l'ayant quitté prématurément au son de sa voix.

Yelena tient une coupe de campagne dans sa main, l'autre pendu dans le vide sous l'effet du choc.

Je sais que Nolan essaie de m'appeler, de me raisonner, mais je ne l'entends plus. En fait, je ne perçois rien d'autre que le vide sourd qui comprime tous mes organes. Je ne vois rien d'autre que deux yeux bleu clair, qui me transpercent avec une froideur douloureuse.

Le monde s'évanouit. Il n'y a plus que Yelena et moi.

Et sa cicatrice, qui me hantera à vie.

20

Maddison
Avril 2022, Londres

Sa chevelure rousse contraste avec sa robe bleu pastel à sequins.

J'étais préparée à la rencontrer ce soir. Je suis forte, je vais tenir le coup.

Lorsque son regard glisse à côté de moi, mon esprit me ramène au présent. Son expression choquée prend soudain une nouvelle teinte plus prédatrice et énigmatique.

— Et vous êtes ? demande-t-elle.

Je remarque seulement à l'instant les visages tournés dans notre direction. Le groupe avec qui semblait discuter Yelena et son partenaire, Vladimir, posté derrière elle. Ainsi que d'autres couples autour de nous.

Face au silence de Nolan, j'amène mon regard jusqu'à lui, pour m'assurer que tout aille bien. J'aimerais lui tirer le poignet pour nous sortir de cette situation, mais je ne ferais qu'aggraver mon cas.

Yelena dresse un sourcil. Dans une moue étonnée, il tend sa main vers elle et sourit.

C'est dans ce genre de moment que je regrette sa bienveillance à toute épreuve.

— Nolan Davis, enchanté. Désolé, j-j'ai perdu l'habitude !

La mâchoire de Yelena manque de se décrocher. Ses paupières grandissent tandis que des hoquets de surprise nous parviennent.

« Le patineur déchu. » « La chute du prodige. »

Qui peut l'oublier ? Mais il a autant le droit que tous les autres d'être présent ce soir. Même si, au début, j'étais sceptique quant à ses capacités. Au fil de nos entraînements, j'ai compris que j'avais tort. Nolan est un prodige. Il a sans doute encore du mal avec les sauts de niveau 3 et 4, mais c'est un excellent patineur. Et il a une capacité d'amélioration impressionnante.

Il n'avait vu qu'une seule fois ma chorégraphie sur *Kiss From A Rose* et il ne lui a fallu que trois jours pour la reproduire entièrement.

Personne ne peut effectuer une telle prouesse dans ce sport en ayant eu cinq ans d'arrêt. Nolan a encore peu confiance en lui, mais je suis certaine qu'il finira par ouvrir les yeux sur ce que je vois, *moi*, à travers lui. Enfin, ce que j'ai *osé* voir au bout d'un certain temps passé à ses côtés.

— Oh…, marmonne Yelena en pressant le bout de ses doigts avec les siens.

Une piètre démonstration de sa grâce naturelle. Vladimir Bukin nous rejoint une seconde plus tard et prend la coupe de champagne de sa compagne afin de la terminer d'une traite et de la reposer sur la planche d'un serveur.

Son trop large sourire pervers ne m'avait pas manqué. Il propose à son tour de serrer la main de Nolan, plus fermement.

— Nolan Davis ! Waouh ! Tu as tiré le gros lot, Maddison ! s'exprime-t-il en anglais, avec un petit accent roulé.

Je lève les yeux au ciel, sans répondre. Si je m'agace contre lui, je ne ferai que créer un esclandre devant tout le monde. Et je trouve que l'attention est déjà bien assez présente sur nous.

J'ai aussi appris à mes dépens qu'il est déconseillé de provoquer Yelena Sovetsky. Elle est la seule que je…

La main froide de Nolan se pose sur mon dos nu et ma poitrine s'avance toute seule à son contact. Mon sursaut ne passe pas inaperçu à Yelena, qui me jette un regard. Je baisse automatiquement le mien.

Je paye chaque jour, depuis sept ans, le prix de mon imprudence face à elle.

— C'est plutôt à moi de dire ça, lui répond Nolan.

Je puise dans mes dernières forces pour déglutir discrètement.

Qu'est-ce qui lui prend de sortir un truc aussi niais ? C'est pour faire le beau. Il ne doit pas le penser sérieusement.

J'espère.

— Je ne savais pas que tu avais un partenaire, lance la rouquine en triturant le pendentif au bout de son cou.

J'observe son geste et mes yeux se perdent quelques secondes de plus sur la cicatrice qui barre son visage, du milieu de sa joue et jusqu'à la naissance de son cou.

— Et vous êtes ? l'interroge Nolan à son tour.

— Yelena Sovetsky, enchantée.

Son épaule se penche sensuellement vers l'avant pour le saluer une deuxième fois.

Je manque de gémir quand les doigts de Nolan s'enroulent autour de ma hanche pour me coller contre lui. Mais qu'est-ce qu'il fait ? Il n'a pas l'intention de faire croire à tout le monde que je suis sa petite amie, quand même ?

Je relève la tête vers lui et comprends à son sourire crispé.

Mon rythme cardiaque se temporise. Ce n'est qu'un geste protecteur, car il sait ce qu'elle représente pour moi. Ou du moins, il a écouté ce que je lui ai avoué à l'anniversaire de sa cousine.

Mon attention se reporte sur le couple en face de nous lorsque Yelena glisse une main sur le torse de son partenaire.

— Et voici Vladimir Bukin. Mon coéquipier de danse sur glace et mon petit ami.

Celui-ci hoche la tête.

— Vous serez donc nos concurrents ! lâche Nolan.

Je manque de m'étouffer avec l'air qui entre dans mes poumons. Le groupe derrière Yelena et le couple se figent.

Nolan vient de faire exploser la bombe ! J'y étais moins préparée que je ne l'aurais cru. Mes paupières se ferment et je serre mes mains entre elles, car je sais très bien ce qui va suivre.

D'abord, deux personnes pouffent de rire, puis le sourire de Yelena s'effrite.

— Oh ! dit-elle en premier.

— Vous allez vraiment patiner en couple ? nous interroge une petite blonde aux yeux bleu clair.

Je reconnais tout de suite la médaillée de bronze canadienne en danse sur glace aux Jeux olympiques. Son partenaire ne semble pas être présent à ses côtés.

— Effectivement. Nous avons choisi la danse sur glace.

Yelena et moi nous fusillons du regard. J'essaie de soutenir les lames qui me transpercent, mais mon corps tout entier s'embrase. Mes doigts compriment mes mains davantage. Je sais ce qu'elle pense et elle a raison. J'ai favorisé ce choix pour la battre à son propre jeu. Pour lui montrer ce que j'ai ressenti quand elle m'a volé les Jeux olympiques. C'était la raison première derrière mon excuse concernant les sauts de Nolan.

Les dents de ma rivale se serrent si fort que je la sens prête à se jeter sur moi. Même si elle n'est jamais allée aussi loin, le risque n'est pas à exclure.

Elle me hait plus qu'il est possible de haïr.

Et c'est tout à fait réciproque.

— Comme c'est surprenant, raille-t-elle d'une voix faussement enthousiaste.

— Mais avez-vous le niveau ? insiste la Canadienne.

Nolan resserre une fois encore sa prise autour de ma hanche. La chaleur de son corps est la dernière chose qui me maintient calme. Extérieurement, je le suis. Intérieurement, je suis dévorée par les flammes.

— En quoi est-ce surprenant ?

Yelena relève les yeux vers lui et enroule son bras sous celui de Vladimir, qui suit toute la conversation sans un mot. Comme il l'a toujours été, en bon toutou qui écoute sa chérie.

— Comment expliquer ça sans être méchante ? ment-elle.

La chute que j'espérais éviter en limitant mes propres mots est sur le point de nous emporter avec elle.

— Maddison n'a plus le niveau. C'est évident, non ? Au regard de son dernier exploit. Sérieux, tomber sur un simple *axel* boucle ? Et déraper quatre fois sur des pirouettes de bas étage ? La retraite anticipée, voilà ce qui est le mieux pour elle.

La blonde à notre droite ricane et le groupe derrière, qui n'en rate pas une miette, pince les lèvres ou hoche la tête.

J'ai l'impression que mon sang quitte mon corps.

Mais ce n'est rien comparé à ce que je ressens lorsque la main de Nolan lâche ma hanche. Je me transforme en pierre.

— C'est votre avis, pas le mien.

Quoi ?

Yelena libère un rire contenu, dénué de compassion.

— Je connais Maddison depuis plus longtemps que vous, Davis. S'acharner ne lui servira à rien.

Oui, parce que ce n'est pas comme si j'étais en face d'eux et que j'entendais tout. Mais ces paroles ne me surprennent pas, je les ai entendues en boucle pendant des années. Et je lui ai malheureusement donné raison, quelques mois plus tôt…

— Je ne vois pas en quoi cet argument change quelque chose.

— Maddison Petrova est une patineuse déchue. Vous n'allez qu'aggraver votre cas en concourant avec elle. Et la danse sur glace n'est pas un art que l'on peut facilement choisir comme par magie. Il faut se connaître, être coordonnés, se faire confiance. Vous vous connaissez quoi ? Depuis deux mois ? Deux semaines ? Vous ne savez rien de Maddison. Elle ne vous apportera rien de bon. C'est une cause perdue, il est temps qu'elle cède sa place à d'autres, assène Yelena.

C'est le coup de poignard de trop. Entendre ces mots me tord les boyaux, mais plus encore de savoir que Nolan va tout découvrir. Si je ne m'extirpe pas de cette conversation, je vais défaillir.

— Maddison !

La musique et les autres sons se brouillent. Je ne ressens plus rien, si ce n'est un froid glacial. Mes talons martèlent le carrelage en échiquier dans ma fuite. Les formes autour de moi se poussent pour me laisser passer sans que je réussisse à les définir tellement ma vue devient floue. Je ne sais plus si ce sont des larmes ou si c'est la rage qui me fait perdre la tête.

J'enfonce la première porte battante que je trouve et accède à une pièce de cuisine vide, plongée dans le noir.

C'est seulement à ce moment-là que je prends conscience de ma respiration irrégulière et saccadée. Mes doigts tremblent lorsque je les passe contre mes tempes. Je ne sais même pas pourquoi je fais ce geste ni pourquoi je suis ici. Je n'aurais jamais dû venir. Yelena me ridiculise comme elle l'a toujours fait. Je ne suis que son petit pion parfait qu'elle martyrise pour assouvir sa domination. Elle est la seule personne à qui je ne tiens pas tête. Je paye encore le prix de la dernière fois où j'ai laissé mes émotions prendre le dessus.

Je ne voulais pas faire d'esclandre, ce soir, car je savais qu'il y aurait des journalistes. Et *il* aurait été au courant. *Il* aurait pris contact avec moi, et je ne veux pas imaginer ce qu'il se serait passé. Alors oui, la meilleure option était de fuir. Encore.

La porte s'ouvre soudain derrière moi et mes paupières se crispent.

Pitié, laissez-moi tranquille !

La lumière jaillit au-dessus de ma tête tandis qu'une voix résonne dans mon dos.

— Maddison ? *Hey*…

Les intonations douces de Nolan sont comme une caresse chaude sur ma peau. Je frissonne sans me retourner. Je ne veux pas qu'il me voie ainsi. Il va me prendre pour une victime. Ce que je ne suis pas. Yelena a toujours eu raison, je mérite son acharnement…

Je suis une erreur.

Mon cœur s'écroule sous mes pieds lorsque Nolan me retourne délicatement, sa paume contre mon épaule dénudée.

Je rouvre les yeux sans pour autant le regarder. C'est mieux ainsi. Je ne veux pas qu'il lise mes émotions.

Je veux que personne ne les voie.

Mais il n'en fait qu'à sa tête, comme d'habitude, et récupère mes joues en coupe dans ses mains pour me relever le menton.

Pitié, Nolan, ne fais pas ça...

Mes yeux se closent de nouveau. Je ne peux pas l'affronter, sinon je risque de craquer. Le mensonge me pèse, je perds le contrôle de mes sentiments.

Contrôle. Contrôle. Con... le con... trôle...

— Maddison ? Regarde-moi, s'il te plaît.

Non... Pourquoi prend-il cette voix ? Celle si douce et protectrice... Celle qui me fait succomber contre ma volonté.

Je ne résiste pas longtemps. Mes cils papillonnent avant que son visage ne réapparaisse. Un soupir douloureux m'étreint la gorge et les poumons. Je fixe son nez, ses joues rasées et lisses, qui sentent bon l'après-rasage masculin.

— Moi, je sais qui tu es, Maddison. Tu es une femme éblouissante.

Je serre les poings tandis qu'un frémissement parcourt ma colonne vertébrale. Pourquoi dit-il des choses aussi insensées ?

— Tu es une battante ! Personne n'a le droit de te faire perdre confiance en toi. Moi, je te connais, Maddison. Quand tu ris avec ma cousine dans sa maison de jardin, quand tu donnes des conseils aux autres pour les apaiser. Quand tu serres les dents malgré les trois heures de pirouettes répétées, malgré les maux de tête parce que tu veux aller au bout de ton œuvre.

Il marque une pause, le temps que je digère chacun de ses mots. Ils me font aussi plaisir que... *mal*.

Son pouce caresse lentement ma pommette. Nous sommes si proches que je perçois son souffle sur mes lèvres.

— Quand tu me tends ta main lorsque je tombe pour me relever. Tu m'as donné l'espoir que j'avais perdu. Est-ce que tu t'en rends compte, Maddison Petrova ?

Je secoue la tête, c'en est trop. Il n'a pas le droit de me dire toutes ces belles choses. Mon cœur est à deux doigts de me lâcher tant il matraque ma cage thoracique.

J'agrippe ses poignets et retire ses mains de moi tout en reculant d'un pas.

— Tu ne me connais pas, Nolan, c'est faux…

Ses sourcils se froncent, car il comprend que je suis sincère. Je baisse la tête.

— Si, je te l'ai dit. J'ai confiance en toi, Maddison.

— Arrête.

— Je peux aller encore plus loin, si c'est ce qu'il te faut, mais…

— Stop, Nolan !

Il soupire.

— Écoute, Yelena est une vipère, je le conçois maintenant que je l'ai rencontrée. Mais ne laisse pas son venin t'atteindre. Tu es plus forte que ça. Pourquoi tu ne te défends pas face à elle ?

Je ne peux pas.

— N'insiste pas, Nolan, ce n'est pas la peine.

Il n'écoute rien de ce que je lui dis.

— Pourquoi as-tu si peur de Yelena ?

J'éclate.

— Ce n'est pas d'elle que j'ai peur, mais de *moi* ! hurlé-je.

Sa mine se contracte, car il ne saisit pas la portée de mon aveu.

Le cœur écrasé par une main invisible, je ne peux plus m'arrêter, je perds le fil de mes pensées.

— Est-ce que tu vois la cicatrice sur son visage ? demandé-je faiblement.

— Oui, difficile de la louper. Celle boursouflée, qui descend de sa joue jusqu'à son cou ?

J'acquiesce. Après ça, je ne pourrai plus faire machine arrière. Je vais peut-être perdre Nolan, mais au moins, je ne jouerai plus la comédie.

— C'est moi qui la lui ai faite.

21

Nolan
Avril 2022, Londres

Mon cerveau assimile parfaitement l'information, mais c'est comme s'il la rejetait. Les mots de Maddison glissent dans une oreille et ressortent par la seconde.

— Comment ça ?

La Maddison effrayée et paniquée a laissé sa place à une Maddison résignée. Ses poings se desserrent, mais son regard fixe ses pieds.

— Il y a quelques années, nous nous sommes disputées, et par colère, je lui ai balancé mes patins à la figure. Je l'ai défigurée, ce n'est pas assez clair ?

Je ne veux pas y croire. C'est impossible.

Mon souffle me manque. J'étais si euphorique quelques instants plus tôt en lui déversant une partie de mes sentiments… Mais la chute est vertigineuse. Je ne sais pas si je suis en colère, frustré, ou autre chose ?

— Elle gardera cette marque à vie, et moi les regrets de cet acte, qui m'a conduite à cet enfer de harcèlement et de rivalité toxique que je vis depuis sept ans. Alors, non,

Nolan, tu ne sais vraiment rien de moi. Car ce n'est que la partie immergée de l'iceberg.

J'en perds ma voix, mon souffle et ma force. Je suis si choqué que je ne sais plus comment réagir. Je ne devrais pas la laisser ainsi, se torturer davantage. Pourtant, que répondre à *ça* ?

Maddison me dévoile une partie d'elle que je ne soupçonnais pas. Cependant, je me rappelle aussi tous nos moments ensemble, les meilleurs et les pires souvenirs que nous avons construits depuis deux mois. Je ne comprends pas comment cette information peut s'assembler avec les autres.

C'est une Maddison du passé. Elle le dit elle-même, qu'elle regrette son geste. Si j'ai bien compris un élément chez Maddison, c'est qu'elle ne s'en prend généralement pas aux autres si ce n'est pas pour une bonne raison. Bien que je ne sois pas certain qu'il en faille une pour un tel geste…

Je me passe une main sur le visage, le temps de réfléchir à quels mots utiliser et ne surtout pas prononcer.

— Je t'avais prévenu, Nolan. Maintenant, si tu décides de couper les ponts avec moi pour ta réputation et ton avenir en tant que patineur, je comprendrai. Tu enverras un message à Igor quand nous rentrerons à l'hôtel.

Un éclair me foudroie. *Pourquoi dit-elle une chose pareille ?*

Mes bras retombent le long de mon corps et je laisse mon cœur prendre possession de ma raison.

— Quoi ? Bien sûr que non, Maddison !

Elle se mord la lèvre inférieure, le regard toujours fuyant. Mes poings se contractent, car malgré tout, j'ai envie de me convaincre qu'elle n'est plus cette personne. Ou du moins, qu'elle ne serait pas capable de refaire un tel acte…

— Tu le devrais pourtant. Elle a raison, je n'aurais jamais dû accepter ta…

— Stop ! Arrête de parler ! explosé-je.

Mon pouls accélère.

Comment peut-elle dire ça ? Après tous les espoirs que j'ai placés dans notre collaboration ? Après toutes nos conversations, nos progrès, la fougue que l'on a mise dans notre chorégraphie et les centaines d'heures passées, main dans la main, à s'échanger des regards désireux, moqueurs, chaleureux ?

Je refuse d'en entendre plus. Je ne peux pas la laisser croire que le passé dicte notre avenir. Le présent est le seul qui doit compter à cet instant. Et son présent, c'est notre duo. C'est *moi*.

— Écoute, Maddison, tu es vraiment une tête de mule insupportable qui a parfois ses crises de nerfs. Mais je t'accepte comme tu es, tu comprends ? Ton passé ne change rien à ce que tu es aujourd'hui. Et tu l'as dit toi-même : tu regrettes ce geste. Aussi grave soit-il. Mais je t'en prie, ne gâche pas ce que nous construisons, n'efface pas notre… relation…

Ma main se tend d'elle-même jusqu'à son coude. Mes doigts rencontrent sa peau pâle et des frissons parcourent aussitôt son épiderme. Ses iris boisés se plongent dans mes yeux. Ce regard qu'elle me lance. Spontané et sincère. Il me fait comprendre que mes mots ont de l'importance.

Alors, sur un coup de tête, emporté par l'ascenseur émotionnel de cette soirée, je lui demande :

— Est-ce que tu m'accorderais une danse, là, tout de suite ?

Ses sourcils se froncent, mais elle ne bouge pas d'un millimètre.

— Si tu doutes encore de nous, alors viens danser avec moi sur cette piste. Devant tout le monde. Viens prouver aux autres et à toi-même que tu es capable de te relever. Que nous sommes capables, autant qu'eux, de nous améliorer.

Mon toucher me connecte à elle. Son regard cherche le mien, hésitant. Ses épaules sont tendues à leur maximum. Et quelques secondes plus tard, ses doigts s'enroulent autour de ma main.

— Une seule danse, répond-elle sans sourire.

La même phrase qu'elle m'a dite à notre deuxième rencontre. Je n'ai pas assez de mots pour décrire les différentes émotions qui me submergent.

Je serre sa paume dans la mienne et lui présente mon bras, tel un gentleman.

Nos pieds s'avancent et le brouhaha des discussions, mélangé à la musique ambiante, nous rattrape. La main de Maddison se crispe autour de mon biceps, mais nous ne nous arrêtons pas malgré l'attention générale braquée sur nous.

Peu importe ce qu'ils se chuchotent entre eux, peu importe ce qu'ils pourront penser de nous.

La piste de danse n'est plus qu'à quelques pas. Mon torse se bombe à la fois d'excitation et d'appréhension. Certains danseurs continuent de se déhancher et quelques autres se poussent légèrement pour nous laisser passer. Mes pieds pivotent contre le parquet en bois de la piste et je fais face à Maddison. Sa poitrine se cogne à la mienne tandis que nous nous imbriquons en position de valse.

J'inspire plusieurs fois pour calmer ma respiration et me préparer.

Les doigts de Maddison glissent lentement autour des miens. Elle me lance un petit sourire crispé en redressant son dos. Nos corps se collent davantage et je dois déglutir pour ne pas montrer le feu qui me consume de l'intérieur.

Je passe ma deuxième main sur ses reins pour la maintenir contre moi. Ses épaules sursautent en chœur avec mon cœur. Sa peau est douce et brûlante. J'humecte mes lèvres lorsque la musique change.

— J'espère que tu sais danser le *rock Jack*, lui susurré-je à l'oreille.

— Tu sais à qui tu parles ? Bien sûr que oui.

— Alors, impressionne-moi, Maddison.

Ses sourcils se froncent et mon sourire en coin s'agrandit.

Elle avance d'un pas vers l'avant, le regard ardent de défi. Je n'oublie évidemment pas sa révélation. Mais là, tout de suite, je ne souhaite qu'être envahi par la folie de notre danse.

Nous accélérons nos mouvements au fur et à mesure que la mélodie s'étale. Nos pieds frappent le sol tandis que nous restons droits. Mes veines se remplissent d'un nouveau sentiment. Mon sang se transforme en lave et mes boyaux enflamment tout mon corps. Je ne réfléchis plus, n'entends plus rien que la musique.

Je fais tourner Maddison sous ma paume pour ensuite plaquer son dos à mon torse. Nous entamons un petit flot avec nos hanches pressées l'une contre l'autre. J'en perds la notion du temps et de l'espace. Je suis envoûté par la sensualité de cette femme. Comme je l'ai toujours été, d'ailleurs, mais dans une tout autre dimension. Plus intense, plus réelle.

Maddison fouette ses cheveux blonds à mon cou avant de reculer de quelques pas et de revenir vers moi pour enrouler ses mains autour de ma nuque. Je la soulève par ses côtes et tournoie sur la piste. Je distingue à peine les autres danseurs s'écarter de nous. Mon esprit est tellement emporté par les notes, par l'aura majestueuse de ma partenaire, que j'en oublie tout le reste.

Plus rien ne compte, si ce n'est le désir étrange qui incendie mon ventre. Être collé à elle de cette façon n'a rien à voir avec nos entraînements. C'est plus interdit.

Plus chaud.

L'odeur légère de son parfum naturel accapare mes sens. Ainsi que les regards intenses qu'elle me renvoie.

Je récupère sa main pour la faire pivoter sous mon poignet et l'attire à moi. Un flot d'émotions puissantes se déverse dans tout mon corps, m'emportant dans l'absence totale de contrôle.

Comme si c'était ce que j'attendais depuis notre première rencontre, je laisse complètement faire Maddison. Je m'abandonne à elle.

Son corps glisse derrière moi avec volupté. Nous enchaînons quelques séries de pas en solo et en parallèle, avant qu'elle ne revienne vers moi. Mon bras s'enroule autour de ses hanches pour lui permettre de rejeter le buste en arrière ainsi que sa tête. Ses cheveux blonds, détachés depuis le début de notre danse, retombent en cascade dans le vide, le temps qu'elle effectue son gracieux mouvement. Lorsqu'elle se redresse, je cogne mon torse à ses seins et nos nez se percutent.

Son souffle brûlant caresse ma bouche. Ses mèches blondes forment une cage entre nos deux visages. Ses lèvres s'entrouvrent et… j'arrête de respirer.

Je suis en ébullition. Comment est-ce possible de ressentir de telles émotions ? De connaître à peine une personne et de vouloir subitement se dévouer à elle ?

Les pupilles de Maddison se déroulent de ma bouche à mes yeux. Puis la musique nous ramène à la réalité, et ma partenaire recule pour effectuer une pirouette endiablée sur ses talons aiguilles. C'est à cet instant que je prends conscience de tous les téléphones pointés dans notre direction. Et tous les regards à la fois fascinés et envieux.

Je raccroche ensuite mon coude au dos de Maddison pour poursuivre les derniers pas de valse. Sa main se fond dans la mienne. Nos pas nous conduisent au milieu de la piste, à présent entièrement vide, et nous terminons notre danse enflammée sur une pose. Ma main presse sa nuque et sa joue s'abandonne contre ma poitrine agitée.

Une seconde de silence. Deux. Trois.

Et la foule applaudit d'un seul coup. Ça devrait me décontenancer, mais j'ai les poumons en feu et les pensées concentrées sur une seule chose.

Maddison s'éloigne, la tête courbée vers le sol. Tout comme moi, ses épaules se soulèvent rapidement. Je ne réalise toujours pas ce qu'il vient de se passer. Nous étions coordonnés comme si nous nous connaissions depuis plus longtemps. Comme si nous nous comprenions et ressentions les mêmes émotions folles.

Est-ce le cas ?

Danser avec Maddison de cette manière, sans règle, sans réfléchir, en m'abandonnant à la chaleur réconfortante qui m'a emporté… c'était incroyable.

Elle disparaît soudain en courant. Ses pieds pivotent à mon opposé et son corps s'enfuit à l'autre bout de la salle de bal.

Mais qu'est-ce que…

Je jette un bref coup d'œil aux autres danseurs avant de me lancer à sa poursuite. Le bas de sa robe rouge tourne dans le couloir menant aux toilettes. Se sent-elle mal ?

J'accélère pour la retrouver au milieu du passage. Maddison est dos à moi, mais aussi essoufflée que je le suis. Est-ce la foule qui l'a effrayée ? Les flashs des appareils qui nous prenaient en photo et en vidéo ?

Ses épaules se mettent soudain à trembler tel un… *sanglot ?* Elle pleure et quelque chose en moi se brise. Pourtant, lorsque Maddison me fait face, je ne détecte aucune larme sur son visage. Simplement, un large sourire et ses mains qui tirent ses cheveux en arrière. Un rire jaune traverse sa gorge.

J'essaie de trouver quoi dire, mais je ne sais même plus quels mots utiliser. Je ravale ma salive et j'avance d'un pas.

— M-Maddison ? Est-ce que ça va ?

Elle acquiesce et plante ses yeux marron dans les miens. Mon corps se fige. Elle s'approche lentement de moi à son tour et glisse sa paume sur ma chemise blanche. Ma bouche s'assèche à son contact tandis qu'elle m'observe comme si c'était la première fois qu'elle me voyait.

— Pourquoi, Nolan ?

Le son de sa voix est plus faible qu'un murmure.

— P-pourquoi quoi ?

— Pourquoi es-tu là ? Pourquoi restes-tu à mes côtés ? Pourquoi tu ne me fuis pas comme les autres ?

J'humecte mes lèvres et enroule mes doigts autour de son poignet.

— Parce que je ne suis pas comme les autres.

— Pourquoi *moi* ?

— Je… je n'en sais rien. Parce que tu es Maddison. Et que tu es belle à tomber.

Ses lèvres se plaquent aux miennes brutalement. Je manque de trébucher en arrière, mais elle me retient avec ses bras autour de ma nuque. Maddison m'embrasse à pleine bouche, comme si sa vie en dépendait.

Mon cœur explose. Je fourre mes mains dans ses cheveux blonds pour la sentir plus contre moi. Ce baiser est libérateur. Comme si je l'attendais depuis le début. Comme s'il traduisait tout ce que je n'osais m'avouer depuis deux mois.

Je crois que je suis en train de développer quelque chose pour cette femme. Aussi froide et brûlante soit-elle.

Ses lèvres caressent les miennes avec avidité. Ses coudes retombent lentement de mon cou jusqu'à mes épaules et nos bouches humides se détachent avec douceur. Son front reste collé au mien tandis que nous reprenons notre souffle. Qui aurait cru que Maddison Petrova soit la première à m'embrasser ?

— Je vais appeler un taxi, lâche-t-elle soudain.

Mon cœur est pris dans un grand huit. Ses mains me repoussent. Je ne comprends plus rien. Maddison me passe à côté en silence, et je la regarde descendre les marches, une à une.

Je…

C'est une douche glaciale, telle une cascade en pleine montagne sur mon corps nu. Piquante et assommante.

22

Nolan
Avril 2022, Londres

La pluie claque fortement contre la grande fenêtre de notre chambre d'hôtel. Les lumières de l'extérieur nous baignent dans une ambiance morose et étoilée. La pièce est plongée dans le noir, il doit être au moins 3 heures du matin. Mes yeux pivotent à droite de mon coussin sur lequel je suis installé. Le lit près du mien est plus éclairé par les néons bleutés de la lune. Maddison est dos à moi, et son souffle, que je perçois faiblement à cause du fracas de la pluie, m'indique qu'elle dort.

Je pince les lèvres aux souvenirs des heures précédentes, qui tournent en boucle dans ma tête. Tel un vieux film que j'aimerais d'un côté oublié, et de l'autre… pas du tout.

Dans le taxi, je me sentais si honteux, si hors de mon corps que je n'ai pas osé prononcer un seul mot. Nous sommes revenus dans notre chambre. Maddison a pris une douche très froide, et j'ai fait de même. Quand j'en suis sorti, elle était déjà allongée sous les draps. J'ai donc éteint les lampes et me suis à mon tour enfoncé sous ma couette. Mais j'ai rapidement fini par la retirer tant je suffoquais de ne pas réussir à m'endormir.

Mes doigts pianotent contre mon ventre tandis que je continue d'observer les reflets scintillants de ses cheveux blonds.

Pourquoi m'a-t-elle embrassé ? Pourquoi m'a-t-elle posé ces questions étranges ? Pourquoi a-t-elle défiguré Yelena ? Pourquoi ne puis-je pas me sortir Maddison Petrova de la tête, bon sang ?

En fait, si, je sais. Parce que le mystère qui plane autour de cette femme est devenu insupportable. Parce qu'elle est magnifique, envoûtante, énervante, subjuguante. Parce qu'elle me rend dingue et que ce baiser a fait jaillir un truc en moi.

Alors, pourquoi m'ignore-t-elle ?

Un soupir nerveux s'échappe de mes narines. J'entends soudain ses draps frotter et elle se retourne face à moi, ses yeux grand ouverts. Nos regards s'entrechoquent. J'espère parvenir à lui exprimer tous mes sentiments à travers. Même si le reste de mon visage est impassible, tout comme elle. Ses paupières papillonnent et sa poitrine se soulève en une inspiration profonde.

Je saute sur l'occasion.

— Pourquoi est-ce que tu m'as embrassé, Maddison ?

La lueur pétillante, que j'étais persuadé d'avoir détectée, disparaît comme par magie. Ses pupilles descendent vers la moquette et elle répond du bout des lèvres :

— C'était une bêtise. J'étais perturbée. Oublie ça.

— Ou-oublie ça ? répété-je en haussant le ton.

— C'est ce que je viens de dire.

Elle commence à se tourner de nouveau, mais je l'arrête en me redressant, assis sur mon matelas.

— Tu plaisantes ? En quoi est-ce un problème ? Est-ce que tu… Est-ce que tu ressens quelque chose ? Pour moi ?

Maddison lève les yeux au ciel. Sa tête se réinstalle face à la fenêtre et la pluie.

— Nous ne devons pas avoir ce genre de relation, Nolan. Nous sommes deux professionnels avec un but commun.

— Ça ne nous empêche pas de nous rapprocher. Nombreux patineurs de couple sont amoureux. Et ça ne répond pas à ma question.

Elle soupire.

— Alors, non, Nolan Davis. Je ne ressens rien pour toi.

Cette phrase m'achève. Mon estomac est remonté dans ma gorge, écrasée par une main invisible. Mes poings se serrent sur les draps immaculés de mon lit.

— Donc quoi ? Après les championnats européens 2023, tu mettras fin à notre partenariat ? Tu m'oublieras et nous ne serons plus rien l'un pour l'autre ?

Pourquoi ne se retourne-t-elle pas ? Pourquoi n'ose-t-elle pas me dire les choses en face ? J'ai besoin de voir son visage, *bon sang !* J'ai besoin de savoir si elle me ment ou pas.

— Si tel est ton souhait.

— Qu… Je…

Je n'ai plus de mot. Elle ne comprend donc rien de ce que j'essaie de lui expliquer ! Mon pouls pulse si fort contre mes tempes que je n'ai plus la force de me rendormir. Je me lève, enfile mes baskets et claque la porte. Je dévale les escaliers de l'hôtel, traverse le hall et m'enfonce dans les rues éclairées de Londres. Mes pieds tabassent le goudron à mesure que j'accélère ma course.

Je ne veux pas croire ses mots. Je ne veux pas souffrir d'un amour à sens unique ! Je refuse d'abandonner notre couple de danse sur glace parce que Maddison me rejette ! Je refuse de me laisser manipuler par ses sautes d'humeur !

Je hurle dans mon crâne jusqu'à aller aussi vite que je le peux, le cœur à deux doigts de rompre.

Maddison

Sans que je puisse la retenir, une larme roule sur ma joue. Froide. Silencieuse. Incompréhensible. Je l'efface et essaie de calmer ma respiration en me focalisant sur les gouttes de pluie, qui roulent contre la fenêtre. Je tente de me réciter mes constellations préférées, des paroles de chanson. Tout pour oublier la douleur qui m'a tranché le cœur en deux lorsque j'ai dû lui mentir.

Les lèvres de Nolan sur les miennes me brûlent encore la peau. Ses mains contre moi pendant notre danse sur la piste. Sa chaleur m'engloutissant totalement…

Mais je ne peux pas !

Nous ne pouvons pas nous abandonner à des sentiments ! Je ne peux pas *m'*abandonner à ce que je ressens. Je ne veux pas qu'il me quitte comme tous les autres. Je ne veux pas m'attacher à lui et souffrir d'une nouvelle perte.

« Le cœur a ses raisons, que la raison ignore », mais parfois, il est plus utile de se préserver en écoutant son intelligence que ses émotions.

Je serre le poing par-dessus mon oreiller et tente de continuer à réciter des listes dans ma tête pour réussir à m'endormir. Un peu avant le lever du soleil, j'y arrive et me plonge dans un sommeil agité de ses paroles, de celles de Yelena et des miennes. Une courte nuit qui dure trois heures.

Je suis réveillée par des bruits de fermeture Éclair, et lorsque mes paupières se soulèvent, Nolan entre dans mon champ de vision. Ou plutôt son dos. Il se prépare déjà à partir ?

Je me redresse sur le lit et remarque ses deux bagages fermés, positionnés devant la porte de notre chambre.

Je vois…

Je m'attendais à quoi ? Évidemment qu'il m'en veut. Et je ne l'en blâmerai pas. Il doit être à bout de force avec moi. Nolan finira bien par me laisser tomber, de toute façon. Aussi tenace soit-il. C'est une issue inévitable avec moi.

Même si mon cœur me crie vouloir le contraire, que Nolan s'accroche, je préfère ne plus l'écouter. L'une des seules fois où j'ai laissé mes sentiments jaillir, j'ai perdu mon père et ma sœur.

Mes doigts compressent le drap sur mes jambes.

Je prends une profonde inspiration, m'étire et me lève pour ranger mes affaires.

Notre avion décolle pour Lyon un peu avant midi. Nous prenons ensuite le train jusqu'à Grenoble. Je suis presque soulagée que nous soyons dans des wagons séparés avec des places attitrées.

Les arbres et les montagnes défilent derrière ma vitre tandis que *Je te laisserai les mots* de Patrick Watson vibre dans mes oreilles. Cette chanson ne fait qu'intensifier le mal qui me déchire. À croire que j'ai réellement des penchants masochistes.

Nous nous séparons d'un bref au revoir devant la gare, ses parents sont venus le chercher. Son père me salue avec son béret avant de claquer sa portière et d'emporter Nolan avec eux. J'ai envie qu'une partie de mon âme le suive, mais je sais très bien que ça ne servirait à rien. Le mal est fait. Un mal pour un bien.

Dès que je rentre chez moi, je balance ma valise, qui se fracasse au sol. Le son résonne dans ma poitrine et je perds l'équilibre. Je m'effondre, le dos glissant contre la porte d'entrée, et laisse les larmes m'envahir. Je savais que ce voyage me briserait davantage, que ce bal rouvrirait toutes mes vieilles blessures. Je suis si dévastée que Nolan en ait aussi souffert. Même s'il ne le comprendra sans doute jamais, je ne fais que le protéger de mon monde, de mon passé.

De moi.

Je replie mes genoux contre mon ventre et enfouis mes sanglots entre mes bras. Je pleure si fort que je manque de m'étouffer avec ma salive à plusieurs reprises.

Pourquoi a-t-il fallu qu'il croise ma route et qu'il chamboule toutes les barrières que j'avais soigneusement érigées ? Pourquoi est-il *lui* ?

Mes ongles s'enfoncent dans mes biceps et je vide tout mon corps de son eau pendant une heure entière. Jusqu'à m'écrouler de sommeil sur mon parquet, les yeux rougis et piquants. La froideur du sol me rafraîchit. Lorsque je me réveille, le soleil est quasiment couché et illumine mon appartement d'une douce lumière chaude et orangée.

Je déglutis et pince les paupières.

Je suis encore plus une épave qu'avant de rencontrer Nolan. L'amour n'apporte rien de bon, il détruit plus qu'autre chose. Je ne devrais pas ressentir cette attirance pour lui. Je devrais faire taire mes émotions, mon humanité, et redevenir la fille froide dont tout le monde s'est habitué.

C'est mieux ainsi, pour chacun d'entre nous.

Partie 2
Assumer

23

Maddison
Avril 2022, Grenoble

Je vérifie une dernière fois les lames de mes patins. Elles sont un peu usées avec le temps, il faudrait que je songe à en changer. Enfin, si mon sponsor accepte malgré ma dernière défaite. Je me demande si Igor a discuté avec lui de mon récent partenaire.

En parlant du loup…

Je m'avance sur la glace tandis que Nolan s'exerce aux pirouettes. Des patineurs que je n'avais jamais vus s'entraînent au bout de la piste. Je rejoins Igor au milieu et le salue d'un mouvement de tête.

— Ah ! Maddison, justement je voulais te parler de…

Nolan nous coupe en crissant ses patins près de nous. Des flocons retombent sur le bas de mon legging de sport.

Je prends ce geste comme une provocation au regard qu'il me lance. Ma gorge se noue. Je pince les lèvres pour me retenir de répondre à sa colère. Elle est justifiée. Il n'empêche que je prie pour que son professionnalisme dépasse notre dispute.

J'inspire un bon coup.

— Commençons, exige Nolan.

Il me tend sa main et enroule sa seconde autour de mes reins pour me guider. Sans protestation, Igor active les enceintes depuis sa petite télécommande et notre musique s'élance en chœur avec nos pas.

Après les premiers tournoiements, nous reprenons le programme court à la séparation de notre couple, mimée par un cœur brisé contre mon sein. Puis, nous enchaînons quelques arabesques chacun de notre côté avant de revenir l'un vers l'autre. Son torse me percute trop brutalement et je dérape en arrière.

Il est allé beaucoup trop vite !

Heureusement, je me maintiens de justesse à ses épaules. Nous reprenons depuis le début afin de continuer à parfaire chaque détail de cette chorégraphie. Je lui lance parfois des regards mauvais, lorsqu'il me tire trop fort ou oublie carrément d'effectuer un *twizzle* ! Je peux comprendre qu'il soit perturbé par l'autre soir, mais de là à manquer des parties de nos pas ?

Nous nous cognons encore et je perçois son souffle agacé par-dessus mes lèvres. Sentir sa respiration caresser ma bouche ainsi me tourmente. Et me rappelle l'autre soir. Mon cœur, ce traître, sursaute chaque fois que mes yeux dérivent vers ses lèvres. Elles ont une légère forme en cœur pointu au-dessus et sont assez rondes. J'humecte les miennes en détournant le regard. Mais cette seconde d'inattention suffit à mon pied droit pour rentrer dans son patin gauche. Nous dérapons tous les deux et finissons les fesses sur la glace.

Comme quoi, j'ai bien raison de tenir écarté tout sentiment. Je soupire, à mon tour énervée, et recule en glissade pour prendre un peu d'air. Je n'arrête pas de déglutir, d'avoir le rythme cardiaque qui s'emballe et des sueurs brûlantes dans la nuque, qui n'ont rien à voir avec la transpiration.

Je ricane. Je peux bien lui reprocher son manque de professionnalisme, mais qu'en est-il du mien ? Je suis pitoyable. Une ado ridicule, incapable de contrôler ses hormones.

Ma colère se dirige à présent sur moi. Je passe une main dans mes mèches blondes rebelles.

Igor coupe la musique et me rejoint, accompagné de Nolan. Je me tourne face à eux et étire mes lèvres pour donner une fausse impression de détente.

— Bon, on a tous nos mauvais jours, répliqué-je.

Nolan lâche un souffle amusé et amer, puis il détourne son attention. Je le foudroie du regard, mais Igor s'en rend vite compte.

— Je ne sais pas ce qu'il y a entre vous, mais il ne faudrait pas que ça entache vos entraînements.

Il nous scrute l'un après l'autre, sans qu'aucun de nous deux n'ose réponse à ça. *Nous* sommes vraiment ridicules.

— Il n'y a rien. Tout va bien.

Nouveau rire jaune de Nolan. Il ne sait décidément pas se contenir. Je relâche mes bras le long de mes hanches et prends une posture désinvolte. Alors quoi ? Il veut que j'avoue tout ? Que nous ayons encore une discussion à ce sujet ? Je croyais y avoir mis un terme. S'il veut me détester, qu'il me déteste. Je suis habituée. Mais je ne le laisserai pas gâcher notre partenariat. Je lui ai proposé de partir, de tout arrêter. Il a refusé. À présent, il faut aller jusqu'au bout.

— Quelque chose à ajouter ? le provoqué-je.

C'est plus fort que moi. Je ne sais pas ce que je cherche, en réalité. J'espère qu'il va répondre que non et laisser cette histoire derrière nous, comme je tente de le faire de mon côté. Un sourire en coin, que je ne lui connais pas, déforme ses joues rasées – *et si douces…*

— Oh, à part le fait que tu m'aies embrassé, non. Et toi ?

Ses deux billes noisette se plantent dans les miennes, tels deux poignards. Une massue s'abat sur moi et j'écarquille les yeux tandis qu'Igor reste impassible.

— Ah, émet-il seulement.

Je vois. Nolan ne compte pas lâcher l'affaire. Il va falloir, car j'ai bien stipulé qu'il n'y avait rien à dire sur mon geste. C'était une erreur, un acte spontané sans aucune signification.

À d'autres, m'insulte ma conscience.

La ferme.

— Je n'ai rien à ajouter à ce que j'ai dit, Nolan. J'ai déjà oublié cette partie de la soirée.

Ses bras se croisent contre sa poitrine. Nous n'en avons pas encore terminé, apparemment.

— Et celle où tu m'avoues avoir défiguré Yelena Sovetsky ?

Cette fois, Igor réagit et s'étouffe avec sa salive, sous le choc. Il me jauge d'un air ahuri.

— Excusez-moi, quoi ?

— C'est vrai, je t'ai avoué un souvenir douloureux de mon passé. Et alors ? Chouette, on est plus proches ? Ça ne fonctionne pas comme ça.

— Si, justement ! On ne confie pas n'importe quoi à n'importe qui.

Un rire m'échappe.

— Bien, pardon, ça va les chevilles ?

— Il n'est pas question de ça, Maddison !

Nolan fronce les sourcils.

— Alors de quoi, hein ?

— Tu…, marmonne-t-il, les paupières plissées.

Je déteste le regard qu'il me lance, rempli de déception et de pitié. Cette souffrance sourde me donne la nausée.

— Non, en fait, je n'ai pas envie de jouer au gamin comme tu joues la gamine avec moi. On en reste là pour aujourd'hui, je ne vais pas m'entraîner avec toi, c'est au-dessus de mes forces.

— Tu ne peux pas faire ça, Nolan ! On va perdre du temps !

Il glisse de quelques centimètres avant de se retourner brutalement en me pointant du doigt. Mon cœur bat à toute vitesse.

— Oh que si je le peux ! Comme toi tu continues de me mentir, de te défiler et de… de me rendre dingue !

Sur ces mots, qui m'ôtent la voix, Nolan s'enfuit de la piste et disparaît dans le couloir des vestiaires. Mes doigts tremblent. Je n'arrive pas à croire ce qu'il vient de faire. Il ne peut pas simplement partir comme ça en plein entraînement ! Nous avons deux compétitions à remporter et je…

« Tu continues à me rendre dingue ! »

Mes yeux chutent vers le sol, mon cœur avec. Après tout, je ne me suis pas demandé pourquoi il avait répondu à mon baiser ? Pourquoi avait-il énuméré toutes les belles choses qu'il m'a dites à cette soirée ? Est-ce que… ? Non, je ne peux pas le croire. C'est certain qu'il est en colère contre moi et que c'est tout sauf de l'amour. Je l'exaspère, il n'y a rien à dire de plus. Et je le comprends. Ce sera cependant impossible pour moi de lui donner ce qu'il veut.

— J'ai raté pas mal de choses, il faut croire.

Je me tourne face à mon coach, les épaules tendues, et acquiesce en silence.

— Tu ne lui as pas dit pour Yelena et toi ?

Je secoue la tête. N'allons pas jusque-là. Cette information importe peu puisqu'elle ne change rien à la situation actuelle.

— Hum, et pour Alexeï ?

— Non plus, réponds-je.

Je soupire et ajuste mes gants sur mon poignet afin d'occuper mes doigts, car je ne sais plus quoi faire. L'affront de Nolan me bouleverse. Je ne m'attendais pas à ce qu'il réagisse si… fortement.

— Et pourquoi tu l'as embrassé ? Tu l'aimes ?

Ma poitrine se secoue.

— Non, bien sûr que non. C'était dans l'instant, après notre danse sur la piste. J'avais chaud… les idées en folie. Et je…

— En parlant de cette danse, tu devrais voir ça.

Je fronce les sourcils tandis qu'il me tend son téléphone portable. Et, *O Panie…*

Nolan

Je claque la porte de la maison familiale et fuis dans l'escalier pour monter dans ma chambre. Là, je m'effondre sur mon lit, les bras en étoile et je serre les dents pour me contenir. Toujours cette mauvaise habitude d'exploser et de m'enfuir juste après. C'est plus fort que moi. La toucher, sentir le poids de son corps contre le mien, les regards qu'elle m'envoie…

Je ne pouvais pas le supporter plus longtemps. J'ai conscience que ce n'est pas la bonne solution. C'est nous tirer une balle dans le pied à tous les deux. Mais c'est elle qui a commencé en posant ses lèvres sur les miennes.

Comment suis-je supposé agir comme s'il ne s'était rien passé ? Comme si je ne ressentais rien après ça ?

Je ne peux pas. Je ne suis pas quelqu'un qui sait contrôler ses émotions, placer un masque sur son visage et paraître ce qu'il n'est pas face aux autres. C'est son truc à elle, pas à moi.

Je comprime mes poings et les desserre plusieurs fois pour calmer les battements effrénés sous ma poitrine. Puis j'attrape mon smartphone en me redressant en position assise. Les conversations de notre groupe d'amis me permettront sans doute de penser à autre chose. Peter et Sam proposent une sortie en boîte à la fin de la semaine. Hélène sera revenue de La Réunion et nous pourrons fêter son retour. Je tapote sur le clavier tactile pour répondre à leurs nombreux messages. Et peu à peu, Maddison me sort de la tête.

Nous passons le reste de la soirée à nous échanger des vocaux et à prévoir l'horaire de nos retrouvailles et le lieu. Hélène nous promet de nous rapporter des souvenirs intéressants. La connaissant, je m'attends à tout. Je souris au fur et à mesure et me sens plus léger.

Peter nous envoie soudain une vidéo sur le groupe, issu d'un article de presse à sensation. Avec le message :

C'est pas toi ça, Nolan ? Avec ta jolie blonde ?

Je clique immédiatement dessus et… mes yeux grossissent devant l'écran. Je visionne d'abord la vidéo de notre danse endiablée sur la piste du bal. Nos corps sont connectés l'un à l'autre. Nos mouvements si fluides qu'il est facile d'être hypnotisé par ce spectacle. Ce regard que nous nous échangeons à la fin confirme tous mes doutes. Je ne suis pas le seul à avoir ressenti quelque chose de puissant et intense. Sa robe écarlate lui va si bien…

Lorsque la vidéo se termine, mes yeux se posent enfin sur le titre de l'article et la salive me manque.

Un nouveau couple de danse sur glace fait son apparition à une soirée de gala organisée par l'ISU : *« Nolan Davis, ancien champion du monde junior 2017, un prodige de son époque, disparu depuis cinq ans, revient à la surface, accompagné de la très célèbre Maddison Petrova, triple championne olympique de patinage artistique. […] Qu'en pense Yelena Sovetsky ? Et quelle sera la réaction d'Alexeï Sovetsky ? »*

Mon regard reste figé sur le nom d'Alexeï Sovetsky.

Sovetsky ?

Est-ce le père de Yelena ? Que vient-il faire dans cette histoire ?

24

Nolan
Mai 2022, Grenoble

Le lendemain de ma ridicule fuite de la piste, Igor m'a envoyé un e-mail pour m'expliquer qu'il vaudrait mieux prendre une petite semaine de congé. Je me suis donc concentré sur mon travail au restaurant, j'ai aidé Jasmine à réviser ses examens, Jocelyne a préparé son cadeau de fête des mères en pâte à modeler, et j'ai amené Cami à ses entraînements de basket toutes les après-midis. Puis les congés se sont étalés sur deux semaines. Nous sommes la mi-mai et je n'ai pas recroisé Maddison depuis. Je ne sais pas si ça doit signifier quelque chose de mauvais, mais ces jours loin d'elle m'ont permis de réfléchir à mes sentiments.

De mon côté, j'ai continué à courir, à m'entraîner certains soirs à la salle juste avant la fermeture. Je me suis vidé la tête.

Et pourtant. Oui, pourtant, lorsque je décide d'aller faire quelques brasses à la piscine municipale, Maddison apparaît devant moi. Au milieu du couloir des douches, entre les deux baies vitrées, qui donnent sur les petits jardins décoratifs, elle n'est vêtue que d'un maillot de bain une pièce rouge.

Mes pieds nus s'arrêtent net sur le sol humide et froid. Je manque de lâcher ma serviette lorsqu'elle se retourne, les doigts occupés à enfouir sa chevelure blonde sous un bonnet de bain. Ses propres mouvements cessent.

J'ai l'impression que ça fait plusieurs mois que je ne l'ai pas vue. Et toutes les choses à son sujet dont j'ai pu me convaincre volent en éclats, comme s'il n'y avait pas eu un fossé de deux semaines entre nous.

Mon cerveau ordonne à ma gorge de déglutir afin de me réveiller. Je cligne des yeux et la salue d'un petit sourire et d'un geste de la main.

Maddison hoche la tête, sa poitrine se soulevant difficilement. Est-elle tendue de me trouver ici ?

Il faut avouer qu'il m'est difficile de ne pas la jauger de haut en bas. Elle est… quand même très peu vêtue. Ses jambes sont plus longues que je l'imaginais et plus musclées aussi. J'en avais eu un bref aperçu avec la fente de sa robe de bal, mais c'est différent. Mes yeux remontent le long de ses hanches, de ses bras lâchés le long de son buste, de la forme écrasée de ses seins jusqu'à sa clavicule et son menton. Sa gorge déglutit tandis qu'elle fait un signe vers la piscine de la pièce vers laquelle elle semblait se diriger.

— J'allais faire quelques brasses pour muscler mes bras.

Ses pupilles détaillent à son tour mon torse nu ainsi que mes cheveux mouillés, qui pendent devant mon front. Tout air a disparu de mes poumons.

— Hum…

— Ou-oui, pardon. J'ai eu la même idée, réponds-je enfin.

Elle acquiesce.

— Je serai à la patinoire, ce soir. J'ai perfectionné mes pirouettes. Si jamais, déclare-t-elle du bout des lèvres.

Maddison détourne brièvement le regard comme si cet effort de sociabilité lui coûtait beaucoup. Et à force de la côtoyer, je peux affirmer que ça l'est. Pour ma part, j'ai aussi continué mes enchaînements de mon côté, dans une autre patinoire. Tel le fuyard pitoyable que je suis, pour éviter de la croiser sans savoir quoi dire. J'ai beau la juger pour son manque d'explications, je ne suis pas forcément mieux.

Je baisse la tête et me perds dans la contemplation de ma serviette de bain. Je me sens plus calme, moins en colère. J'ai subi une déception… relationnelle, pour ne pas dire amoureuse. La vérité est que je n'ai pas envie de me considérer amoureux de Maddison. Ses intentions étaient claires, j'ai fini par accepter que c'était une erreur de sa part et qu'elle ne souhaitait pas aller plus loin.

Aussi douloureux que ça a été de m'en convaincre.

Je soupire et hoche la tête en la redressant.

— Bonne idée, affirmé-je.

Ma partenaire me rend mon sourire timidement et s'avance vers la cuve d'eau. Sans perdre une minute de plus, tout à son habitude, Maddison plonge dans le bassin côté nage et je suis son corps gracieux glisser sous l'eau jusqu'à en ressortir pour effectuer des mouvements rapides avec ses bras. Le cri d'un enfant dans la piscine d'à côté me ramène au présent. Je pose ma serviette et gagne la ligne à côté de la sienne.

Nous enchaînons donc, côte à côte, des longueurs durant une bonne heure. Et vers la deuxième, j'ai l'impression qu'elle me jette des coups d'œil pour vérifier que je ne vais pas plus vite. Ce qui, au contraire, m'incite à accélérer parfois le mouvement. Ainsi, notre silence se transforme peu à peu en compétition. Lorsque nous sortons la tête de l'eau, à quelques centimètres l'un de l'autre, nous échangeons un bref regard de défi. Dans la dernière longueur, nous sommes à deux doigts de battre l'autre. Je donne un coup de fouet avec mes jambes et suis le premier à toucher le mur avec la paume de ma main.

Quelle course !

Je n'en peux plus, je suis exténué. Mon front se colle au carrelage pour que je reprenne tranquillement le rythme de ma respiration. Maddison, quant à elle, éclate de rire. Elle pose l'arrière de son bonnet de bain contre le mur et ferme les yeux, le souffle aussi rapide que le mien.

— Bravo ! Je m'avoue vaincue.

— Attends, tu permets que j'attrape mon téléphone pour enregistrer ça ?

Elle rouvre les paupières et m'adresse une moue moqueuse.

— Chut, Nolan. Chut.

Je rejoins son rire et me place dans la même position qu'elle en brassant doucement des jambes et des bras pour ne pas couler au fond de la piscine.

Ce qui est d'autant plus rafraîchissant, c'est le contraste entre mes joues brûlantes et la froideur de l'eau qui caresse ma peau nue. Je me passe une main dans les cheveux pour les tirer en arrière et remarque le regard de Maddison sur moi. Quand elle se rend compte que je l'ai surprise, elle se détourne et se racle la gorge.

— J'espère encore tenir sur mes jambes, ce soir.

— Mais j'y compte bien ! Il me semble qu'on n'a pas terminé notre programme court, annoncé-je.

Un silence s'installe, accompagné de nos sourires mutuels et discrets. Au bout de quelques secondes de répit, Maddison lâche :

— Ravie de te retrouver motivé, Nolan.

Cette pique me fait à la fois plaisir et mal, car elle me rappelle la raison de notre dispute, de mon absence. J'inspire profondément et expire.

— Tu as vu la vidéo ? demandé-je en me laissant flotter.

— Oui, je l'ai vue.

— On est bien, là-dessus.

Elle glousse.

— C'est ce qu'a dit Igor. Il paraît qu'on a une bonne harmonie.

Mon regard pivote vers le sien. Je cherche une plaisanterie dans son visage, mais n'en discerne pas. Mon cœur, que je venais de calmer, recommence à s'affoler. Je reste impassible, mais au fond, la chaleur monte dans mes veines.

— Il a dit ça ?

— Oui, chuchote-t-elle.

— Je vois.

— Oui…, répète-t-elle.

La manière qu'elle a de me fixer, de scruter les détails de mon visage, de mon cou, de mes… lèvres… Se moque-t-elle de moi ? Est-ce qu'elle veut encore me faire craquer ?

Non, j'ai dépassé ça.

Je reporte mon attention sur l'eau sous mes pieds, rompant notre échange silencieux. Puis je me frotte le visage avec une éclaboussure pour me rafraîchir.

Une erreur. C'était une erreur. Nous devons rester professionnels, voilà ses mots. Maddison ne ressent rien pour moi et je ne dois plus être attiré par elle, non plus.

Comme si c'était dans mes cordes !

Allez, *bon sang*, j'ai dépassé ces sentiments. Je vais me concentrer sur notre chorégraphie et danser avec elle sur la glace.

Je l'entends sortir du bassin et la suis. Nous nous séchons, nous habillons et nous nous donnons rendez-vous, comme convenu, à la patinoire Polesud après avoir mangé.

Puis, tout le long du mois, nous enchaînons les entraînements sur la piste, ainsi qu'à la salle de sport. J'ai failli lui proposer de courir avec moi au parc, mais me suis vite ravisé. Je n'avais pas envie de me rappeler ce moment intime entre nous.

Le mois de mai file très vite. Malgré quelques regards échangés trop rapidement pendant nos répétitions ou des tensions dans certains de nos mouvements, tout s'est bien déroulé. Nous avons même été surpris de rencontrer des fans à la patinoire. Quelques personnes sont venues nous saluer et nous avons appris que Igor avait créé, à notre insu, un compte Instagram. D'après lui, cela nous fera une bonne publicité. Ce qui s'est confirmé par certains habitants de Grenoble, venus assister à nos entraînements. Notamment un groupe de jeunes lycéennes, qui nous ont proposé de faire des vidéos TikTok de nos répétitions.

C'était dingue. Je me suis senti apprécié, reconnu pour les pas de danse sur glace que j'effectuais. Je réalise l'immensité du projet dans lequel je me suis lancé et la gloire qui en ressortira. Je pourrai redorer mon blason, effacer l'image de Nolan Davis, le prodige déchu. Cette idée ravive ma motivation et mes espoirs.

Il y a également eu le retour des beaux jours, des nouveaux clients au restaurant. Ainsi que le récent projet de mes parents d'instaurer un potager au fond de notre petit jardin pour offrir une nouvelle dimension à notre carte. Une manière plus écolo de servir de la nourriture à nos clients. Je l'ai immédiatement approuvé, même si je ne suis qu'un simple serveur. Mon père a secoué mes cheveux en me disant d'arrêter de dire des bêtises.

Nous voilà donc début juin, lorsque Maddison et moi claquons nos paumes l'une contre l'autre en criant de joie.

— Et un programme court de bouclé ! hurle Igor en nous serrant maladroitement dans ses bras.

Après maints et maints efforts, nous avons réussi la moitié du parcours ! Je suis tellement exténué que je m'écroule contre la glace. Ma peau est si brûlante que le besoin de me rafraîchir contre elle devient vital.

Je m'étends de tout mon long, pieds et mains aux extrémités de mon corps, et je me relâche avec des gémissements plaintifs. Malgré tout, je souris. Oh, oui, je souris ! C'est une première petite victoire. Nous aurons sans doute encore des ajustements à faire et des répétitions jusqu'à la Coupe de Suisse, en novembre. Mais tous les mouvements sont prêts et parfaits !

Maddison reprend son souffle, les mains posées sur ses genoux, le dos courbé, qui se soulève rapidement. Ses mèches attachées en queue-de-cheval lui collent au cou. Alors, très vite, elle se laisse à son tour glisser à côté de moi et plaque sa joue droite contre la glace, face à mon propre visage. Nous nous dévisageons un court instant et mon sourire s'élargit. *Elle est si belle…*

Lorsque Igor se joint à nous, un fou rire général nous étreint. Et, bon Dieu, que c'est libérateur ! J'en ai les larmes aux yeux et les essuie sans parvenir à arrêter de m'esclaffer.

Nos éclats résonnent dans toute la patinoire. À tel point, que nous ne percevons que trop tard les applaudissements dans les tribunes.

La pièce était pourtant vide, à part nous trois. Nous nous relevons comme un seul homme. Je manque de déraper dans mon sursaut précipité, mais parviens à caler mes lames bien droites. Une ombre floue bouge dans les gradins. Elle est assez massive et sombre. Je jette un coup d'œil à ma coéquipière. Ses yeux s'écarquillent de plus en plus à mesure que la silhouette rejoint l'entrée de la piste de glace.

Je n'avais jamais vu Maddison aussi livide. Si sa lèvre inférieure ne tremblait pas, j'aurais pensé qu'elle venait de faire un arrêt cardiaque. Mais l'expression d'Igor est bien différente. Un mélange de colère et… d'autre chose.

Je reporte alors ma vision sur le portillon de la patinoire, où se tient un homme. À peu près le même âge que notre entraîneur, avec une calvitie prématurée et des sourcils poivre et sel. Un piercing diamanté brille sur son lobe droit tandis que son visage dur sourit en coin. J'ai à la fois le sentiment de le reconnaître et pas du tout…

— Que faites-vous ici ? bougonne Igor à ma gauche.

L'inconnu hausse les épaules avec nonchalance. La réaction de Maddison ne me dit rien de bon le concernant.

— On parle beaucoup de vous dans les journaux. J'étais curieux de voir ce que ça donnait.

— Vous vouliez surtout jauger la concurrence.

Son air narquois revient à la charge.

— Si vous le dites.

Un air narquois… qui m'est familier.

Le silence nous gagne, me laissant étudier notre invité. Et un détail me frappe immédiatement. Il s'agit de sa doudoune sombre avec le logo de la *Swiss Ice Skating*. Est-ce le président ? Cela expliquerait pourquoi j'ai cette impression de le connaître.

Je glisse mon patin vers l'avant.

— Bonjour. Je m'appelle Nolan Davis. Et vous êtes ?

Son regard fixé précédemment en direction de mon entraîneur défile avec lenteur jusqu'à moi.

— Oui, j'ai entendu parler de vous.

— En bien, j'espère, blagué-je en ricanant.

Mon rire meurt dans le perpétuel silence de l'assemblée. Pourquoi Maddison reste-t-elle muette ? Le président de la fédération lui fait peur ?

J'imagine que oui, après sa difficulté à digérer sa quatrième place aux Jeux olympiques.

Je me tourne brièvement, mais Maddison semble toujours figée dans un état second, et Igor comme un chien sur le point d'aboyer contre l'homme devant nous.

Un bruit de tissu me fait revenir à lui. Il range ses mains dans ses poches et nous salue d'un mouvement de tête.

— Ravi de vous avoir vus. Bonne chance…

Il marque une pause qui suspend mes battements de cœur.

— … pour la suite.

Sans un mot de plus ou un seul regard pour Maddison, il disparaît. Et il faut quelques secondes à notre coach pour reprendre ses esprits et me jeter un coup d'œil inquiet. J'avoue qu'il était assez intimidant dans son genre, mais de là à paniquer comme s'il s'agissait d'un fantôme revenu d'entre les morts…

— Qu'est-ce qu'Alexeï Sovetsky foutait ici ? grommelle-t-il pour lui-même.

Oh… J'avais tout faux.

Ma partenaire revient à elle et dévisage Igor avec la même angoisse dans les yeux que lors du bal à Londres. Elle déglutit.

J'agrippe Maddison par les épaules et la force à se concentrer sur moi. Puis je prends ses joues entre mes doigts froids.

— *Hey*, regarde-moi, Maddison.

Ses paupières se ferment et tremblotent.

— Maddison…, chuchoté-je.

J'approche mon visage du sien, dans l'espoir d'y coller mon front, lorsqu'elle rouvre les yeux. Ils se plantent dans les miens avec une telle intensité.

— C'est mon…

— Ancien entraîneur, termine Igor.

Sa tête pivote vers lui et je relâche mon étreinte protectrice.

Tout s'explique. Yelena devait être l'une de ses coéquipières à l'époque. Aurait-il été violent avec Maddison ? Abusait-il d'elles ? Que s'est-il passé entre ces trois-là ?

Maddison fusille notre coach du regard avant de reporter son attention sur moi.

Sa paupière cille et elle m'adresse le faux sourire dont elle m'avait habitué au début de notre relation.

Pourquoi je sens qu'ils me cachent quelque chose ?

Je n'ai pas le temps de répliquer que le portable d'Igor vibre dans sa poche de pantalon. Il décroche, nous informe qu'il s'agit de sa femme et nous souhaite une bonne soirée en s'éloignant jusqu'à la sortie de la piste.

— Je vais rentrer moi aussi, j'ai besoin d'une bonne douche, marmonne Maddison.

J'ouvre la bouche pour l'interrompre, mais trop tard, elle glisse trop vite jusqu'à Igor.

Je me retrouve seul, au milieu de la patinoire, dans un silence gênant… un millier de questions au bord des lèvres.

25

Maddison
Juin 2022, Grenoble

L'eau chaude ruisselle et caresse ma peau. Les effluves de brume me chatouillent les narines tandis que je ferme les yeux pour savourer ce cocon. Mon poing se presse sur le mur, mon bras tendu devant mon visage.

Alexeï était là. Il est venu depuis la Suisse jusqu'ici, en France, dans une petite patinoire de ville. Tout ça pour *me* voir. Pour *vérifier* que je n'étais pas une menace pour son adorable fille chérie.

Je serre les dents, la poitrine au bord de l'implosion. J'ai tellement envie d'éclater mon poing contre le carrelage de ma douche afin de libérer ma colère.

J'attrape mon éponge de bain et l'incorpore de savon pour me frotter le corps. Il faut que je retire toute la saleté de son regard venimeux sur moi. Je mastique chacune de mes fibres. Encore et encore.

Encore et encore.

Jusqu'à avoir l'épiderme rougi et la gorge sèche à respirer la bouche ouverte. Je jette l'éponge à mes pieds avec conviction en poussant un gémissement de frustration.

Kurwa ![23] Pourquoi ne peut-il pas me laisser tranquille ? Pourquoi croit-il encore avoir un quelconque droit sur moi après m'avoir rejetée ?

Je tourne le robinet sur l'eau froide et frissonne lorsqu'elle me noie sous sa puissance. J'enroule mes mains autour de mes biceps et m'agenouille dans ma douche. La fraîcheur est une douleur qui me permet de concentrer mes pensées sur autre chose.

C'était déjà assez éprouvant de devoir affronter Yelena le mois dernier, mais Alexeï… Me libéreront-ils un jour de leurs chaînes ?

Je parviens à recouvrer une respiration constante. Je coupe alors l'eau et sors de ma capsule. J'enroule la serviette de bain autour de mon corps, le temps de sécher mes longs cheveux blonds, qui atteignent déjà le milieu de mon dos.

Je me vêtis ensuite d'un simple débardeur mauve et d'un short de pyjama gris, puis me blottis en position allongée dans mon canapé. Je cale ma tête sur l'accoudoir et lance l'appel vidéo avec ma tante Patty.

L'image apparaît au deuxième « bip ». Je suis bercée par les rayons flamboyants du coucher de soleil qui se projettent sur mon mur. Un sourire éclatant jaillit devant mes yeux fatigués.

— Maddi chérie !

Je ris en mordant ma lèvre inférieure et enroule mon poing contre mon décolleté.

— Salut, Patty.

— Comment tu vas ?

Je remarque son jardin derrière elle. Elle habite aujourd'hui au Canada, après avoir fait son coming-out et

---

23 « Putain ! », en polonais.

fui la famille de ma mère à Cracovie. Bien que le soleil soit présent, elle porte un sweat-shirt à manches longues. Ce qui contraste avec la chaleur de Grenoble en juin.

— C'est, euh…

Si je lui racontais, elle pourrait encore me sermonner et nous nous engagerions sur une discussion fâcheuse.

— Je…

Mais c'est ma Patty, ma tante, mon pilier, mon roc. Je dois être honnête avec elle pour une fois.

J'inspire profondément et ouvre la bouche :

— Alexeï est passé à la patinoire.

Son beau sourire s'évanouit aussitôt. Je déteste être celle qui le lui retire. C'est avec douleur que je m'efforce de me confier à ma tante. Mes phalanges se crispent davantage contre ma poitrine.

— Ah. Et que te voulait-il ?

— Il n'a rien dit à ce sujet. Simplement qu'il était curieux.

— Alexeï ? Curieux ? Non, mais !

La voilà partie dans une longue liste de noms d'oiseaux aussi effarants les uns que les autres. Je crois que je tiens parfois mon caractère impulsif de ce côté de ma famille. Du côté féminin.

— Tu étais seule ? s'empresse-t-elle de me questionner, les paupières écarquillées.

— Non, non. Igor et Nolan étaient avec moi.

Elle soupire fortement et se rallonge sur son transat. Les bains de soleil doivent être monnaie rare dans sa région.

— Tant mieux.

— Je le déteste, Patty…

Un sanglot m'étreint. Je serre mon poing jusqu'à sentir mes ongles s'enfoncer dans ma paume. Je ferme les yeux et ils s'humidifient. Je tiens bon, oui, car je ne veux pas lui offrir cette chance. Je ne veux plus me sentir brisée, je n'en peux plus de continuer à vivre avec leurs blessures…

Je veux être aimée.

Un second gémissement de tristesse m'effondre. Une larme glaciale roule sur ma joue.

— Oh, ma puce…

— Je *les* déteste.

Mon corps tremble et frémit sous une horrible sensation de boucle temporelle.

— Je suis là, Maddison. Tu sais que je ne te laisserai jamais tomber.

Ses mots me touchent plus fort qu'elle ne pourrait l'imaginer. Je cède et mes lèvres laissent échapper un petit cri de détresse. Je plaque ma main à ma bouche sans empêcher les larmes de couler.

« J'ai confiance en toi, Maddison. »

Mes paupières se soulèvent à demi, car ces paroles me reviennent en mémoire. Nolan les a prononcées avant de savoir ce que j'avais infligé à Yelena. Et il est toujours là. Il a pris mon visage entre ses mains, ne m'a pas repoussée. Il a voulu m'écouter après tout ce que je lui ai dit dans notre chambre d'hôtel et même ensuite.

— Et dire que je voulais t'annoncer une bonne nouvelle…

Patty me sort soudain de mes pensées. J'essuie d'un revers de ma main libre le torrent de mes joues.

— Désolée.

— Arrête de t'excuser d'avoir mal, Maddi. Tu as le droit de souffrir. Combien de fois il faut que je te le répète ? Pleure autant que tu veux avec moi.

J'acquiesce d'un rapide mouvement de tête.

— Allez, donne-moi une bonne nouvelle.

Son torse se bombe, elle se redresse et le plus large sourire que j'ai jamais vu illumine son visage.

Oh, là, je m'attends à tout…

— Eh bien, voilà. Je vais me marier ! Et j'aimerais que tu sois ma demoiselle d'honneur !

O Panie !

Je bondis en position assise sur mon canapé, la main sur ma bouche, mais cette fois pour retenir mon hurlement d'extase.

Patty… VA SE MARIER.

MA TANTE ÉPOUSE SA FEMME !

Je vais être sa… demoiselle d'honneur ?

Mes yeux me picotent, mais peu importe, je suis frappée par une vague d'émotions contradictoires.

— Aloooors ?

— M-mais bien sûr que j'accepte ! Tu es folle !

Elle éclate de rire et appelle sa fiancée depuis son jardin. Une petite rouquine à lunette apparaît sur mon écran et sautille de joie en entourant sa compagne avec ses bras.

— C'est incroyable ! Je suis si heureuse pour vous deux.

C'est… Non, en fait, je ne sais même plus quoi dire. Je suis envahie par des restes de colère, de tristesse et de bonheur. Ce mélange soulève mon estomac, mais mon sourire ne s'efface pas, parce que je suis extrêmement contente pour ma tante.

Elles s'embrassent devant moi et je frotte mes joues sèches pour enlever les dernières traces de mes larmes.

— On aimerait que tu viennes nous aider pour les préparatifs. Si c'est possible pour toi de prendre quelques semaines de vacances, bien entendu ?

Ah. Justement, je crois que j'ai grand besoin de m'éloigner un peu de ma situation actuelle. La visite d'Alexeï, ce soir, a été un nouveau coup de poignard dans mon cœur. D'autant que nous avons bouclé le programme court avec Nolan, et que nous n'avons pas encore d'idée pour le programme libre. Qui est sans doute la partie la plus importante en compétition, car à défaut d'avoir des directives, nous devons tout imaginer nous-mêmes. C'est l'étape finale avant les médailles. Il faut donc bien prendre le temps de réfléchir à ce que nous avons envie de produire. Et je suis persuadée qu'être loin de Nolan me permettra de me ressourcer, d'oublier nos regards brûlants, la tension qui naît dans ma nuque et mon bas-ventre lorsque ses mains me touchent.

Oui, j'ai grand besoin de vacances !

— Ce serait avec plaisir, Patty.

Sa fiancée, Selma, me salue derrière l'écran.

— Si tu peux être là pour le 2 juillet, ce serait parfait.

J'acquiesce, et juste après avoir raccroché, je commande mes billets de train et d'avion pour le mois prochain.

Direction : Vancouver.

26

Nolan
Juin 2022, Grenoble

— Et voilà ! m'exclamé-je à travers la musique ambiante de la boîte.

Je dépose les trois bières commandées – et le soda pour Sam – sur notre table et me réinstalle à côté de Peter. Nous décapsulons nos boissons et trinquons.

Hélène léchouille la mousse au coin de ses lèvres.

— Je suis désolée, mais le *Batman* de Robert Pattinson était exceptionnel !

— Non, mais tu rêves ? Le meilleur, c'est Ben Affleck, arrête ! s'agace Peter.

Elle secoue la tête, d'un air exaspéré. Sam en rajoute une couche.

— Désolée, Hélène. Ben Affleck.

Sa bouche s'ouvre en grand face à la solidarité masculine de mes amis. J'éclate de rire derrière le goulot de ma bouteille en verre. Ce type de débat n'a pas souvent lieu puisque Hélène est campée sur ses positions de *fangirl* incontestée de superhéros. D'ailleurs ce soir, elle porte un

T-shirt *Superman*. Pas vraiment une tenue pour une boîte de nuit, mais j'adore ! Ça lui correspond, c'est son style à elle. Et puis, nous sommes juste entre potes pour passer une bonne soirée. Rien de plus. Ça me fait chaud au cœur de les retrouver après toutes mes dernières péripéties… Avec eux, j'oublie tout. J'oublie la pression de la compétition, les piques de Maddison, la torture qu'elle inflige à mon cœur, le Nolan patineur déchu. Je suis juste un gars normal, qui boit un coup avec ses amis, et ça fait du bien.

Pour ma part, j'ai enfilé une chemise noire et déboutonné le col pour laisser entrevoir ma clavicule. Peter m'a charrié toute la soirée en prétendant que j'étais là pour draguer. Comme si un homme ne pensait qu'à *ça* constamment ! J'avais juste envie de me faire beau. Tout simplement. Je commençais à avoir marre de m'observer dans le miroir avec de la terre plein les cheveux, à aider mes parents dans le nouveau potager du restaurant. Il n'y a rien de mal à se faire beau pour soi-même !

Sam s'envoie une longue gorgée de son Fanta tandis que ma meilleure amie me fusille du regard.

— Nolan, pitié. Sauve-moi !

Je ricane et passe un bras sur le banc derrière Peter.

— Désolé. Je suis *team* Michael Keaton.

Peter explose de rire juste à côté de moi et Sam, en face, me donne un petit coup dans le tibia en cachant son propre éclat derrière son verre. Je ne peux me retenir plus longtemps devant l'expression indignée d'Hélène.

— D'accord, les mecs. C'est un complot, j'ai compris ! Passons à *Spiderman*. Celui qui ne vote pas Tom Holland recevra une douche de bière *by me* !

Nouveau fou rire général. Grâce à la musique de la piste de danse et aux éclairages nocturnes des néons, personne ne se soucie de notre boucan. Nous terminons chacun notre troisième… quatrième bière ? Je ne sais plus.

Je crois que le feu commence à nous monter aux joues. Pas que je ne tienne pas bien l'alcool, mais quand je suis en soirée avec mes amis, je me lâche souvent sans faire attention. Heureusement, Sam reste notre chauffeur personnel. Celui qui ne boit pas… J'ai déjà oublié la suite du slogan.

Nous commandons ensuite des shots pour pimenter ces discussions cinématographiques. Nous passons au meilleur *Superman*, à team *Captain* ou team *Iron Man*. Un serveur nous apporte nos boissons, et plus le temps s'écoule, plus ma tête tourne.

Je passe une main dans mes cheveux humides. Il fait trop chaud dans cette salle !

— Donne-moi une bonne raison de ne pas t'arracher cette chemise tout de suite ! se moque Hélène.

— Tu aimerais bien, hein !

Je la charrie, au bord de l'ivresse. Je devrais peut-être me calmer sur les boissons…

— Crétin !

Nous nous tapons dessus comme deux gamins en gloussant. Jusqu'à ce que Peter me tapote l'épaule. Ah, nous avions changé de places en cours de route ?

— Quoi ? l'interrogé-je, la voix engourdie.

Il pointe l'entrée du bar avec son index. Les spots rose et bleu m'aveuglent d'abord dans cette ambiante de pénombre.

— Je crois que j'ai trouvé la raison de pourquoi il ne vaut mieux pas t'enlever tout de suite cette chemise.

Je plisse les yeux en avançant le menton comme si j'allais y voir plus clair. Une magnifique femme blonde s'approche du bar et pose ses coudes sur le comptoir. Waouh, elle ressemble vachement à Maddison… Là, j'ai clairement trop bu. Est-ce mon subconscient qui parle ?

— C'est pas ta copine ? insiste-t-il avec un petit coup de coude dans mon épaule.

Oh, merde. C'est vraiment Maddison.

Mes paupières s'agrandissent. Elle est vêtue d'une petite robe noire qui lui arrive au-dessus des genoux. Ma vision est à nouveau aussi claire que de l'eau de roche.

OK, Nolan, ressaisis-toi.

Je me frotte le visage pour tenter de me réveiller et me lève en poussant Peter.

— C'est pas ma copine…, marmonné-je.

Malheureusement.

Oh, tais-toi, conscience !

Je trébuche sur le pied de Peter, qui ricane de sa blague de gamin. Je secoue la tête et me dirige vers Maddison. Et waouh, plus j'avance, plus elle se dessine nettement. Maddison est sublime. Elle a ondulé ses cheveux blonds, qui lui arrivent jusqu'au milieu du dos. Elle semble chercher quelqu'un du regard pendant que le serveur lui prépare son verre.

Au fond de moi, une petite voix me conseille de ne pas m'approcher, de rester loin de cette dangereuse femme si séduisante… si fougueuse… si Maddison.

Je pose enfin mon coude juste à côté du sien et souris.

— *Hello*[24]

Elle tourne brutalement sa tête vers moi, l'air sincèrement surprise.

— Nolan ?

— En chair et en os !

Ses yeux marron sont charbonnés ce soir, dans un irrésistible *smooky eyes* – si je ne me trompe pas sur la prononciation.

— Qu'est-ce que tu fais ici ?

— Comme tu peux le voir, je suis avec mes potes, réponds-je en lui présentant notre table d'un geste de la main.

---

24 « Bonjour »

— Je vois.

Maddison range une mèche de cheveux derrière son oreille. Bon sang, est-ce qu'elle me provoque ? Je déglutis et le serveur pousse son verre sur le comptoir.

— Et toi ?

— Moi quoi ? dit-elle.

Pourquoi fait-elle toujours ça ? Essuyer mes questions avec d'autres. C'est un truc qui m'agace chez elle. Alors, pourquoi mon cœur s'emballe-t-il autant à chaque fois ?

— Tu attends quelqu'un ?

— Non, je suis juste venue me détendre.

Elle boit une légère gorgée de son mélange transparent. Un sourire en coin traverse mes lèvres quand je comprends ce qu'elle ingurgite : de la vodka.

— Je suis venue me détendre, *seule*, insiste-t-elle.

Outch.

Ça, c'est douloureux. Je masque le pincement désagréable dans ma poitrine en gardant une expression nonchalante.

— Je ne pensais pas te trouver là moi non plus.

Maddison crispe ses lèvres dans une grimace frustrée. Je suppose que le message est clair, elle veut se retrouver seule, au bar, à noyer sa solitude constante qu'elle s'inflige à elle-même.

Problème : j'ai un besoin puissant de rester à ses côtés.

Je lève mon index pour appeler le barman.

— La même chose, s'il vous plaît !

Il acquiesce et prépare le liquide. Maddison ouvre la bouche pour contester, mais je suis plus rapide.

— Bah, tu n'es plus seule maintenant. Il va falloir t'y faire, je suis dans ta vie.

Je réalise trop tard l'impact de mes mots. Sur moi-même et sur elle. Une lueur étrange passe dans ses yeux. Les battements de mon cœur s'affolent, parce que je prends conscience que c'est vrai. Maddison fait partie de ma vie, je suis attaché à elle plus que je le voudrais.

Le serveur glisse mon verre devant mon coude, je racle ma gorge pour faire passer ce silence mal à l'aise. Je bois une longue gorgée. Le liquide m'arrache les papilles et l'estomac. Lorsque je repose le verre vide, un gémissement hurlé me secoue.

— Waouh ! C'est dégueu ce truc ! Comment tu fais ?

Maddison me scrute à présent comme si j'étais un inconnu lourdingue. Ce que je suis probablement devenu, ce soir.

Puis sans crier gare, elle cache son rire derrière son poing.

— Dites-moi que je rêve ? Nolan Davis est bourré ?

Je roule des yeux.

— J'ai beaucoup de chance d'assister à ça, ajoute-t-elle en faisant tinter son verre contre le mien.

Elle le boit d'une traite et pousse le même soupir bruyant que moi. Alors, là, elle me surprend.

Ses pupilles sombres me dévorent tout entier. Elle étire ses lèvres en un large sourire complice, que je lui rends.

Mon cœur prend le pas sur ma raison. Je m'oublie, j'oublie la pièce bondée, j'oublie la musique. Je ne vois qu'elle et elle ne regarde que moi. Mes sens s'agitent de toutes parts.

— Tu es magnifique, ce soir, lâché-je du bout des lèvres.

Son sourire tique et elle me jauge à son tour.

— Tu n'es pas mal, non plus.

Je vais perdre mes moyens si elle continue de me fixer ainsi.

La boisson me monte au cerveau. J'ai l'impression que le sang dans mes veines se change en lave chaque fois que je suis près de cette femme.

— Est-ce que je suis important pour toi ?

Merde, qu'est-ce que je viens encore de dire ? J'ai envie de me gifler. Quelqu'un pour me frapper ?

Son sourire s'efface lentement, mais son regard se plonge plus intensément dans le mien. Ses lèvres s'ouvrent et je cesse de respirer.

— C'est ce que tu crois ?

Bordel !

Encore une question pour une question. Je glisse soudain ma main autour de sa mâchoire jusque derrière sa nuque et l'approche de moi. Je suis d'abord persuadé qu'elle va se défiler et me repousser, mais elle fait deux pas en avant et son nez frôle le mien.

Je cherche quelque chose dans ses yeux. N'importe quoi qui puisse me rassurer, là, tout de suite. Les mois filent et je deviens accro à Maddison contre ma volonté. Ça me fait perdre la tête.

— Dis la vérité, Maddison. Avoue que tu as des sentiments pour moi et que ce qu'il s'est passé à Londres n'était pas une erreur. Parce que depuis que tes…

Je reprends mon souffle. Ses yeux dérivent de ma bouche à mon regard.

— … lèvres ont touché les miennes, je sais que ça a changé quelque chose entre nous.

J'attends. Je patiente. Les secondes s'écoulent et se changent en une éternité de torture. Maddison soupire, clôt ses paupières, les rouvre et me lance un air compatissant.

Non ! Je refuse qu'elle ait pitié de mes sentiments.

— Je suis désolée, Nolan, mais il vaut vraiment mieux que…

— Arrête, Maddison, la coupé-je. Pourquoi je lis le mensonge dans tes yeux quand tu prononces ces mots ?

Son souffle brûlant et chargé d'une odeur amère d'alcool se mélange au mien. J'ai tellement envie de l'embrasser, de ressentir à nouveau la fougue volcanique qui nous a animés ce soir-là.

Pourtant, elle est hésitante. Ses yeux clignent difficilement. Ai-je enfin réussi à lui faire entendre raison ? À la convaincre que je ne suis pas le seul à ressentir cette connexion ?

Ou est-ce vraiment la boisson qui me fait divaguer ?

— Nolan, je…

— *Hey* ! Bah, alors, vous vous joignez à nous ?

Peter débarque au pire moment de ma vie ! Mon cœur chute de plusieurs étages lorsqu'il enroule son bras autour de mon cou. Je lâche précipitamment la nuque de Maddison et recule.

Bon sang de Peter !

Maddison ferme les yeux et inspire une goulée d'air en même temps que moi.

Puis elle sourit à mon *crétin* d'ami.

— Non, il vaut mieux que je rentre.

— Mais non ! Allez, viens, je vais te présenter !

Il lui tapote gentiment l'épaule pour appuyer son insistance. Je ne sais pas si je dois le remercier ou le frapper pour jouer ainsi avec nous et oser toucher Maddison de cette manière. Contre toute attente, elle le suit jusqu'à notre table avec un soupir exaspéré et s'assied face à moi, dans notre box.

La soirée va être encore longue…

27

Maddison
Juin 2022, Grenoble

D'étranges picotements agréables fourmillent sur ma nuque. Son regard intense et ivre ne me quitte plus. La musique bat son plein et les néons nous plongent dans une semi-pénombre excitante.

Je déglutis et réponds à la question que me pose la femme assise au milieu du box.

— Je suis née à Cracovie.

— Oh, je vois ! Pourtant, votre nom de famille est plutôt bulgare, non ?

Je manque de m'étouffer avec la gorgée de mon verre que je viens d'engloutir. C'est une petite curieuse, dis donc. Qui ne manque pas de tact en plus. Je lui adresse un sourire crispé en penchant la tête sur le côté.

— Exact. Mais c'est bien mon nom. Ma mère était d'origine bulgare.

Mon ton sec lui coupe les mots. Elle continue néanmoins de m'étudier avec une intensité dérangeante. J'essaie de ne pas y faire attention tout en sirotant ma boisson. Le pied de Nolan tape soudain dans ma jambe, sous la table. Je sursaute.

— P-pardon, dit-il faiblement en se redressant sur son siège.

Je secoue simplement la tête. J'ai perdu ma propre voix depuis qu'il a chuchoté ses mots à mon oreille. Mon cœur s'est emballé d'une manière inattendue.

« Est-ce que je suis important pour toi ? »

La chose qui m'effraie le plus est que la réponse m'a paru évidente.

Bien sûr que Nolan est important pour moi. Il s'est frayé un chemin jusqu'à mon cœur plus que je ne l'aurais voulu. J'ai bien essayé de renforcer mes barrières, de le rejeter pour mieux nous protéger tous les deux. Lorsqu'il a approché mon visage du sien, nos nez se frôlant, j'ai cru défaillir, m'éteindre complètement et me noyer dans ses pupilles sombres.

C'est ce que je suis encore en train de subir. Nous ne nous quittons plus du regard. Je mordille ma lèvre inférieure tandis que les bruits extérieurs se dissipent. Pourquoi me rend-il aussi dingue ?

Le découvrir ainsi, à moitié ivre, m'enchante plus que ça ne le devrait.

L'amour, c'est… Non, ce n'est pas de l'amour. Ça ne peut pas ? Ce que je ressens n'est pas définissable avec des mots. Pourquoi ne détourne-t-il pas les yeux de moi ? Pourquoi insiste-t-il… ? *Pourquoi !*

Je rate un battement lorsque l'homme à côté de Nolan lui donne un coup de coude dans le bras.

— Mais vous vous êtes rencontrés comment, en fait ?

Je parviens, je ne sais comment, à dévier mon attention vers son ami. Son sourire narquois me provoque des frissons dans la colonne vertébrale. Nolan sait s'entourer de personnes plus étranges que lui.

— Hum, Nolan m'a forcée à patiner avec lui sous la menace.

Les yeux ronds du concerné me foudroient. Je pince les lèvres afin de retenir mon air amusé.

— Quoi ?

— Pardon ? réagit la femme au T-shirt *geek*.

J'acquiesce pour enfoncer le clou. L'hilarité de mon mensonge me prend aux tripes, mais je reste impassible.

— Oui. Il était tellement désespéré, le pauvre. J'ai craqué pour son regard de chien battu.

Et je regrette ce demi-mensonge, car il hausse un sourcil.

— Enfin, heureusement que j'ai fini par accepter ! Je ne sais pas ce qu'il m'aurait fait.

— Tu abuses, s'insurge-t-il.

— Pas du tout ! Tu as été super insistant. Je n'ai jamais vu ça.

— Bien sûr ! Et on en parle de la raison pour laquelle tu as accepté ?

Je le pointe du doigt en plissant les yeux.

— Ne joue pas avec ça, Nolan. Si tu veux dévoiler mes secrets, je dévoilerai les tiens !

Il s'esclaffe. Son sourire est éblouissant. Ou tous les jours est-ce le cas ? L'alcool commence aussi à déteindre sur moi. Je termine le fond de mon verre et secoue la tête.

— Et quel secret ? Je n'en ai aucun, déclare-t-il.

Ses amis échangent une moue complice. Intéressant… J'aimerais bien pouvoir lire dans les pensées à cet instant.

— Par exemple, que ta serviette préférée est à l'effigie de *La Reine des neiges*.

— C'est faux ! C'est celle de ma cousine !

— Ou que tu caches tes médailles sous tes slips.

— Stop !

— Ou cette mimique affreuse que tu as quand tu n'es pas content.

— N'importe quoi.

Ses sourcils se froncent et sa peau pâlit.

— Ah, oui. Exactement comme ça !

— Je confirme, ajoute le troisième inconnu, qui n'avait pas encore ouvert la bouche depuis mon arrivée.

— *Hey !* proteste Nolan. Arrête tes conneries, Maddison ! J'en ai une belle liste moi aussi, sur toi.

Mon cœur bat la chamade, je n'arrive plus à réfléchir correctement. Je croise les bras contre ma poitrine et retombe contre le dossier du banc en cuir.

— Comme si j'avais peur de toi, Nolan, réponds-je avec mon plus bel air machiavélique.

Encore un mensonge…

— Sans déconner ! Et si on parlait de ton aversion pour les dessins animés !

Des cris choqués résonnent juste à côté de nous. Je hausse les épaules en arquant un sourcil.

— Ce n'est un secret pour personne que je déteste ça.

— Tragédie, marmonne le blondinet, Peter, il me semble.

— J'en ai une bonne alors ! Tu es archi-nulle avec les pirouettes !

— Quoi ?

Mes bras m'en tombent. Mais qu'est-ce qu'il raconte ? Nolan n'est pas du tout crédible dans ses propos. Cette conversation tourne à la gaminerie… Je ne sais pas pourquoi je continue de lui répondre, j'adore sa mine choquée.

Les pulsions dans ma poitrine accélèrent encore.

— Tu ne me l'avais jamais dit !

— Voilà, c'est fait !

Je perds les pédales et lâche la première chose qui me vient.

— Et toi tu embrasses très mal !

Kurwa !

Ses yeux s'écarquillent et le silence nous dévore, malgré la musique électro. Nolan m'attrape soudain le poignet et me force à me lever pour le suivre.

— Allons danser !

— Non, attendez, je veux savoir ! s'écrie le blondinet à l'accent américain.

Mes talons traînent sur le sol jusqu'à ce que nous soyons totalement emportés par la foule. Des centaines de fesses se bousculent contre les miennes. *Beurk*. La chaleur ambiante m'asphyxie à mesure que nous nous engloutissons dans la masse de danseurs déchaînés.

Nous atteignons enfin le milieu de la piste, qui nous accorde un peu de place. Je n'ai pas le temps de le sermonner que Nolan glisse ses mains dans mon dos et me plaque contre son torse.

Je ne respire plus. Mon corps s'embrase contre le sien, brûlant également. Sa clavicule se pointe juste devant moi, elle remue et se soulève rapidement.

Je suis foutue, l'alcool a contaminé mon esprit.

— Mais qu'est-ce qu'il te prend ? hurle-t-il dans mes tympans, à travers la mélodie rythmée.

— Je te retourne la question !

Mes doigts tremblent autour de ses biceps. Avais-je déjà remarqué qu'ils étaient aussi durs ? Ou est-ce les nombreuses séances de musculation que nous avons suivies depuis le début de nos entraînements ?

Pitié, faites qu'il ne sente pas le durcissement soudain de mes tétons. Comment est-ce possible d'avoir si chaud et si froid en même temps ? Ce sont des frissons de chaleur qui me rendent ainsi.

Ses lèvres s'approchent lentement de mon visage. La panique me tétanise. Je recule mon menton pour l'en empêcher. Mais la lueur plaintive dans ses pupilles me serre le cœur.

Je l'ai blessé…

Non, en réalité, je le blesse constamment. Je ne fais que ça depuis notre première rencontre. Je le repousse parce que je le dois. Pour le protéger de moi, de mon calvaire. Je ne suis pas faite pour lui, il doit le comprendre.

Nolan ouvre la bouche pour parler, puis la referme et prend une inspiration.

— J'ai des sentiments pour toi, Maddison.

Mon cœur cesse de battre. Mon souffle traverse à peine mes lèvres entrouvertes par le choc.

Les basses assourdissantes de la musique se poursuivent dans nos oreilles. Pourtant, les seuls tambourinements qui me parviennent, à cet instant, sont les miens contre les siens. Cette sensation m'incendie tout entière.

Un petit rire s'échappe de son sourire triste.

— Je suis complètement soûl ! Mais je ne peux plus nier que tu me rends fou de toi !

Pourquoi ? Pourquoi dit-il des choses aussi *sincères* ?

Une larme fraîche roule sur ma joue. Je ne sais plus où je suis, ce qu'il se passe. Mes paupières me piquent et ma poitrine ne m'a jamais fait aussi mal.

— Et si tu ne ressens pas la même chose pour moi, alors, dis-le maintenant, qu'on en finisse avec ce calvaire ! Je t'en prie, Maddison ! Aime-moi ou déteste-moi, mais je ne pourrai plus supporter…

Mes lèvres se plaquent aux siennes, étouffant ses derniers mots. J'agrippe sa nuque pour me surélever et je l'embrasse à pleine puissance. Je dévore sa bouche sans retenue. L'humidité de ce baiser me procure une sensation indescriptible.

Je retire tout ce que j'ai dit. Nolan embrasse incroyablement bien.

Ses bras m'étreignent et me serrent contre lui comme si notre vie en dépendait.

Jamais personne ne m'avait dit une chose pareille. Jamais personne n'avait été aussi sincère avec moi qu'il l'a été. Je ne sais pas si c'est l'alcool qui coule dans mes veines ou une lave brûlante. Mais je veux effacer mes sanglots, effacer mes peurs, effacer tout ce que je suis pour savourer les lèvres de Nolan.

Sa bouche s'ouvre lentement pour passer sa langue. Ses mains caressent mes omoplates, ma nuque, toute la peau dénudée de mon corps par ma robe en dos nu. La fraîcheur habituelle de ses doigts m'électrise, telle une décharge de plaisir et de fougue inépuisable.

Je veux que le cœur de Nolan réchauffe mon cœur de glace. Je veux le sentir encore plus près. Je ne peux plus supporter la tension qu'il y a entre nous.

Je lui suçote avec avidité la lèvre inférieure, puis supérieure, puis sa langue. Sa langue est délicieuse.

Je… Je…

Je vais vomir.

Je me détache brutalement de lui. Mon talon manque de me faire trébucher sur le carrelage brillant. Une remontée nauséeuse me prend aux tripes. Ses doigts glissent sur ma peau pour me retenir, mais je le repousse et fonce droit hors de la piste. Le logo des toilettes m'apparaît en rose néon. Je m'écroule dans la première cabine que je trouve et déverse l'horrible contenu acide de mon estomac.

Cholernie tania wódka ![25]

Je toussote. Mon estomac se tord dans tous les sens. L'alcool ne me fait pas cet effet d'habitude ! Qu'est-ce qu'il m'arrive ? Une intoxication alimentaire aux sandwichs d'avocats que j'ai mangés plus tôt ?

Je me vide à en perdre le fil de ma respiration.

25Quelle vodka bon marché !

Au bout d'un certain temps, quelqu'un soulève mes cheveux blonds au-dessus de ma tête. Puis une main me caresse lentement le dos et mon cœur s'apaise un tout petit peu. Jusqu'à ce qu'une nouvelle salve emporte mes dernières forces. J'ai la tête qui tourne et des sueurs froides.

Je ne sais plus trop ce qui se déroule après. Je crois que je vomis encore et qu'ensuite, je perds à moitié connaissance. Je devine qu'on me soulève dans des bras, et la suite… plus rien…

28

Nolan
Juin 2022, Grenoble

J'ai la bouche pâteuse lorsque je me réveille. Je mastique ma salive en tentant d'ouvrir les yeux. Ma tête a pris un sacré coup. Ma vue est complètement floue et mes paupières sont tiraillées. Mais où suis-je ?

Ma paume tombe sur le sol froid où je suis assis. Et… la pièce est sympa. Je me suis assoupi sur un petit canapé gris. Mes parents en ont acheté un nouveau ?

Euh.

Minute.

Pourquoi est-ce qu'il y a une touffe blonde dans mon lit ?

Oh.

OH !

Je ne suis pas chez moi ! À peine debout, je trébuche sur une paire d'escarpins noirs et me rattrape au matelas. Mes mains écrasent par mégarde deux pieds sous les draps. La personne se redresse, tel un mort ressuscité, et je hurle en même temps qu'elle.

— Merde, Maddison !

Ses yeux roulent vers le plafond et sa tête retombe contre son oreiller. Les souvenirs me reviennent petit à petit. Je me frotte le visage en me dirigeant vers ce qui ressemble à sa cuisine. J'ouvre plusieurs tiroirs. Où sont les tasses, bon sang ? J'ai la tête en vrac. Y a-t-il au moins du café chez elle ?

Attendez, comment suis-je arrivé ici ?

Ah, oui. Elle était dans les vapes aux toilettes de la boîte de nuit et je l'ai ramenée chez elle… C'est encore un peu flou dans mes pensées.

Et mes amis ? Il faut que je les appelle pour m'excuser de leur avoir fait faux bond. Je dégote mon smartphone dans la poche arrière de mon pantalon. Mes yeux s'agrandissent en découvrant l'heure. Je suis en retard au boulot ! J'ai une vingtaine d'appels manqués de mes parents et de Peter.

C'est une catastrophe ! Je me passe de nouveau la main sur le visage pour décongestionner mes nerfs et retrouver les idées claires.

Est-ce que… j'ai couché avec Maddison ?

Non, impossible. Je n'aurais pas pu faire ça, même bourré.

Je me tourne vers elle. Ses paupières sont closes.

Si ?

Il faut que je sorte de cet état de transe pour être pleinement maître de mes émotions. Mes yeux dérivent vers une bassine remplie de vomi juste à côté de son lit, et alors, tout me revient en flashs.

Ses lèvres contre les miennes, ses seins plaqués à mon torse, ses doigts glissant dans mes cheveux, son retrait brutal et sa détresse dans les toilettes. Elle est malade…

J'ai l'esprit encombré par mon sommeil comateux, mais je ne peux pas la laisser dans cet état. Je me claque les joues et range mon téléphone. Puis je m'avance jusqu'à elle et récupère la bassine pour la vider dans ses WC, que je trouve au deuxième essai. Je tire la chasse et attrape des mouchoirs que je mouille avant de retourner près d'elle.

Maddison bafouille des mots incompréhensibles pendant que j'essuie sa bouche et nettoie les larmes sèches sous ses paupières papillonnantes. Elle est tellement vulnérable ainsi… Ma gorge se noue à cette vue.

Je me souviens aussi des mots que j'ai prononcés à travers la musique ambiante. Et de ce qui m'a envahi quand ils ont franchi mes lèvres.

Je dépose un baiser sur son front. Ses mèches de cheveux caressent mon nez et j'inspire son parfum avant de me détacher.

— Promis, je reviens vite.

Je repose la bassine à côté de son lit, juste au cas où, et sors de son appartement. Je rentre à pied jusque chez moi, tout en profitant de la pluie battante pour me ressourcer.

Les gouttes orageuses sont chaudes, mais apaisent mes épaules.

Quelle soirée… Qu'est-ce qui m'a pris de lui avouer ça ? Je n'ai moi-même pas eu le temps de réaliser ce que je ressentais vraiment avant de le lui déballer. L'alcool et la chaleur de la salle se sont joués de moi. Je vais devoir faire avec, maintenant. Affronter mes parents, mes amis, qui ont dû assister à tout, et Maddison – quand elle sera revenue à elle. Je ne peux plus faire machine arrière.

J'aimerais prendre son baiser pour une réponse positive à ma déclaration, mais elle m'a déjà fait le coup une fois. Honnêtement, je ne sais plus sur quel pied danser avec elle. C'est ironique.

Je suis totalement perdu. Serai-je assez fort pour supporter une seconde déception ?

Je n'en sais rien.

J'arrive devant chez moi et Cami m'attend sous le porche, malgré la pluie. Lorsqu'elle me voit, son visage s'illumine et elle court dans ma direction avec un parapluie.

— Nolan !

Ses bras s'engouffrent sous mes coudes, son parapluie s'échouant dans les flaques d'eau. Mon cœur bondit. Je l'étreins à mon tour et dépose un baiser fugace sur le haut de son crâne. Dès qu'elle recule, son petit poing s'enfonce dans mon estomac.

— Nous fais plus peur comme ça, idiot.

Ses sourcils tremblotent et sa moue me déchire. Je ne pensais pas avoir autant inquiété mes proches. D'autant que ça peut m'arriver de dormir chez mes amis après des soirées comme celle-ci… Mais jamais sans répondre aux appels de mes parents. Bon, j'ai vingt-deux ans, mais tout de même.

Mon pouce effleure la joue de ma cousine.

— Je suis désolée, ma crevette.

Le coin de sa bouche se soulève légèrement. Et ça suffit à mon cœur pour se desserrer de son emprise douloureuse. Je glisse ensuite ma main dans la sienne tandis qu'elle récupère son parapluie, et nous rentrons ensemble.

La pluie m'a permis de me ressaisir. Alors, dès que je passe le seuil de l'entrée, je file prendre une douche, change de vêtements et enfile mon tablier. Le service a déjà commencé, mais mon père me laisse aider malgré mon retard – non sans m'envoyer un regard mauvais. Une séance d'explications s'imposera à la fin du déjeuner…

Tout le reste de la journée, pour me rattraper, j'aide à la vaisselle ainsi qu'à la préparation du repas du soir.

Il est pratiquement 18 heures quand je retire mon tablier à côté de ma mère. Elle coupe – non, elle martèle – une carotte sur sa tablette en bois.

— Est-ce que je peux prendre ma pause, ce soir ? Je ferai deux services demain en contrepartie, si tu veux !

Elle hoche la tête sans un mot. Est-ce un oui ? Ma mère ne parle pas beaucoup de ce qu'elle ressent généralement, mais elle ne se gêne pas pour me faire savoir ce qu'elle pense. Je plante mon index dans son épaule et elle sursaute.

— Qu'est-ce qu'il y a ? demandé-je.

— Mais rien, Nolan. Tout va bien.

J'arque un sourcil.

— Allez, dis-moi. Tu n'as pas aimé que je rentre tard ?

— Tu es un grand garçon !

— Oui, mais tu as le droit de m'en vouloir.

Son couteau s'arrête au bout du légume. Elle tourne son menton face à moi.

— Pas du tout. Je suis contente que tu sortes plus souvent d'ici.

Ah ?

Qu'est-ce qu'elle veut dire ? Je fronce les sourcils et elle le remarque très bien puisqu'elle soupire et explique :

— C'est juste que tu grandis. Et nous adorons que tu sois toujours là avec nous, mais ne penses-tu pas qu'il serait temps de prendre ton envol ?

Ah, je vois.

— *Mom*, je sais que tu n'as pas apprécié quand j'ai décidé d'arrêter mes études. Mais je suis très bien au restaurant, avec vous.

— Je ne parle pas forcément de ça, Nolan.

Son manque de surnom affectif pourrait me gêner, mais j'y suis tellement habitué que continue de l'écouter.

— Tu vis toujours avec nous, tu travailles avec nous et tu n'as pas pensé à t'installer ailleurs ?

— Mais je ne vois pas où est le souci ! Angélika vit avec nous et mes trois cousines. On est une famille soudée. Pourquoi ça devrait changer ?

Ma mère hausse une épaule et reprend la découpe de ses légumes.

— Je ne sais pas. Peut-être parce que je sens que tu vas nous quitter et que je m'y prépare.

J'ai la bouche sèche. C'est l'une des rares fois où ce n'est pas son opinion qu'elle me donne, mais son ressenti. Je ne comprends toujours pas pourquoi elle pense une telle chose. C'est vrai que je vais bientôt avoir vingt-trois ans, mais je suis bien ici. Avec ma famille, le restaurant où je travaille depuis plusieurs années. J'y tiens ! J'aime servir, confectionner de nouvelles recettes avec eux. Je ne peux pas vivre sans ma famille, enfin !

J'avale la boule douloureuse, qui se forme dans ma gorge, et enroule mes bras autour de ses épaules.

— Je ne vais pas vous quitter. Mais si tu ne veux plus de moi, je comprendrai, la taquiné-je.

Son coude s'enfonce aussitôt dans mes côtes et je pouffe de rire.

— Arrête de dire des bêtises. Allez, va-t'en et reviens au moins avant minuit.

— Oui, patronne !

Elle siffle entre ses dents et je devine son petit sourire derrière ses cheveux gris.

Ma maman que j'aime.

Nous avons eu nos périodes difficiles, car nous sommes diamétralement opposés, mais je ne cesserai jamais de l'aimer à en crever. J'espère qu'elle continuera d'être fière de moi.

Ma poitrine se gonfle d'une bonne dose d'amour grâce à toutes les magnifiques personnes qui m'entourent. Je remonte dans ma chambre pour récupérer mes affaires et saute sur mon vélo, direction la pharmacie.

Il y a une autre personne qui compte pour moi et qui a besoin de moi.

J'achète tous les médicaments contre les vomissements, ignorant lequel lui conviendra, et reprends mon chemin jusqu'à l'immeuble de Maddison. Lorsque je pousse la porte de son studio, je comprends qu'elle n'a pas été fermée depuis que je suis parti, et rien ne semble avoir bougé. C'est imprudent de ne pas verrouiller la serrure, mais quand je la découvre allongée dans son lit, je devine qu'elle n'en a pas eu la force.

Je me dépêche de lui servir un verre d'eau depuis le robinet de sa cuisine, puis viens m'asseoir en tailleur juste à côté de son visage, à même le parquet. Je sors de mon sac à dos toutes les boîtes et commence à fouiller laquelle pourrait convenir.

Elle murmure soudain des sons étranges et ouvre ses paupières tremblantes.

— Nolan ?

— Je suis là.

Mon sourire creuse mes joues lorsqu'elle essuie la bave au coin de sa bouche. Je craque devant son visage si adorable. Je ne peux empêcher mes doigts d'écarter quelques mèches de son front pour le dégager. Ses yeux noisette foncé me sondent. Sa peau semble avoir repris des couleurs depuis ce midi.

Je lui montre une première boîte bleue et blanche, et elle acquiesce sans un mot. Je l'aide à se redresser en tirant sur son coussin pour maintenir son dos et lui tends le verre d'eau.

Elle avale le cachet et boit une toute petite gorgée. J'espère que ça pourra la soulager, quoi qu'elle ait.

Ma partenaire se passe une main dans les cheveux pour les tirer en arrière.

— On appelle ça le syndrome du côlon irritable.

— Pardon ?

— Mes vomissements..., précise-t-elle tandis que je me réinstalle par terre.

Son lit est si bas que mon torse arrive juste au-dessus.

Maddison soupire et boit une minuscule gorgée d'eau supplémentaire.

— C’est une maladie chronique que j’ai depuis toute petite. Quand je mange trop n’importe quoi ou prends plus d’un verre de vodka, mon intestin ne le supporte pas.

— Il n’existe pas de traitements ?

— Eh bien, non. J’ai essayé les cures de probiotiques, mais ça ne dure jamais assez longtemps. Le sport m’a toujours beaucoup aidée à digérer et à vider mes toxines. Hier, j’ai clairement abusé en commandant un troisième verre.

Je n’avais jamais entendu parler de ce syndrome. Ça doit être difficile au quotidien de souffrir de problèmes gastriques. J’ai l’impression d’être encore un peu plus proche d’elle en découvrant une facette intime de sa vie.

Je souris.

— Moi, j’ai eu très longtemps des problèmes d’eczéma aux orteils. Je te jure, c’était horrible à la piscine ou à la plage !

Les draps se frottent tandis qu’elle se rallonge, une main sous son oreiller et l’autre sous la couverture.

— Et tu en as guéri ?

— Pas entièrement. Disons que j’ai fini par trouver la bonne crème après des milliers de tentatives. Et en grandissant, ça s’est calmé. Mais tu vois, je mets toujours un peu de talc dans mes patins avant de glisser sur la piste pour éviter de trop transpirer des pieds.

— Dégueu.

Mes yeux s’arrondissent et un sourire amusé se dessine sur mon visage.

— Tu plaisantes ? On en parle de ton vomi écœurant !

Je ne sais comment, mais je la fais rire. Maddison ricane et toussote en même temps.

— OK, stop…

— C’est tellement chiant les trucs chroniques.

— Tu m’étonnes.

Nous sourions tandis qu'un silence rassurant nous emporte. Yeux dans les yeux, je savoure notre échange, de délicieux papillons grouillant dans mon cœur.

Et petit à petit, ils dérivent vers ses lèvres humides et je… me rappelle les événements de la veille. Mon regard descend vers mes mains entrelacées entre mes cuisses. Est-ce que j'aborde maintenant le sujet ? Je ne sais pas si c'est une bonne idée de gâcher ce moment de complicité. Mais j'ai besoin de savoir, de comprendre pourquoi elle m'a embrassé. *Deux* fois, qui plus est.

Je suis perdu. Je ne sais plus. On n'embrasse pas quelqu'un deux fois sans raison, si ? Soit elle se joue de moi en me menant en bateau, soit Maddison a bien des sentiments pour moi.

Il faut pourtant que je me jette à l'eau. La vie ne peut pas continuer sans que j'aie mes réponses.

— Est-ce que tu te souviens de ce qu'il s'est passé hier soir ?

Quoi qu'elle réponde, je serai fixé pour de bon cette fois. Je ne souffrirai plus.

Les secondes passent, et son silence m'inquiète. Je déglutis et ose relever les yeux.

Oh…

Ses paupières sont fermées. Sa poitrine se soulève lentement. Elle s'est rendormie au pire instant. Je masse les traits de mon visage en retenant un gémissement de frustration. Je ne vais pas la réveiller pour ça, elle est déjà assez mal ! Mais je me promets de ne pas la laisser m'échapper à son réveil.

Depuis que j'ai compris à quel point elle compte pour moi, je ne veux plus du tout la quitter. Je ne veux plus imaginer ma vie sans notre rencontre. Je ne pensais pas pouvoir un jour ressentir un tourment aussi puissant et dévorant pour qui que ce soit.

Je pose ma joue contre ma paume et l'observe dormir ainsi, relaxée, pendant plusieurs minutes, en détaillant son apparence et chaque chose que j'aime chez elle. Mon cœur se remplit de guimauve. Je savoure cette sensation tout en me préparant au froid glacial qui pourrait m'ensevelir plus tard.

Maddison Petrova, pitié, ne me détruis pas.

29

Maddison
Juin 2022, Grenoble

Une odeur salée réveille mon estomac qui gargouille. J'ouvre les yeux et frotte mes paupières collées. Ma vue d'abord floue se dégage petit à petit sur une silhouette sombre dans ma cuisine. La fumée se dessine au-dessus de sa tête et je reconnais le dos de Nolan qui se remue.

Qu'est-ce qu'il fait là, déjà ?

Ah. Oui.

J'ai l'esprit encore embrouillé. Je ne sais même plus l'heure qu'il est ni depuis combien de temps il est dans mon appartement.

Mes intestins sont, en tout cas, moins tordus que la dernière fois que j'étais éveillée. Je me redresse sur mon matelas et retire la couverture de mes jambes. Une goutte de sueur perle sur mon front. Mes joues s'empourprent à cause de la chaleur estivale. L'été est bien présent en France. Je colle le bout froid de mes doigts sur mes joues pour me rafraîchir. Les souvenirs de la veille me reviennent rapidement en mémoire.

Les lèvres de Nolan. Les mains de Nolan. Le souffle chaud de Nolan contre ma bouche. Son torse dur contre moi.

Ma salive se coince dans ma gorge au rappel de ces différentes sensations, plus électrisantes les unes que les autres. Je déglutis en ramenant mes cheveux en arrière et me lève. Mes jambes sont cotonneuses, mais je parviens à me hisser jusqu'au petit îlot de ma cuisine – qui me sert accessoirement de table et de bureau. Je m'installe sur l'un des tabourets en hauteur et soupire.

Nolan se retourne, la spatule et la poêle dans ses mains. J'espère qu'il ne cuit pas de légumes parce que ce n'est certainement pas ce qu'il me faut après une aussi grosse crise de syndrome de l'intestin irritable.

— Tu es réveillée…

Je hoche la tête.

— … et tu fais peine à voir, me taquine-t-il.

J'aurais été offensée, il y a quelques mois, et je l'aurais envoyé balader. Mais je ne sais pas pourquoi, je souris. Je ne veux pas risquer de m'évaluer devant un miroir. Je frotte mes cernes par réflexe et racle ma gorge. Je ne sais pas dans quel état est ma voix après toutes les brûlures gastriques que ma gorge a subies.

— Tu me sers… un verre d'eau, s'il te plaît ? Placard au-dessus de toi.

Effectivement, j'ai la voix d'un zombie. Nolan s'exécute en pouffant de rire.

— Tais-toi, Nolan.

Son rire s'accentue et il me tend mon breuvage miraculeux. Je bois une première petite gorgée, puis une seconde plus longue. J'ai l'impression de sortir la tête de l'eau tellement ça me revigore. Mes sens sont extirpés de leur songe et l'odeur de viande se ramène à moi.

Nolan me lance un bref sourire en coin. Mon traître de cœur sursaute comme un adolescent. J'engloutis alors une troisième gorgée.

— Comment as-tu trouvé les ustensiles et la nourriture ?

— Je suis passé faire quelques courses. Et j'ai longtemps farfouillé. Promis, je ne suis pas tombé sur des trucs indiscrets.

— T'as intérêt.

Mon ton est beaucoup plus doux et moins tranchant que je ne l'aurais voulu. Pourquoi est-ce que je n'arrive plus à rester neutre et contrôlée avec lui ?

En fait, la réponse, je l'ai. Mais j'ai encore du mal à l'accepter.

— Je ne savais pas quand tu allais émerger. Donc je me suis lancé dans la cuisine.

Je constate que la nuit est bien tombée dehors, et mon horloge murale affiche… 22 heures ?

Nolan est resté…

Il était là à mon premier réveil, à mon deuxième, et à celui-ci aussi. Mes doigts se crispent autour du verre et je me mords la lèvre inférieure. Il me fait ressentir tellement d'émotions interdites que je suis perplexe. Je ne sais plus si je suis envahie par la colère, l'admiration, la tristesse ou la compassion. Ou un gros mélange, qui me donne le tournis.

— Je te remercie d'avoir fait… *ça*.

Les mots sortent dans un faible murmure.

Nolan pivote vers moi, et le regard qu'il me renvoie est foudroyant. Un mélange de surprise et de reconnaissance. Alors que c'est moi qui devrais l'être. Mon cœur palpite dangereusement. Il me faut beaucoup de courage pour me détacher de ses yeux noisette et miel.

— Les courses, je veux dire.

Bravo, Maddison. Tu es douée pour les excuses, me rappelle ma conscience.

Il hoche la tête et se remet à la préparation de son plat mystère. Je sors les assiettes pendant ce temps et les dispose sur mon comptoir. Nous dégustons ensuite son poulet et ses pâtes au beurre. Un plat complet et pas trop difficile à digérer. Je bois beaucoup pour réhydrater mon estomac et mes intestins.

Ce repas me revigore et éclaircit mes pensées.

— Pas trop mal, le taquiné-je à mon tour.

Il pousse un juron faussement outré. C'était vraiment délicieux. Nolan semble avoir hérité de la fibre culinaire de sa famille. Les ingrédients sont pourtant simples, mais il y a quelque chose en plus.

Je débarrasse nos couverts dans l'évier, et m'approche ensuite de ma télévision pour allumer l'écran.

— Si tu restes encore un peu, ça te dit qu'on visionne quelques compétitions pour se donner de l'inspiration ?

— Bonne idée, oui.

Nous nous installons sur mon canapé, le poids de nos deux corps pèse sur les coussins. Avoir une présence, ainsi, juste à côté de moi, me déroute. Lorsque sa jambe frôle la mienne et qu'il s'excuse, je racle ma gorge en démarrant YouTube et ramène mon genou loin de lui. Je ne veux pas de tension entre nous ; mais je n'ai pas non plus envie d'aborder le sujet de la veille. Ou d'il y a deux jours, je ne sais plus.

Mes doigts appuient sur les boutons de la télécommande tandis que son regard s'attarde sur moi.

C'est dingue. Nolan m'a fait une déclaration. Il… a des sentiments pour moi. Et je lui ai littéralement sauté dessus.

Je perds la tête, c'est officiel. Je n'ai pourtant pas su résister à la lueur pétillante dans ses yeux, qui m'a attirée à lui, tel un aimant. Mon instinct m'a poussée à poser mes lèvres sur les siennes.

Les images défilent sur l'écran. Les patineurs s'imbriquent, se lâchent, tourbillonnent. Mais mes pensées sont ailleurs. *Je* suis ailleurs. J'ai l'impression de sentir sa peau qui frissonne juste à côté de la mienne. Je range mon bras contre ma poitrine en soupirant.

Il faut bien que nous en discutions… Et si je ne lui donne pas la réponse qu'il attend ? Et si je n'arrive moi-même pas à comprendre ce que je ressens ?

Cette situation m'agace !

— Cette pose est bien. Le thème pourrait être associé à notre programme libre ?

Je me ronge l'ongle et secoue la tête.

— Non, ce serait contre-productif. Les jurés penseront qu'on n'a pas de créativité.

— Une idée totalement opposée, alors ?

— Pourquoi pas ? Qu'y a-t-il de contraire à la tragédie ?

— Le bonheur.

— Mais encore ? C'est très large.

Son attention se reporte sur moi et j'use d'une grande respiration pour oser lui faire face. C'est dingue, je ne parviens même plus à le regarder droit dans les yeux sans avoir l'impression que tout mon corps convulse de désir. Je ne suis pas comme ça ! Je ne me ronge pas les ongles, je ne fuis pas autant les conversations. Je retire d'ailleurs mon index de ma bouche à cette pensée et fixe à la place *sa* bouche.

Mauvaise idée.

— Et si on reprenait le thème de l'amour, mais dans le bon sens cette fois-ci. Un amour qui nous consume, pour lequel on serait prêts à tout sacrifier.

Ses lèvres bougent d'une manière si envoûtante. Comment est-ce possible ? Nolan les humecte, en plus.

Me cherche-t-il ? Pourquoi exprime-t-il ses mots avec tant de… conviction ?

— Oui… Je vois…

Je perds la tête. Je perds la tête. Je perds la tête.

Contrôl… cont... con-quoi ?

Je craque et me lève du canapé. Je n'ai même pas tenu vingt minutes à côté de lui sans voir surgir les souvenirs brûlants de la boîte de nuit. Mon cœur s'emporte trop vite, je n'arrive plus à savoir ce que je suis censée ressentir. Je tire mes cheveux en arrière et recule jusqu'à ma cuisine.

— Qu'est-ce qu'il y a, Maddison ? Tu te sens mal ?

Nolan s'empresse de me rejoindre, mais je pousse mon poing contre son torse au dernier moment. L'ai-je senti aussi dur la dernière fois ? J'ai du mal à respirer. Inspiration, expiration.

Mes doigts tremblent encore.

— Écoute, Nolan. Je…

— Tu te souviens de ce que j'ai dit, n'est-ce pas ?

Je relève les yeux et me noie dans les siens. La lumière de l'écran se reflète sur son visage et nous plonge dans une pénombre illuminée. Comme sur cette piste de danse au gala de l'ISU et dans la boîte de nuit. Le même échange, la même tension, le même désir. Le même Nolan pour qui je compte…

Une question éclaire mon esprit à cet instant.

Est-ce que je l'aime ?

Non, plutôt : *ai-je le droit de l'aimer ?*

Ma raison ou mon cœur ?

Je hoche le menton pour lui répondre, incapable de prononcer le moindre mot sans que les larmes perlent au coin de mes yeux.

— Qu'est-ce que ça t'a fait ?

Qu'est-ce que j'ai ressenti ? J'ai donné le contrôle de mon corps à mes émotions et j'ai laissé libre cours à mes envies, pour la première fois depuis des années.

Puis-je le lui avouer sans risquer de *me* perdre ?

Pourquoi ne peut-on pas simplement s'embrasser sans y mettre des mots ou des sentiments ?

— Plaisir.

La lueur dans son regard change subitement. Plus intense, sombre. Nolan avance d'un pas dans ma direction, puis d'un autre, malgré mon poing contre ses abdominaux.

— Pourquoi est-ce que tu m'as embrassé, Maddison ?

J'ouvre la bouche pour m'exprimer, mais les réponses restent coincées dans mon esprit.

Parce que j'en avais envie. Parce que je te désire depuis que tu m'as redonné espoir en les autres et en moi-même. Parce que tu me regardes comme si j'étais la plus belle chose au monde et qu'on ne m'a jamais observée de cette manière.

Mon cœur implose dans ma poitrine lorsque nous réduisons la distance entre nous et que nos lèvres se scellent à nouveau. En fait, je crois que nous n'avons pas besoin de paroles. Nos actes parlent pour nous, mon cœur parle pour moi. Pour la première fois, je lui permets de me dominer.

J'enroule mes mains autour de sa nuque pour aider Nolan à me surélever sur le comptoir. Mes fesses cognent le marbre froid tandis qu'il me dévore la bouche. Avec passion, tension. Nolan prend mon visage entre ses doigts et m'embrasse comme s'il voulait déverser ses émotions en moi pour s'en libérer. De la colère, un besoin inassouvi et une envie ardente. Je laisse mes pensées de côté pour savourer l'océan de désir qu'il déverse en moi.

J'attrape ses épaules pour le coller encore plus contre moi. Je veux le sentir, le consumer comme il me consume.

Mais je sais aussi que je commets une terrible erreur. Ce feu est trop puissant pour moi. Je risque gros. Je vais m'évanouir en lui et il va me trahir comme tous les autres.

J'ai une autre petite voix qui essaie de me rassurer, de me dire que Nolan n'est pas comme ça, parce que jusque-là, il ne m'a jamais abandonnée.

Finalement, c'est moi qui l'ai laissé tomber à de nombreuses reprises.

Je penche la tête sur le côté et ouvre mes lèvres pour suçoter sa langue. Mon sang n'est plus que lave, et mon cœur est un tambour incessant, qui cogne ma cage thoracique. Embrasser Nolan, c'est enivrant. Je sais que je peux lui faire confiance. Je le sais enfin.

Ses mains glissent sous mon T-shirt, dans mon dos. Sa peau habituellement froide me fait sursauter.

— Maddison…, murmure-t-il entre nos souffles discontinus.

— Nolan…

Je ne pourrais plus jamais le détester. Il m'a faite prisonnière de lui.

Le visage d'Alexeï apparaît soudain dans mes pensées. Son sourire acide, sa manière d'arquer son sourcil après avoir détaillé Nolan. Il pourrait lui faire du mal, lui. Et ce sera ma faute.

Mon cœur se gèle et je repousse brutalement Nolan. Son corps est aussi brûlant que le mien, c'est incroyable. Je caresse sa joue du pouce en reprenant ma respiration.

Je dois lui dire. Je dois tout lui avouer sur mon passé. Je ne peux pas décider d'accepter mes sentiments envers cet homme sans être complètement honnête avec lui.

Je m'apprête à me jeter dans le vide lorsque la phrase qui s'échappe de sa bouche me paralyse.

— Je t'aime, Maddison.

Silence.

Silence.

Silence.

Mes mains quittent soudain son corps. Je suis allée trop loin. Je n'aurais pas dû lui donner ce qu'il voulait sans être pleinement certaine de ce que *je* voulais d'abord. Je vais le briser… Non… Il ne le mérite pas…

— Je…

Ma phrase reste en suspens tandis qu'il creuse la distance entre nous.

— Je pars.

Son visage se décompose. Une expression encore plus douloureuse que la précédente le transperce.

— Quoi ?

Sa voix enrouée s'extirpe avec une souffrance perceptible.

Je ferme les yeux, incapable d'en voir davantage. Mes poings se contractent.

Je ne sais que le faire souffrir. Il vaut mieux que je m'en aille quelque temps, c'est le mieux pour lui, comme pour moi. Des paroles stupides pour me rassurer.

— Je vais chez ma tante, au Canada, pour le mois de juillet. Elle se marie et je… je suis sa dame d'honneur.

— Tu pars quand ?

— Demain.

— Tu reviens quand ?

— Je… je ne sais pas. Après le mariage, je suppose, début août… ?

Je sais ce qu'il s'apprête à me demander, mais je l'arrête avant et rouvre les yeux.

— Je suis désolée. J'aurais voulu te l'annoncer autrement…

Ses sourcils froncés sont aussi atroces qu'une lame dans mon cœur.

Nolan acquiesce, sans un mot, récupère sa veste, me salue d'un mouvement de tête et claque la porte derrière lui.

Je me recroqueville sur moi-même, les poings sur mes yeux, et hurle.

Cholera nienawidzę siebie ![26]

26 Putain je me déteste !

30

Maddison
Juin 2022, Vancouver

— Maddi chérie ! crie ma tante en me fonçant dessus pour me prendre dans ses bras.

La chaleur de son corps m'envahit. Je la serre de toutes mes forces, le cœur boosté. C'est l'effet Patty Petrova. Un doudou à elle seule. Quel bien cela me fait de la retrouver après les cinq derniers mois !

Elle récupère ma valise en me questionnant sur le long voyage en avion. Sa femme me salue avec un câlin tout aussi chaleureux lorsque nous la rejoignons. Son parfum boisé me réconforte.

Je sens déjà la plupart de mes tensions s'évacuer en leur présence, loin de tout ce qui fait ma vie. Nous montons dans leur véhicule, direction leur petite maison au nord de Vancouver, dans le quartier de Deep Cove. Depuis le siège arrière, je distingue leurs mains s'entremêler sur le levier de vitesse. Je souris, c'est si naturel entre elles. Je pourrais imaginer la paume de Nolan couvrant la mienne avec la même tendresse. La fraîcheur de ses doigts calmant la chaleur moite des miens.

Je détourne les yeux et me perds dans la contemplation du paysage. Je suis ici pour respirer, pour faire le tri dans mes pensées. Pas pour ruminer mes sentiments.

Lorsque nous arrivons, ma tante m'indique la chambre d'amis dans laquelle je dépose mes valises. Aussitôt arrivée, je charge mes patins dans mon sac, m'équipe d'une tenue de sport et fonce à la patinoire. J'ai besoin de me défouler, de retrouver ce que j'aime, ce qui m'anime.

J'emprunte le deuxième véhicule de Patty jusqu'à la Kerrisdale Figure Skating Club.

À 19 heures, il n'y a pas grand monde. J'en profite pour lancer, sur mon iPod, que j'accroche à la ceinture de mon jogging, la mélodie *Kiss From A Rose.* J'effectue les premiers mouvements avec difficulté, parfois je dérape même. Ces deux dernières semaines de juin sans exercice m'ont énormément affaiblie.

Ne voulant pas batailler plus longtemps avec cette chorégraphie, je m'aventure sur le programme court de Nolan et moi, en solo. J'effectue nos différentes valses en fantôme, puis à l'accélération de la musique et le premier porté, je lève simplement les bras vers le haut. Je cambre mon dos et laisse retomber ma tête en arrière. La mélodie de notre programme submerge tous mes sens. Je me laisse aller dans des mouvements gracieux et atypiques, qui changent de notre chorégraphie, mais qui me font du bien. Cela me rappelle combien j'aime être transportée par la musique.

Je m'entraîne ensuite à de simples sauts, dont j'ai plus l'habitude que la danse artistique. Un triple axel, une pirouette jambe tendue, puis un *lutz* à deux tours.

Les jours qui suivent, j'enchaîne les débats enflammés à table avec ma tante et sa femme. Nous hurlons, rions et buvons aussi. Le soir, je patine et améliore mon endurance à la manière de Nolan.

Je me rends compte que chaque chose me ramène à lui. Un sandwich dans une vitrine, un roman à la couverture rose qui me fait penser à sa cousine, courir à travers les arbres bordant les trottoirs de la ville…

Une semaine après mon arrivée, je m'arrête au Starbucks® et commande un *Refresha*. Le mois de juillet a à peine débuté que les chaleurs se font bien ressentir, ici. Même s'il fait moins chaud qu'en France, c'est toujours plus qu'en Suisse.

— *Your name ?*[27]

— Nolan.

L'hôtesse rédige au feutre son prénom sur le gobelet, et une fois vide, inconsciemment, je le pose sur ma table de chevet et n'y touche plus.

J'ai aimé croire que je pouvais réussir à le sortir de ma tête, mais apparemment pas...

Entre la préparation des tables, l'organisation avec le traiteur, le lieu pour le mariage et l'envoi des invitations, mes journées sont assez occupées avec ma tante et Selma. Un soir, j'en ai même la langue très sèche, d'avoir léché autant d'enveloppes !

Aujourd'hui, c'est le jour J des essayages. Nous entrons dans la boutique des robes, Patty et moi. Je lui ai proposé d'amener une de ses amies, mais elle a préféré faire ça entre Petrova. Et je la remercie grandement.

L'hôtesse nous guide jusqu'à la large pièce d'essayage. Je m'installe sur le fauteuil pastel et croise les jambes. Ma tante s'installe devant le miroir quelques instants et lisse son ventre.

— Je stresse.

— Tu es magnifique comme tu es.

Son sourire se matérialise dans le reflet.

— Je l'aime tellement, tu sais.

Mon cœur bondit. Je bute sur ses paroles, pourtant évidentes.

Face à mon mutisme, Patty pivote sur ses talons et me lance son regard mielleux dont elle a le secret.

27Votre nom ?

— Et le plus beau, c'est qu'elle m'aime aussi.

Mes lèvres s'étirent et tout mon corps se réchauffe.

— Je suis ravie pour toi.

Patty s'approche de quelques pas et pose sa main sur mon épaule.

— Toi aussi, tu as droit à ce bonheur. Arrête d'en douter, Maddi chérie.

Ses doigts glissent loin de moi et je garde l'attention fixée dans le vide pendant qu'elle pénètre dans une cabine.

L'ai-je vraiment ? Le droit ? Après tout le mal que j'ai provoqué autour de moi ? J'inspire et expire lentement.

Ce sont peut-être mes doutes et mes peurs constantes qui me dirigent vers ces problèmes et ces douleurs à outrance.

Le sourire de Nolan apparaît dans mon esprit. Son merveilleux et large sourire avec ses belles dents. Je me remémore sa peau toucher la mienne à travers ses baisers, ses yeux me sonder avec un amour que je ne mérite pas. Mes mains caressent mes joues comme si c'étaient les siennes. Déjà deux semaines et il me manque terriblement.

Comment a-t-il réussi à s'immiscer autant dans ma vie ?

— Que pensez-vous de celle-ci ?

J'ouvre brusquement les yeux et tombe sur la vendeuse, qui me propose une robe avec une coupe sirène, blanche, et des perles assez *kitch*. Je grimace sans pouvoir m'en empêcher et essuie mes mains moites sur mes cuisses.

— Hum, pas trop son style.

— Vous pensez à quoi d'autre ?

— Plutôt une robe légère en soie, sans être bouffie. Quelque chose de simple.

Elle s'exécute et m'en ramène une seconde à bretelles, avec un joli décolleté en cœur.

Ma tante l'enfile et déroule le rideau de la cabine. Mon visage s'illumine.

Elle est ravissante.

— Ouais, c'est pas mal, dit-elle à son reflet, hors de la cabine.

— Qu'est-ce qui ne va pas ? J'adore le tissu, moi.

Patty soulève le bas pour analyser les détails de la robe de mariage.

— Oui, mais j'aurais peut-être aimé quelque chose de plus féérique… hum, c'est quoi le mot ! s'exclame-t-elle en claquant des doigts.

— Bohême ? proposé-je.

— Oui ! Voilà ! J'ai envie de faire plaisir à ma femme et aussi de sortir de ma zone de confort pour une fois.

L'hôtesse nous en propose trois autres dans ce style et j'aide ma tante à les enfiler et à placer leurs dentelles. J'ai plein d'étoiles dans le cœur et dans les yeux. Je savoure ce moment, les sourires et les rires de ma tante, ainsi que son petit câlin à la fin de la séance.

Tandis que la couturière termine les ajustements sur le bas de la robe choisie par Patty, nous nous installons sur le canapé en soufflant.

— C'est fatigant les séances d'essayage !

Je souffle, amusée, et range mes mèches derrière mes oreilles pour dégager mes joues brûlantes.

— C'est clair.

— Alors, tu vas inviter quelqu'un ? me questionne-t-elle après un moment silencieux.

Je fronce les sourcils et pivote mon menton vers elle.

— Comment ça ?

— Je ne sais pas, moi. Ton partenaire de patinage pourrait venir.

— Nolan ?

— Ah, c'est son prénom ?

Ma poitrine et mes épaules s'affaissent ensemble.

— Est-ce que vous êtes en couple ? D'amour, je veux dire.

Je souris sans pouvoir me retenir. Un faible étirement, mais assez perceptible.

— Pas vraiment…

— Qu'est-ce que ça veut dire ça, Maddi ? Tu l'aimes et lui non ?

Mon cœur, ce traître, commence à s'emballer contre ma volonté. Je triture les petites peaux de mes ongles pour éviter son regard curieux.

— Pas vraiment, non plus.

Patty soupire et pose sa mâchoire sur sa paume.

— Comme tu es compliquée, Maddi chérie…

Un poids s'ajoute sur ma respiration, mais j'essaie de déglutir pour le chasser. Ce genre de remarque ne me fait pas mal d'habitude, venant de ma tante que j'aime de tout mon cœur. Mais quelque chose est différent. J'ai l'impression de blesser Nolan, Patty, et Yelena aussi, d'une certaine manière… La question qui me dévore est : pour qui ne suis-je pas un boulet ?

Mes doigts se serrent les uns contre les autres, mon regard est accroché à la moquette rose poudrée de la boutique.

— Il m'aime, avoué-je enfin. Nolan est amoureux de moi.

Je devine sa surprise lorsque sa silhouette se redresse.

— Et ce n'est pas une bonne chose ?

— J'en sais rien… parce que je ne suis pas certaine de le mériter.

Un grognement animal me fait tourner la tête.

— Rooh, Maddison ! Pitié, quand est-ce que tu vas comprendre que tout ce qui t'est arrivé n'est pas ta faute ? Tu n'as pas tué ta mère, tu n'as pas obligé ton père à être aussi strict avec toi, tu n'as pas forcé ta sœur à te dire des atrocités, tu n'es pas responsable du rejet de ton père ! Ni du harcèlement que tu as subi dans ton club par la suite !

Elle laisse un blanc, le temps pour moi d'emmagasiner douloureusement ses mots et les souvenirs qui vont avec. Ses doigts frôlent la peau de mon avant-bras. Je plonge à contrecœur mes yeux dans les siens, brillant d'une lueur maternelle étourdissante.

— Et tu n'es pas responsable des sentiments des autres.

J'aimerais lui dire qu'elle a raison. *Me* dire que c'est elle qui a toutes les vérités.

Tandis que mes paupières s'humidifient, j'enroule ma main dans la sienne et la serre fort. J'ai besoin de sa chaleur pour me réconforter. Sa seconde main caresse ma joue.

— Maddison… Crois-moi, tu mérites d'être aimée plus que quiconque. Tu es plus sensible et généreuse que n'importe qui. Tu as le droit de penser à toi, de te protéger. Mais n'oublie pas de faire un peu confiance à tes sentiments et de ne pas constamment renier tes émotions. Elles sont là pour toi, pas pour les autres.

Les larmes dévalent mes joues et ma tante me prend dans ses bras pour enfouir ma tête dans son cou. Ces mots, qu'elle n'a cessé de me répéter toutes ces années, font enfin écho en moi. Ils vibrent contre mon cœur et le ramènent à la vie.

Peut-être, oui, ai-je aussi droit au bonheur d'être aimée.

Peut-être que Nolan ne m'abandonnera pas.

Peut-être que j'ai le droit d'être égoïste, pour une fois, sans me soucier des autres.

Peut-être ai-je le droit de m'écouter réellement et de ressentir ce que je ressens sans culpabilité.

Le soir, dans mon lit, seule la lumière de mon écran illumine mon visage tiraillé par les sanglots. J'appuie sur le bouton « envoyer » et lance une invitation par mail à Nolan.

Patty m'a fait comprendre à quel point j'ai besoin de lui, à quel point il est devenu indispensable à ma vie. J'ai besoin de ses mains contre mon corps, de son souffle qui me chuchote toutes les choses qu'il apprécie chez moi. Pour me convaincre qu'il y a encore du bon. Et parce que je n'imagine tout simplement plus mon quotidien sans ses yeux noisette et son sourire éclatant d'espoir.

Si c'est cela que l'on appelle « amour », alors oui, j'aime Nolan.

31

Nolan
Juillet 2022, Grenoble

Plus qu'une carotte et j'aurai terminé !

J'essuie la sueur sur mon front avec mon gant de jardinage. Quelle idée j'ai eu de vouloir aider mes parents avec leur jardin au lieu de savourer la fraîcheur de la patinoire en ces températures supérieures à 30 °C…

Je plante de toutes mes forces la pelle dans la terre en poussant avec mon pied. Je crée un sillon sur une large surface et y insère mes graines de carotte. Puis je referme avec de la terre plus sableuse pour que ce soit souple, et j'arrose.

Enfin libre !

Aussitôt dit, aussitôt fait, je fonce sous la douche, enfile ma tenue de sport et grimpe sur mon vélo. Direction : la patinoire.

Comme chaque fois depuis deux semaines, je reste sur le pas de la piste et observe le vide. J'écoute le silence assourdissant et essaie d'imaginer Maddison en train de danser face à moi.

Mon cœur se tord et je crispe ma main contre la barrière. Dix-huit longs jours sans aucune nouvelle de Maddison. J'en viens à me demander si nous patinons toujours ensemble ou si tout ce qu'il s'est passé depuis notre rencontre n'était qu'un rêve idyllique. Je reçois parfois des messages de notre coach concernant les tenues pour notre programme court.

Je cale mes écouteurs dans mes oreilles et m'élance enfin sur la glace pour continuer mes entraînements. Quoi qu'il advienne et peu importe de quoi seront faits les mois à venir, le patinage restera toujours ancré dans ma peau, coulant dans mes veines. Ma bulle, mon cocon.

Les musiques de ma playlist s'enchaînent dans mes tympans et masquent le brouhaha des enfants en vacances. Il y a foule aujourd'hui, même en plein été.

J'entame des gestes fluides. Je glisse d'abord pour m'échauffer, puis je tente des pirouettes à jambe levée.

Mes mains forment des arabesques devant mon visage tandis que j'enroule ma cheville pour effectuer une pirouette à un deux tours simples. Mes patins me ramènent vers l'arrière et je cambre mon dos pour élancer ma jambe en l'air. Mes membres s'étirent, telles des ailes, pour effectuer ma pose. La glace me transporte sur quelques mètres dans cette position. Je profite de la brise, qui caresse mon visage, et des battements de la musique.

Mes pas se sont nettement perfectionnés grâce à nos exercices avec Maddison. Je suis plus en confiance, plus maître de mes mouvements et de ma précision.

Je grimace à contrecœur.

Qu'est-ce qu'elle me manque…

Mon téléphone portable vibre soudain dans mon brassard de sport. J'éteins mes écouteurs et me mets à l'écart – à deux doigts de me faire embrocher par une tête de lion pour enfant !

L'écran affiche un nouveau courriel. Une carte virtuelle blanche, décorée de petites marguerites orange et rose, apparaît.

Vous êtes invité au mariage de Patty Petrova et Selma Brown le 25 juillet 2022. Les festivités commenceront dans le jardin à 16 H. Soyez beau et féérique !

Amitiés, Patty et Selma.

Adresse : 2075 rue Banbury, North Vancouver, Canada.

Mes yeux restent bloqués sur le nom de famille de la première personne et je les redresse jusqu'à l'adresse mail de l'expéditeur.

Maddison.

Je fais remonter l'écran et lis la dernière phrase :

Tu veux bien être mon cavalier ?

Mon cœur implose. Il bat à cent à l'heure et je contiens de toutes mes forces l'explosion de joie qui me secoue à l'intérieur.

Oui ! Bien sûr que oui ! Mille fois !

Dois-je y voir un signe ?

Je ne sais pas du tout. La seule chose dont je suis certain, c'est que je réponds dans la seconde et achète un billet d'avion de Lyon en direction de Vancouver pour la semaine prochaine. J'ai l'impression d'être un ado prépubère qui vient de se faire inviter au bal de promo par la plus jolie fille du lycée. Mais je m'en fiche, je suis heureux, et c'est tout ce que je garde en tête : un soulagement puissant et une excitation familière.

Le soir de mon départ, je rentre précipitamment chez moi, prends une énième douche et prépare mon sac de voyage. Je rase ma barbe et lisse mes joues du bout de mes doigts. C'est idiot. Je me sens idiot, mais j'espère qu'elle me trouvera beau.

Cette simple pensée remplit mon âme d'espoir. Tandis que je plie la veste de mon costard, le parquet grince sous des pas. Angélika s'adosse à l'entrée de ma chambre, bras croisés.

— Où vas-tu comme ça, mon chou ?

Mes lèvres s'étirent et je lui lance un petit coup d'œil.

— À un mariage.

— Oooh ! Mais encore ?

— C'est Maddison qui m'a invité, réponds-je timidement.

Ma mère passe soudain sa tête juste à côté de sa sœur.

— La p'tite polonaise ?

— Oui, c'est ça.

— C'est ta copine ? La blonde qui ressemble à une Barbie ?

— C'est ta fille qui la surnomme comme ça.

Angélika hausse les épaules.

— Mais oui, on parle de la même femme, avoué-je.

— N'oublie pas de prendre des préservatifs.

Bordel…

Je manque de m'étouffer avec la salive que je déglutis. Angélika et son tact légendaire sont de retour. J'écarquille les yeux, faisant mine d'être choqué. Bien que je le sois un peu tout de même… Je ne m'attendais pas à ce que cette phrase traverse sa bouche un jour.

Ma mère fronce les sourcils en donnant une tape sur l'épaule de ma tante.

— Arrête de lui donner des idées !

— Maria, pitié ! Ton fils a passé l'âge ! Il a vingt-deux ans !

Ma mère lui balance plusieurs insultes en polonais que je ne comprends pas alors qu'Angélika disparaît dans la salle de bain.

— Oui, et je suis un grand garçon, pas besoin de me décrire comment ça fonctionne !

Ce n'est pas comme si je n'avais pas déjà eu des petites copines au lycée et pendant ma première – et seule – année à l'université. Bon, c'étaient plutôt des coups d'un soir, mais ça compte !

L'ombre de ma tante a à peine le temps de réapparaître qu'une volée de préservatifs m'atteint en pleine figure. Je ferme les yeux et soulève les épaules pour me protéger.

— Tiens ! J'en avais une petite réserve qui ne me servait à rien.

Je reste bouche bée pendant que sa sœur l'agrippe par l'épaule et la secoue en déblatérant des mots incompréhensibles. Elles disparaissent au rez-de-chaussée en se disputant dans différentes langues tandis que je me baisse pour ramasser les dizaines de protections qu'elle m'a littéralement balancées au visage. Comme si c'était évident que Maddison et moi allions coucher ensemble... Pourtant, en les fourrant dans ma main, les unes après les autres, je me dis que, peut-être – je dis bien « peut-être » – si elle m'a invité, c'est pour une bonne raison. Elle veut me présenter à sa famille. C'est un signe, non ?

Juste au cas où, les joues brûlantes, j'en glisse deux dans la pochette au fond de mon sac.

Une fois que tout est prêt, je tombe sur mon lit, les mains sur le front, et je ferme les yeux. Je dois essayer de me détendre avant le long voyage de douze heures qui m'attend.

Je serais capable de traverser tous les océans pour revoir le sourire de Maddison Petrova... pour coller de nouveau mes lèvres aux siennes...

J'inspire profondément.

Quatre heures plus tard, je boucle ma ceinture de sécurité et relève le hublot afin de contempler les nuages. Je m'endors au moins trois fois pendant le vol. La température n'est pas la même qu'au départ lorsque je passe les portes coulissantes de l'aéroport. Il y a un petit vent frisquet et mon téléphone indique dix degrés de différence avec Lyon.

Avant de commander un covoiturage, j'ouvre mon sac et enfile ma veste en jean. Le mariage est à 16 H 30 dans le jardin des mariées.

Mon taxi m'amène à l'hôtel en premier. J'ai deux heures pour me préparer, dont une que je passe à me reposer un peu à cause du décalage horaire. Je manque de louper mon réveil la suivante, file me doucher, ouvre mon parfum, hésite, puis m'en asperge un petit coup et enfile ma chemise ainsi que le reste de mon costard-cravate. Tout en nouant le tissu noir autour de mon cou, je calme ma respiration. Puis je récupère mon cadeau avant de dévaler les rues jusqu'à l'adresse inscrite sur le carton d'invitation.

J'ai à peine mangé dans l'avion, mais je suis certain de ne pas regretter cette soirée. Maddison n'aurait pas pu m'inviter pour me mettre un énième râteau.

N'est-ce pas ?

Mes pieds s'arrêtent sur le trottoir devant cette impressionnante maison en bois couleur érable. Une petite allée en pierre me guide jusqu'à la porte d'entrée. La majorité des invités sont déjà installés sur des bancs dans le jardin. La décoration est telle qu'elle a été annoncée sur l'invitation. C'est féérique. Digne d'un roman imaginaire avec des fées et des princesses que Jasmine adore lire. Je suis les convives en marchant sur des milliers de pétales de cerisiers et de pâquerettes.

— Vous êtes de quelle famille ? m'interroge soudain une voix.

Je cherche la personne à droite et à gauche sans succès. Puis quelqu'un tire sur le bas de ma veste et je découvre une mamie, assise sur un des bancs blancs, alignés face à une arche cérémoniale.

— Alors, jeune homme ?

— Euh, Petrova… Je crois, réponds-je la gorge nouée.

Elle hoche la tête et me propose la place à côté d'elle. L'orchestre au bout de l'allée nuptiale entame sa mélodie, il ne m'en faut pas plus pour m'asseoir. Je souris en tirant mes épaules vers l'arrière pour me redresser.

Détends-toi, Nolan, détends-toi.

Je reconnais tout de suite le début de *Kiss From A Rose*, joué au violon, et je perds mon sourire. Mes yeux s'agrandissent. Trois hommes s'avancent sur le tapis rose poudré jusqu'à l'autel fabriqué en arc par des fleurs blanches et des rosiers. Une première mariée se pavane en souriant, accompagnée d'une demoiselle d'honneur. Ses cheveux roux sont attachés en un chignon haut et elle porte une robe blanche simple en toile avec un bouquet de roses rouges entre les mains. Nous applaudissons tous en chœur.

La demoiselle récupère ses lunettes de vue et embrasse sa joue.

La musique change de ton et tous se retournent une seconde fois. Je suis le seul à rester de marbre, le sourire figé, le dos droit contre le banc. Car je *sais*, je comprends *qui* s'avance. Deux femmes marchent lentement juste à côté de moi. Je jette un coup d'œil à ma droite lorsqu'elles arrivent à ma hauteur et mon pouls se fige.

La deuxième mariée, aux cheveux grisonnants et à la robe tout en dentelle, s'immobilise face à sa future épouse.

Maddison, dans sa robe rose pâle à fleurs blanches juste au-dessus des genoux, s'installe à la place des demoiselles d'honneur.

Le monde s'arrête subitement de tourner. Les mouvements flous me paraissent ralentis lorsque mes yeux s'accrochent au seul être qui m'intéresse.

Son sourire est indescriptible, je ne l'avais jamais connue si heureuse, si elle-même. Une fois le bouquet de la mariée en main, Maddison farfouille la foule du regard.

Oh…

Je…

Perds mon souffle…

Ses yeux pétillants s'accrochent aux miens, et la magie opère. Mon cœur ne fonctionne plus. Je la regarde. Elle me regarde. Je ne sais pas combien de secondes s'écoulent, je ne vois qu'elle, ne ressens qu'elle. Comment est-ce possible d'aimer une personne au point qu'elle devienne votre monde entier ?

Ses lèvres frémissent tandis qu'elle m'adresse un petit sourire discret. Je le lui rends sans hésiter, la langue sèche.

Une femme, tout en bleu, s'avance derrière les deux mariées et entame un discours.

J'inspire une grosse goulée d'air comme si je venais de sortir la tête de l'eau. Car je me suis noyé dans le regard de Maddison. Car depuis le premier jour, elle m'envoûte.

Mes doigts frissonnent sur mes cuisses. Je serre les poings.

— Eh bien, mon garçon. Ne soyez pas si ému, me chuchote la dame à ma gauche.

Elle me tend un mouchoir et je manque de pouffer de rire. Je la remercie et m'essuie le coin des yeux. Ils s'étaient humidifiés sans que je m'en aperçoive.

Vite que cette cérémonie se termine pour que je rejoigne Maddison !

32

Maddison
Juillet 2022, Vancouver

Patty et Selma s'embrassent. Des pétales de roses volent dans un cri de joie général. Mon propre rire me comble de bonheur.

Ma tante pivote ensuite vers les invités.

— Et maintenant, champagne !

Kathy, la demoiselle d'honneur de ma nouvelle belle-tante, lui rend son bouquet pour qu'elle le lance, comme le veut la coutume. Je recule de quelques pas afin d'éviter la masse de femmes, qui s'agglutinent juste derrière. Les fleurs rouges s'envolent dans un élan et une cinquantaine de mains se dressent vers le ciel.

Mais c'est une paume masculine qui l'attrape. Mon souffle se coupe. Tous les regards se tournent vers Nolan et son présent qu'il tend à une autre femme. Je reconnais immédiatement la mère de Selma que j'ai rencontré la semaine dernière pour la préparation des tables. Elle le remercie en souriant et se redresse sur la pointe des pieds pour embrasser sa joue.

Si je m'attendais à ça !

Un fou rire communicatif éclate. Puis la foule se dirige de l'autre côté du jardin, vers la piste de danse.

Ne reste plus qu'un homme et une femme. Nolan et moi.

Je serre les tiges de mon bouquet entre mes mains.

Il est temps d'affronter la réalité, Maddison. Montre que tu as du courage.

Je m'avance de quelques pas jusqu'à lui. Il est droit, les bras le long du corps et qu'est-ce qu'il est beau... Ses cheveux sont ramenés en une mèche bouclée sur le côté. Ses joues rasées sont doucement rosées et ses yeux sombres scintillent. Je m'en veux de ne réaliser que trop tard la chance que j'ai.

— Nolan, toujours là pour aider son prochain, le taquiné-je. Même les mamies aguicheuses.

Son rire vibre en moi avec ivresse. Mon cœur bat la chamade. Je suis certaine qu'il le remarque à la rapidité avec laquelle se soulève ma poitrine sous mon bustier fleuri.

Le silence nous gagne, mal à l'aise. Nolan se mord la lèvre sans oser me regarder en face. Est-ce qu'il m'en veut encore ? Enfin, il aurait toutes les raisons d'être en colère...

Nolan se plante devant moi, après d'interminables secondes. Il me présente sa paume avec un petit sourire en coin.

— Salut.

Mes lèvres frémissent, je lui rends son sourire et enroule mes doigts autour des siens. Ils sont plus chauds que d'habitude, malgré la température extérieure, qui descend vite par ici. Sa peau m'avait manqué, sentir son toucher contre moi m'incendie plus encore que son simple regard.

— Salut.

— Danse avec moi, Maddison.

Je papillonne des yeux et acquiesce sans un mot. Nous nous dirigeons, main dans la main, jusqu'à la scène au plancher de bois. Mes talons claquent contre celui-ci. Je dépose mon bouquet sur une table et rejoins Nolan au milieu. Le premier *slow* débute. *Until I Found You* de Stephen Sanchez résonne dans nos oreilles. Son haleine chaude comme la braise, mêlée à l'odeur d'un parfum masculin, enivre mes sens. Son bras entoure ma hanche pour me soutenir contre son torse et sa paume glisse dans la mienne à hauteur de mon visage.

Je suis les premiers pas de notre valse sans me soucier des autres autour de nous. Je savoure sa présence et la manière dévorante qu'il a de m'observer. Je prends feu de l'intérieur. Comme si, d'un simple regard, nous pouvions tout nous avouer et nos âmes pouvaient se connecter.

Timidement, je pose ma joue sur sa poitrine et me laisse bercer par notre *slow*. Je perçois les battements de son cœur. Ils finissent par remplacer les basses de la musique. Ils m'apaisent autant qu'ils m'agitent. Son menton se pose au-dessus de mes cheveux, et lentement, j'enroule mes bras autour de son cou pour le sentir plus près encore. Je ne veux faire plus qu'un avec Nolan, m'oublier en lui, me réconforter de sa chaleur.

Mais je sais aussi qu'il faut parler. Je remonte alors mon visage jusqu'à lui, après quelques minutes de calme. Tout naturellement, il range une mèche blonde et bouclée derrière mon oreille. J'ai tellement envie de dévorer son sourire chaleureux.

— Alors comme ça, tu as traversé l'océan Atlantique pour me fuir ? demande-t-il en premier.

Je l'ai mérité. Je baisse les yeux un instant, mais ne peux empêcher un sourire amusé de fendre mes joues en deux.

— Alors comme ça, tu as traversé l'océan Atlantique pour me retrouver ?

Son cœur, sous ma paume, s'emballe aussi vite que le mien. C'est une sensation indescriptible que je ne renierai plus jamais.

J'ai toujours fui l'idée qu'une autre personne puisse m'aimer comme je l'aime, mais je suis prête.

Il s'esclaffe et caresse le haut de ma joue avec son pouce.

— J'avoue.

— J'ai eu peur que tu ne viennes pas, admets-je faiblement.

Sa mine joyeuse et moqueuse se crispe.

— Pourquoi ?

— Parce que je t'ai laissé en plan la dernière fois et que… j'aurais mérité que tu m'en veuilles au point de me détester.

— Maddison.

— Je sais que je ne suis pas parfaite. J'ai commis des erreurs et je continuerai sûrement parce que j'ai l'habitude de blesser involontairement les personnes qui comptent pour moi.

— Maddison.

— Alors, si tu dis m'aimer, il faut que tu saches dans quoi tu t'embarques. J'ai un passé qui ne cessera jamais de me ronger et je ne suis pas certaine d'être la fille idéale, mais je…

— Maddison !

Ses mains enroulent précipitamment mon visage et relèvent mon menton. Il m'admire avec une telle intensité…

— Je t'aime.

Ces mots sont de délicieux coups de poignard dans mon cœur. Je cligne des paupières pour retenir les larmes qui menacent de couler.

— Maddison, j'aime la personne que tu es. Tu as pu me rendre dingue au début, oui ! Mais quand j'ai appris à te connaître, je n'ai vu que toi. Je ne vois que toi. Est-ce que tu le comprends ?

J'essaie d'acquiescer entre ses paumes, qui écrasent mes joues brûlantes et humides. Son index essuie une perle d'eau et ses lèvres se collent chastement aux miennes.

Je ressens toute la puissance de ses sentiments pour moi. Nolan décharge ses émotions et je les accepte avec un immense plaisir.

Sa douce bouche se détache de moi, mais son front reste contre le mien. Le sentiment de sécurité que cela me procure est inespéré. Je suis aujourd'hui convaincue de pouvoir me fier entièrement à Nolan. D'être qui je suis vraiment avec lui. Sans peur.

— Te sens-tu capable d'accepter mon amour pour toi ?

Je glisse mes mains sur son torse en agrippant sa chemise comme une bouée de sauvetage.

— Oui, murmuré-je, mon souffle contre ses lèvres.

— Et est-ce que tu te sens prête à me répondre que, toi aussi, tu as des sentiments pour moi ?

— Oui, Nolan Davis…

Mes lèvres se plaquent aux siennes et je l'embrasse à en perdre la tête. Chacune de mes cellules s'enflamme. Ses bras me compriment contre son corps pour me surélever et me faire tourner autour de lui. Il éclate de rire à travers notre baiser et je n'arrive pas à retenir ma propre euphorie. Nous nous dévorons la bouche jusqu'à ne plus pouvoir respirer.

Je sens un désir plus ardent remonter dans mon ventre. Tous mes organes brûlent. J'ai besoin de sentir sa peau sur la mienne, de le sentir tout en moi, de le laisser me consumer.

— Tu…

J'essaie de me détacher de lui à contrecœur.

— J'ai une chambre d'hôtel à moins de cinq minutes à pied.

Nous nous embrassons sans pouvoir nous arrêter tout en essayant d'articuler des mots.

— OK… Je… je crois que c'est une bonne idée…

— Ils ne t'en voudront pas ?

— Non.

Nolan attrape ma main et nous nous mettons à courir loin de la maison. Personne ne nous remarque, heureusement, et au milieu de la rue, je retire mes talons.

Je ne me suis jamais sentie aussi libre. Libre d'être moi, libre d'aimer, libre de tout.

Nous martelons la route jusqu'à sa chambre. Il claque la porte derrière lui et fonce sur moi pour me soulever. Sans pouvoir retenir mon fou rire, j'emprisonne ses hanches de mes jambes et savoure ses lèvres.

Nolan retire ses chaussures tout en essayant, avec une main, de baisser la fermeture de ma robe. Mais elle semble le contredire. Il lâche l'affaire dans un râle de frustration qui alimente mon euphorie. Pendant que je retire mon vêtement à la hâte, il fait de même et accroche sa cravate à la poignée de la porte pour signifier de ne pas nous déranger.

Mes membres tremblent de désir et d'appréhension, aussi. J'ai l'impression qu'inconsciemment j'ai toujours attendu ce moment.

Lorsque je me retourne face à un Nolan en boxer, des frissons parcourent ma peau de bas en haut. Je suis vêtue d'un ensemble blanc en dentelle. Il me détaille de la tête au pied. Chaque endroit de mon corps qu'il scrute s'embrase à mesure que ses yeux remontent jusqu'à mes seins et mes lèvres.

— Que tu es belle, Maddison Petrova…

Mes bras accrochent sa nuque tandis qu'il me fait tomber sur le lit. Nolan continue de m'embrasser tout en caressant ma peau de ses doigts. Je décroche mon soutien-gorge et retire ma culotte pendant que sa bouche dévore mon cou. Chaque cellule de mon être est en ébullition.

Je fourre mes doigts dans sa tignasse brune, aussi douce que son épiderme. Ses mains encerclent soudain mes seins et il suçote mes tétons avec avidité.

— Nolan…

Mon bas ventre est en extase alors qu'il ne m'a même pas encore touchée à cet endroit. J'ai envie d'être entièrement consumée par cet homme, par sa langue qui titille la ligne de mon ventre, par son souffle. Je ne veux plus rien ressentir d'autre que Nolan. Je veux m'imprégner de sa flamme.

Il embrasse ma bouche une énième fois avant de descendre plus bas. Je frémis d'excitation lorsque le bout de sa langue commence à jouer avec mon entrejambe. Mon dos se cambre de plaisir tandis que j'agrippe ses cheveux pour l'inciter à aller plus fort et plus vite. Je me perds dans les sensations qui me submergent. Notre élan est rapide et soutenu, la tension explose et nous sommes impatients. Mais j'en savoure chaque seconde.

Sa main caresse en même temps mon sein pour me donner le plus de plaisir possible et cela fonctionne. Je n'ai jamais joui aussi vite de toute ma vie. Une décharge électrique délicieuse se déverse en moi.

Je le ramène par les épaules pour goûter ses lèvres.

— Je reviens…, marmonne-t-il en se relevant du lit.

Je gémis de frustration et me redresse sur les coudes. Nolan extirpe un préservatif de son sac de voyage et je hausse les sourcils.

— Pourquoi tu as apporté ça ?

Il grimace en retirant son boxer.

— Ma tante est bizarre.

— Je ne veux pas savoir, réponds-je en secouant la tête.

La vue soudaine de son sexe réveille en moi quelque chose d'inédit. Il commence à se caresser, mais je l'arrête et lui demande de me rejoindre. Il mérite tout le plaisir qu'il m'a donné et que j'ai envie de lui rendre.

Nolan s'allonge par-dessus moi pendant que je câline et enlace son sexe de mes doigts. Il dépose des baisers sur mes joues tandis que son souffle se saccade. Le désir me consume comme s'il n'était jamais parti après mon premier orgasme. Je l'aide à enfiler le préservatif et écarte les cuisses pour le laisser entrer. J'ai besoin de le sentir au plus près de moi.

Sa main caresse mon entrejambe avec délicatesse et il me fixe droit dans les yeux.

— Tu es certaine ?

— Oui, Nolan. Je te fais confiance.

Je lui souris et l'embrasse. La seconde suivante, il s'enfonce en moi lentement et doucement. Il prend son temps, me dorlote comme jamais personne ne l'avait fait.

Puis Nolan assène ses premiers va-et-vient. Mes ongles se plantent dans la chair de son dos et de sa nuque. Mes seins s'écrasent contre son torse brûlant à mesure qu'il accélère. Coup après coup, je me sens délivrée. Mes yeux se révulsent, nos souffles entrecoupés se mêlent avec ardeur. Je n'ai jamais ressenti de telles sensations en faisant l'amour, car je crois n'avoir jamais aimé personne autant que Nolan Davis.

Nos respirations s'intensifient à mesure qu'il me pénètre. Nos gémissements se calquent sur une musique qui emplit mes tympans.

L'orgasme l'atteint le premier, tout son corps se tend contre moi et il penche la tête en arrière tant la vague est puissante. Je le rejoins après en l'embrassant, mon soupir de plaisir perdu entre nos lèvres. Des orteils aux racines de mes cheveux, le désir m'embrase.

Ce moment n'appartient qu'à nous, et personne ne pourra nous l'enlever. Je caresse son front en sueur et en balaye les mèches collées.

À bout de souffle, Nolan s'allonge à côté de moi sur le lit.

— Promets-moi de ne jamais m'abandonner, lâché-je, les yeux clos.

— Je te le promets, Maddison.

33

[TW : relation toxique]

Nolan

Juillet 2022, Vancouver

Je suis le premier à me glisser sous la douche. L'eau dégouline sur ma peau et j'en savoure la fraîcheur. Mes muscles se décontractent avec plaisir.

Pas aussi bon qu'il y a plusieurs heures, cependant.

Je me mords la lèvre à cette pensée.

Maddison et moi, c'est un peu comme le feu et la glace. Mon cœur est tellement gonflé qu'il compresse agréablement ma poitrine. Je suis envahi par une vague de bonheur. Rien ne peut retirer mon sourire.

Je me savonne, me sèche et sors pour lui laisser la place. Lorsque je tire la porte coulissante de la salle de bain, je la découvre encore allongée dans notre lit. *Notre* lit. Ma respiration se calme tandis que je m'approche pour embrasser son front.

— Bien dormi, Belle au bois dormant ?

Elle marmonne quelque chose d'incompréhensible et se tourne sur le ventre, me présentant ses seins avec tentation. Sa main caresse la coupole de l'un deux en ricanant.

— Si tu continues, je ne te laisserai jamais sortir d'ici, lui murmuré-je à l'oreille.

Ses yeux s'ouvrent brusquement et Maddison m'agrippe la nuque pour poser ses lèvres contre les miennes. Je manque de lui tomber dessus, mais me retiens de justesse au mur.

Je ne me lasserai jamais de sa bouche…

Mon cœur repart dans un marathon incontrôlable. « Je nage dans le bonheur » est une expression qui a du sens. C'est aussi délectable que patiner en perdant la notion du temps.

Elle rompt notre baiser la première et s'extirpe toute nue du matelas jusqu'à la salle d'eau.

— J'en ai pour quelques minutes !

Un rire secoue ma gorge tandis que j'écrase le lit de tout mon poids.

Une dizaine de minutes plus tard, quelqu'un toque à la porte de la chambre. Je lâche les bouts de ma cravate, que je tentais de rassembler, et l'ouvre.

Un homme tient un bouquet entre ses mains et me sourit. Il est vêtu de l'uniforme de l'hôtel et il a l'air plus jeune que moi.

— Je peux vous aider ?

— Bonjour, Monsieur. Désolé de vous déranger si tôt, mais ce bouquet a été livré pour vous.

— Ah ? Tiens.

Il s'agit là d'un très bel assemblage de tulipes roses et blanches. Je ne savais pas que nos fans suivaient le moindre de nos faits et gestes. C'est même assez déroutant…

— C'est une livraison pour Maddison Sovetsky.

…

Quoi ?

Pardon ?

Qui ?

Sovetsky ?

Mon corps se fige.

— Qui ?

Je fronce les sourcils, les doigts crispés autour de la poignée.

Le jeune homme vérifie la carte, qui pend du ruban vert, et répète :

— Euh, Maddison Sovetsky.

— Petrova, vous voulez dire ?

— Non, Monsieur. À moins que je me sois trompé de chambre. Mais je suis bien à la 52 ?

Nous vérifions ensemble le numéro inscrit en doré sur la porte.

52.

Je ne suis pas certain de bien comprendre. Il doit y avoir une erreur. Les sons disparaissent. Un vide glacial m'envahit.

Mes yeux n'ont plus cligné depuis plusieurs secondes.

— Euh, Monsieur ? Je peux ramener le bouquet s'il y a un problème… ?

Maddison Sovetsky.

Je ne comprends pas. Est-ce une mauvaise blague ? Yelena aurait-elle voulu nous déstabiliser avant la reprise de la saison ? Mais comment aurait-elle su que je séjournais ici ?

Je remarque, seulement lorsque j'ouvre la bouche, que mes lèvres tremblotent.

— Pouvez-vous me montrer la carte ?

Il s'exécute, un peu perplexe. Je soulève la petite carte blanche entre mes doigts et je lis, et relis, et re-relis ces deux indications :

De la part de : *Anonyme*.

Pour : *Maddison Sovetsky.*

— Il… ne… semble… pas… y avoir d'erreur…

— Tout va bien, Monsieur ?

Je hoche la tête et récupère le bouquet. Sans un mot, je referme la porte et je crois que mes pas m'avancent jusqu'au milieu de la chambre. La carte n'a pas quitté mon attention. Je ne sais plus où je suis.

Un vide me paralyse.

Le jet d'eau s'arrête, puis j'entends un sèche-cheveux en fond. Mon corps refuse de bouger, refuse de ressentir quoi que ce soit. Je crois que je suis en état de choc. Et qu'est-ce que ça veut dire *Anonyme* ? Bon sang, il doit y avoir une explication ! Quelqu'un nous fait un coup tordu !

Peut-être devrais-je envoyer un message à Igor ?

La porte de la salle d'eau s'ouvre soudain, l'air humide me fouette le visage, mais je ne bouge pas pour autant. Je suis paralysé. Je hurle à l'intérieur.

Je hurle !

— Qu'est-ce qu'il se passe ? résonne la voix de Maddison dans mes oreilles.

Je ne réponds rien. Comment… Que dois-je dire ? Quels mots utiliser ?

Je relève la tête et l'observe enfiler ses sous-vêtements et sa robe de demoiselle d'honneur froissée. Elle fronce les sourcils en revenant vers moi.

Mes paupières me piquent tellement j'écarquille les yeux. Je cligne et plonge mon regard dans ses pupilles, qui brillent d'inquiétude.

— Tu as une admiratrice secrète ? suggère Maddison en croisant les bras.

— C'est quoi ton nom de famille ?

Mes paroles sortent trop brutalement de ma gorge.

Elle sourit.

— Petrova. Pourquoi ?

— Maddison Sovetsky.

…

Silence.

Ses lèvres s'affaissent à mesure que sa poitrine se soulève. Sa mâchoire et ses poings se contractent.

À son expression, j'ai ma réponse.

J'inspire et ferme les yeux quelques instants pour digérer.

— Est-ce que c'est ton vrai nom ?

— Nolan…

Le fait qu'elle essaie encore d'élucider ma question et que cela me confirme qu'elle me ment depuis le début me pousse à exploser.

Ma voix se hausse.

— Est-ce c'est ton *vrai* nom ?

Elle me ment. Maddison m'a menti. Elle n'est pas celle que je croyais. Enfin, si, c'est toujours la même, mais… Mais quoi ? J'en sais rien ! Je suis perdu. Qu'est-ce que ça signifie, au juste ? Que depuis tout ce temps, elle a un lien avec le grand entraîneur Alexeï Sovetsky ? Que Yelena n'est en fait pas son ennemie ? Qu'elle se joue de moi depuis le départ ?

Les pensées tournent trop vite dans ma tête, je vais perdre connaissance.

— Oui. Je suis bien Maddison… *Sovetsky*.

Une moue de colère déforme mon visage, ou de dégoût, ou de tristesse ? Un mélange. Je balance les fleurs à ses pieds dans un geste incontrôlable. Elle sursaute – évidemment qu'elle sursaute.

J'ai le cœur brisé.

Peut-être est-ce que je réagis trop vite ? Peut-être devrais-je demander des explications ?

Je déteste être ainsi.

Trahi. Je suis trahi, je me sens trahi.

Mes talons pivotent et je décampe à grande vitesse jusqu'à l'ascenseur. Je dois m'enfuir, je dois courir, je dois oublier, je ne veux pas souffrir !

— Nolan, attends ! Je t'en prie, Nolan !

Je crois qu'elle me court après, mais j'en m'en fiche, j'ai besoin d'air. Je ne respire plus.

Les portes métalliques se détachent et je pénètre la cabine. J'appuie sur tous les boutons pourvus qu'ils m'éloignent de la souffrance.

— Nolan !

Mais son corps traverse de justesse avant que les portes se referment. Aussitôt, je recule contre le mur du fond, paniqué.

Comment a-t-elle pu ? Pourquoi ?

Essoufflée, elle tente d'avancer sa main vers moi, mais un bruit horrifiant retentit et l'ascenseur cale violemment. Je me tiens au barreau dans mon dos tandis que l'épaule de Maddison s'écrase sur les portes coulissantes.

Mon cœur fait un looping brutal.

Les lumières grésillent. Et plus rien. Juste le silence, aussi assourdissant que dans la chambre. Je m'écroule sur les fesses.

— Nolan… je t'en prie… Ne me fuis pas encore. Ne m'abandonne pas…, marmonne-t-elle, debout, face à moi.

Elle ne s'est pas blessée ? J'aimerais le lui demander, mais les mots sont coincés dans ma gorge. Les seules choses que je suis capable de déverser sont ma colère et ma tristesse.

— T'inquiète, l'ascenseur en a décidé autrement, ironisé-je sur un ton que je ne me reconnais pas.

Je ramène mes genoux contre mon torse et les enroule avec mes bras jusqu'à laisser ma tête pendre entre eux. Je ne veux pas la voir sans la reconnaître. Je ne veux pas m'infliger ça.

Putain de destin ! Putain d'ascenseur !

— Pourquoi ? susurré-je d'une voix enrouée.

Ses talons percutent le sol un moment, puis des froissements m'indiquent qu'elle vient de s'asseoir de l'autre côté de l'habitacle.

— Alexeï est mon père.

Nouveau coup de poignard dans mon cœur.

J'aurais dû comprendre à sa réaction à la patinoire. J'ai été naïf, j'aurais dû me douter qu'il y avait quelque chose entre eux. J'ai mis ça sur le compte d'un ancien potentiel entraîneur. Ce qui aurait expliqué sa relation haineuse avec la patineuse rousse. Je me suis imaginé tout un scénario logique alors que j'étais à côté de la plaque.

Mes mains et mes lèvres tremblent.

— Et Yelena ?

Silence.

Mes poumons se contractent dans l'attente de sa réponse.

— C'est ma sœur. Demi-sœur, pour être exacte.

Oh, je…

Mais qui suis-je ? Qui est-elle ? Comment tout cela a pu arriver ?

— Pourquoi ? Pourquoi m'as-tu menti ?

— Je ne t'ai pas menti… j'ai juste omis la vérité.

Je vais exploser.

J'explose.

Mes bras retombent le long de mon corps et je plante mon regard fou de rage dans le sien, qui brille de mélancolie.

— Et tu appelles ça comment toi ? Pourquoi tu me l'as caché ? Tu t'es servi de moi pour atteindre ta famille ?

Une larme roule sur sa joue. Je n'ai jamais vu une expression de souffrance aussi silencieuse et destructrice sur ses traits. Mon cœur est en miettes de la voir ainsi. Mais il l'est tout autant de la déception qui m'étreint.

— Ça n'a jamais été mon intention. Je suis désolée, Nolan… tellement désolée…

Ne dis pas *ça*.

Je serre les dents et essaie de reprendre une respiration normale, mais c'est peine perdue.

— Je déteste mon passé, je ne voulais pas en parler. Mais j'aurais dû, je suis sincèrement désolée…

Je détourne le regard et laisse tomber ma tête contre le mur, les yeux dirigés vers le plafond. Je dois résister à la pression, essayer de l'écouter. Endurer.

Je parviens, au bout de quelques minutes, à tranquilliser mon souffle et à faire abstraction des sanglots silencieux que je perçois de son côté.

— Raconte-moi.

Maddison inspire. Pourquoi ne puis-je pas la prendre dans mes bras pour la consoler ? Pourquoi la colère m'emprisonne-t-elle ?

Je l'aime, mais… j'ai besoin de comprendre.

— Alexeï et ma mère étaient très amoureux. Enfin, c'était ce que j'imaginais dans ma petite tête d'enfant qui rêvait d'amour et de contes de fées.

Du coin de l'œil, je la distingue ramener ses jambes contre sa poitrine et les enserrer avec ses bras, comme pour se maintenir à quelque chose.

— Un jour, il est revenu avec une autre fille d'à peu près mon âge, qui avait des cheveux roux. Il l'a présentée comme étant sa fille. J'étais jalouse, tellement jalouse. Je ne comprenais pas. C'était moi son enfant et ma mère n'avait jamais été enceinte depuis ma naissance. Sur le moment, j'étais intriguée, curieuse aussi. Et petit à petit, j'ai commencé à me sentir à l'écart. Mon père ne voyait qu'elle, ne glorifiait que ses exploits à elle. Je n'étais plus qu'une « fausse » fille pour lui. La vraie, la parfaite copie, celle qu'il avait toujours espérée, il l'avait trouvée ailleurs.

Je n'ai jamais entendu mes parents se disputer, mais je pense que ça a éclaté pendant mes entraînements.

J'imagine aisément la petite Maddison voir sa place prise par une autre enfant dont elle ne connaît rien.

— Il ne nous a pas laissé le choix et je n'ai jamais su qui était sa véritable mère. Puis… quand je suis entrée au collège, ma maman est tombée malade. Très malade. Je ne m'étais jamais entendu avec ma « nouvelle » sœur, explique-t-elle en mimant les guillemets.

J'ai peur de la suite, mais je reste muet, osant enfin regarder dans sa direction. Ses yeux vacillent dans tous les sens face aux images douloureuses du passé. Je l'écoute sans un mot, parce que c'est la seule chose que je suis encore capable de faire.

— Les semaines avant… le décès de ma mère, Yelena a été près de moi. Elle m'a aidée, soutenue. Pendant qu'Alexeï se détruisait dans l'alcool, on était là l'une pour l'autre. Aux dépens de notre jalousie et de la compétition que *notre* père nous imposait continuellement. Je n'arrivais pas à comprendre comment il pouvait tenir à ma mère alors qu'il l'avait trompée et lui avait imposé un enfant qu'elle ne voulait pas. Pourtant, il en a souffert autant que moi. Le jour de son enterrement, Yelena m'a offert un collier de « *best sisters* ». Et ça m'a remonté le moral, parce qu'elle avait été présente pour moi alors qu'on s'évitait comme la peste depuis des années.

Maddison fait une pause pour déglutir et reprendre son souffle.

— Un an plus tard, Yelena s'est mise au patinage artistique. Nous étions dans le même club et Alexeï nous entraînait toutes les deux. J'étais hyper heureuse d'avoir une sœur avec qui partager ça ! C'était bénéfique, car nous nous entraidions. Et puis…

Nous inspirons en même temps.

— Mon père a commencé à être violent avec moi. Verbalement, je veux dire. Il me disait que j'étais insupportable, pour des broutilles. Que j'étais tellement insolente. Alors que tout ce que je faisais, c'était donner mon opinion sur certaines choses. Un jour, sans faire exprès, j'ai refermé la porte sur les orteils de Yelena. Je n'avais pas compris qu'elle était automatique et je n'ai pas eu le temps de la retenir. Alexeï est devenu fou de rage. Il n'a même pas cherché à comprendre l'accident. Il m'a poursuivie jusque dans ma chambre et m'a empoigné les cheveux alors que je le suppliais et que je lui disais que je n'y étais pour rien. Il m'a hurlé dessus en m'arrachant une touffe et m'a laissée toute la soirée pleurer dans ma chambre… seule…

Les larmes dévalent ses joues et sa voix s'enroue. C'est déchirant. Les images apparaissent dans mon imagination et j'ai envie de hurler à mon tour face à cette injustice.

Maddison renifle pour se donner la force de continuer à me raconter.

— Ce n'est qu'un exemple parmi toutes les autres fois où Yelena a pris plus de place que moi aux yeux de notre père. J'en suis devenue plus jalouse encore que la première fois où je l'ai rencontrée. Je me suis sentie abandonnée. Un été, je me souviens avoir eu peur d'un insecte. J'ai pleuré et paniqué, mais ils n'ont pas compris pourquoi. Mon père m'a prise pour une folle et ma sœur a dit que j'étais agaçante. J'étais si seule… Nolan… si peu écoutée par ma famille, par ceux que j'aimais…

Ses épaules convulsent sous ses sanglots. Je me déteste de rester à ma place sans bouger. Mais je suis cloué par ses révélations.

— Vers la fin du lycée, j'ai eu une très grosse dispute avec Yelena. Nous étions à la patinoire, en train de défaire nos lacets, lorsqu'elle m'a appris qu'Alexeï avait l'intention de me trouver un autre entraîneur. J'ai été furieuse ! Mon père, que j'admirais et qui m'avait entraînée depuis toute petite, m'abandonnait de nouveau. Je m'en suis prise à elle en lui disant que c'était sa faute, qu'elle l'avait manipulé pour qu'elle soit sa préférée ! Et…

— C'est là que tu lui as envoyé ton patin à la figure ? supposé-je, le cœur broyé.

Maddison acquiesce.

— Je revois encore son expression terrorisée et son sang qui coule sur sa veste de club. Je ne voulais pas faire ça, je m'en suis tellement voulu. Mais j'étais… *rejetée,* explique-t-elle.

Le dernier mot de sa phrase est étranglé par ses pleurs.

— Mon père m'a mise à la porte. Il m'a traitée d'horrible personne, d'insolente et de folle. Il m'a dit que je devais aller me faire soigner et que… que j'avais toujours eu plus de défauts que de qualités. Qui dit ça à son enfant ? Qui ?

Sa voix n'est plus du tout la même, elle est brisée.

— Je me suis retrouvée chez ma tante, Patty, qui m'a recueillie à dix-sept ans. J'étais en miettes, tellement anéantie. Ma famille me reniait. C'était la première fois, et la seule, de ma vie que j'ai eu des pensées suicidaires…

Ma bouche s'ouvre sous le choc.

— Je ne suis pas allée jusqu'au bout, parce que je tenais encore à ce sport, je voulais continuer à patiner malgré tout. Patty a été présente pour moi. Malheureusement, nous vivions toujours dans la même ville et je suis restée dans le même club avec Yelena pendant deux longues années, où j'ai été harcelée par mes coéquipières. Yelena s'est arrangée pour me faire payer ma faute, à longueur de semaine, de mois, au fur et à mesure des entraînements. En planquant des aiguilles dans mes patins, en me faisant tomber durant un axel jusqu'à ce que je rentre quasiment tous les soirs chez moi avec des bleus.

Elle n'a pas besoin de m'expliquer la suite pour que je comprenne tout. Je revis notre première rencontre et les suivantes. J'ai pris son comportement pour du mauvais caractère, mais il n'en était rien. Ce n'était que le reflet de sa douleur et de toutes les choses horribles qu'on lui avait fait subir. Sa colère constante, son rejet de mes sentiments. Tout n'était dû qu'à sa peur de l'abandon, d'être rabaissée comme l'a fait sa famille durant son enfance.

Ses sanglots prennent le pas sur sa voix, disparue dans la vague de souffrance qui l'envahit.

Maddison n'a pas un mauvais caractère. Maddison est juste une enfant et une adolescente incomprise, qui a encaissé la colère de ses proches.

Je craque et glisse jusqu'à elle. J'enroule mes bras autour de ses épaules et la plaque contre moi, de toutes mes forces. Je n'éprouve que de la douleur dans les gémissements de ses pleurs. Je ne ressens que la masse étouffante de son passé, qui m'étreint à mon tour.

Je ne pourrai jamais la comprendre, car j'ai toujours vécu dans l'amour familial et amical. Mes proches sont incroyables, j'aime de toute mon âme mes cousines, ma tante, ma mère, mon père, mes amis… Mais je peux très bien m'imaginer aussi dévasté que Maddison si l'on me détruisait ainsi.

Je l'ai poussée à se reconstruire avec moi sans me douter de tout ce qu'il y avait sous la surface.

Nous restons collés l'un contre l'autre, coincés dans l'ascenseur d'un hôtel au Canada.

Et je ne sais plus si ma colère est toujours dirigée vers Maddison, ou vers Alexeï et Yelena Sovetsky.

34

Nolan
Juillet 2022, Vancouver

Un bruit métallique me réveille. Des rayons lumineux pénètrent l'ascenseur et brouillent ma vision. Je distingue des voix autour de moi qui s'activent, sans en comprendre les mots. Une silhouette m'aide à me relever et je crois qu'elle me demande si je vais bien.

J'essuie mes yeux et cherche Maddison quand je prends conscience de la situation.

— Monsieur ? Monsieur ?

Maddison ? Où est Maddison ?

Ma tête pivote sur le côté. Elle est tout autant dans les vapes que moi et essaie d'assimiler les informations. Une main se pose délicatement sur mon épaule.

— Est-ce que vous êtes blessé ?

La silhouette de l'ambulancière se dessine devant moi. Ses pupilles fouillent mon visage, mon cou, mon torse, à la recherche de la moindre égratignure. Je secoue la tête en pinçant l'arête de mon nez.

— N-non, je vais bien. L'ascenseur s'est bloqué et nous sommes restés assis en attendant les secours.

— D'accord, mais vous êtes pâle. Je vais vérifier vos constantes.

J'opine du chef tout en scrutant les mouvements à ma droite. Un autre ambulancier s'occupe de Maddison et lui pose les mêmes questions. J'ai les muscles endoloris par la mauvaise position dans laquelle je me suis assoupi. L'épuisement émotionnel que j'ai vécu après ma douche m'a vidé. Mes yeux rougis me tiraillent tandis que l'infirmière tripote mes cernes.

— Votre tante s'est beaucoup inquiétée, Madame. La police vous a cherchée toute la journée.

Quoi ?

Oh, bien sûr. Nous nous sommes éclipsés du mariage sans prévenir personne et depuis… enfin, depuis notre nuit ensemble, je ne crois pas avoir vu Maddison toucher à son téléphone. Elle pousse un juron et s'aide de l'infirmier pour se remettre debout.

— Vous êtes sauf, Monsieur, dit l'ambulancière avec un sourire.

Je le lui rends, crispé, et me relève à la hâte. Je m'approche de Maddison et soulève ses genoux par-dessus mon bras pour la porter contre moi. Je ne veux plus laisser personne s'approcher d'elle. Après tout ce que j'ai entendu, j'ai la sensation de la comprendre un peu plus. Je ne pourrai jamais me mettre à sa place, mais je veux essayer de prendre sa douleur, de la soulager, de la protéger. Parce qu'elle est importante à mes yeux.

Maddison se laisse guider et agrippe ma nuque de ses bras. Les pompiers nous dévisagent, perplexes.

— Merci de nous avoir libérés, conclus-je.

Maddison fourre sa tête dans le creux de mon cou. Je la serre contre mon torse et nous extirpe enfin de ce maudit ascenseur. Plus jamais je ne veux revivre ce qu'il s'est passé à l'intérieur. Plus jamais je ne veux assister à la destruction de Maddison, fondant en larmes loin de moi.

Je nous ramène jusqu'au fond du couloir où un groupe de trois femmes nous attend. Je reconnais immédiatement les deux mariées et la mamie pour qui j'ai attrapé le bouquet de mariage. Dès qu'elles nous aperçoivent, la plus petite gémit le nom de Maddison et court vers nous. Je saisis qu'il s'agit de Patty Petrova.

Je me penche et, une fois ses pieds à terre, sa nièce ne tarde pas à se détacher de moi pour l'étreindre. Elles s'enroulent l'une à l'autre comme à des bouées de sauvetage. Je reste planté là, à les observer se murmurer des paroles rassurantes et des excuses.

Mais c'est moi le coupable…

J'ai fait souffrir Maddison. J'ai fui comme je fuis continuellement la douleur. J'aurais pourtant dû être présent et non pas prendre mes jambes à mon cou. Nous n'aurions pas fini coincés dans l'ascenseur toute une journée.

Je presse mes poings et tourne les talons. Pour aller où ? Je ne sais pas. Loin d'elles, car je sens que je ne mérite pas d'être à leurs côtés. J'ai fait souffrir la femme que j'aime parce que j'ai moi-même eu peur d'avoir mal.

Une main froide retient mon poignet. Lorsque je suis la ligne de son membre jusqu'à son visage, mon cœur loupe un battement.

— Maddison, je…

— Reste, s'il te plaît. Ne m'abandonne pas.

Sa voix se fêle une nouvelle fois et je défaille. Dans un sursaut instinctif, je brise la distance entre nous et la prends dans mes bras.

— Plus jamais. Je te le promets.

Nous tremblons, l'un contre l'autre, par la force de nos sentiments. Ses doigts pincent ma veste de costard dans mon dos tandis que son souffle caresse chaudement ma nuque.

Après cet épisode, sa tante Patty nous fait porter, dans ma chambre d'hôtel, plusieurs portions de nourriture pour nous désaltérer. Les aliments et l'eau qui coulent dans mon ventre réveillent chacun de mes sens avec délice. Nous reprenons une douche chacun, et Selma m'invite à dormir dans leur maison familiale pour nous éloigner de tout le stress emmagasiné ici.

Quelques heures plus tard, je dépose mon sac de voyage dans la chambre de Maddison tandis qu'elle s'assied timidement sur son lit d'adolescente.

Les murs sont décorés de posters de nature avec tout un pan dédié à une cascade de forêts sublime. C'est un aspect d'elle que je ne connaissais pas. Je nous sens plus proches encore maintenant…

Deux fausses plantes sont disposées autour d'une bibliothèque avec des manuels scolaires et un stock de bougies. Je m'en approche pour détailler chaque parfum et souris. Je suis touché de pouvoir découvrir un côté plus intime et joyeux de son passé.

— Alors comme ça, tu adores les bougies ? Je note.

Un soupir amusé derrière moi me rassure sur son état. Elle est toujours capable de rire, ça me console. Mes yeux dérivent ensuite sur un cadre photo. Et je perds mon sourire.

Maddison est sur un podium à la première place, et juste à côté, une Yelena bien plus jeune que celle que j'ai rencontrée au bal sourit de toutes ses dents en soulevant sa médaille d'argent. Mais pas Maddison. Elle possède l'or, mais n'exprime rien d'autre que de la crispation. Ce devait être pendant les deux années où elle a subi du harcèlement.

— Je conserve cette photo pour me rappeler que j'ai été première. C'est stupide…

Maddison répond à ma question silencieuse. Pourquoi se faire du mal en gardant des souvenirs de cette période ? Mais je comprends, à sa réponse. C'est pour se rappeler qu'elle s'est relevée, qu'elle a surmonté cette épreuve.

Je recule de la bibliothèque et la rejoins au bord du lit. Le matelas est tellement moelleux qu'il se plie sous mon poids.

Nous restons à distance. Je retiens ma respiration, car j'aimerais pouvoir sentir sa chaleur corporelle contre moi. Je fixe ses doigts entrelacés sur sa cuisse.

— Je suis désolé, lâché-je après un instant de silence.

— Pourquoi ? Ce n'est pas toi qui dois t'excuser…

— Si, c'est ma faute. Je t'ai fait revivre les pires moments de ta vie. Je n'aurais jamais cru que ton enfance avait été si blessante.

Elle déglutit.

— Tu n'y es pour rien. J'aurais dû te dire la vérité sur Yelena et mon père. Mais j'avais…

Elle aspire l'air à pleins poumons.

— J'avais peur que tu me rejettes toi aussi en sachant qui j'étais vraiment.

Je plisse les yeux et relève mon attention sur son visage rougi.

— Comment ça ?

— Pour ce que j'ai fait à Yelena. J'ai été si jalouse que je… je n'ai eu que ce que je méritais.

Oh là, non !

Je me retourne brusquement et entoure ses douces joues irritées de mes paumes pour la fixer droit dans les yeux.

— Non, Maddison. S'il te plaît. Tu n'es pas responsable de ce que les autres t'ont fait subir. Je suis désolé, sincèrement, de t'avoir jugée, d'avoir cru que tu étais juste une boule de colère impulsive alors que tu ne faisais que te protéger de l'extérieur.

Un sourire amusé pousse mes doigts.

— Ah. Tu me voyais comme ça ? marmonne-t-elle.

Je lui lance un regard narquois et ne peux m'empêcher de sourire. Je suis comblé de retrouver son humour bancal.

— Je me suis bien trompé, il faut croire.

— Non, je le suis. Je suis constamment en colère et j'ai peur des autres. Mais ça me convient.

Ses mains agrippent les miennes et les descendent entre nos jambes emmêlées. Je cherche son regard qu'elle détourne.

— Je n'ai pas besoin d'amis. Je n'ai pas besoin d'être beaucoup entourée. Je souhaite simplement que les personnes que j'aime m'aiment en retour. C'est tout.

J'appuie l'étreinte de mes doigts autour des siens.

— Alors, je te donne mon amour, Maddison. Peu importe ton nom de famille. Je te le donne.

Un sourire plus sincère illumine son visage. Mon cœur se remplit d'une lave douce et réconfortante.

— Merci, Nolan. Merci…

Son dernier « merci » s'étouffe dans un énième sanglot. Je l'incite à se blottir dans mes bras. Ses cuisses se posent sur les miennes et nous fourrons nos têtes dans le cou de l'autre. Je m'imprègne de son odeur, que j'adore depuis le premier jour, de sa chaleur, que je découvre petit à petit depuis des mois, et de son toucher, que j'affectionne depuis quelque temps.

Les jours à venir ne seront pas simples, ni pour elle ni pour moi. L'été se termine dans un peu plus d'un mois et la saison des compétitions va reprendre très rapidement. Nous allons devoir nous trouver un programme libre plus vite que prévu et nous conditionner aux exigences de la Coupe de Suisse que nous redoutons.

Mais nous sommes plus unis. Nous sommes deux, maintenant, pour de vrai. Et je me jure d'empêcher qui que ce soit de lui faire encore du mal. Je sais que la vie n'est pas aussi facile, pas aussi rose. Nous traverserons peut-être encore des hauts et des bas, des disputes. Mais je suis amoureux de cette femme et je souhaite que ça ne s'arrête jamais.

Parce qu'elle m'a relevé, je serai là pour elle.

Partie 3
Dériver

35

Maddison
Septembre 2022, Grenoble

Le dos de Nolan fracasse le casier du vestiaire tandis que je consume ses lèvres des miennes. Ses mains parcourent mon corps avec avidité. Je dévore son être en l'embrassant comme si c'était la dernière fois. Nos souffles se mêlent, je me laisse ronger par le désir.

Il baise ma mâchoire, puis descend lentement jusque dans mon cou. Un frisson de folie fait frémir chacune de mes cellules. Nolan m'ébouillante.

— Il…

Il faut malheureusement que nous nous détachions pour aller retrouver Igor sur la patinoire. Je suis certaine que les vestiaires auraient été un parfait terrain de jeu pour faire l'amour, mais l'heure n'est plus aux vacances.

Je suis plus que comblée, c'est une évidence. Mais je ne peux pas m'empêcher d'être professionnelle à toute épreuve. Mes mains glissent le long de son torse et je le repousse doucement. Non sans un dernier et léger bisou sur sa bouche gonflée. Mon pouce caresse son menton d'un air distrait.

— Je suis désolée, Nolan. On doit vraiment se concentrer sur la compétition à venir.

Il continue de me sonder avec chaleur, comme si mes mots n'avaient aucun impact. Je n'ai jamais connu un tel amour, si passionnel et envahissant. Ça a été pour le moins déroutant au début. Les premiers jours du mois d'août où nous nous sommes retrouvés à la patinoire de Vancouver, c'était étrange de s'étreindre devant les autres. Comme si nous formions un couple normal. Ce que nous étions, d'ailleurs, et que nous sommes toujours aujourd'hui. C'est nouveau et naturel à la fois. Je n'ai plus à m'inquiéter de dire ou de faire quoi que ce soit avec lui. Lorsque j'enroule sa nuque de mes bras, il répond à mon câlin. Lorsque je lui prends la main dans les transports en commun, il la serre et dépose un baiser rassurant sur mon front. Comme s'il me comprenait entièrement.

Je ne pensais pas que me livrer à lui et… me sentir acceptée pour qui je suis ferait autant de bien. Je ne dis pas que ce sera toujours aussi facile et tranquille, car j'ai conscience du retour de mes doutes lors des compétitions à venir. Mais j'aurai au moins une épaule sur laquelle me reposer et quelqu'un avec qui partager ça.

— Dommage, mes doigts étaient proches de l'élastique de ton legging mauve…, chuchote-t-il dans mon oreille.

L'incendie que provoque son souffle contre ma peau est indécent…

Je ris à sa tentative, mais recule malgré tout.

— Bien essayé, Garçon. Allons retrouver notre entraîneur, le pauvre, il nous attend depuis quinze minutes.

— Merde !

Nolan semble revenir à lui et vérifie que les lacets de ses patins soient bien serrés. Mon rire s'accentue devant son air innocent tandis qu'il se redresse et récupère ma main pour rejoindre la piste. Je suis toujours fascinée par les papillons étranges qui grignotent mon cœur chaque fois que sa peau entre en contact avec la mienne.

Cela me rappelle notre premier rencard, il y a deux semaines. Il m'a invitée à la plage avec sa famille et c'était la première fois qu'il me présentait comme sa copine. C'était bizarre. J'étais à la fois extrêmement angoissée et surexcitée. Cami et Jocelyne, ses deux plus jeunes cousines, ont été les plus ravies. Elles m'ont littéralement prise dans leurs bras, l'une autour de ma cuisse et l'autre par les hanches, alors que j'étais en bikini blanc. Son père m'a accueillie en me serrant la main. C'était tellement solennel que j'ai retenu mon éclat de rire jusqu'à ce qu'il s'éloigne sur sa serviette. Je ne saurais mesurer le degré de bonheur que j'ai ressenti à ce moment-là. J'ai été acceptée. Pour qui je suis. Et c'est une sensation que je n'oublierai jamais.

Le reste de cette fabuleuse journée, Nolan et moi nous sommes bécotés dans l'eau comme deux tourtereaux. Jusqu'à en oublier les enfants autour. Seule la fraîcheur de l'eau du lac me permettait de rester les pieds sur terre pendant que ses lèvres embrassaient les miennes. Jasmine m'a payé une glace et m'a fait promettre de ne pas blesser son cousin ou j'aurais affaire à elle. Je lui ai secoué les cheveux dans un geste étonnamment maternel en le jurant sur mon âme. Ils ont tous été adorables avec moi. Nolan a beaucoup de chance de les avoir. Je me suis rappelé à quel point il est important de chérir les personnes que nous aimons et qui nous aiment en retour.

Nous avons fait un selfie tous ensemble, sa mère et sa tante comprises, et je l'ai envoyé à Patty et Selma, ainsi qu'à Igor pour lui annoncer, par la même occasion, notre nouvelle relation avec Nolan.

J'appréhende donc un peu sa réaction de nous retrouver après cet été.

La patinoire est encore vide, si tôt le matin. Nous retirons nos protections de lames en silicone et les déposons sur les sièges des spectateurs. Main dans la main, avec un petit échange de regard en biais, Nolan et moi glissons jusqu'à Igor dans des mouvements parallèles.

Un large sourire nous accueille et je suis soulagée. Je prends Igor dans mes bras pour le saluer. Nolan tente de lui tendre la main, mais notre coach, tel le nounours qu'il est, lui tire le poignet et le câline comme un père avec son fils.

Je lève les yeux au ciel devant cette exagération digne de notre entraîneur. Il nous sourit et opine de la tête.

— Alexeï est vraiment un enfoiré, lâche-t-il à la surprise générale.

— Comment ça ?

Je croise les bras contre ma poitrine, comme chaque fois que je m'apprête à encaisser une information le concernant.

— Le bouquet. J'ai essayé de remonter la piste en appelant à droite, à gauche, et ce serait lui qui aurait envoyé les fleurs à ton… enfin, ton ancien nom.

Pourquoi cela ne me surprend pas ? Parce que je sais que mon père est capable d'être aussi machiavélique et perfide.

— Sérieux…, souffle Nolan.

— Il l'a fait pour nous déstabiliser. Il a dû se douter que je n'oserais pas en parler. Il a voulu me toucher en plein cœur et il a réussi.

C'est dur de l'admettre, mais c'est le cas. J'ai failli perdre Nolan à cause de lui. Mes doigts compressent davantage mon biceps.

— C'est faux.

Je relève brusquement les yeux vers mon… oui, mon petit ami.

— Il n'a rien réussi. Il m'a surtout sous-estimé, affirme-t-il.

Igor acquiesce et tapote l'épaule de Nolan.

C'est vrai. Dans un sens, Alexeï s'attendait sûrement à ce que nous nous séparions et que la place de sa petite protégée soit assurée. Dommage pour lui, il n'a pas compris Nolan. Il n'a pas su voir l'immense cœur qui bat dans la poitrine de cet homme et ce patineur exceptionnel.

Je souris à cette pensée, le regard accroché aux yeux de mon amoureux. Ses paupières en amande avec ses cils noirs et longs. Cette large bouche délicieuse et ce sourire qui embrase tout mon corps.

Igor me coupe dans ma rêverie en claquant ses paumes l'une contre l'autre.

— Bon ! Il est temps de se remettre en selle les enfants ! J'ai quelques pistes pour le thème de votre programme. Je ne sais pas si… enfin, si vous avez eu le temps d'y penser.

Nolan pouffe à son sous-entendu tandis que j'essaie d'inspirer et d'expirer calmement.

— Si, figure-toi. Mais montre-nous d'abord, nous aviserons après, mens-je.

Igor patine jusqu'à son sac à dos et nous dévoile quelques pages de son carnet de notes. C'est tellement brouillon que je me questionne sur son professionnalisme en matière de patinage artistique. Discipline qui exige rigueur et précision. Bon, je ne vais pas trop juger non plus quand je sais qu'Igor a été plusieurs fois vice-champion de Pologne à son époque.

Nolan semble attiré par l'idée d'une pirouette en porté. C'est un exercice risqué, mais qui pourrait fonctionner maintenant que nous nous connaissons un peu plus. Physiquement, je veux dire. Si je l'imagine bien dans mon esprit, il faudrait qu'après un premier porté au-dessus de sa tête, je redescende puis qu'il se lance dans une pirouette. Il me prendrait contre lui, comme lorsqu'il m'a sortie de l'ascenseur. Ses patins crisseraient sur le sol avec les dents pointues de ses lames afin de s'élancer dans le pivot de notre figure. Ce serait une belle image pour notre programme libre et nous gagnerions beaucoup de points.

J'approuve et Igor s'empresse de tout noter dans son carnet. Je propose des musiques. Il est généralement conseillé d'en choisir deux, qui s'accordent dans la mélodie, puisque le programme libre se déroule sur un peu plus de quatre minutes.

Je leur fais écouter *Experience* de Ludovico Einaudi et *Arrival of the Birds* de The Cinematic Orchestra. Rester sur un son classique séduira davantage le jury. Avec un large sourire, mon entraîneur et mon partenaire valident mes sélections. Nous nous concertons sur la meilleure version que nous pourrions monter d'un mix entre les deux. La créativité et l'inspiration nous étreignent trop rapidement pour réussir à caser toutes nos idées. Nous décidons de rester sur une nuance similaire à notre première chorégraphie en commençant par des figures légères, et nous monterons crescendo au fil des notes musicales.

L'après-midi, malgré quelques autres patineurs venus nous rejoindre et notre troupe de fans dans les tribunes, nous restons concentrés sur notre entraînement. *Cornfield Chase*, notre mélodie du programme court, résonne dans nos écouteurs Bluetooth. Nos corps se percutent, nos mains s'enlacent et la machine est lancée. Nos patins nous guident dans le début de notre valse et accélèrent au fil de la musique. Les battements de mon cœur s'intensifient à mesure que nous enchaînons les *twizzles*, les poses, les tourbillons individuels. Puis arrive le moment de notre porté. Je trébuche sur la cuisse de Nolan, mais il me récupère par les hanches de justesse et nous oublions vite ce moment d'égarement. Mes cheveux virevoltent contre mes joues à cause de ma vitesse, guidée par les doigts de

Nolan, qui me tire légèrement vers l'avant, puis vers l'arrière. Notre programme se termine sur une dernière valse, où nos personnages se pardonnent, s'observent avec attention. Je me noie dans son regard et je me laisse emporter par mon rôle. Il me fait tourbillonner une première fois sous son bras levé avant de reprendre mes reins avec sa main libre. La glace nous entoure, nous domine, nous envoûte.

Lorsque nous nous stoppons dans notre posture finale, je reprends mon souffle comme si je réapprenais à respirer naturellement. Igor nous applaudit ainsi qu'une partie des autres patineurs et des spectateurs dans la salle. Nous éclatons de rire face à tant d'enthousiasme, l'adrénaline ne voulant pas redescendre. Nous les saluons et Nolan tire sur ma hanche pour me coller à lui. Il m'embrasse fougueusement, amusé.

— Ça m'avait tellement manqué.

Comment parvient-il à avoir toujours les mots qu'il faut avec moi ?

Je fourre mes doigts dans ses cheveux et lui réponds :

— Moi aussi, Nolan. Moi aussi.

Nous reproduisons encore deux fois le programme court pour bien récupérer nos marques et rendre nos mouvements fluides. Ensuite, nous essayons des poses que nous avons suggérées pour la seconde chorégraphie, plus longue. C'est un peu bancal pour l'instant. Nolan manque de me lâcher en me soulevant et mes lames de patins craquent le sol violemment.

— Désolé !

Nos entraînements s'enchaînent les semaines suivantes. Nous n'arrivons pas encore bien à trouver une ligne directrice et cela m'angoisse. Je me surprends à me ronger les ongles, blottis dans les bras de Nolan sur mon canapé, le soir, devant un film. Le long-métrage est super, mais je ne peux pas m'empêcher de paniquer en comptant les jours qu'il nous reste avant la *Ice-Dance Petronilla Cup*. À peu près deux mois puisqu'elle se déroulera fin novembre. Arriverons-nous à nous perfectionner d'ici là ?

J'aime être aussi proche de Nolan, me laisser aller avec lui… Mais ne le fais-je pas trop ?

Sur cette pensée, je m'endors difficilement sous mes draps tandis que les premières pluies d'automne s'écoulent et que le torse de Nolan se soulève contre mon dos. Je dois essayer de lui faire confiance et de chasser mes mauvaises habitudes.

Je dois essayer.

36

Maddison
Septembre 2022, Grenoble

— Un quoi ?

— Un stage avec la fédération. Ce sera pendant le mois d'octobre et ça vous permettra d'avancer sur votre programme libre. Qui n'en est d'ailleurs qu'à des bribes de figures, nous sermonne Igor.

Je croise les bras et souffle de sidération. Oui, c'est vrai que l'inspiration n'est pas si évidente que je le pensais, mais nous progressons. Nous avons établi un plan de trois portés au-dessus de la tête de Nolan. C'est déjà beaucoup de points gagnés !

Un stage avec Yelena ? Et tous les autres qui m'ont regardée de travers et harcelée pendant plusieurs années ? Quel serait l'intérêt, à part celui de me faire du mal quand les choses commençaient enfin à s'améliorer ?

Non, vraiment, je ne comprends pas.

Nolan hoche la tête à ma droite et je le fusille, les yeux écarquillés.

— C'est une mauvaise idée, insisté-je.

— Et pourquoi ? Igor a raison, nous pourrions avoir l'expertise d'autres champions et d'autres entraîneurs.

Il pivote vers le concerné.

— Sans vouloir t'offenser.

Igor acquiesce.

— Travailler en groupe peut vous aider, j'en suis convaincu.

J'essaie de peser le pour et le contre et de me faire à l'idée que je suis seule contre ces deux-là. Même si j'admets que nous sommes à la ramasse avec Nolan et que cette perte d'inspiration m'inquiète, je crains que le séjour ne se déroule pas comme Igor l'espère. Effectivement, ce serait une mauvaise idée concernant les autres participants, mais pas pour les coachs. J'en connais de très bons, qui seront présents et qui pourront nous aider à améliorer nos idées pour le libre.

Je jette un coup d'œil à Nolan dont le regard attend ma réponse avec impatience.

Accepter, ce serait foncer dans le tas, rouvrir toutes mes blessures. En aurais-je le courage ? Serais-je assez forte face à eux ? Mes yeux cherchent un indice sur le visage de Nolan. Il me fixe, impassible, et ça ne m'aide pas. Je tique lorsque sa main attrape soudain la mienne pour la descendre et décroiser mes bras. Comme s'il avait suffi de nous détailler sans prononcer un mot. Comme si mon cœur avait parlé au sien en silence.

Un mince sourire se dessine sur ses lèvres. Il ne m'en faut pas plus pour hocher la tête et accepter la proposition d'Igor. Ce sera difficile, je vais probablement être malade plusieurs jours tellement je vais stresser, mais… je crois que je m'en sens capable à ses côtés. Je peux puiser un peu du courage de Nolan pour réussir à garder mon sang-froid.

Notre entraîneur claque des mains avec joie et nous informe qu'il nous enverra tous les détails par e-mail.

— On se retrouve dans deux jours, les enfants ! Soyez au rendez-vous à l'aéroport de Berne !

Mes doigts s'enroulent plus fermement autour de ceux de Nolan. Deux jours pour me préparer psychologiquement à retrouver mon passé, à l'affronter après plusieurs mois de disparition. Enfin, jusqu'à ce fameux bal, où la vidéo de Nolan et moi sur la piste de danse a fait le tour du monde, et où notre duo a rencontré sa petite communauté. Dire qu'Igor nous a même obligés à faire un *live* sur Instagram depuis notre page professionnelle. Il était parfait dans son rôle de présentateur groupie. Mais il est vrai aussi qu'assister à l'enthousiasme de nos fans réchauffe un peu mon cœur. Ça me motive. En espérant que ce que nous produisons puisse toucher d'autres personnes. L'avantage des réseaux sociaux, je suppose.

Le lendemain soir, je me blottis contre Nolan, dans son lit. Sa mère m'a presque forcée à tester une nouvelle recette de soupe à la carotte avant de nous libérer.

Je love ma tête contre son torse tandis que son bras entoure mes épaules pour me rapprocher de lui. Ma main glisse le long de son ventre jusqu'à sa hanche. Sa chaleur se diffuse dans mon corps et m'enveloppe dans un cocon rassurant. Je ferme les yeux pour essayer de me détendre.

Les caresses de ses doigts dans mes cheveux m'endorment. Je ne me suis jamais sentie aussi en sécurité qu'avec Nolan. Je regrette d'avoir attendu si longtemps pour lui montrer mes blessures ouvertes. Je pense cependant qu'il n'aurait pas eu la même réaction si nous avions été à un stade différent de notre relation. Peut-être aurait-il fui…

Mais il tient à moi.

Cette simple phrase résonne dans les parois de mon crâne et embaume mon cœur d'agréables picotements. Si on m'avait dit que débarquer à Grenoble pour fuir ma défaite m'apporterait une si grande victoire, je ne l'aurais pas cru. Ça m'aurait même agacée, il y a quelques mois, qu'on me donne de faux espoirs.

Je relève le menton pour croiser le regard amoureux de Nolan. Je manque de rater un battement en plongeant dans ses yeux brillants, qui m'observent avec intensité. Un sourire plane entre ses joues.

Aujourd'hui, je pense que ma relation avec Nolan et mon début de réconciliation avec moi-même sont mes premières victoires. Cela fait deux mois que nous sommes en couple et je ne me suis jamais sentie aussi tranquille. Même si, oui, la pression des compétitions à venir m'angoisse toujours, je suis sereine avec mes émotions.

Je remonte jusqu'à ses lèvres, que je scelle avec les miennes dans un lent et tendre baiser.

J'espère que ce sentiment ne me quittera pas lorsque nous arriverons en Suisse.

Nolan

Octobre 2022, Berne

À peine sommes-nous descendus de l'avion qu'une pluie fraîche nous fouette le visage. Nos climats, à la Suisse et à la France, sont plutôt similaires, mais j'ai la sensation que le froid d'ici est plus piquant. Même pour un premier jour d'octobre, le ciel est couvert d'une épaisse couche grisâtre.

— Bon, tu bouges ! s'énerve Maddi derrière moi.

Sa paume me pousse jusqu'à l'entrée de l'aéroport. Nous longeons un large couloir avec le reste des passagers jusqu'à l'attente de nos bagages.

Elle est devenue agaçante depuis que nous avons décollé. Je peux très bien comprendre sa crainte, mais ça me désole qu'elle relâche encore la pression sur moi. Comme si j'avais tatoué sur mon front : « punching-ball personnel de Maddison Petrova ».

Je me frotte les mains et souffle à l'intérieur du dôme que je forme pour me réchauffer la peau. J'espère que le chauffage est compris dans l'appartement que nous loue la fédération de patinage artistique. Le comble pour un patineur est d'être frileux.

J'aperçois au loin ma valise et me fraye un chemin jusqu'à elle, puis je récupère celle de Maddison. Nous nous dirigeons ensuite vers notre taxi, qui nous attend avec une pancarte.

— Petrova et Davis ? s'exprime l'homme en français.

— *Yes*, lui répond Maddison.

Il nous fait signe de le suivre sans un mot de plus.

Mon cœur accélère la cadence chaque fois que j'entendre l'accent polonais de Maddison, dans la langue anglaise. Un roulement guttural délicieux.

Le chauffeur agrippe le volant, et le véhicule s'engouffre dans les bouchons de la capitale. Je m'enfonce dans le siège. Vivement que je me glisse sous une bonne douche chaude pour détendre mes muscles.

À ma droite, Maddison dévoile son premier sourire.

— Quoi ?

— Tu sais que c'est un comble pour un patineur de ne pas aimer le froid.

Je souris sans pouvoir m'en empêcher, car c'est exactement ce que j'ai pensé quelques minutes plus tôt. Nous ne sommes pas loin de finir les phrases de l'autre. Tel un vieux couple.

Je me fige à cette pensée. Arriverons-nous jusque-là ? J'aimerais. Elle aussi ?

— Nolan ?

— Oui, euh, pardon. Tu disais ?

Son sourire s'efface un peu et elle reporte son attention sur les habitations, qui défilent derrière sa vitre.

— Que penserais-tu d'aller dîner avec moi ?

Cette question est lâchée si rapidement que je doute d'avoir bien compris. Mes yeux descendent jusqu'à son poing fermé par-dessus sa cuisse. Est-ce que ça lui coûte de me le demander ?

— Hum, on n'est pas obligés, réponds-je en raclant ma gorge.

Ses épaules se crispent et sa tête pivote face à moi.

— Ah bon ? Je…

Maddison fronce les sourcils. Voyant sa lèvre inférieure trembler et son regard chercher le mien, je pense avoir mal interprété…

Je croise les bras.

— Tu en as vraiment envie ?

— Évidemment !

Ma petite amie range une mèche blonde derrière son oreille tout en reportant son regard devant elle.

— En fait… Je voulais m'excuser pour mon comportement en te proposant un repas en tête-à-tête. Je… pense que je serai plus à l'aise ici en me sachant avec toi, bafouille-t-elle.

Maddison a l'air si vulnérable en m'avouant ainsi ses sentiments que mon cœur s'enfonce dans ma cage thoracique. Je décroise aussitôt les coudes et m'approche d'elle pour l'embrasser. Mon index guide son menton jusqu'à mon visage et je colle ses lèvres contre les miennes avec tendresse.

Je suis un parfait idiot. Moi qui commence tout juste à découvrir ses blessures intérieures, voilà que je prends encore ses réactions pour du mauvais caractère, au lieu de penser à ce qui est sous-jacent.

Je me recule à contrecœur et enfonce mes doigts dans son poing pour le desserrer et enlacer sa main. Sa peau est bien plus chaude que la mienne.

— Je serais ravi de dîner avec toi ce soir, Maddison.

Sa paume libre caresse ma joue avec une douceur que je lui découvre depuis quelques semaines. Une Maddison romantique et attentionnée, qui fait battre mon cœur encore plus fort.

Le chauffeur nous dépose comme convenu à notre logement et lorsque nous atteignons notre studio, nous retenons tous les deux un hoquet de surprise. Il y a deux chambres séparées avec deux lits simples. Plus casseurs d'ambiances, ça n'existe pas. L'appartement est assez spacieux, même luxueux à en croire la qualité des murs, les poutres en marbre et le mini canapé du salon. Ce n'est pas pour me déplaire !

Je teste le matelas moelleux du lit avant de déballer mes affaires dans les placards de ma chambre individuelle. Qui ne le restera pas longtemps, je pense. Je coule un regard en biais pour vérifier la pièce d'en face. Maddison m'imite et lorsque nos regards se croisent, nous pouffons de rire face à la situation.

Maddison me laisse la douche en premier pendant qu'elle réserve le restaurant. Puis c'est à son tour. Je réponds aux différents messages de mon père et de ma tante pour les rassurer. Des vrais parents-poules ces deux-là. Mais je souris tout de même.

La porte s'ouvre dans mon dos, après quelques minutes. Je me retourne et manque de lâcher mon téléphone. Ma respiration se bloque devant cet ange déguisé en démon du sexe. Pour jouer la carte de la séduction avec hilarité, Maddison s'adosse contre le chambranle et soulève le pan ouvert de sa robe noire pour dévoiler sa cuisse.

— Alors, Garçon ?

Elle ne tient même pas une seconde et explose de rire. Mais je suis incapable de bouger, les mots me manquant. Maddison est sublime dans cette robe qui dévoile sa poitrine en un décolleté cœur et moule parfaitement ses hanches. Son fin collier en argent tombe jusqu'à la courbure de ses seins. Qu'ai-je fait pour mériter une telle femme ?

Je retrouve miraculeusement l'usage de ma voix.

— Euh, qu'est-ce que je dois faire pour annuler la réservation et rester là avec toi ?

Son rire s'accentue, plus doux cette fois, plus taquin. Maddison s'avance et embrasse la commissure de mes lèvres pour me torturer.

— Allez, viens. J'ai faim.

Comment casser la tension qui montait en quatre mots ? En m'avouant une chose totalement anodine avec un ton très sérieux. Je ris et range mon téléphone portable dans la pochette intérieure de ma veste en jean. Je prends le temps d'enfiler une tenue plus en accord avec la sienne, avant de la rejoindre sur le perron.

Nous nous prenons la main en souriant, complices, et nous nous dirigeons vers le restaurant. C'est un lieu assez chic, dans la demi-mesure. Les tables derrière l'accueil sont drapées de blanc avec des bougies et des lampadaires tamisés. Une ambiance chaleureuse et romantique.

— *I have a reservation for two people in the name of Petrova. I called less than an hour ago.*[28]

— *Yes, madame, follow me.*[29]

L'hôtesse nous guide jusqu'à notre table, dans un recoin de la salle, à l'abri des regards. Et aussi juste à côté des toilettes, mais qu'importe, nous aurons des anecdotes sympas à raconter.

---

28 J'ai une réservation pour deux personne au nom de Petrova. J'ai appelé il y a moins d'une heure.

29 Oui, madame, suivez-vous.

— Installez-vous, je vous fais porter nos cartes dans un instant, poursuit-elle en anglais.

Ma petite amie tire sa chaise et s'installe tranquillement. J'observe l'hôtesse s'éloigner en fronçant des sourcils, puis imite ma cavalière.

— Toi qui vis à Berne depuis plusieurs années, tu n'as jamais appris à parler français ou allemand ?

Un léger sourire illumine son visage.

— Si, mais l'allemand est plus facile que le français. Et je me suis dit qu'en parlant dans cette langue, c'est toi qui ne comprendrais rien.

— Quelle délicate attention, raillé-je.

Mes lèvres s'étirent plus largement. Je glisse ma main jusqu'à ses doigts. Elle plisse les yeux, taquine. J'adore quand son air moqueur revient et me nargue. Je la sens plus détendue avec moi. Et ça me fait le plus grand bien.

J'embrasse ses phalanges et Maddison glousse.

Nos coupes de champagne et nos plats respectifs nous sont servis rapidement. Nous nous régalons et nous faisons goûter chacun de nos plats avec quelques regards langoureux. Je me sens niais et aussi tellement empli de bonheur que je finis par ne plus faire attention à mon apparence.

Nous enroulons nos doigts les uns aux autres par-dessus la nappe blanche en attendant nos desserts. Je raconte des anecdotes sur mes petites cousines et comment je me suis retrouvé à croire que j'étais un mur à une soirée étudiante un peu trop arrosée. J'ai vraiment dû expliquer plusieurs fois la scène pour que Maddison me croie et éclate de rire derrière sa deuxième coupe de champagne.

La porte des toilettes bombe soudain dans la chaise de Maddi.

— Excusez-moi, s'exprime une voix dans un roulé de « r » perceptible entre tous.

Le visage de Maddison blêmit. Et lorsque mes yeux remontent la chevelure rousse, qui ondule jusqu'à son visage, je crains d'oublier de respirer.

— Maddison ?

Deux billes cristallines nous sondent l'un après l'autre avec une réelle surprise. Les mains de ma petite amie me lâchent trop brutalement à mon goût et viennent se cacher sous la table.

— Yelena, assène Maddison, soudain enrouée.

Je ne peux m'empêcher de fixer la cicatrice sous sa joue, qui chute jusqu'à son cou. Un peu plus bas et la lame de Maddison aurait sans doute atteint la jugulaire…

Je ravale ma salive à cette constatation et reporte mon attention sur elle, plus tendue que la corde d'un arc.

— Vous êtes venus pour les entraînements de groupe, j'imagine ?

Yelena Sovetsky s'adresse en anglais pour que je puisse comprendre ses mots. Maddi acquiesce avec un simple mouvement de tête, sans oser prononcer un mot.

Une colère noire monte en moi. Je déteste cette femme rien que pour l'effet qu'elle provoque sur la personne que j'aime.

Une sensation brûlante remonte dans ma poitrine. Je serre les poings sur la table.

— Je vois… Ça va être marrant.

— Et pourquoi ?

Nolan, tiens-toi. Nolan, tiens-toi.

Je peux très vite perdre les pédales lorsqu'il s'agit des personnes à qui je tiens. Je remarque le comportement effacé de Maddison à côté de sa demi-sœur, car elle s'en veut toujours pour sa blessure.

Yelena se pare d'un sourire amer en s'adressant à moi.

— Parce que certaines personnes seront ravies de la revoir.

Son regard coule vers Maddison lorsqu'elle assène la fin de sa phrase.

Je bous en serrant les dents de toutes mes forces. Je ne dois pas jouer le chevalier qui sauve la princesse, je dois rester en dehors de leur querelle.

Je dois…

— N'est-ce pas, Maddison ? insiste-t-elle.

Sa poitrine se soulève trop vite. Pourquoi ne puis-je pas intervenir ? Pourquoi suis-je coincé par des principes moraux stupides ?

Maddi approche une main tremblante de sa coupe de champagne pour se rafraîchir quand celle de Yelena tombe « malencontreusement » contre le verre. Le liquide se déverse en cascade sur la robe et le buste de Maddison. Mes yeux s'écarquillent tandis que le faux cri de sa demi-sœur retentit.

— Oh là là, je suis désolée !

Toutes les têtes se tournent vers nous. Les murmures bourdonnent dans mes oreilles. Mes poings me démangent. Un goût acide étreint ma gorge. Je suis déjà debout face à Yelena, mon regard le plus noir.

— Je crois que ça suffit, grondé-je.

Je suis si proche d'elle que je perçois son souffle mentholé jusque dans mes narines. Elle m'étudie, d'abord surprise, puis redessine son sourire amer.

— Parce que tu crois que j'ai peur de toi.

— Non. Je sais très bien de quoi tu es capable. Maintenant, je te conseille de nous laisser tranquilles.

Mon cœur bat à vive allure. Mes veines se chargent de colère et de rage. Je peux très vite m'enflammer, je le sais.

Deux paumes agrippent soudain les épaules de Yelena et la tirent vers l'arrière. Je reconnais son partenaire de danse sur glace, Bukin. Il m'adresse à peine un regard, et en silence, ils déguerpissent comme si rien ne s'était passé. Je suis trop inquiet par Maddison pour me soucier plus longtemps de ces deux-là. Lorsque je reviens vers elle, elle est déjà debout en train de se diriger vers la sortie d'un pas rapide.

Je crains le pire.

37

Maddison
Octobre 2022, Berne

Mes poings se compressent si fort que mes ongles s'enfoncent dans la chair de ma paume. Je vois rouge. Mes sens sont en ébullition. Mes pieds traversent l'entrée du restaurant et me transportent à l'extérieur. Les rafales de vent me durcissent les nerfs.

Je ne fais plus attention à rien autour de moi. Je suis coincée dans un maelstrom de colère et de *rage* !

La brise nocturne mord chaque centimètre de ma peau nue et défait ma coiffure ondulée.

Le sourire mesquin et si particulier de Yelena pulse dans ma mémoire, en boucle, à mesure que mes talons martèlent le trottoir que je traverse, inconsciente de la direction. J'ai quitté le dîner sans me retourner. Sans un mot ou un regard pour Nolan. Je m'en veux. Je suis tellement hors de moi que sa vision est rapidement remplacée par celle de ma traîtresse de demi-sœur. Jusqu'au bout, elle me traînera dans la boue. Jusqu'au bout, elle m'humiliera pour que je tombe à ses pieds.

Sa cicatrice me revient soudain, juste avant un feu de circulation. Je me fige net, au milieu du passage piéton, éclairée par les phares des véhicules. Mes doigts se desserrent et je me sens subitement vide. Quand réussira-t-elle à me pardonner ? Quand cessera-t-elle de me faire payer ?

Mais surtout… Quand arrêterai-je de fuir face à elle ?

J'ai été lâche. Non, je suis lâche. J'ai beau être impulsive et ne pas me laisser démonter. Yelena est, et restera toujours, ma bête noire.

Mon épée de Damoclès.

Je savais que c'était une mauvaise idée de revenir en Suisse. La trace humide de champagne sur mon décolleté est bousculée par le vent et refroidit une partie de mon corps.

La voiture à ma droite klaxonne si fort que mon talon manque de se craquer en deux sous mon sursaut. Je traverse à vive allure et, encore en état de choc, je parviens à récupérer mon téléphone portable dans la poche de ma robe pour retrouver mon chemin.

Je prends conscience d'à quel point ma réaction était stupide et inconsidérée. Les passants autour de moi me heurtent. Je suis perdue au milieu de cette rue bondée et lumineuse. Mon cœur bat à cent à l'heure et ma peau frissonne. Je me frotte les bras et suis l'indication de mon GPS pour rentrer. J'essaie de ne pas tenir compte des nombreux appels de Nolan ni de la main invisible de culpabilité, qui me presse la poitrine.

J'ai conscience de m'être emportée et de l'avoir laissé tomber. Je sais aussi que je risque de passer la soirée seule, dans ma chambre attribuée. Il ne voudra certainement pas m'adresser la parole…

J'aimerais frapper dans les murs que je longe. J'ai besoin de me défouler, de décharger l'irritation qui m'embrase pour éviter de perdre la tête.

Le néon de l'immeuble aveugle ma vue brouillée de larmes. Je pénètre dans l'ascenseur. Tout mon corps convulse. Je frictionne mes bras sans grand succès.

Quelle idée stupide ! Stupide ! Stupide !

J'aurais dû prendre une bonne respiration et réfléchir correctement. Non pas déguerpir sans raison. Je me pince l'arête du nez.

Je… je suis tout engourdie…

Mes lèvres tremblotent lorsque je passe l'entrée de notre logement. Les lumières sont allumées. J'espère que ce n'est pas un oubli de notre part en quittant les lieux plus tôt. Mes pas m'avancent jusqu'à la chambre de Nolan.

Il est assis là, sur le bord de son matelas, son téléphone à la main, les yeux écarquillés face à moi qui continue à sursauter de froid ou de colère. Je ne sais plus.

Il me suffit d'un clignement pour que les larmes dévalent mes joues. Je suis tellement désolée… tellement désolée…

Ma gorge et mon cœur se déchirent. Je veux fermer les yeux pour ne pas avoir à revivre cette soirée, mais aussitôt mes cils scellés, un corps chaud se presse contre moi. Les bras de Nolan entourent mon corps gelé comme la pierre et me réchauffent.

— Bordel, Maddison. Ne me refais plus jamais ça, chuchote-t-il contre mon oreille.

Mes doigts se glissent dans son dos et je le plaque contre moi, aussi fort que je le peux. Parce qu'aujourd'hui, j'ai quelqu'un sur qui me reposer. Parce qu'aujourd'hui, Nolan est là pour moi.

— Pardonne-moi…, sangloté-je dans le creux de son cou.

Mes tremblements se mélangent à mes larmes, que je relâche dans un flot incontrôlable. Il me soutient du début à la fin, jusqu'à ce que je parvienne à me calmer et à me souvenir que je ne suis plus seule. Cette simple constatation suffit à libérer tout le poids de mes épaules.

Nolan dépose un baiser sur mon front et hoquette de surprise.

— Mon Dieu, tu es glacée !

Il se détache de moi et revient aussi vite avec une serviette de la salle de bain. Il s'apprête à m'entourer les épaules avec avant de se raviser. Ses pupilles brunes me détaillent de haut en bas, impassible.

Je sais. Je ne ressemble à rien. Il m'a déjà vue malade, sous mon pire jour, mais *ça*… La détresse qui m'envahit chaque fois que je suis face à Yelena, elle me détruit.

— Je suis désolée… je… je pue le champagne. Je vais aller me laver…

— Non, attends !

Nolan repose la serviette sur le lit et m'agrippe délicatement les poignets.

— Enlève ta robe, affirme-t-il d'un doux murmure.

— Pardon ?

Sans me répondre, ses index descendent lentement les bretelles de ma robe noire. Son regard me dévore. Il est si intense, brûlant d'un désir que je ne comprends pas. Je déglutis difficilement. Mon cœur se remplit d'une douce chaleur, qui accélère sa cadence.

Sa main caresse mon dos jusqu'à la fermeture de mon vêtement qu'il défait. Le tissu retombe à mes pieds et je me retrouve en sous-vêtements devant ses yeux, qui incendient chaque parcelle de ma peau. D'un simple regard, Nolan parvient à m'embraser.

— Est-ce que je peux lécher la trace de champagne sur ton corps ?

Sa voix est totalement transformée. Elle est mielleuse et rauque. Je ne parviens plus à bouger, figée par mon propre désir qui monte en flèche. Mon sang pulse dans mes veines et se change en lave.

— Pourquoi ?

Nolan sourit.

— Parce que je veux enlever ta douleur. Je veux effacer les marques de ta famille et de toutes les personnes qui t'ont fait du mal. Je veux que tu arrêtes de penser que tu dois t'excuser de respirer alors que c'est toi celle qui souffre.

Mon souffle se tait. Nolan efface la distance qui nous sépare et tombe à genoux devant mes pieds. Mon intimité est encore recouverte de ma culotte à quelques centimètres de sa bouche. Sa simple haleine caresse mon bas ventre et m'enflamme tout entière.

— *Hey*, Maddison ?

— … oui ?

— Tu es magnifique.

Je cache mon ultime sanglot avec ma main contre ma bouche.

Comment ? Comment un homme aussi incroyable que Nolan Davis peut-il exister ?

Il m'aime pour qui je suis.

Et j'aime la vie avec *lui*.

Je hoche la tête pour l'autoriser à me toucher, et sans attendre, ses lèvres embrassent mon nombril. Ses lèvres humides me provoquent une vague de frissons délicieux. Sa langue savoure ma peau fraîche jusqu'à mes seins. Il décroche mon soutien-gorge de ses deux mains, tout en continuant de déposer des baisers sur la trace du champagne. Je n'ai jamais autant remercié qu'on m'arrose pour ressentir ce désir dévorant.

Nolan m'embrasse avec fougue et brutalité. J'enfonce mes paumes dans ses cheveux tandis que mon sous-vêtement s'échoue sur le sol.

C'est tout ce dont j'avais besoin. Nolan, moi, nous, l'un dans l'autre. L'un *avec* l'autre.

Mon cœur explose. J'agrippe ses hanches de mes cuisses et nous finissons de nous aimer, de nous savourer, de nous toucher sous l'eau chaude de la douche, qui intensifie notre étreinte. Une dimension dont je ne connaissais pas l'existence.

J'ignore comment se dérouleront les entraînements avec la fédération, mais je sais deux choses : Nolan sera là. Et je l'aime d'un amour si passionnel que j'ai peur d'en être consumée.

38

Maddison
Octobre 2022, Berne

Malgré notre nuit extraordinaire, je n'ai pas dormi. Une boule d'angoisse inexplicable dans l'estomac est accrochée à moi. Mes yeux sont grand ouverts tandis que Nolan se tourne pour coller son torse contre mon dos. Je savoure sa chaleur en inspirant une goulée d'air.

Même si son soutien me permet d'être encore en Suisse à cette heure précise, j'ai conscience que son amour ne pourra jamais soigner mes maux. Malgré tout le courage qu'il me donne, je resterai angoissée jusqu'à ce que nous ayons atteint notre but.

Son bras pend sur mon ventre pour me maintenir contre lui. Je compte les jours qu'il nous reste avant la première épreuve : la *Ice-Dance Petronilla Cup*. S'ensuivra, si nous parvenons à obtenir assez de points, l'ultime sacre des championnats européens de patinage artistique 2023.

Je déglutis, la boule dans mon ventre grossissant à mesure que je réalise la vitesse à laquelle les jours s'écoulent.

Plus que 52 jours pour la *Ice-Dance Petronilla Cup* et 129 jours pour le grand rendez-vous.

Je serre mes deux poings sous ma mâchoire et presse les paupières pour m'aider à garder le contrôle.

Le contrôle. Le contrôle. Le contrôle.

En espérant que cela suffise à me maintenir déterminée et centrée sur nos objectifs.

Nolan

Je suis réveillé par une odeur de nourriture qui titille mes narines. Un sourire béat traverse mes lèvres tandis que je me blottis quelques secondes supplémentaires sous la couverture.

Je soulève une paupière pour observer le couloir vide et la place à côté de moi également. Mon sourire s'agrandit en devinant *qui* prépare le petit déjeuner. La météo est grisâtre, la luminosité de l'appartement fantomatique. Pour autant, je ne me suis jamais senti aussi bien, aussi paisible et déterminé.

C'est en imaginant Maddison me confectionner un délicieux repas que je cède mon cocon douillet pour la trouver dans la cuisine. Comme je le pensais, elle a attaché ses longs cheveux en une haute queue-de-cheval, qui tangue à ses mouvements de tête. Je reconnais une musique *pop* américaine sans mettre le doigt dessus. Ce n'est pas trop mon type d'écoute. En revanche, c'est délicieux de l'observer ainsi, détendue, elle-même, à gigoter sur ce son, une spatule à la main. Le couvert est déjà disposé sur la table. Une assiette en face de l'autre.

Tel un vrai couple.

Ma poitrine se gonfle et mon cœur refait des siennes.

Je m'approche, passe mes mains sur ses hanches pour la retourner et l'embrasse tendrement. D'abord surprise, Maddison sursaute, puis fond contre moi.

— Salut.

— Salut, me répond-elle avec un petit sourire.

Elle s'affaire à la cuisson de ce qui semble être des pancakes sans en être…

— Tu as fait du *racuchy z jabłkami* ce ?

— Tu connais ?

Je croise les bras et m'adosse au comptoir.

— Bien sûr ! Ma mère m'en préparait quand j'étais petit. Et puis j'ai fait une overdose…

Maddison grossit les yeux. Je cache tant bien que mal mon éclat de rire derrière mon poing.

— Mais ça va, j'adore ! Promis, tu as eu une super idée.

Ses épaules s'affaissent légèrement le temps qu'elle termine de nous confectionner ce petit déjeuner typique de son pays d'origine, à base de tranches de pommes trempées dans une pâte à crêpe et frites à la poêle.

— J'y pense… Comment se fait-il que tu sois polonaise, mais que tu fasses partie de l'équipe suisse ? demandé-je.

Maddi fronce les sourcils, le temps de la réflexion.

— Je suis née en Pologne, mon père et ma demi-sœur aussi. Quand ma mère est… morte…

Elle déglutit.

— Comme je te l'ai déjà raconté, Alexeï s'est noyé dans son chagrin et on a déménagé du jour au lendemain. Je peux le comprendre. C'était aussi difficile pour moi que pour lui de rester dans le pays où elle est décédée, tout me la rappelait… Et puis, bon, quand on est un entraîneur aussi réputé que Sovetsky, c'est facile de trouver une place dans une nouvelle fédération de patinage artistique.

J'acquiesce, étudiant chacune de ses révélations.

— J'imagine que ça n'a pas dû être facile de t'adapter à une nouvelle culture…

Maddison retourne une *racuchy z jabłkamce* avant de me répondre.

— Au début, oui. Mais j'ai bien aimé apprendre l'allemand.

Mon sourire devient plus taquin.

— Tu me dirais des mots doux dans cette langue ?

Son regard en biais, chargé de tension et de flammes, me torpille le bas-ventre. Je racle ma gorge et pourlèche mes lèvres.

— *Das würde Ihnen gefallen, nicht wahr? Aber schade, Nolan, du musst bis heute Abend im Bett warten, bevor ich dir meine Geheimwaffe verraten kann*[30]…

Je n'ai aucune idée de ce que ça signifie, mais j'en tremble de plaisir et vais agripper ses joues en coupe pour lui dévorer la bouche. Elle rit sous mes lèvres et je dois utiliser mes dernières forces pour la lâcher, ravi que la conversation se soit allégée…

Dès que Maddi termine la préparation, nous entamons notre brunch ensemble, à Berne, sous l'air mitigé d'octobre. Le vent siffle autour des fenêtres et nous berce dans une ambiance particulière.

Nous nous amusons comme des enfants, par moments, en nous bousculant les jambes sous la table ou en piquant dans l'assiette de l'autre. C'est de bonne guerre et j'adore quand Maddison me taquine. Ça me rend encore plus dingue d'elle que je ne le suis déjà.

Nous dégustons les crêpes croquantes – la cuisine n'est pas son fort, mais ce n'est pas dégoûtant non plus – en proposant différentes poses et figures que nous pourrions tester aujourd'hui, si nous n'avons pas de planning

30 Tu aimerais bien, n'est-ce pas ? Mais dommage, Nolan, tu vas devoir attendre ce soir dans le lit avant que je puisse te révéler ma botte secrète.

préétabli. Igor a vraisemblablement gardé le mystère sur les entraînements de groupe avec la fédération. Même Maddison, qui a pourtant l'habitude d'être avec eux, ne sait pas à quoi s'attendre. Nous savons simplement que notre entraîneur nous rejoindra dans la semaine, après des jours de vacances avec sa femme et sa fille. Pour le reste, ce sera la surprise.

Ou presque.

Car nous connaissons déjà les membres du comité d'accueil. Pour ne pas citer Yelena Sovetsky et Vladimir Bukin… il y aura Isabelle Jenkins et Dimitri Roscov, les champions d'Europe 2022. Je pense que ce sera une bonne carte à jouer pour nous de les observer s'entraîner et d'apprendre de leur technique. Pour les nombreuses vidéos que nous avons étudiées avec Maddison, j'ai compris qu'ils pouvaient être très rapides en enchaînement de pas. Leur dernier programme libre avait pour thème le monde galactique. C'était innovant et assez ingénieux pour leur offrir la médaille d'argent aux Jeux olympiques, derrière Yelena.

Pour résumer : que des gros poissons.

Et nous serons les petits têtards qui essaieront de se faire une place. Enfin, surtout moi. Je serai à côté d'un requin et je compte sur elle pour tous les dévorer.

Je souris à cette pensée.

— Qu'y a-t-il ?

— Rien. Je réfléchissais à ce que j'allais mettre.

Ma partenaire manque de s'étouffer avec son verre d'eau.

— Pourquoi ? Ce n'est pas un entretien d'embauche !

— Je sais, mais…

Je pique mon dernier bout de crêpe à la pomme avec ma fourchette.

— … j'ai envie de faire bonne impression avec toi.

Son regard se réchauffe et sa main glisse jusqu'à la mienne. Le contact de nos peaux décharge un pincement agréable en moi.

— Nolan Davis. Tu es Nolan Davis. Et je ne suis personne pour eux. Je t'assure, ils ne feront même pas attention à nous.

Nous nous sourions et je serre ses doigts dans ma paume.

Comme j'aurais voulu la croire… Mais lorsque nous arrivons à destination, dans la grande patinoire internationale PostFinance Arena, tous les sons disparaissent et dix paires d'yeux se braquent sur nous. J'aurais dû mettre mon meilleur jogging plutôt que ce vieux gris. Bien qu'il soit confortable, il me semble qu'il a des petits trous au niveau des chevilles, faute de tomber à chacun de mes sauts.

Je me penche vers Maddison tout en scrutant chaque nouvelle tête.

— Personne, hein ?

Le regard noir qu'elle me lance en biais me refroidit instantanément. OK, je la boucle.

Je remarque Yelena et Vladimir, cachés derrière deux femmes, vêtues comme des entraîneuses. J'envie leurs grosses doudounes bien chaudes. Puis à leur droite, les champions européens : Isabelle Jenkins et Dimitri Roscov. Ils croisent leurs bras d'un air menaçant. Moi qui pensais m'en faire des coéquipiers, l'accueil est loin de ce que je m'imaginais. J'ai conscience de leur passé avec Maddison, mais je ne m'attendais pas à une tension aussi toxique dans les vingt pupilles qui nous fixent.

Après tout, je m'en contrefiche de ce qu'ils pensent de moi. Je suis frustré, c'est vrai, agacé aussi. Mais je suis avec Maddison Petrova. Je suis son partenaire et elle est la femme que j'aime et que je protégerai quoi qu'il arrive.

Donc s'ils ont un problème avec elle, ils en auront un avec moi.

J'effleure la paume de Maddison, dont les épaules sont tendues. Elle sursaute très légèrement à mon contact, puis serre mes doigts entre les siens.

Maddison est là pour me rappeler que je compte, et je serai là pour lui rappeler qu'elle n'est pas le monstre qu'elle croit être.

39

Nolan
Octobre 2022, Berne

Une des deux entraîneuses glisse vers nous. Ses longs cheveux sombres descendent en cascade hypnotique jusqu'à ses hanches. Sa large doudoune cache son buste et je distingue ses mollets très musclés sous son legging.

Je dresse discrètement le menton face à son regard étiré par l'*eye-liner*, qui lui donne un air sévère. Un frisson désagréable traverse ma nuque lorsqu'elle braque ses yeux noirs droit dans les miens.

— Vous êtes Nolan Davis, si je ne m'abuse ? m'interroge-t-elle dans un parfait anglais.

— C'est bien mon nom.

Ses paupières se plissent imperceptiblement. J'ai la sensation qu'elle va me dévorer tout cru. Je déglutis, mal à l'aise.

Elle jette un très bref coup d'œil à ma partenaire.

— Maddison.

Ses doigts se desserrent dans ma paume. Je suis surpris, je m'attendais à la réaction inverse. Est-ce que je me trompe sur cette femme ?

Sa main apparaît soudain sous mes yeux.

— Enchantée, je suis Lena Muller. J'entraîne la plupart des patineurs que vous voyez ici.

Je l'accepte tandis que son mouvement d'épaule m'incite à détailler chacune des vipères qui nous scrutent avec une méfiance assumée. Loin des deux couples de danse sur glace que j'ai déjà reconnus, je distingue des visages familiers sans pouvoir y mettre un nom. Il y a trois couples de patinage, puis deux femmes en solo et un homme. Je bute sur l'une d'elles, qui fixe la glace plutôt que d'oser croiser mon regard. Elle a des yeux en amande et une chevelure noire, soyeuse, coupée en carré. Le tiraillement nerveux de ses doigts me rassure. Elle n'a pas du tout l'air comme les autres, peut-être pourrons-nous en faire une alliée. Est-elle nouvelle ?

— Si vous le voulez bien, je vais vous présenter, ajoute la coach en lâchant ma paume.

J'acquiesce et tends mes lames sur la patinoire pour la suivre, Maddison derrière moi, en retrait. Je sais comme c'est difficile pour elle et je ne peux malheureusement rien faire de plus que la soutenir par des petits gestes affectueux, en espérant que ça suffise à l'apaiser.

Malgré l'ambiance froide et injustifiée, j'ai espoir que les entraînements nous permettront de nous élever au meilleur niveau pour gagner les prochaines compétitions.

Il le faut. Coûte que coûte. Nous nous sommes battus pour aller au bout de nos espérances.

Madame Muller nous introduit les champions d'Europe 2022, Jenkins et Roscov. Il me semble qu'Isabelle est de nationalité américaine comme moi. Elle nous salue d'un mouvement de tête, qui fait basculer sa tresse blond platine. Ses yeux bleu clair s'accordent parfaitement avec sa polaire moulante couleur océan. Son partenaire lui ressemble tellement que je pourrais le prendre pour son frère. Il est souriant envers nous, ce qui tranche avec son regard sombre.

Ensuite, elle s'avance vers Yelena et Vladimir, mais je m'arrête face à eux et lâche sèchement :

— On les connaît déjà.

La rousse me foudroie de ses yeux cristallins, mais je lui tiens tête. Je n'en ai strictement rien à fiche de sa menace. Si elle veut jouer avec moi comme elle s'est amusée à harceler Maddison pendant des années, ce ne sera pas le même jeu. Madame Muller referme la bouche sans rien ajouter et nous présente le reste du groupe.

Je souris malgré moi en prenant la main de mes nouveaux coéquipiers – enfin, ceux qui veulent bien me la tendre. Mais au fond, j'ai hâte que cela se termine pour que je puisse retrouver Maddison, devenue un fantôme accroché à mon poignet. Inexistante, froide et silencieuse.

Le porteur du troisième couple me salue avec une bonne poigne. Il est plus grand que moi et très costaud dans son genre. Ses cheveux sont rasés de près tandis que sa partenaire est presque aussi musclée que lui, mais bien plus petite.

— Voici Alice et Jacob Otto.

Ah ! Voici donc le couple de frère et sœur. Leurs cheveux sont sombres, de la même couleur que leur peau, mais les yeux de Jacob sont plus foncés tandis que ceux d'Alice sont marron clair. Ses joues bien arrondies et sa bouche mordue lui donnent un visage de poupée. Son large sourire lorsqu'elle me tend à son tour sa paume me réchauffe. Ils m'ont fait une bien meilleure impression que les deux autres couples.

Puis Lena Muller termine avec les deux célèbres médaillées d'or et d'argent des derniers mondiaux : Katia Ikanov et Sarah Muller. La brune aux cheveux courts s'avère être la fille de Lena. Elle nous sourit timidement tandis que madame Muller nous expose le dernier membre, qui n'est autre que Sasha Logan. Plus précisément le champion du monde 2018, l'année où j'ai fait ma chute. Il a aussi bien grandi que moi en cinq ans !

Ses lames glissent jusqu'à moi, il me tend ses doigts et me tapote l'épaule en même temps. Je ne me souvenais pas qu'il était aussi amical.

— Ravi de te retrouver sur la piste, Nolan.

Son sourire me paraît pourtant sincère. Peut-être n'est-il plus la vipère que j'ai connue à l'époque, celle qui s'amusait à rabaisser les autres dans les vestiaires, juste avant les épreuves. Un jeu qu'il adorait pratiquer pour se procurer satisfaction et détermination. Une idée puérile que j'ai su combattre en serrant les dents et en branchant mon casque audio avant chaque épreuve.

Le Sasha que j'ai en face de moi est... très différent. Ses yeux brillent d'une intensité joyeuse. Maddison le connaît-il ?

Je n'ai pas le temps de le lui demander que Lena Muller termine de nous présenter à sa collègue Elizabeth. Elle ne nous adresse qu'un bref coup d'œil.

— Maintenant que je vous ai montré tout le monde, nous allons pouvoir débuter les entraînements. Je ne sais pas exactement ce qu'Igor vous a expliqué, Davis, mais nous commençons toujours par des échauffements en groupe.

Igor a été assez flou sur les détails, justement. Je l'écoute donc avec attention.

— Ce sont des échauffements simples, mais non négligeables, qui permettent à vos muscles de bien s'étirer. Nous allons commencer par une course d'un cercle complet. Cela vous permettra de nourrir à la fois votre vitesse d'exécution et votre esprit de compétition. Car vous êtes peut-être tous ici pour apprendre des autres, mais surtout pour obtenir les meilleurs résultats, nous détaille Lena Muller avec un sérieux percutant.

J'apprécie sa fermeté et son honnêteté. Cela me prouve à quel point la fédération suisse est exigeante avec ses patineurs. Ce ne sera que plus bénéfique pour nous d'avoir un coup de pied aux fesses. Je ne juge pas les efforts d'Igor pour nous aider, mais disons qu'il est plus… paternel avec nous. Un nouvel œil ne sera pas de trop.

— *Go !*

L'entraîneuse claque des paumes et tous se positionnent sur la ligne de départ, tracée aux dents de patin dans la glace. Les grincements des lames sur la piste et les mouvements gracieux des corps fluides m'avaient manqué. La saison reprend enfin. Et je suis très ambitieux !

Avant de les rejoindre, je me dirige vers Maddison. Comme je m'en doutais, elle fuit mon regard à tout prix. Mais ce n'est pas comme ça que je compte fonctionner. Je lui prends les joues en coupe et dépose un tendre baiser sur ses lèvres pincées. Son corps se détend contre mon torse et je souris en caressant son visage.

— Ça va aller, je te promets, marmonne-t-elle.

Je soupire.

— Dis-moi la vérité, s'il te plaît… Si tu te sens vraiment trop mal, on peut partir. Je t'assure.

Elle relève les yeux et le regard qu'elle me lance me pince le cœur.

— Non, Nolan. Toi, arrête de me mentir. J'ai bien vu comment tu réagissais avec les autres et ta manière de leur serrer la main. Je sais que tu te sens bien ici. J'ai compris que ces entraînements de groupe étaient importants pour toi.

Je suis… J'en perds les mots. Je reste la bouche ouverte sans savoir quel son en sortir, parce que, oui, elle a entièrement raison. Mais je pense aussi à son bien-être et nous sommes une équipe.

Je m'apprête à le lui expliquer lorsque Lena nous rappelle à l'ordre. Sans me laisser plus de temps, Maddison rejoint la piste de course et se positionne au départ.

Je cambre à mon tour le dos. Sasha me lance un regard en biais que je lui renvoie avec un air de défi. Puis le drapeau se baisse. Les lames raclent violemment la glace et nous voilà tous partis à vive allure. Je passe l'arc de cercle le premier avant d'accélérer ma cadence pour prendre encore plus d'avance. Sitôt atteint le deuxième arc que Sarah et Sasha me dépassent. Je suis pris de court par leur impressionnante vitesse et manque de rentrer dans Yelena, qui me pousse légèrement par le coude. Mon patin dévie un instant, mais je parviens à me redresser et à pulser dans mes mollets et mes chevilles afin de rattraper mon retard.

La ligne d'arrivée est à quelques glissades de nous. Sarah et Sasha sont au coude-à-coude. Lorsque je dépasse enfin Yelena, une fusée me fouette le corps. Le patin de Sasha est à deux doigts de transpercer la ligne d'arrivée quand une chevelure blonde, reconnaissable entre toutes, traverse le duo et clôture la course.

Maddison s'arrête net en raclant la piste dans un dérapage horizontal. Je ne sais même pas quelle est ma position quand j'atteins la ligne tellement je suis subjugué par Maddison. À ma droite, Sarah et Sasha se plaignent tout en ricanant et en s'applaudissant mutuellement. Je ne fais pas attention à eux. Mon regard est figé sur cette sublime silhouette, qui réajuste les gants sur ses mains. Les autres grognent de frustration et je crois percevoir une insulte envers Maddison, que Lena fait immédiatement taire.

Mon cœur bat la chamade, pas juste à cause de l'effort, mais aussi de la puissance étrange que je ressens en me rendant compte de qui j'ai en face de moi. Malgré tout ce que nous avons vécu ensemble ces derniers mois, elle continue de m'émerveiller. Ils peuvent la critiquer autant qu'ils veulent, elle a toujours su prouver qu'elle était au-dessus d'eux. Son niveau rendrait jaloux n'importe qui. Mais moi, je l'admire autant que je l'aime.

Maddison s'approche de moi après avoir recoiffé ses mèches rebelles.

— Je…

Elle fronce les sourcils avec son petit sourire en coin que je suis si heureux de retrouver.

— Laisse-moi deviner. Tu es sans voix ?

— Quelque chose comme ça.

Son sourire m'éblouit tandis que je l'enlace. Nos respirations se calment ensemble.

Madame Muller s'avance vers nous, un air satisfait qui détonne avec son regard aiguisé.

— Bravo à tous les deux !

Sa longue chevelure brune remue jusqu'à ses cuisses à chacun de ses mouvements de tête.

— Vous êtes arrivés premier et quatrième. C'est un bon début. Et toi, Maddison, je n'ai jamais douté de tes capacités, conclut-elle en lui adressant un petit sourire sincère.

Ma partenaire hoche le menton contre mon torse et l'observe s'éloigner pour donner de nouvelles instructions.

— Elle a l'air sympa, chuchoté-je.

— Elle l'est. C'était la seule à redresser les autres lorsqu'ils venaient me chercher des noises.

— C'est ce que je me disais. Elle a du caractère.

Sa paume tapote mon ventre. J'enroule sa main dans la mienne et nous rejoignons le groupe pour poursuivre les exercices. Je dois bien avouer qu'aussi basique soit cette course, elle m'a bien chauffé les muscles. Mes mollets en redemandent et j'ai les trapèzes aussi durs que du béton.

Nos entraînements à la salle de sport et sur la patinoire étaient tout aussi intenses, mais d'une autre dimension. Là, nous sommes dans le vif, le cru. L'avant-compétition.

Cette idée m'excite autant qu'elle m'effraie. Un drôle de mélange qui réussit à me garder en forme jusqu'à la fin de la journée. Même si je finis par m'étaler sur la glace de tout mon long pour reprendre mon souffle saccadé après de longues heures de pirouettes en boucle et d'exercices de sauts. J'en ai raté un sur deux… La danse sur glace n'en exige pas, mais Lena pense que c'est important pour notre corps de bouger rapidement et de contrôler certains mouvements.

Vladimir et Yelena surplombent mes jambes pour glisser vers la sortie et me lancent une expression de supériorité avant de s'éloigner. Oui, il semblerait que je sois le seul dans cet état. Pas étonnant, ils ont l'habitude d'être en club contrairement à moi.

Mais ce n'est pas comme ça qu'ils vont réussir à m'atteindre si c'est ce qu'ils pensent. Ils sont juste ridicules.

Je prends une profonde inspiration et plaque mes paumes sur la glace, au bout de mes bras écartés aux deux extrémités de mon corps. Je souris simplement, parce que je suis heureux d'être à Berne, heureux de me sentir chez moi, de retrouver le sentiment dévorant de se surpasser, heureux de patiner, de partager ma passion avec d'autres. La fraîcheur brûlante de la glace traverse les veines de ma main, mais je reste ainsi et continue de savourer cette sensation de connexion parfaite avec mon cœur et mon esprit.

Lorsque ma respiration est enfin acceptable, je me redresse. Madame Muller s'avance dans ma direction, accompagnée de Maddison.

Ma petite amie m'aide à me remettre debout.

— Vous êtes doué, Davis. Vous avez quelque chose de sûr. Il me semble que vous aviez arrêté la compétition ?

Maddison enroule son bras autour du mien et se colle à moi, comme pour me réconforter.

— C'était le cas. J'ai repris en solo, il y a deux ans, et depuis le début de l'année, je patine avec Maddison.

Ses yeux bruns nous sondent l'un après l'autre.

— Eh bien, gardez en tête que vous avez du talent. Parce que pas n'importe qui aurait pu reprendre un tel niveau après des années d'absence. Ayez plus confiance en vous, m'assure-t-elle en me tapotant l'épaule. On se voit demain, préparez votre chorégraphie de programme libre, on travaillera dessus.

— À demain, coach.

Ses lèvres s'étirent un instant, puis elle s'éloigne vers la sortie. Je ne sais même pas quelle heure il est, seulement que la nuit est déjà tombée et que j'ai terriblement envie de dormir.

Je me penche vers Maddison et lui susurre à l'oreille :

— Qu'est-ce que tu lui as dit ?

— Rien de rien, répond-elle d'un ton suraigu.

Bien sûr !

— Je t'aime, lâché-je.

Silence.

Son corps se tourne face à moi et ses lèvres capturent aussitôt les miennes dans un long baiser enflammé. Sur la pointe des patins, Maddison dévore mes lèvres comme si nous étions seuls alors que certains du groupe sont encore là.

Sa bouche humide et rougie recule à peine.

— Je t'aime aussi, Nolan Davis.

Je n'ai plus tant envie de dormir que ça… Je l'embrasse à mon tour fougueusement et entoure ses hanches de mes bras pour la surélever. Nous éclatons de rire comme des enfants lorsque je la fais tourner.

Finalement, ce premier entraînement s'est mieux déroulé que ce que j'aurais imaginé. Je crois en nous, en notre force et en notre couple. Je suis certain que nous parviendrons à nous entendre, ou au moins, à nous entraîner tous ensemble sans débordement. Je fais confiance à Maddison.

40

[TW : harcèlement]

Maddison
Octobre 2022, Berne

La musique que nous avons choisie pour notre programme libre se diffuse dans nos oreilles et baigne nos cœurs dans un rythme effréné. Les notes de piano accélèrent à mesure que Nolan m'aide à pivoter mes hanches autour de sa nuque. Mon corps tendu à l'horizontale, enroule son cou jusqu'à ce que ses mains me récupèrent pour m'aider à redescendre sur la glace. Mes patins touchent la piste et je coulisse vers l'arrière afin d'entamer une série de pas.

Nolan me rejoint en parallèle et imite mes mouvements les uns après les autres. Ce n'est pas parfait, mais c'est un début acceptable. Il reprend ma main lorsque la musique se calme et nous entamons des pas de valse sur la patinoire. Notre vitesse s'améliore nettement de jour en jour. Plus nous nous dirigeons à travers les autres couples sur la piste, plus ma queue-de-cheval virevolte au gré de mes mouvements. Nolan me fait tourner sous ses doigts, puis agrippe ma hanche et me plaque contre lui. Je souris quand ma poitrine heurte son torse. Son cœur bat aussi vite que le mien. Comme chaque fois que nous dansons ensemble. Une sorte d'écho résonne en nous et nous plonge dans un agréable cocon que nous seuls comprenons.

Je me rends compte que nous dérivons trop vers la chorégraphie du programme court. Plus nous patinons et plus cela m'agace. Si nous voulons impressionner les jurés, ce n'est pas en copiant-collant notre danse précédente que nous y parviendrons. Au milieu d'un *twizzle*, je m'immobilise et soupire bruyamment. La sueur perle sur mon front tandis que Nolan m'imite.

Il passe une main dans ses cheveux humides, sa poitrine se soulève au rythme de sa forte respiration.

— On a un problème, là.

Ses sourcils froncés m'indiquent qu'il ne fait pas le lien. Je pose mes poings contre mes hanches.

— Tu ne trouves pas qu'il y a quelque chose qui cloche ? Par exemple, après le porté sur tes épaules, on se lance vers la valse, puis dans une série de pas croisés et de *twizzles* mains vers l'avant.

— Sois plus claire…

— On est en train, inconsciemment j'espère, de reproduire le programme court. Il nous faut autre chose que la valse. On doit être originaux !

Il lève les bras en l'air, avec une expression sur la défensive.

— OK ! Admettons. Qu'est-ce que tu proposes ?

Je ris. Qu'est-ce que je propose ? Vraiment ? C'est lui le créatif de notre duo, lui qui est facilement inspiré et qui trouve toujours des idées de poses et de figures. Je compte plutôt sur son talent imaginatif pour nous sortir du retard que l'on a par rapport aux autres couples.

Je croise les bras, mon rythme cardiaque affolé.

— Eh bien, je t'écoute, le petit génie. Qu'est-ce que *Experience* de Ludovico Einaudi t'inspire ?

Nolan prend une profonde respiration avant de fermer ses paupières. Son souffle se tranquillise au fur et à mesure que la musique redémarre dans nos écouteurs Bluetooth. J'espère que c'est bon signe. Personnellement, je n'arrive pas à visualiser la suite de notre chorégraphie après ce porté sur la nuque de Nolan. J'ai pensé à un autre sur ses jambes, cette fois-ci avec pieds et bras levés vers l'avant. Mais il faut combler le trou entre deux portés. La valse, c'est du vu et revu, nous pourrions…

— Quand la tonalité au violon accélère, nous devrions intensifier nos figures et nos pas en prenant toute la place sur la piste. Il faudrait que nous mimions une dispute ou une séparation pour que cela soit en accord avec la gravité de la mélodie. Par exemple, nous pourrions nous imbriquer ensemble et tourner l'un autour de l'autre comme si nous nous apprivoisions. Et ensuite, nous effectuerions un *twizzle* séparé. Toujours en parallèle, mais en nous éloignant. Nous pourrions nous retrouver et effectuer un second porté, monologue-t-il les yeux clos.

Je suis bouche bée devant sa capacité à imaginer si vite et si clairement une chorégraphie juste en écoutant la musique. En l'observant ainsi, face à moi, son visage serein et ses paupières fermées, j'ai l'impression d'entendre son cœur battre. Nolan, à ma différence, a toujours réfléchi avec son cœur et non sa conscience. C'est ce qui fait de lui un patineur unique et incroyable.

J'inspire une goulée d'air avant de l'interrompre :

— OK. Essayons cette idée. Même si le côté séparation ressemble encore à notre programme court.

Ses épaules s'affaissent. Je m'en veux de briser ses espoirs, mais il faut être réaliste. Nos deux chorégraphies sont beaucoup trop similaires. Le thème doit changer. La tragédie pour l'un, et l'amour pour l'autre, c'est trop… semblable. Et ça me fait mal de le penser, mais c'est ainsi.

— Tu suggères quoi dans ce cas ? bougonne-t-il.

— On garde la musique. Mais on modifie notre thème.

Ses yeux se rouvrent brusquement.

— À quelques jours de la Coupe de Suisse ?

J'acquiesce et desserre mes bras pour ajuster les gants sur mes mains. Un vieux tic de nervosité que je ne parviens pas à éradiquer.

— Maddison, es-tu sûre que ça va ? m'interroge-t-il.

Un souffle amer m'échappe. C'est vrai que ça ne me ressemble pas trop de tout réorganiser au dernier moment, mais après tout, pourquoi pas. Il reste une quarantaine de jours avant la première épreuve. Au vu de nos efforts et de notre parfaite harmonie, je suis certaine que nous pouvons prendre le risque de changer de méthode.

— Cette musique, moi, me fait penser à quelque chose de féérique, expliqué-je en ignorant volontairement sa question. Comme un thème sur les étoiles, les anges ou un paysage de fantasy.

Il plisse les yeux.

— Féérique ? Ah.

— Oui. Tu vois, je nous imagine bien avec des tenues très fluides. Et blanches.

Nolan semble réfléchir à mon idée. En fait, c'est lui qui me l'inspire. Pour la légèreté qu'il m'apporte et pour la beauté de son âme que j'admire tous les jours depuis notre rencontre. Même si j'avais beaucoup de mal à l'accepter, au début.

Le sourire qui se dessine lentement sur ses lèvres est une bénédiction.

— Va pour le thème des anges.

L'étirement de ma bouche imite le sien. Je glisse mon patin dans sa direction et attrape ses joues entre mes paumes gantées pour l'embrasser.

Tout au long de l'après-midi, nous testons des séries de pas croisés, des pirouettes combinées. Puis des levées en étoile qui consistent à ce que Nolan me tienne par les hanches et me soulève vers le haut tandis que j'étire mes bras et mes jambes de part et d'autre. Finalement, nous optons pour garder une spirale de la mort. Nolan pivote sur lui-même tout en me tenant la main et en tirant mon corps autour de lui. Le bout de ma lame de patin racle le sol au bout de mes jambes tendues au possible. C'est une figure très difficile à effectuer. Et je dois bien avouer que les jours suivants où nous la reproduisons en boucle, Nolan me lâche plusieurs fois et je rentre le soir avec des bleus sur les fesses et des égratignures aux coudes. La glace ne pardonne pas, ce sont les risques du métier.

Nolan est un amour, car tous les soirs, il me guide jusqu'à la salle de bain, baisse la cuvette sur laquelle il me fait asseoir et soigne mes coupures aux bras et aux poignets avec des cotons imbibés. Je dépose mille baisers sur son front pour le remercier, même si ça ne sera jamais assez pour tout ce qu'il fait pour moi.

Je m'endors à ses côtés, enroulée dans ses bras musclés, le cœur apaisé. Nos entraînements nous font progresser et, en ayant modifié le thème de notre programme libre, nous avons plus de facilités à établir une danse en accord avec la musique. Puis, aussi surprenant soit-il, les autres patineurs de la fédération ne sont pas une seule fois venus nous voir.

J'ai profité de cette tranquillité… le temps qu'elle a duré. J'aurais dû apprendre à ne jamais sous-estimer Yelena Sovetsky et son venin.

Le lendemain matin, un 15 octobre pluvieux, je range mon parapluie et me dirige jusqu'aux vestiaires féminins. Nolan a décidé de me rejoindre plus tard, trop fatigué. Je peux aisément le comprendre, c'est beaucoup plus intense que ce que nous faisions en France. Les échauffements, à chaque début de séance de Lena, nous atomisent avant même que nous ayons commencé les véritables étirements. J'ai l'habitude de cette dureté et de la rupture de nos limites, mais pas Nolan. Alors, je lui ai gentiment déposé un baiser sur le front et l'ai laissé endormi dans notre lit.

Je m'avance jusqu'à mon casier, au fond de la salle, et range mon parapluie dans sa protection. Il est encore très tôt, le jour vient de se lever et la patinoire semble vide. J'enfile ma tenue de sport : legging gris clair, T-shirt blanc et polaire noire. Je vérifie les pansements sur mes bras et mes genoux avant d'enfiler mes chaussettes. J'ouvre ensuite mon casier et sors mes patins, que je dépose au sol pour les enfiler. Mon pied droit glisse dans le premier et mes orteils n'atteignent jamais le bout. Je hurle de douleur et le balance contre le casier. La lame s'entrechoque avec le métal dans un bruit strident, qui résonne avec mon cri.

Je retire rapidement mes chaussettes tachetées de sang sous la plante.

J'y crois pas ! Kurwa[31] *!*

Des petites punaises recouvrent l'intérieur de mes patins. Le choc a failli les abîmer. J'en ai d'autres de rechange, heureusement, mais là n'est pas le problème !

La colère monte en moi comme une fusée. Violente. Brutale. Bouillonnante. Oh, je sais bien qui a fait ce petit tour et j'aimerais tellement la… Mon hurlement se mélange au grognement de rage qui s'échappe de ma gorge.

Je parviens tout de même à poser le pied sur la moquette des vestiaires, mais pas sans douleur. Si je ne m'en étais pas rendu compte aussitôt, je ne veux pas imaginer ce que j'aurais fait.

Nolan ne doit pas savoir.

C'est la première pensée qui me vient, après la colère. Pas de me soigner, pas de changer de chaussettes. Nolan. Ne. Doit. Pas. Savoir. Il pourrait s'en prendre à ceux qui m'ont blessée et ce serait catastrophique. Je sais pourquoi

---

31Putain !

ils me harcèlent. Il ne doit pas y être mêlé. Je devais me douter que ça arriverait, j'ai été sotte de penser que tout s'améliorerait.

Je m'assieds sur le banc et essuie le sang des petites piqûres sur mon talon avec un mouchoir. Ce n'est heureusement pas profond et les trous sont ridicules dans ma peau. Mais ça aurait pu être plus grave. J'espérais qu'ils aient mûri et je me trompais !

Un feu dévorant me bouscule. Je grimace lorsque les larmes perlent au coin de mes paupières. Ma poitrine me fait tellement mal, mais je résiste. Oui, je résiste de toutes mes forces, car je ne dois pas les laisser me déstabiliser.

Je ne suis plus seule.

Je ne suis plus seule.

Je ne suis plus seule.

J'essuie rapidement les gouttes à mes yeux et applique trois larges pansements sur mes talons avant de reprendre mes patins et de les vérifier de fond en comble.

Je vais garder la tête haute. Pour Nolan. Pour moi. Et pour notre avenir ensemble. Je ne laisserai pas mon passé détruire ce que je viens enfin de trouver.

Les picotements me titillent douloureusement lorsque je m'aventure sur la glace. Je tente quelques sauts simples en pirouette ainsi qu'une série de pas croisés pour accélérer ma vitesse d'exécution. C'est supportable, même si j'ai la sensation qu'un millier d'aiguilles continuent de lacérer la peau de mes pieds. Serrant les dents, je parviens à tout effectuer sans accroc.

En fin de matinée, Nolan et les autres me rejoignent. Le calme agréable est rapidement remplacé par des rires et des murmures. Nolan me serre dans ses bras sans remarquer le regard que Yelena, Isabelle, Katia et moi échangeons. Parce qu'elles savent ce que je sais. Et elles s'en délectent d'un sourire narquois que je meurs d'envie d'arracher avec mes ongles.

— Bien dormi, mon amoureuse ? murmure chaudement Nolan à mon oreille.

Le coin de mes lèvres frémit tristement. J'inspire un grand coup avant de remplacer ma mine meurtrière par une plus joyeuse et sereine. Ce petit surnom qu'il me donne me réchauffe…

— Mieux que toi apparemment, marmotte.

Son rire résonne contre ma poitrine.

— Alors, j'ai bien dormi figure-toi, même si tu m'as donné deux fois un coup de pied dans le tibia.

Je cache ma bouche avec ma main et en oublie presque les regards inquisiteurs de l'autre côté de la piste.

— Je suis désolée !

— Pas de souci. Tigresse le jour, tigresse la nuit !

Je pouffe de rire à sa blague et l'embrasse brutalement. Oh, comme je l'aime lui ! Il arrive à me réconforter en quelques mots. Même si les picotements incessants sous la plante de mes pieds me ramènent à l'ordre, j'essaie de rester concentrée sur ses beaux yeux caramel et son sourire enjôleur.

Nous rions encore un peu avant que Lena donne le feu vert pour commencer les échauffements du jour. Quelques étirements simples de bras et de jambes. Puis des courses de rapidité d'un bout à l'autre de la patinoire et des exercices de confiance pour les couples de patinage.

Je rentre le soir avec Nolan, nous commandons des pizzas devant un film animé de superhéros que Nolan adore.

J'essaie de garder mon attention sur le long-métrage, mais c'est plus fort que moi. J'espère qu'*elles* sauront qu'*elles* n'ont pas réussi à m'atteindre. Mais le lendemain, ça recommence. Des fausses araignées, des vers de terre, de la colle sur la poignée de mon casier que je mets une heure à retirer de mes doigts. De la peinture qui me tombe sur la tête, où je dois filer sous la douche avant que quiconque me découvre ainsi.

Je tiendrai le coup.

Oui.

Je tiendrai le coup.

Car je ne suis plus seule. Je ne suis plus… seule…

Je ne suis plus… *quoi ?*

41

Nolan
Octobre 2022, Berne

Maddison installe son patin sur ma cuisse. Je contracte mon muscle pour empêcher la lame de s'enfoncer dans ma chair. Je l'aide à monter en la maintenant par les hanches et la soulève pour tester le porté « jambe levée ». Une fois bien en place, elle cambre son dos et étire ses bras en l'air ainsi que sa jambe droite, comme si elle volait. La position est un peu bancale, mais en travaillant, nous arriverons à mieux nous calibrer.

Je la rattrape pour qu'elle descende sur la piste. Nous claquons nos paumes l'une contre l'autre pour nous féliciter.

Maddison est de plus en plus exténuée. Les cernes sous ses yeux se creusent à mesure que les entraînements s'accumulent. Et pour une raison que j'ignore, elle semble avoir constamment besoin d'arriver deux heures avant les autres. J'imagine qu'un moment rien qu'à elle pour éliminer la pression doit lui être nécessaire.

Moi-même, j'ai l'impression que mon sommeil est de moins en moins réparateur. Je me réveille parfois la nuit avec la sensation d'être en alerte. Puis je découvre le visage endormi de Maddison près de moi et je me sens tout de suite en sécurité. Souvent, j'essuie discrètement la bave qui coule de sa bouche. Je me demande si elle rêve de *Refresha* toute la nuit. C'est même sûr.

Igor nous a rejoints aujourd'hui, après ses vacances familiales avec son adorable femme. Oui, je dis ça, parce qu'elle nous porte toujours des gâteries. Elle a l'air d'être très attentionnée. Encore ce matin, c'était une sorte de biscuit sablé avec des amandes. Un délice !

Notre coach s'approche pour nous donner des astuces. Selon lui, je mets trop de temps à placer le pied de Maddison contre mon aine. Pour fluidifier notre figure, il faudrait qu'elle saute sur ma cuisse dans la vitesse du mouvement.

Je déglutis en entendant sa suggestion. Pas que je craigne pour ma cuisse… mais si, un peu.

— Tu pourrais essayer de lui attraper la cheville plutôt que les hanches pour la soulever contre toi. Penses-tu pouvoir le faire, Maddison ?

Elle resserre sa queue-de-cheval tout en réfléchissant à l'idée. Je trouve personnellement que ce serait mieux que de me trancher le muscle avec sa lame.

— Oui, ça se tient. Essayons.

Plus les jours avancent et moins de mots sortent de sa bouche. J'aimerais pouvoir détendre la tension dans ses épaules. La compétition sera rude, je n'en doute pas lorsque j'observe les chorégraphies extrêmement rapides et développées de nos concurrents, Sovetsky et Bukin, ainsi que Jenkins et Roscov. Je ne veux même pas imaginer le niveau des autres. Notamment les Français, qui ont remporté l'or aux derniers mondiaux, devant Isabelle et

Dimitri. La rivalité est dure. Mais je suis certain que nos efforts payeront.

Nous entamons les premiers pas de notre programme jusqu'à la spirale de la mort. Je tire Maddison en piquet en la laissant frôler la glace sur un cercle parfait. Elle se redresse, j'entoure ses hanches de mes paumes et la soulève légèrement. Sa tête se penche en arrière comme si elle était un ange qui vole. J'ai hâte que la couturière nous confectionne nos tenues et qu'on puisse les essayer !

Nous atteignons enfin l'arc de la patinoire. Maddison me jette un coup d'œil entendu et se lance vers l'avant. Mes doigts agrippent sa cheville que je pousse sur mon genou, légèrement fléchi. Son patin s'accroche à moi correctement, mais lorsqu'elle s'élève vers le haut, mes doigts glissent et lâchent sa cheville. Il ne me faut pas plus d'une fraction de seconde pour écarquiller les yeux et la plaquer contre moi tandis qu'elle tombe vers l'avant. Mes patins dérivent n'importe comment dans mon geste pour l'empêcher de se fracasser la tête la première sur la glace et nous emmènent tous les deux violemment au sol. Maddison dégringole sur plusieurs centimètres, loin de moi.

Non !

Igor et Lena se précipitent dans notre direction, suivis par Sasha et Sarah. Malgré la douleur dans mes côtes, je fonce jusqu'à Maddison en glissant sur les genoux. Le choc de nos corps contre la piste a été si brutal que le son a résonné dans tout le dôme.

Qu'est-ce que j'ai fait ? Qu'est-ce que j'ai fait ? Qu'est-ce que j'ai fait ? Qu'est-ce que j'ai fait ?

— Maddison !

Par miracle, elle se redresse sur ses coudes en position assise et se tient l'épaule. Oh, non, je l'ai blessée ! La panique me brouille la vue.

— Maddison ? Est-ce que ça va ? Où est-ce que tu as mal ?

Ses yeux foncés plongent dans les miens.

— Ça va… Et toi ?

Je relâche mon souffle tandis qu'Igor l'aide à se relever et Lena me tire par les aisselles.

— C'était moins une, les jeunes. Vous allez bien ?

Maddison et moi hochons la tête. Mais lorsque madame Muller appuie sur mes côtes, je gémis de douleur. Le visage de ma partenaire se décompose.

— Tu as mal ?

— Juste un gros bleu sûrement…

Igor s'apprête à contester, mais Maddison le devance en frappant mon biceps.

— Un gros bleu, mon cul ! Pas de discussion, je t'amène à l'infirmerie.

— OK.

Je n'ai visiblement pas mon mot à dire. Elle installe son épaule sous mon aisselle pour m'aider à patiner jusqu'à la sortie.

— Le principal, c'est que toi, tu n'es rien. C'est moi qui t'ai lâché.

— Arrête, Nolan, tu n'y es pour rien. Je n'aurais pas dû cambrer mon dos aussi vite.

Je soupire et enjambe la petite barre de sécurité pour marcher sur le caoutchouc avec les dents de mes lames.

— Et heureusement que tu m'as rattrapée juste à temps, sinon ça aurait été pire, me rassure-t-elle en caressant mes omoplates.

Ce simple geste et la douceur de sa voix suffisent à embaumer ma poitrine. J'ai eu un bon réflexe, oui…

L'infirmière décide de me bander le torse et les côtes pour maintenir mes articulations pendant la suite des entraînements. Je ne me suis effectivement pas loupé. Les deux bleus sur mon flanc droit sont conséquents et sombres. Maddison enfonce ses ongles dans mes biceps lorsque je gémis sous le froid de la crème et la douleur de ma blessure.

Nous rentrons à notre appartement plus tôt que prévu afin de nous reposer après cette chute. Le pire a été évité. Le soir, je repose ma tête sur ses genoux et m'attends à ce qu'elle caresse les mèches sur mon front. Il n'en est rien… comme si… elle avait peur de me toucher ? Alors que c'est ma faute si nous avons eu cet accident. Maddison s'éloigne de plus en plus de moi sans que je parvienne à comprendre pourquoi. J'imagine que ça s'explique par le peu de semaines qu'il reste avant la compétition.

Mais mon instinct me souffle qu'il y a autre chose. Pourtant, Yelena et les autres se sont tenus tranquilles depuis le début des entraînements. Nous avons même pu échanger avec Sasha et Sarah, qui nous ont donné des astuces sur la spirale de la mort. Mon ancien rival a vraiment changé. Il a beaucoup mûri et ça me conforte sur l'ambiance. Donc ça ne peut pas être ça qui la ronge. Alors, quoi ?

Le soir suivant, j'enroule mes bras autour de ses hanches pour l'enlacer et dépose mille baisers dans son cou jusqu'à ses joues. Mais elle me repousse en rabattant la couverture sur son corps.

— Désolée, Nolan. Je suis fatiguée…

Malgré mon pincement à la poitrine, je ne proteste pas. Je dors mal, perturbé par l'incompréhension et la souffrance dans mes côtes.

Le lendemain, nous découvrons Alexeï sur la patinoire, à donner des instructions à Yelena et à Vladimir. Maddison se fige au milieu du couloir, qui mène à la piste, et mon cœur effectue un looping.

— Je vous ai dit d'être plus rapides ! La vitesse d'exécution rapporte énormément de points. Bukin, tu dois attraper les hanches de Yelena pour la plaquer contre toi afin qu'elle pose devant les jurés. Allez !

Les deux patineurs s'exécutent sous mes sourcils froncés. Alexeï est aussi paternel avec sa cadette que son aînée à ce que je vois. Pourtant, la différence est là. Yelena et Vladimir sont beaucoup plus fluides et beaucoup plus concentrés que les semaines précédentes. Le retour de leur coach sportif est une piqûre de rappel pour eux.

Maintenant que je connais le passé de Maddison et ce qu'il lui a fait, j'ai une remontée nauséeuse dans l'œsophage. Je retiens une grimace de dégoût.

J'inspire profondément et touche le bras de Maddison pour la ramener à la vie. Elle sursaute. Ses yeux partent dans tous les sens, cherchant quelque chose à fixer pour oublier la présence de son géniteur. Ses doigts et ses lèvres se mettent à trembler. Merde, elle panique.

J'agrippe ses épaules pour la détourner de lui et l'obliger à ne regarder personne d'autre que moi.

— Maddi ? Maddison ? Regarde-moi, s'il te plaît.

Ses mains empoignent mon T-shirt avec détermination. Maddison reste ainsi pendant plusieurs secondes en prenant de grandes respirations, puis recule et retrouve le masque d'impassibilité qu'elle portait avec moi à notre rencontre.

— Ça va aller.

Elle ment. Je cligne des paupières. Pourquoi réagit-elle de la sorte avec moi ?

— Maddison…

— J'ai dit que ça irait, Nolan. On peut s'entraîner maintenant ?

La brutalité de son ton autoritaire me fouette. Je suis perdu. J'essaie simplement de l'aider, comme j'ai toujours voulu le faire. Je peux très bien imaginer à quel point c'est difficile pour elle de devoir s'entraîner dans la même patinoire que son père et sa demi-sœur. Tous ses souvenirs doivent être en train de la dévorer de l'intérieur. Je ne suis pas dupe. Alors, pourquoi ? Pourquoi faire comme si tout allait bien ?

Elle hoche la tête, pensant que je vais la suivre, et s'avance jusqu'au banc pour enfiler ses patins. Ma main s'enroule autour de son poignet pour la retenir. Le regard qu'elle me lance aurait dû m'empêcher d'avouer ce qui me tracasse, mais je ne peux pas faire machine arrière.

— Je sais que ça ne va pas. Je comprends, Maddison, tu as le droit de te sentir mal et je peux t'ai…

Son bras s'extirpe de mon étreinte et son visage fermé me glace.

— Arrête, Nolan. Je vais bien. Je ne suis pas sensible au point de fondre en larmes dès que je le vois. Alors, ça suffit. Entraînons-nous, sauf si tu as besoin d'un jour de plus pour te remettre.

Je vois. C'est donc comme ça ? Elle préfère bâtir une barrière entre nous par peur de se dévoiler à nouveau ? Je pensais que nous avions dépassé ce stade, qu'elle me faisait confiance et qu'elle avait compris que je ne souhaitais que son bien-être. Je serre les dents et bombe le torse. J'aimerais juste être déçu, mais je suis en colère par son comportement. Après avoir avancé ensemble de plusieurs pas, elle nous fait tout autant reculer.

— Bien. Échauffons-nous, réponds-je aussi sèchement qu'elle.

Je peux comprendre et encaisser son refus de se confier. Mais je n'accepte pas d'être rejeté ainsi alors que j'essaie de la protéger.

Comme convenu, nous débutons notre chorégraphie du libre juste après une série d'exercices pour endurcir nos muscles. Alexeï ne cesse de nous observer depuis le début de notre danse. Nous retentons le porté « jambe levée » avec l'aide de Sarah, qui guide Maddison jusqu'en haut pour qu'elle se maintienne droite. Je lui souris pour la remercier et Maddison dresse ses bras et sa jambe afin d'effectuer la pose. Nous recommençons, encore et encore. Ainsi que la spirale de la mort, bien que Maddison dérape deux ou trois fois, comme si elle était déconcentrée. Ce qu'elle est, j'en suis certain, même si elle me ment.

Le regard de Sovetsky me pèse de plus en plus, c'est insupportable d'être scruté de la sorte. Je lui envoie un mauvais regard lorsque Maddison a le dos tourné pendant sa pirouette en solo. Ça ne semble pas l'atteindre… et même… l'amuser ? L'étirement au coin de ses lèvres me le confirme. Mon cœur se gonfle de colère.

Lorsque Maddison me rentre dedans, je me rends compte trop tard de l'arrêt total de mes mouvements. Nous dérapons tous les deux avant de nous retenir par les bras, l'un, l'autre. C'était moins une ! La cadence de mon cœur ne cesse d'effectuer des montagnes russes aujourd'hui.

Un pouffe amusé, de l'autre côté de la patinoire, nous parvient. Maddison et moi pivotons la tête vers Alexeï Sovetsky. Il éclate de rire derrière son poing.

— Si vous n'êtes même pas capables de vous mettre d'accord, vous avez perdu d'avance.

Sa grosse voix rauque résonne dans tout le dôme jusqu'à nous. Lena et Igor écarquillent les yeux devant son culot, aussi imposant que sa calvitie. Je meurs d'envie d'arracher les cheveux qu'il lui reste. Les ongles de Maddison s'enfoncent dans la chair de mes avant-bras. Je retiens une grimace de douleur, rapidement remplacée par un voile assombri sur mon visage.

C'en est trop.

— Parce que vous en savez quelque chose, bien sûr ?

Son sourcil tique à ma remarque. Je recule de Maddison et glisse jusqu'à lui.

— Vous savez ce que ça fait de se sentir abandonné, de perdre tout ce qu'on a, de souffrir d'une chute ?

— Mon garçon. Ne monte pas sur tes grands chevaux. Tu es ridicule pour Maddison. Elle aurait mieux fait de prendre un Polonais, un Suisse ou même un Italien. Un patineur qui n'a pas déjà abandonné.

Oh, je vais me le faire !

Une fureur impulsive m'incendie. Ma vue se brouille tandis que mes patins me guident encore plus près. Un bras autour de mon torse me retient de justesse avant que ma conscience ne me perde et que mon poing ne parte.

— On arrête là, Nolan, marmonne Igor juste sous mon nez.

Je desserre les poings et fusille une dernière fois Alexeï du regard, ainsi que Yelena, qui me fixe d'un air aussi sombre que le mien.

C'est ça, bonne fille à son papa.

J'acquiesce et retourne auprès de Maddison. Mais lorsque je l'atteins, elle secoue la tête et la déception que je lis dans ses yeux voilés me terrorise. Sans un mot, elle disparaît jusqu'à la sortie. Me laissant comme un con au beau milieu de la patinoire, sous une vingtaine de pupilles se délectant de ma honte.

42

[TW : harcèlement]

Maddison

Octobre 2022, Berne

Les deux pupilles brunes de mon père me gardent éveillée toute la nuit. C'est la première fois, d'ailleurs, que je dors dans ma chambre solo. Je n'avais pas envie de discuter avec Nolan ni d'expliquer pourquoi sa réaction de chevalier immature m'a déplu.

Le matin, lorsque je termine de coiffer mes cheveux en chignon, je le distingue se tourner entre les draps de son lit – *notre* lit…

— Hum… Maddison ? Tu pars déjà ?

Je soupire et baisse les paupières.

— Oui. Ce soir, nous avons rendez-vous avec la couturière pour nos tenues. Ne sois pas en retard.

Il gémit et souffle fortement.

— Tu m'en veux encore pour hier, affirme-t-il avec une exaspération qui me met hors de moi.

Je serre les poings par-dessus mes cuisses. D'accord, il l'aura voulu.

— Évidemment. Tu n'avais pas à t'en mêler, je ne t'avais rien demandé !

— En général, les gens qui ont besoin d'aide n'osent pas le demander.

Je me tourne, sous le choc, face au lit. *Non, mais il plaisante !*

— Parce que j'ai besoin d'aide selon toi ? Je suis une demoiselle en détresse, c'est ça que tu crois ?

Il est seulement 6 heures du matin et ma journée est déjà épuisante.

— C'est pas ce que j'ai voulu dire… Je veux pouvoir être là pour toi quand ça ne va pas.

— Mais je vais bien, Nolan ! Mets-toi ça dans le crâne !

Il se redresse sur ses coudes, l'expression à présent aussi furieuse que la mienne.

— Pourquoi t'es aussi agressive avec moi ? Je ne te fais pas de reproche !

— Si, mais tu ne t'en rends pas compte. Je n'ai pas besoin de ton aide, Nolan. Alors, arrête ! Laisse-moi respirer !

Kurwa.

Je ne voulais pas le dire ainsi. Mais il fallait que je lâche la boule de feu qui me ronge depuis plusieurs semaines. J'essaie de tenir bon, je me tais, je subis. Pour lui ! Pour nous ! Pour que la compétition soit la seule chose que nous gardions en tête ! Pour le protéger de mon passé ! Pourquoi ne veut-il pas le comprendre ?

— Oh, je vois. Donc tu as décidé de redevenir la Maddison-boule-de-nerfs ?

— Waouh.

Je peux presque percevoir le craquement de mon cœur lorsqu'il se brise.

— Tu es un génie, Nolan. Bravo.

— Non, attends !

Je ne lui laisse pas le plaisir de m'enfoncer davantage et claque la porte de l'appartement. Si j'ai fui un père qui me critiquait sans arrêt, ce n'est pas pour que la première personne à qui j'ouvre mon cœur en rajoute une couche. Je me rends à la patinoire sans attendre, pour me vider la tête, seule. Je ne passe plus par les vestiaires pour éviter les petits jeux de gamines stupides de mes coéquipières. Je fonce directement sous la douche. Mais quand j'arrive devant le carrelage de l'une d'elles, une photo de Nolan est accrochée au ciment, qui sépare les plaques blanches, et est maintenue par une fléchette sur son front.

Mes tripes remontent dans ma gorge et mes yeux s'écarquillent jusqu'à me faire mal.

J'arrache l'affiche et cours jusqu'aux vestiaires où des ricanements s'élèvent.

— Non, mais vous êtes folles ! Qui a fait ça ? hurlé-je à pleins poumons.

Je n'en peux plus. Je craque.

Yelena se tient au milieu du cercle, composé des mêmes qu'il y a trois ans : Katia, Isabelle et Alice. Elles cachent leur sourire derrière leur poing. Comment peuvent-elles trouver ça amusant ? Sérieux, elles sont cinglées !

Yelena croise les bras contre sa poitrine et penche sa hanche sur le côté pour se donner une espèce d'assurance de pétasse.

— Il l'a bien cherché, ton petit toutou. On t'avertit juste de bien le tenir en laisse.

Ma vue se brouille de rouge tellement mon sang pulse contre mes tempes. Ma respiration m'échappe. Je fais trois pas en avant et impose mon nez à quelques centimètres du sien. C'est la première fois, depuis nos retrouvailles, que je lui tiens tête. Mais trop, c'est trop.

— Tu es folle, ma parole. Grandis un peu Yelena. T'es une gamine qui souffre de manque de confiance en soi.

Mon venin s'expulse de ma langue avec une délectation que j'ai rêvé de ressentir. Il semblerait que j'aie sous-estimé leur violence. Ses iris bleu clair me transpercent.

Plusieurs mains m'agrippent soudain les biceps et me plaquent contre le mur. Mon dos s'écrase brutalement tandis que je me débats.

— Mais lâchez-moi, bande de tarées !

Katia à ma droite et Isabelle à ma gauche éclatent de rire en enfonçant leurs ongles dans ma chair. Mon cœur bat si fort sous ma poitrine que mes côtes me font souffrir. J'ai du mal à respirer.

Les cheveux roux de Yelena encadrent mon visage tellement elle s'approche de moi. Son haleine mentholée me fouette les narines.

— Restez loin de nous et ce sera pour le mieux. Non, en fait, continuez de rester aussi mauvais que vous l'êtes. Alexeï a raison, tu as choisi le mauvais numéro, Maddison.

— Tu as vraiment un souci ! Tu n'en as pas marre de jouer les pestes pour qu'on t'apprécie, d'être dans l'ombre de notre père pour qu'enfin, il te regarde comme la fille que tu n'as jamais été ?

Elle explose littéralement de rire sous mon nez. Je ne m'attendais pas du tout à cette réaction. J'ai pourtant mis la dose pour la blesser comme je le pouvais, parce que c'est tout ce qu'elle mérite si elle croit avoir le droit de menacer Nolan sous mes yeux.

— Et c'est toi qui parles ? Tu vas faire quoi ? Appeler la police ? Te plaindre auprès de Muller ? Mieux, tu vas aller voir *kochany tatuś*[32] ?

Elle caresse sa cicatrice du bout de son index, sa lèvre inférieure tremblante.

— Dois-je te rappeler que c'est en voulant être meilleure que moi que tu m'as fait ça et que tu as perdu toute importance à ses yeux ?

32 Cher papa

Le coup de poing qu'elle me balance en plein cœur fige tous mes gestes. Ce sera toujours ainsi ? Elle continuera de se servir de ma culpabilité pour m'atteindre ?

— J'espère que le message est passé. Toi et ton toutou restez loin de nous.

— Je te jure, Yelena, que si tu touches à Nolan, je t'agrandirai ta cicatrice, lâché-je entre mes dents serrées.

Silence.

Je n'arrive moi-même pas à croire ce que je viens de déclarer. Il me suffit d'imaginer Nolan à ma place, toutes ces années de harcèlement, et son regard de désespoir ce jour-là, après un saut raté au milieu des familles à Grenoble, pour que ma colère me dépasse.

La claque part aussi vite qu'un clignement d'yeux. Yelena me gifle si violemment la joue que ma lèvre se fend et qu'un goût métallique se mêle à ma salive.

— Fais gaffe à ce que tu dis, Maddison. Je te promets que tu pourrais le regretter.

Les deux autres me relâchent tandis que je pourlèche ma blessure piquante. Mes genoux cèdent et je m'écroule à leurs pieds, telle la soumise que j'ai toujours été. La douleur dans ma poitrine est bien supérieure à la brûlure de ma joue.

— Si Davis ou toi vous vous en prenez encore à l'un d'entre nous, tu peux dire adieu à ta carrière, *Petrova.*

— Idiote, ajoute l'une d'entre elles avant qu'elles quittent les vestiaires.

Le silence m'enveloppe dans une noirceur profonde. Je plaque mes genoux contre mon ventre et enfouis ma tête à l'intérieur pour laisser mes sanglots m'envahir.

Je les hais. Je les hais. Je les hais ! Je *la* hais !

Et je *me* hais encore plus de me laisser chaque fois abattre par mes sentiments. Les émotions, c'est mal, ça détruit, ça confond, ça affaiblit…

Une fois mes larmes séchées et ma douche prise, je m'élance sur la glace pour m'entraîner. Leurs regards venimeux me sondent tandis que j'effectue quelques pirouettes, le dos cambré, puis la jambe tendue. Je m'imprègne de *Fire On Fire* de mon chanteur préféré pour créer spontanément des mouvements qui électrisent assez mes sens afin d'oublier, de me vider, de ne plus exister pendant quelques minutes.

Nolan me rejoint, une heure plus tard. Il ne reste plus que Katia, Isabelle et Dimitri, tous les autres ont pris leur journée. Je m'attends à devoir essuyer une nouvelle dispute lorsque mon partenaire glisse ses mains jusqu'à mes hanches et embrasse mon front.

— Je suis désolé, Maddi…

Son ton si doux et attentionné me brise davantage le cœur. J'aimerais me reposer sur lui, tout lui avouer. Mais quand mes yeux dérivent de l'autre côté de la piste, les trois patineurs restants plissent leurs paupières pour me rappeler qu'ils nous surveillent. Je n'accepterai pas qu'on lui fasse du mal comme on m'en a fait.

Je soupire.

— On s'entraîne ou on batifole ? asséné-je sèchement.

Je dois l'éloigner de moi, de nous, de ce qui risquerait de le détruire. Ses paumes me délaissent si rapidement.

— Comme tu voudras.

Je n'ose pas relever les yeux pour croiser son regard déçu, en colère et certainement triste. Autant que le mien, j'imagine.

Nos mouvements sont trop bétonnés. Nous effectuons notre chorégraphie comme des robots, sans sentiments. Je dérape plus que d'habitude et le sens prêt à me lâcher à tout moment. Cet entraînement m'étouffe plus que de raison. Finalement, j'abandonne au bout du troisième essai et lui propose d'aller à notre rendez-vous avec la couturière.

Je n'ai pas faim de toute manière, autant sauter le repas.

— Parle pour toi, moi, je vais manger un bout. On se retrouve là-bas, déclare-t-il en quittant la piste.

Mes patins se fixent au milieu de la glace, aussi froide que mon cœur. Je l'observe s'éloigner et creuser davantage le fossé que j'ai érigé entre nous. Je serre mon pouce dans ma main pour avoir mal. Je préfère souffrir d'une douleur physique que morale. Parce que je le mérite. Je ne peux pas supporter un nouvel abandon. J'ai l'impression de sombrer, de tomber dans un gouffre sans fond.

Le néant.

J'avale quelques vieux biscuits, qui traînaient au fond de mon sac à dos, avant d'emprunter les transports en commun.

La pluie coulant le long des fenêtres du bus m'apaise. Elle est légère, hypnotisante… Puis je baisse les yeux en me rappelant ce moment dans notre chambre d'hôtel à Londres, où j'ai rejeté Nolan pour la première fois. J'ai fixé ces mêmes gouttes d'eau, le cœur tout autant en miettes qu'aujourd'hui.

Ainsi sera notre cycle ? Nous nous rejetterons pour nous protéger ? Si c'est comme ça, autant ne pas continuer.

Non.

NON.

Je secoue la tête et me claque la joue devant tout le monde. Les autres passagers me scrutent de travers avant de retourner à leur écran.

Mes pensées sont ridicules. Je dois garder le *contrôle* ! Restez sereine, posée, et tout ira bien.

J'atteins la boutique de couture au bout d'une trentaine de minutes. Nolan semble être le premier arrivé. Ma gorge se noue en le découvrant, même si ça ne fait que deux heures que nous nous sommes quittés. C'est comme si nous n'étions plus ensemble, comme si notre éloignement allait nous perdre pour de bon, cette fois-ci. J'en viens à me demander si je suis sur le bon chemin. Dois-je continuer de lui mentir ? Oui, c'est évident, je dois le protéger de Yelena et d'Alexeï. Ma famille est toxique, dangereuse. Nolan Davis mérite mieux que subir *mes* démons.

La couturière me réveille de la contemplation de ces pupilles brunes que j'aime tant.

— Ah, mademoiselle Petrova !

Une petite femme m'accueille à bras ouverts avec un large sourire, peint de rose poudré.

— Enchantée, lui réponds-je en serrant sa main.

Elle nous guide jusqu'aux cabines, au fond du magasin vide – à mon plus grand soulagement. La foule, non merci. Je range mon manteau sur le même fauteuil que celui de Nolan et les suis jusqu'à un comptoir posé au milieu de la salle. La moquette rouge tranche avec les rideaux blancs des cabines.

Je fourre mes mains dans les poches arrière de mon jean pour masquer leur tremblement et observe la couturière ouvrir une boîte écarlate. La musique classique de la boutique a au moins le don de m'apaiser.

Là, se présente ma première tenue pour le programme court. Le bleu clair qu'elle me dévoile est sublime. Mes yeux pétillent devant le buste pailleté et dégradé en teinte plus foncée. J'attrape la robe pour l'admirer entièrement. Je ne suis pas déçue. La robe est cintrée et s'arrête sur un léger tissu en pointe au-dessus de mes genoux.

— Elle est magnifique, murmuré-je.

— Vous m'en voyez ravie, mademoiselle ! J'ai pensé à un ensemble paysan pour monsieur, afin que cela colle avec votre thème de la tragédie, nous explique-t-elle en lui ouvrant une boîte noire.

Les sourcils de Nolan se haussent de surprise à la découverte de son collant beige ainsi que de sa blouse blanche ouverte par des cordelettes sur sa poitrine. Effectivement, on dirait davantage un costume pour une pièce de théâtre qu'une représentation de patinage, mais soit.

Ses doigts caressent le tissu fin et soyeux.

— Je l'aurais plutôt vu pour notre programme libre, en fait.

— Comme vous souhaitez, monsieur, les tenues sont à vous. Pour la seconde, j'ai opté pour une combinaison moulante de type pantalon droit noir et chemise blanche simple. Qu'en pensez-vous ?

Je scrute du coin de l'œil chaque réaction de Nolan et, oui, je profite de sa distraction pour me délecter de son beau visage. Il me manque tellement. J'aimerais l'embrasser, tout oublier, lui pardonner, me pardonner. Même si c'est impossible pour le moment. Les risques sont trop importants.

Pourtant…

Mon souffle m'échappe tandis que je continue de le fixer amoureusement. Sa barbe de trois jours a bien poussé depuis que nous sommes arrivés. Je le préfère rasé, mais il est intensément beau à n'importe quel moment de la journée. Même si les démons de mon passé s'agrippent toujours à moi, j'espère que nous pourrons rester ensemble.

Je l'aime trop…

Je ne sais pas pourquoi, je glisse ma main dans la sienne et le surprends. Il se détourne de la couturière et me regarde avec incompréhension.

— Et si on les essayait ? proposé-je.

Oui, juste pour une soirée, j'ai envie d'oublier tout le reste : les entraînements, la compétition, ma famille. Juste lui et moi dans ces cabines d'essayage, dans de sublimes tenues de spectacle.

D'abord hésitant, Nolan acquiesce et nous nous installons séparément dans nos vestibules. J'enfile la deuxième robe en toile fine et blanche, qui tombe à l'arrière, telle la traîne d'une mariée jusqu'aux plis de mes genoux. J'ai l'impression d'être à la fois une épouse et un ange. Les bretelles aux épaules me tombent sur les biceps, découvrant ainsi mon cou et ma clavicule. Je me sens belle dans cet ensemble. C'est un petit baume au cœur.

J'inspire profondément avant de tirer le rideau et de me dévoiler à Nolan.

La couturière crie de joie et nous applaudit comme si nous venions de nous dire oui.

Et je reste… je crois… figée face à lui.

Il a tiré ses cheveux en arrière pour se donner un *look*. Sa blouse blanche lui va à merveille. Elle est fluide et ne colle pas à sa peau pour lui permettre de bouger confortablement.

Et ce… oh, je… ce regard qu'il me lance en me détaillant de haut en bas. Si nous n'étions pas en public, je l'aurais pris contre la cabine et lui aurais fait ressentir tout le feu intérieur qui me brûle à cet instant.

Je me déteste d'être horrible avec lui depuis notre arrivée à Berne. J'aimerais qu'il me pardonne…

Nos pupilles se joignent dans un long moment silencieux. Je lui avoue tout ce que j'aimerais en un regard, en espérant qu'il comprenne. Je ressens sa tristesse de notre éloignement et son amour pétillant pour moi sous ses longs cils bruns.

Mon pouls est anormalement élevé.

Nolan avance d'un pas, puis d'un autre, et ses lèvres scellent les miennes. Un baiser de désespoir, de « je t'aime » et de « désolé ». J'enroule mes bras autour de sa nuque tandis qu'il me plaque contre son torse en dévorant ma bouche sans pudeur. Une larme roule sur ma joue et emporte tous mes doutes, toutes mes peurs. Je ne peux plus lui résister. Nolan est l'homme que j'aime, mon pilier, mon protecteur. Je peux toujours lui mentir pour Yelena et ses menaces, mais je ne peux plus continuer à l'éloigner de moi.

Je suffoque sans lui.

À travers nos lèvres, je chuchote :

— Pardonne-moi…

— Je suis là, Maddison. Je ne t'abandonnerai pas.

Un sanglot rompt notre baiser. Il ne me demande pas pourquoi, il ne cherche pas à comprendre, car il est juste là pour moi. Et ça me suffit.

La couturière nous abandonne un instant et disparaît dans l'arrière-boutique. La chaleur de Nolan m'enveloppe. Je me laisse pleurer sous ses bras, sous la douceur de ses lèvres contre mes joues torrentielles.

J'ai peut-être eu tort. Notre relation n'est peut-être pas encore perdue… *je l'espère.*

43

Nolan
Octobre 2022, Berne

Le soir après nos essayages, j'appelle mes parents pour prendre de leurs nouvelles. Ils sont en pleine préparation de la fête d'Halloween. Il paraît que mes cousines ont décidé de s'accorder sur leur tenue en se déguisant en *Totally Spies*. Le dessin animé préféré de la plus jeune de mes adorables crevettes : Jocelyne. Je suis tellement heureux de voir leur bouille via l'appel vidéo. Jasmine se plaît bien à l'université. Au dernier moment, elle a suivi les conseils de Maddison et a demandé à entrer en licence 1 de Lettres. Tandis que Cami entame sa dernière année au collège et Jocelyne le CM1. Je leur envoie plein de gros bisous en l'air, qu'elles me rendent toutes en riant.

Elles me manquent… La Suisse n'est pas si loin, mais j'ai l'impression qu'un monde entier nous sépare.

Après avoir raccroché avec ma famille et échangé quelques messages sur notre groupe d'amis à Peter, Sam, Hélène et moi, je discute avec Maddison. Assis l'un en face de l'autre, sur le canapé de notre studio de location.

Je lui raconte la première fois où j'ai enfilé des patins et failli me casser le coccyx. Elle se tord de rire, son ventre la secoue. Je savoure chacun de ses sourires tant ils sont rares en ce moment.

Au fond de moi, je garde en tête que quelque chose cloche. Je ne sais pas si c'est parce qu'elle s'exerce trop, si c'est la pression qui la surmène, le fait de devoir s'entraîner avec son père et sa demi-sœur, ou juste… un énorme mélange de toutes ces raisons. J'ai bien remarqué les griffures sur ses mains et ses pieds, ainsi que sa lèvre fendue ce matin. Je mets ces blessures sur le compte de ses entraînements matinaux. J'aimerais la rassurer en lui expliquant que ce n'est pas nécessaire d'aller aussi loin.

Ensemble, nous sommes forts, compétents. Même madame Muller et Igor ne cessent de nous féliciter sur les progrès que nous effectuons, jour après jour. J'ai le sentiment que plus rien ne suffit pour lui venir en aide. Toutes mes tentatives sont un échec. La voir aussi souffrante, en ce moment, sans en connaître la cause, m'est insupportable. Je me sens impuissant. Il faut que je change de stratégie.

Nous nous endormons devant un *replay* de la Coupe de Suisse 2018. Et le lendemain, nous nous remettons en selle. Les échauffements s'intensifient. Nous nous accrochons comme nous pouvons et nous essayons de faire abstraction des autres patineurs, même si c'est difficile.

J'essaie de contrôler mes pulsions quand le sourire d'Alexeï nous nargue à longueur de journée. Je fais vraiment tout ce que je peux pour rester concentré sur nos mouvements. Notre spirale de la mort est de plus en plus équilibrée grâce aux conseils de Sasha. Il nous a même proposé de faire un double rendez-vous avec Sarah. Malgré leur rivalité évidente sur la piste, il est facile de remarquer les petits regards aguicheurs qu'ils se lancent.

Pendant la pause boisson, nous nous retrouvons tous les quatre pour organiser une soirée, la semaine avant la compétition. Ce sera l'occasion de lâcher prise une dernière fois !

J'avale une grande gorgée d'eau de ma gourde avant d'acquiescer.

— Ouais ! Ce serait une super idée ! On fait quoi ? Un repas, un karaoké ?

Sarah éclate de rire en fermant ses yeux en amande que je trouve adorables. Maddison ne m'a pas trop parlé d'elle concernant son passage à la fédération. Peut-être est-elle arrivée après le départ de Maddi. En tout cas, elle est extrêmement accueillante et je me demande même si ce n'est pas grâce à elle que Sasha a autant changé. Ce serait une belle histoire, que je meurs d'envie d'entendre durant notre rencard à quatre.

— Je pensais à une nouvelle boîte de nuit en ville. Sasha et moi, on y est allés avant-hier soir pour Halloween, et l'ambiance était dingue ! Vous aimez l'électro ?

— C'est pas mal, réplique ma partenaire.

J'embrasse sa joue et hoche la tête.

— Ça nous rappellera des souvenirs, chuchoté-je à son oreille.

Elle me frappe le torse comme je m'y attendais et je ris.

— Et pas trop d'alcool, hein !

J'en rajoute, mais Maddison sait que je plaisante. Bien que j'aie un doute face à son expression outrée, la bouche ouverte en me fusillant du regard. Sasha boit en haussant les sourcils.

— Je crois que j'ai envie d'entendre cette anecdote sur Petrova.

— Non, vraiment pas, grogne-t-elle entre ses dents.

Nous ricanons tous deux face à ses joues colorées de rose. J'embrasse une nouvelle fois sa pommette en l'attrapant par la hanche.

— Allez, on va s'amuser tous les quatre.

— Hum.

— Envoyez-nous l'adresse et l'horaire. On se tient au jus, conclus-je.

La mère de Sarah l'appelle et met un terme à notre courte pause. Nous nous remettons chacun dans le coin qui nous est dédié sur la piste et reprenons nos gestuelles. Maddison et moi perfectionnons toute l'après-midi notre porté « jambe levée ». Après notre chute, nous avons essayé une autre tactique de maintien. Il a été prouvé que c'était plus sécurisé et plus élégant que je l'aide par les jambes. Ma main se posera sur son genou tandis qu'elle s'élèvera et je la redescendrai par les hanches, comme nous le faisions au début. Le risque est trop important pour que je me concentre uniquement sur sa cheville.

Plus nous progressons dans notre programme libre, plus une adrénaline étrange monte en moi. Je crois qu'on appelle ça… la confiance en soi ?

Nous voilà en novembre. J'enlace le ventre de Maddison pour la plaquer contre mon torse et m'enivre de sa chaleur corporelle. Je ne sais pas comment elle fait pour dormir en mini short et débardeur. Cette Polonaise a le sang chaud !

Et tu en doutais ? ricane ma conscience.

Hum.

Ma poitrine se gonfle de bonheur. J'aimerais savourer plus longtemps cet instant entre nous. Oublier de nous lever, oublier les entraînements, oublier qu'il nous reste quatre jours avant le début de la compétition.

Nous sommes prêts et concentrés. Nous avons répété des centaines de fois nos deux chorégraphies. Rien ne peut plus nous arrêter. Nous allons remporter cette

Coupe de Suisse et tracer notre route jusqu'aux championnats européens de patinage artistique 2023.

C'est notre destin, je le sens, je le sais.

Je soupire en triturant de ma main libre les perles de quartz autour de mon cou pour me donner du courage.

Ce soir, nous allons sortir nous détendre tous les quatre avec Sarah et Sasha. Ça nous fera le plus grand bien de nous défouler sur la piste de danse, entre les corps en sueur, les veines chargées d'une bonne adrénaline et sous la musique électro de cette fameuse nouvelle boîte de nuit.

Maddison s'éveille sous les caresses délicates de mon pouce autour de son nombril. Sa peau frissonne à mon contact. Un large sourire fend mes lèvres lorsqu'elle se tourne face à moi.

— *Dzień dobry kochanie*[33], soufflé-je contre ses lèvres.

Sa bouche s'élargit de plaisir sous mon baiser.

— Monsieur a enfin retenu quelques mots de sa langue maternelle.

Je ris.

— Techniquement, je suis né aux États-Unis. C'est ma mère qui est Polonaise. Et j'ai utilisé Google Traduction.

— Je te renie dans ce cas, marmonne-t-elle en plissant le nez et en me repoussant.

Outré, je l'attrape par les hanches pour la retourner entre les draps et me retrouver au-dessus d'elle. Nous éclatons de rire en nous enlaçant. Ses bras autour de mon cou, les miens de part et d'autre de son corps à ma merci.

— Mais je ne suis pas d'accord, mademoiselle Petrova ! Vous êtes ma prisonnière, aujourd'hui.

— C'est une idée intéressante, monsieur Davis. Mais sachez que je suis difficile à satisfaire.

— Je relève le défi.

33 Bonjour mon amour

Nous nous embrassons. Plus tendrement au début, puis le désir nous embrase très vite et nous terminons la matinée sans vêtement. Sous une douche brûlante, Maddison plaquée contre le carrelage bouillant, ses cuisses autour de mon torse, et mes dents mordillant avidement son cou tandis que mon érection titille son sexe.

Pour notre dernier entraînement avec la fédération, la femme d'Igor nous a concocté un gâteau mousse à la carotte. C'est pour le moins atypique, mais je ne sais pas dire non à une pâtisserie après quatre heures intenses de répétition. Madame Muller nous serre la main en nous remerciant d'avoir accepté l'invitation et en m'offrant une polaire à l'effigie du club de Berne. J'ai été extrêmement touché par sa gentillesse tout au long de ce mois au sein de l'équipe. Je la donc prends dans mes bras avant de quitter la patinoire et Maddison décide de me surnommer « la guimauve » à présent.

Nous retournons à l'appartement afin de prendre une énième douche et nous nous habillons de nos meilleures tenues de soirée. J'opte pour un simple T-shirt moulant noir et un jean de la même couleur. C'est à la fois masculin et ténébreux. J'aime le côté mystérieux, ça ira parfaitement avec l'ambiance de la boîte.

Lorsque Maddi s'extirpe à son tour de la salle de bain, je manque de recracher mon verre d'eau. Cette tenue est… indescriptible.

— Je prends ton hoquet pour une approbation, me taquine-t-elle en se penchant sur l'ouverture de la pièce.

Je ravale ma salive et repose mon verre avant de le lâcher sans faire exprès. Son haut bustier noir en cuir lui arrive juste au-dessus du nombril, et son pantalon de la même couleur est fluide et moule les muscles de ses jambes à la perfection.

— Tu es certaine de ne pas vouloir rester ici, ce soir ?

— Non, monsieur ! J'ai besoin de me défouler !

Avec un ton aussi enthousiaste, je ne peux pas refuser. J'adore quand elle est aussi excitée et fougueuse. Son magnétisme me donne envie de la suivre jusqu'au bout du monde. Et je note qu'elle ne me surnomme plus « garçon », mais « monsieur ». J'y vois un très bon signe !

Je déglutis et secoue la tête pour tenter d'oublier l'érection qui naît dans mon pantalon. Je m'approche et fourre mes mains dans ses longs cheveux blonds, ondulés pour l'occasion.

— Tu es sublime, Maddison Petrova. Une reine incontestable.

— Tu es trop mignon.

Ses mains englobent mes joues rasées avant qu'elle embrasse mes lèvres. Ses paupières s'ouvrent pendant notre baiser et ce regard qu'elle me lance torture mon bas-ventre. Aussi brûlant qu'une flamme.

— Allez, Nolan, viens danser avec moi.

— Ne me le demande pas deux fois.

Je la fais tournoyer au milieu du salon et nous rions, fous l'un de l'autre. Ce qui est dingue, c'est que je ne peux plus m'imaginer une vie sans Maddison. Et c'est ça le *putain* de bonheur qu'il me manquait. Partager ma passion, mon amour pour le patinage avec une partenaire.

Lorsque nous entrons à l'intérieur de la boîte, Sarah et Sasha nous font signe depuis le box qu'ils ont réservé. L'ambiance est aussi incroyable. Tout est sombre sur la première moitié de la gigantesque salle, a contrario de la piste éclairée par des lumières tamisées et mélangées avec les néons roses et bleus du bar. Comme si les danseurs illuminaient le lieu et dominaient tout le monde. La musique est tout aussi géniale. Les basses pulsent dans nos oreilles, mêlées à un côté musical asiatique et traditionnel.

Une main autour de la taille de Maddison, je nous guide jusqu'à eux. Il n'est même pas encore 20 heures qu'il y a déjà quatre ou cinq verres vides posés sur la table ronde en vitre. Pas un seul n'est encore ivre. Ils tiennent bien mieux l'alcool que moi, ce n'est plus à prouver.

— Venez ! hurle Sasha à travers la musique.

Nous nous asseyons sur les bancs en cuir, main dans la main. Je suis subjugué par la décoration sombre en bois, avec un côté *rock* grâce aux cadres représentants des groupes de musique. Des danseurs vêtus de tenues lumineuses et sexy se remuent en hauteur. Je n'en avais jamais vus en vrai !

— Vous commandez quoi ? nous interroge Sarah.

Je zieute la carte des boissons par-dessus l'épaule de Maddison, qui la tient entre ses doigts vernis de noir. J'adore son côté femme fatale. J'embrasse sa tempe en lui demandant ce qu'elle souhaite.

— Je vais rester sur un truc léger.

— Ah bon ?

— Tu connais mon estomac, Nolan. Je ne vais pas prendre le risque d'être malade avant la compétition.

— C'est vrai… Bah moi, par contre, je vais me jeter sur ce cocktail-là, dis-je en le désignant sur la brochure.

— Tu te mets enfin à la vodka ?

— Rien qu'une goutte !

Son plissement de paupières ne me rassure pas. Mais contrairement à elle, j'ai envie de faire des bêtises ce soir et de relâcher la pression. Elle peut me surnommer « la guimauve », mais je sais aussi être un grand fêtard !

— Comme tu voudras.

Sasha et Sarah ricanent dans leur coin pendant que je commande nos boissons au serveur. Je ne sais pas pourquoi j'ai le sentiment qu'il y a quelque chose que je ne saisis pas.

OK.

Au bout du troisième cocktail, je commence déjà à ne plus savoir épeler le mot « cuite ». Je suis certain qu'il y a un Q, mais ils me contredisent tous ! Pourquoi se moquent-ils de moi ?

La vodka, c'est pas si mal en fin de compte. Hum, où est passée ma paille ? Je soulève le sac à main de Maddison, mais ça ne sert strictement à rien puisque je n'y vois flou !

Elle éclate de rire à une blague de Sasha, je crois. J'espère qu'il ne lui raconte pas des trucs sur la version adolescente de moi. La honte.

— Oh, mais qui voilà ! s'écrie une voix aiguë dans mes tympans sensibles.

C'est qui celle-là ?

Je relève la tête et tombe sur deux yeux aussi clairs et froids que la glace.

Sovetsky !

Elle tient le bras de Vladimir, qui a apparemment coupé ses cheveux. Le crâne rasé ne lui va pas. Je n'ai même pas besoin de pivoter vers Maddison pour percevoir son silence mortifiant.

— Tiens, quelle puérile coïncidence, ajoute la blonde à côté de Yelena.

Katia ? Non, Jia ? Non, c'est bien Katia. Je discerne le reste de leur petit groupe de pestes derrière, avec les champions du monde, Isabelle et Dimitri. Tous nous jaugent comme si les adultes avaient pris les enfants en flagrant délit. Que je déteste son air supérieur à deux balles.

Sasha se laisse aller sur le banc de notre box et écarte ses bras le long du dossier.

— Bien sûr. Comme si vous n'aviez pas écouté notre conversation pendant la pause.

Un tic au coin de la bouche échappe à Yelena. Même éméché, je l'aperçois. J'avale vivement le fond de mon verre de vodka pure – oui, j'ai cédé – et agrippe le poignet de Maddison.

— Il semblerait surtout que vous soyez passés au camp ennemi, Sarah et toi. Si ça vous amuse de traîner avec…

Je me lève d'un bond, trébuche et l'arrête avec ma paume.

— Stop la rouquine, pas ce soir.

Ses yeux s'écarquillent si fort que j'en ai la frousse. Je tire Maddison contre sa volonté et les pousse sans vergogne pour gagner la piste de danse.

Non, franchement, je ne suis pas d'humeur à écouter ses conneries de gamine pourrie gâtée. Je me faufile à travers la foule et atteins le milieu de la salle. Aussitôt, je baigne dans la mélodie rapide, qui engloutit tous mes sens. Maddison enroule mon cou de ses coudes et murmure à mon oreille :

— Merci.

Mon sourire s'élargit avant que je ne dépose mes lèvres contre les siennes dans un baiser torride. Nous nous déhanchons l'un contre l'autre, à la perfection. Lorsque la musique s'intensifie, nous sautons en symbiose avec les inconnus et j'explose de rire. C'était tout ce dont j'avais besoin. Tout lâcher, tout oublier, me libérer, me vider, me défouler.

Au bout d'une trentaine de minutes de danse effrénée, le DJ nous annonce quelque chose au micro :

— *Da ich sehe, dass es an diesem Abend recht viele Paare gibt, fange ich ausnahmsweise einen Walzer an. Einfach mal ein bisschen entspannen*[34] *!*

Je ne comprends pas un traître mot, jusqu'à ce qu'il ne reste que les couples sur la piste.

Avec un sourire complice, Maddison et moi nous rapprochons pour entamer une valse sur le son adouci. Elle repose sa tête contre mon torse et je suis tout de suite

---

34 Comme je vois qu'il y a pas mal de couples ce soir, je lance exceptionnellement une valse. Juste pour se détendre un peu !

apaisé. Nos pas calmes nous bercent. Nous nous mouvons librement, telles des vaguelettes, un soir de ciel étoilé. Je nous imagine sur une plage de sable blanc en fermant les yeux, le glissement de l'eau tranquille sous une pleine lune.

Puis tout s'effondre.

Un rire m'oblige à rouvrir les yeux. Ils tombent sur Yelena, qui se tient derrière Maddi, face à moi.

Bordel, elle peut pas nous lâcher la grappe ?

Maddison remarque l'arrêt de mes pas et recule.

— Qu'est-ce qu'il y a ?

Mon regard assassin doit lui donner la puce à l'oreille, car elle se retourne et percute à son tour celui de sa demi-sœur.

Sovetsky cache un faux rire derrière sa main.

— Désolée, vraiment, mais vous êtes absolument ridicules.

— Qu'est-ce qu'on en a à foutre de ton avis ! s'énerve subitement Maddison.

La lueur dans les yeux glacés de Yelena se décompose.

— Maddi, Maddi, je veux simplement vous rappeler que vous allez perdre. Je ne souhaite que vous protégez d'une future déception.

— Mais tu t'entends parler ! T'es une gamine pourrie gâtée. Fiche-nous la paix ! m'emporté-je. Retourne dans les jupons de ton papa d'amour.

L'alcool et l'adrénaline des musiques électros me montent à la tête. Mon sang se met à bouillonner dans mes veines. J'avais envie de relâcher la pression ce soir ? Parfait, elle m'en donne l'occasion !

Je fais un pas en avant en même temps qu'elle, mais Maddison me retient en posant sa main sur mon torse.

— Bah alors, Maddi ? Tu ne devais pas tenir ton toutou en laisse ?

Devais.

Pardon ?

Mes yeux descendent jusqu'à l'expression crispée de ma petite amie. De quoi elle parle ?

— Ferme-la, Yelena, crache-t-elle entre ses dents.

— Pourquoi elle devrait ? intervient soudain Vladimir. C'est pas notre problème si vous êtes un faux couple. On sait tous que Maddison est capable de manipuler n'importe qui pour faire croire que vous êtes un vrai couple de patinage artistique.

— Quoi ? Putain, mais qu'est-ce que vous racontez ?

— Laisse, Nolan, viens.

Maddison tente de m'éloigner d'eux, mais je… je ne veux pas. Je fronce les sourcils et la force à me regarder en face.

— C'est quoi cette histoire ? On est un faux couple ?

— Mais non ! Ils disent des conneries, laisse tomber.

— Ah bon ? Pourtant, je croyais avoir été clair quand je t'ai fait comprendre ce que nous serions capables de faire s'il osait m'insulter encore une fois, moi et ma famille.

Oh.

Non… ?

Des flashs de souvenirs m'envahissent. La peinture sur le T-shirt de Maddison que je trouvais étrange, les égratignures sur ses bras et ses pieds, sa lèvre fendue, son silence terrifiant, ses cernes. Elle… elle n'a pas osé ?

Mon cœur se transforme en pierre. L'air cesse d'entrer dans mes poumons.

Putain que je suis aveugle !

Je fusille Yelena du regard et fonce droit sur elle.

— T'as osé, espèce de salope !

La musique disparaît dans mes oreilles.

— Nolan !

Maddison se place entre nous et Vladimir protège sa tarée de copine en s'interposant également.

— Je t'en prie, ne fais pas ça ! essaie de me contenir Maddison.

— Tu te fous de moi ? T'en as pas marre de te faire marcher sur les pieds par cette folle furieuse ?

— Qui tu traites de folle furieuse, espèce de connard ! en rajoute Yelena, bien cachée derrière son partenaire.

Je sais que je blesse Maddison, au regard outré qu'elle me lance.

— Ça fait combien de semaines que tu me caches la vérité ? Elle a continué, hein ?

Ses yeux se closent fermement sous la culpabilité.

— Pourquoi ? hurlé-je.

Après tout ce qu'on a traversé ! Je ne comprends pas ! Comment a-t-elle pu encore me cacher des choses aussi graves alors que j'étais juste à côté d'elle ? Mon cœur bat à cent à l'heure. Tous mes organes sont en feu. Je perds la tête.

— Je suis désolée, OK ? J'essayais de te protéger !

— Me protéger ? m'écrié-je encore plus fort.

Je suis horrible. J'ai été si aveugle. Je suis si impuissant. Et j'ai *mal* bordel de merde !

— De cette crétine ?

— Hey ! Surveille tes paroles, Davis. Tu pourrais le regretter ! me fustige Vladimir.

Non, mais il me cherche celui-là ? Je me sens hors de mon corps. Je ne sais plus qui je suis. Je ne suis que colère.

Mes pas me guident à nouveau droit sur eux, mais Sasha vient me retenir par l'arrière.

Je vais lui refaire le portrait ! À lui et à la foutue sœur de Maddison !

— Bah alors, Maddison, apprends-lui les bonnes manières. Fais pas la même erreur que ton père en t'éduquant, ajoute-t-il.

Oh, putain !

Mon cœur dégringole. La main de Maddison glisse de mon torse et retombe lourdement le long de son corps. Son regard s'éteint.

Elle se retourne et personne n'arrive à comprendre comment son poing parvient à décrocher la mâchoire de Vladimir. Le coup transperce l'air de la salle et craque brutalement la pommette de Bukin. Du sang s'expulse de sa bouche tandis qu'il s'écroule à genoux, aux pieds d'Isabelle, qui observait la scène depuis le début.

Je n'ai pas besoin de vérifier l'expression de Maddison, car je devine la rage qui déforme ses traits. Je ne vais pas me plaindre, c'est ce dont je rêve depuis que je les ai rencontrés. Mais je… suis sans voix.

— Mais t'es barjo ma parole ! aboie Yelena en attrapant les cheveux de Maddison.

Quoi ?

Maddison lui envoie son genou dans le ventre et la gifle violemment.

— Ça, c'est pour notre père ! Et ça…

Sasha me relâche juste à temps pour que je puisse intervenir et l'attraper sous les aisselles. Je l'éloigne de Yelena tandis que Dimitri aide la rouquine à se relever. Maddison se débat sous mes bras, et j'ai besoin de beaucoup de courage pour la retenir tellement elle est forte.

— Lâche-moi !

— *Raus aus meiner Box, alle! Die Polizei kommt*[35] *!* hurle le DJ qui a coupé la musique.

À l'expression assassine qu'il nous lance, je n'ai pas besoin de savoir parler allemand. Je nous extirpe tous les deux de la boîte de nuit à grande vitesse.

On est dans la merde !

35Sortez tous de ma boîte ! La police arrive !

44

Maddison
Novembre 2022, Berne

Mon sang baigne dans l'adrénaline. Je me sens libre ! Tellement libre !

Une fois dehors, Nolan et moi prenons nos jambes à nos cous lorsque les sirènes de police retentissent. Nolan, éméché par l'alcool, et moi par… Je ne sais pas. Un immense soulagement ? Une libération incroyable ?

Nous nous précipitons dans notre appartement en claquant la porte derrière nous. Je fais quelques pas jusqu'au salon, les doigts tendus à l'extrême et un sourire toxique sur le visage. Mon cœur bat si vite !

J'ai frappé Yelena ? Et Vladimir ? C'est… c'est comme enfin écraser toutes les chaînes qui me maintiennent prisonnière depuis des années. Je ne ressens aucune culpabilité, aucun remords. Je devrais ? Sans doute. Mais je m'en fiche. Elle n'a eu que ce qu'elle méritait, c'est allé beaucoup trop loin, ce soir. Les mots de Nolan ont fait écho en moi et je me suis sentie pousser des ailes par un trop-plein d'émotions.

Je me tourne face à lui en éclatant de rire.

— Je l'ai fait ! Nolan, je me suis défendue face à… elle… Nolan ?

Son regard s'assombrit tandis qu'il fixe le sol.

— Depuis quand ça dure ?

— De quoi tu parles ?

Ses yeux bruns envoient des éclairs.

— De Yelena. Depuis combien de semaines est-ce que tu me mens ?

Il s'emporte, je le comprends. Sa colère me ramène à la réalité, faisant radicalement chuter mon excitation.

Je soupire.

— Je voulais te protéger, Nolan.

— Me protéger ? Alors, ça, c'est la meilleure ! rugit-il en balançant ses bras en l'air.

Je peux accepter qu'il soit déçu, mais pourquoi prend-il tout autant à cœur ? Je rêve ou c'est à moi qu'il en veut ?

C'en est trop, j'arrête de réfléchir. Mes poings se serrent le long de mes hanches.

— Tu aurais fait quoi, hein ? Lui mettre une bonne correction devant les coachs ? Te rabaisser à leur niveau ?

— J'aurais pu *te* protéger ! Moi ! Je n'ai pas besoin de ta protection, je n'ai pas peur d'elle !

— Eh bien moi, si ! crié-je encore plus fort.

Mes émotions se déversent sur lui. Et je regrette, oui, je regrette que ce soit sur lui que je me défoule. J'ai besoin qu'à son tour, il m'écoute. Qu'il écoute mon cœur !

— Ce n'est pas une raison, Maddison. Elle t'a… quoi, tabassée ? demande-t-il, les lèvres tremblantes.

Mes paupières se ferment un instant et j'inspire l'air de la pièce pour me donner le courage de tout lui avouer. J'ai tenu bon, et ça a servi puisque nous avons pu correctement nous entraîner, sans encombre. J'ai réussi à le protéger de mon passé, de mes fautes, de celles de ma famille. C'est tout ce qui compte à mes yeux. Peu importe combien il est furieux contre moi.

— Pas à ce point, mais…

— Mais… ?

Comme je déteste entendre sa voix brisée par la tristesse. J'enfonce davantage les ongles dans mes paumes. Les larmes pulsent au coin de mes yeux.

— Ce n'est pas passé loin.

— Putain, Maddison ! Tu aurais au moins pu m'en parler ! En parler à Igor ou à Lena !

— Elle te menaçait, tu comprends ? Tu ne sais pas de quoi elle est capable !

Un rire amer secoue sa poitrine. Il tire ses cheveux vers l'arrière pour dégager son front.

— Oh, si, je vois très bien. Elle a réussi à nous monter l'un contre l'autre. Elle a eu tout ce qu'elle voulait. Elle nous a brisés.

Non.

Non !

Mes pieds m'amènent jusqu'à lui.

— Non, je t'en prie. Ne dis pas ça. C'est faux, Nolan. On a pu s'entraîner sans souci, on a atteint notre objectif et on a…

— Sans souci ?

Sa voix s'étrangle dans sa gorge et ses yeux s'agrandissent en s'accrochant à moi.

— J'ai été un idiot ! Je n'ai rien vu, rien su… comprendre. Pendant tout ce temps, tu as subi leurs conneries pour me… Merde ! Maddison, est-ce que tu te rends compte ? Qu'est-ce que je suis censé ressentir là ?

Un douloureux étau enserre ma poitrine et écrase ma gorge. Une première larme roule sur ma joue. J'avance mes mains vers son bras… Mais plusieurs bruits sourds défoncent la porte derrière nous.

Des mots allemands sont prononcés avec une voix forte.

La police !

Je cours ouvrir cette fichue porte et deux hommes en uniforme pénètrent sans même attendre mon autorisation.

— *Sind Sie Maddison Sovetsky*[36] *?*

— *Petrova*, les corrigé-je.

Je leur explique que Nolan ne parle pas allemand et qu'ils doivent s'adresser à nous en anglais. Ils acceptent.

— Vous allez nous suivre. On nous a signalé une bagarre dans une boîte de nuit et la plainte est contre vous.

Il tend sa large paume pour m'attraper, mais je recule, sous le choc. Une plainte ?

Yelena !

— Plusieurs témoins confirment que vous avez tabassé deux clients sans raison.

Mes yeux s'écarquillent et le feu m'embrase.

— Sans raison ?

— C'est moi !

Quoi ?

Nolan me repousse vers l'arrière en s'interposant. *Il se fiche de moi ?*

— C'est moi qui les ai tabassés, mais croyez-moi, ce n'était pas sans raison.

Les deux policiers échangent un regard. Mais à quoi il joue ? Je lui agrippe violemment le bras pour qu'il se retourne.

— Arrête, Nolan, ne fais pas ça.

— Comment pourrions-nous vous croire, monsieur ?

— Facile, vous voulez que je vous montre ? les menace-t-il.

Il a perdu la tête !

---

36 Vous êtes Maddison Sovetsky ?

J'essaie de les arrêter en les insultant dans ma langue maternelle, mais ils ne m'écoutent pas. Tout dérape trop rapidement. Le troisième me repousse vers l'appartement tandis que les deux autres plaquent Nolan contre le mur pour lui enfiler des menottes.

J'ai la nausée, je vais vomir.

— Mais arrêtez ! Il ment ! C'est moi qui ai frappé ceux qui m'accusent ! Laissez-le !

— Sans vouloir vous vexer, mademoiselle, vous n'avez pas la force de décrocher la mâchoire d'un homme.

Je foudroie le policier qui me maintient les épaules.

— Vous vous foutez de ma gueule ?

Les deux autres en profitent et tirent Nolan hors de l'appartement. Je parviens à bousculer assez le policier pour courir jusqu'à lui. J'attrape ses joues entre mes paumes.

— Nolan, arrête ! Pourquoi tu fais ça ?

Les larmes inondent mon visage tandis que le plus grand des policiers tente de me tirer en arrière par les épaules.

— Venez, mademoiselle.

— Pourquoi, Nolan ?

— Tu sais pourquoi, dit-il simplement.

Un sourire triste traverse ses lèvres et mon cœur se brise en des milliers de morceaux coupants et tranchants.

— Je suis tombé amoureux de la patineuse que tu es. Puis de la femme. Je ne peux pas vivre dans un monde où tu n'existes pas. Laisse-moi faire ça pour toi, Maddison.

Mais…

Les policiers disparaissent, malgré mes hurlements et les coups de pied que j'assène à celui qui me retient. Il finit par me lâcher et m'avertir de me calmer où il m'embarque à mon tour. La porte de l'appartement se claque.

Silence.

Vide.

J'avance au milieu du salon, dans le silence le plus atroce que j'ai jamais entendu.

Mes épaules tremblent. Je suis frigorifiée, la bouche incapable de se refermer, la vue brouillée par les larmes.

Qu'est-ce que j'ai fait ?

Je hurle de toutes mes forces en attrapant tout ce qui me passe sous la main et le jette à mes pieds. Je balance nos fourchettes, nos coussins. Le démon que j'ai toujours craint me dévore de l'intérieur. Mon cœur bat si fort qu'il arrache ma cage thoracique. J'éclate une casserole ainsi qu'un vase qui traînait. Je m'attaque aux murs et brise en mille morceaux les tableaux qui y trônaient.

Kurwa. Kurwa. Kurwa. KURWA !

— Je la déteste ! JE LA HAIS !

Je m'écroule à genoux, au bord du gouffre.

— POURQUOI ? Qu'ai-je fait pour mériter *ça* ?

Mes pleurs m'échappent par des gémissements bruyants, qui me déchirent la gorge et les poumons.

— P… pourquoi… ?

Mon ventre se plie en deux. Les sanglots m'envahissent si puissamment que je manque de m'étouffer avec ma salive. Je serre ma poitrine avec mes bras de toutes mes forces, comme s'ils pouvaient contenir le désespoir qui me détruit.

Chaque fois, quelqu'un que j'aime finit par être blessé. Chaque fois, mes mauvais choix et mes émotions me conduisent à tant de souffrance.

Je pleure jusqu'à ne plus parvenir à ouvrir mes paupières meurtries. Je suis dévastée.

— Je suis… seule… si SEULE !

Mon cœur s'arrête soudain de battre. Je ne suis pas si seule. Je peux sauver Nolan.

Je… je peux le sauver.

« Je ne peux pas vivre dans un monde où tu n'existes pas. »

Sa phrase résonne dans ma tête telle une cloche en continu. Je dois le sortir de là ! Ça suffit. Il est temps que cette histoire s'arrête une bonne fois pour toutes. Je ne peux pas perdre Nolan. C'est trop dur. J'ai l'impression de mourir.

À cette pensée, un nouveau sanglot bloque ma respiration pendant quelques minutes.

Nolan ne mérite pas ça. Payer à ma place. Payer parce que j'ai peur de ma famille. Je ne le permettrai plus.

Je vais affronter mon père. Lui seul pourra le sortir de prison.

Quitte à me perdre une fois de plus. Je ferai tout pour Nolan.

Quitte à retourner chez Alexeï.

Je me relève et essuie les traces de mes larmes sur mes joues.

Je ne sortirai pas de chez lui tant qu'il n'aura pas fait libérer Nolan.

Tout se termine aujourd'hui.

45

[TW : relation toxique]

Maddison
Novembre 2022, Berne

Il est 3 heures du matin lorsque je toque aux portes de sa grande maison. Elles s'ouvrent après quelques secondes interminables à patienter sous le porche. Une femme que je ne connais pas se dévoile. Nous fronçons mutuellement les sourcils en nous détaillant. Elle est vêtue d'une chemise de nuit ouverte sur un ensemble plutôt sexy.

Super. Je tombe sur sa maîtresse. Ou sa nouvelle femme…

— Puis-je vous aider ?

Son accent, qui roule les *r*, m'indique qu'elle est latino. Elle doit presque avoir mon âge, si ce n'est moins.

— Je cherche Alexeï Sovetsky. Je suis sa fille.

Ma langue me brûle en prononçant cette simple phrase. Je déglutis sous son teint soudain livide.

— Ah. Mais vous… n'êtes pas rousse ?

— Eh, non. Bon, je rentre.

Malgré ses protestations, je pénètre dans la demeure. Le sol vitré est glissant. Quelle gigantesque maison. Je n'en attendais pas moins de Sovetsky, le grand athlète de son époque, aux je ne sais plus combien de médailles d'or et d'argent en patinage artistique et patinage de vitesse.

Une carrière à la hauteur de son exigence envers ses propres disciples. Que son amante m'ait prise pour Yelena prouve bien que mon père m'a totalement déshéritée. Et… oui, ça fait un mal de chien.

Je ne devrais pas ressentir cette souffrance, ce manque d'amour de sa part. Mais il reste mon père. Malgré toutes les horreurs qu'il m'a dites, je garderai toujours le souvenir d'Alexeï, le père aimant, attentionné, parfois sévère, mais fier de la petite version de moi. Jusqu'à ce qu'*elle* débarque chez nous avec ses yeux clairs, envoûtants, et son doudou lapin contre ses cheveux roux.

J'inspire pour me donner du courage et expire lorsque je perçois des pas étouffés, qui descendent de l'escalier suspendu, tel un pont dans le vide.

— Maddison ? Qu'est-ce que tu fiches ici ?

— Bonsoir, *tata*[37]. Je sais, il est tard, mais j'ai besoin de…

Allez, Maddison, tu peux le dire.

— De toi.

Il éclate de rire après un silence. Le son qui émane de sa gorge écrase douloureusement mes poumons. Je n'arrive pas à croire que je suis face à lui, *chez* lui. Mais ce n'est pas pour moi que je m'apprête à vider mes tripes à ses pieds. C'est pour Nolan.

Mon père descend les dernières marches et me passe devant pour se diriger vers son immense cuisine à double comptoir. Il congédie sa maîtresse tout en se servant un verre de vodka avec une tranche d'oignon. Une gorgée de sa boisson crue, puis il sniffe la tranche et marmonne en soufflant :

— À la dure.

Je lève les yeux au ciel devant tant d'exagération machiste. OK, il m'a montré qu'il savait encore boire

---

37 Papa

l'alcool de la patrie. Bravo, mais ça ne m'impressionne plus.

— Nolan est en garde à vue et j'ai besoin que tu m'aides à le libérer.

À la dure ? Très bien, autant aller dans le vif du sujet, dans ce cas.

— Oui, bien évidemment. Et pourquoi je ferais cela, hein ? Explique-moi.

Son ton condescendant me file la nausée. Alexeï ne me prend pas au sérieux, comme je m'y attendais. Je ne lâcherai pas le morceau pour autant. J'enferme mon cœur dans une barrière bien solide.

— Parce qu'il s'est fait accuser à ma place et que…

— Blablabla ! Je sais très bien ce qu'il s'est passé, Maddison. Et ma réponse est non. Va pleurnicher ailleurs.

Il laisse son verre vide traîner sur l'îlot et s'avance vers moi pour me guider vers la sortie. Sauf que je l'en empêche en me postant en plein milieu de la pièce.

— Il n'y est pour rien, tu le sais !

— Encore mieux.

— Pardon ?

Son visage, à demi-endormi jusque-là, se réveille et se transforme en pierre. Froide et terrifiante, qui contraste avec le feu brûlant dans ses yeux.

— Tu as très bien entendu.

— Je ne te demanderai plus rien. Tu n'entendras plus parler de moi. Je sais que tu peux le libérer avec tes relations. Je t'en prie.

— Je t'en prie ? répète-t-il.

Ses sourcils se froncent et il me hurle dessus si fort que mes épaules sursautent.

— Je t'en prie ? Tu viens me supplier après avoir agressé ta sœur pour la seconde fois ! Tu es une sale hypocrite, Maddison, un danger pour cette famille !

Ses mots me transpercent. La piqûre est atroce. Je serre les poings jusqu'à sentir mes ongles s'enfoncer dans mes paumes.

— Je suis désolée. D'accord ? Désolée ! Mais elle l'a bien cherché, cette fois-ci !

— Cette fois ? Parce que tu crois que la dernière fois était justifiée ? Mais tu ne te rends pas compte de ce que tu es, Maddison. Tu as défiguré ta propre sœur, tout ça par… jalousie ?

— Parce que je t'aimais ! Et que tu ne me voyais pas comme ta propre fille !

— Parce que tu ne l'es plus. Tu n'as jamais été à la hauteur. Tu t'es toujours prise pour l'enfant parfaite alors que ton niveau était plus lent et médiocre que celui de Yelena. Et tu ne l'as jamais supporté. Ton acte était injustifié. Tu débarques là, en plein milieu de la nuit, pour remuer le passé parce que tu as encore perdu face à elle. Accepte la réalité, Maddison.

Mes oreilles saignent.

— Injustifié ? Tu l'as toujours fait passer avant moi ! Pourquoi ? Pourquoi n'as-tu jamais pu admettre que tu as toujours fait une différence entre elle et moi et que je suis constamment passée après elle ? Oh, Yelena, la fille parfaite que tu as toujours voulue !

— Exactement. C'est ce que tu veux entendre ? Tu n'as jamais su te remettre en question. Tu ne te rends pas compte du calvaire que c'était de t'éduquer. Tu étais chiante, tu pleurais quand tu n'avais pas ce que tu voulais, tu n'écoutais rien. Plus insolente que toi, ça n'existait pas. Je suis bien content d'avoir pu faire mieux !

Mieux… ?

Mon corps est poignardé de part et d'autre. Chacun de ses mots est comme un coup de poing en plein ventre. Les larmes coulent à flots le long de mes joues. Je ne peux plus les retenir. Ni elles ni les battements ensanglantés de mon cœur, dont la barrière soi-disant solide a disparu.

— C'est…

Je déglutis, la gorge en feu.

— C'est vraiment ce que tu penses ou tu le fais simplement pour te venger ? Simplement pour me faire du mal ?

— Est-ce que j'ai l'habitude de mentir ?

— Tu ne t'es pas dit que si j'étais une enfant agitée, c'est parce que tu ne m'apportais pas l'amour d'un père ?

— Comme c'est facile de reporter la faute sur les autres. Bravo, Maddison, quelle maturité, ricane-t-il.

Kurwa, pourquoi est-ce que je suis venue ici déjà ?

Si ce n'est pour agrandir la plaie béante de mon âme.

Alexeï fait deux pas de plus, mais je ne bouge pas, continuant de lui bloquer le chemin vers la porte. J'ai besoin de l'entendre. J'ai besoin de cette finalité. Aussi difficile soit-elle, je sais qu'elle me libérera du poids qui m'écrase depuis des années.

— Est-ce que… est-ce que tu m'as aimée, au moins ?

Les mots s'échappent de ma bouche si faiblement que je me demande s'il m'a entendue. Il se fige dans un silence mortuaire. Plus aucun son, plus aucune expression, plus aucun tic. Respire-t-il ? Et moi… ?

— C'est une vraie question ? m'interroge-t-il au bout d'un moment.

Je ravale la boule de douleur dans ma gorge et hoche la tête.

— Bien sûr que je t'ai aimée.

Un sourire étrange que je n'avais jamais vu sur son visage fend ses joues en deux.

— Bien sûr que je t'ai aimée, Maddison, insiste-t-il. Tu as juste fini par trop ressembler à ta mère.

C'est le poignard de trop. Mon sang cogne contre mes tempes.

— Et alors ? Tu as été si dévasté quand elle est morte. Tu ne l'aimais donc pas ?

— Peut-être au début, mais elle est devenue insupportable après ta venue au monde. Tu ne réalises pas à quel point tu lui ressembles. À être aussi émotive, aussi énervante… Argh, je suis fatigué ! Cette conversation ne mène à rien. Sors de chez moi.

Il me contourne, las, et un pied sur la première marche de son escalier, il se retourne en me fusillant du regard. Je ne sais pas pourquoi, mais j'explose de rire en même temps que je fonds en larmes. Mes nerfs sont à vif, éclatés, je ne sais même plus comment réfléchir et penser. Je suis anéantie par les ténèbres de cet homme toxique et imbu de lui-même.

— Tu n'as jamais voulu admettre que tu avais tort, jamais voulu admettre que tu as été un mauvais père pour moi. Tu préfères tout reporter sur les autres plutôt qu'assumer ta faute. Tu aurais pu… Je ne sais pas ! Me faire voir une psy, apprendre à comprendre mes sentiments au lieu de tous les rejeter et me faire passer pour un boulet toute ma vie ! Est-ce que tu as une idée d'à quel point tu m'as brisée toutes ces années ?

— Pff, « brisée ». Tu exagères constamment.

Je ne l'écoute pas et décide de tout relâcher. Toutes ces années de souffrance, de perte de confiance en moi, de manque d'amour, d'abandon.

— Est-ce que tu as une idée de ce qu'on peut ressentir quand la seule personne que tu aimes dans ce monde te rejette ?

Je crie, si fort que je m'en arrache la trachée.

— Tu m'as détruite, *tata* ! J'ai toujours tout fait pour te plaire. Quand tu n'aimais pas quelque chose chez moi, je le changeais. Quand tu aimais un objet, je faisais tout pour te l'acheter. J'ai toujours tout fait pour toi. Toujours tout *subi* pour toi ! Parce que je voulais que tu me *voies*, que tu m'aimes pour ce que j'étais ! C'était trop dur ?

— Tu faisais comme si le monde tournait autour de toi, Maddison. Tu ne te rendais pas compte d'à quel point tu étais égoïste.

— Moi ? Moi, égoïste ? Après tous les efforts que j'ai fournis pour te plaire, à m'en oublier totalement ?

— Bon, ça suffit, ce n'est pas la peine de discuter avec toi. Tu ne veux rien comprendre. Sors d'ici ou j'appelle la police.

Je m'effondre sur son parquet lisse, la nausée dévorant mon estomac, épuisant toute ma force vitale.

— D'accord !

Je serre les poings. Alexeï s'arrête au milieu de l'escalier et se tourne une fois de plus en soupirant.

— D'accord… Tu as gagné. Tu as raison. Je suis la pire chose qui ait pu t'arriver…

— Ce n'est pas ce que j'ai dit, me coupe-t-il avec exaspération. Tu déformes mes propos.

— Si… si j'ai eu de l'importance à tes yeux, au moins une fois dans ta vie, je t'en supplie… Je te supplie à genoux. Libère Nolan. Je sais qu'avec ton argent et ton influence, tu peux lui permettre de sortir de prison. Je t'en prie…

Je me relève en attendant sa réponse. Mon corps convulse sous les sanglots que je tente de taire. Ma voix est brisée par la tristesse et l'anéantissement d'une relation à laquelle je me suis accrochée toute ma vie et qui n'a jamais été réciproque.

— Tu n'entendras plus parler de moi. Je te promets de disparaître de ta vie.

— Tu laisseras ma fille tranquille ?

Moi ?

Je serre les dents et les paupières pour me retenir de le contredire, pour me plier à lui une dernière fois, si c'est pour me libérer de son emprise.

J'acquiesce et le fixe droit dans les yeux. Mes larmes coulent en un dernier jet de souffrance.

— Bien. Alors, au revoir, Maddison.

— Au revoir, *tata*.

Je tiens ma bouche pour retenir mon déchirement et d'un mouvement du menton, je quitte sa maison. La porte se referme derrière moi, telle la page que je tourne.

J'ai compris une chose fondamentale, ce soir. Quoi que je fasse, je ne pourrai jamais changer ce qu'il ressent pour moi. Mon père m'aura brisée en mille morceaux, mais Yelena n'y a jamais été pour rien. C'est uniquement parce que *lui* me voit ainsi. Comme le monstre que je n'ai jamais été. Mais je lui ai donné raison en déversant ma colère sur ma sœur. Malgré toutes les horreurs qu'elle m'a fait subir ensuite, c'est une victime autant que moi. La victime d'un père abusif et exigeant.

Je ne sais pas ce qui va suivre. Je ne sais pas qui je suis et ce que je deviendrai, libérée des chaînes de mon passé. Mais je sais que je ne suis plus seule et que je peux devenir la personne que je veux aux côtés de ceux que j'aime et qui m'aiment en retour.

*

Je rentre à l'appartement, prends une douche, range toutes les choses que j'ai déplacées, efface toutes celles que j'ai cassées, puis je m'allonge au milieu du salon, sur la moquette, les bras écartés. Je pleure une dernière fois pour clore ce chapitre de ma vie.

En espérant que le lendemain, je serai aux côtés de Nolan, sur la glace. Une nouvelle Maddison m'attend là-bas et j'espère qu'elle sera aux côtés d'un beau brun au cœur de guimauve.

Je finis par m'endormir dans le lit de Nolan. Lorsque le jour se lève, à quelques heures de la première épreuve, je suis sans nouvelles de lui sur mon téléphone.

L'unique message qui s'affiche est un encouragement de ma tante qui suivra, via son ordinateur portable, la compétition.

Aussi vide que peut l'être une personne, je me prépare. J'informe Igor de mon arrivée à la patinoire, sans même savoir si je patinerai.

Je maquille mon visage pâle, cache mes cernes. Puis j'orne mes paupières avec des paillettes dorées ainsi que du mascara et de l'eye-liner afin de marquer mon regard. Je termine par une touche de gel à lèvres cerise. Mes mouvements sont automatiques et lents. J'attache mes cheveux en une haute queue-de-cheval que je boucle avec mon fer chaud.

Quelques barrettes ici et là pour maintenir les mèches rebelles de mes cheveux blonds. Je ne souris pas, ne pense pas, ne ressens pas. Je suis vide. Ni excitation ni peur.

Je termine ma préparation en enfilant la robe bleu pastel du programme court ainsi que mes collants fins transparents. Puis j'ajoute un peu de poudre pailletée sur mes joues et mon cou pour attirer la lumière des projecteurs.

Je me chausse, range mes patins dans mon sac et me couvre de ma polaire. Igor m'attend en bas de l'immeuble, dans une limousine de la fédération. Je ne le regarde pas. Je ne veux pas. Ne *peux* pas. Je claque la porte et soupire.

— Pas de nouvelles de Davis ? me demande-t-il en s'installant du côté conducteur.

Je secoue la tête.

— De ton côté ?

— Rien non plus. Impossible d'avoir une quelconque information de la police. Et je n'ai encore rien dit à la fédération. Je ne sais pas s'ils sont au courant, mais votre couple n'a pour l'instant pas été disqualifié. Tu es certaine de vouloir y aller quand même ?

J'acquiesce et ne prononce plus un seul mot. Si je commence à me demander ce que je ressens, mon cœur me fera terriblement mal. Alors, je préfère être dans le déni. Tout oublier et agir tel un robot. Je dois effacer mes émotions jusqu'à la dernière seconde. Si Nolan ne me rejoint pas dans le couloir qui mène à la piste, ce sera la fin.

J'enfile mes patins dans les vestiaires et les lasse délicatement. Les autres participants font de même de leur côté. Ils ne m'adressent pas un seul coup d'œil, pour mon plus grand soulagement.

Je m'avance avec mes protège-lames jusqu'à la zone d'attente avec les autres de mon groupe. La foule est en folie. Tout le monde s'excite de droite à gauche, les journalistes filment notre arrivée dans le couloir. La musique bat son plein. J'ai pourtant l'impression d'être sourde, de ne rien percevoir d'autre que les battements de mon cœur.

Quelqu'un me bouscule l'épaule et je me retrouve face à Isabelle et Dimitri. Que font-ils là ? Ne se préservent-ils pas pour les épreuves du Grand Prix ISU[38] ?

Je cherche par réflexe Yelena dans la foule de mon groupe, sans trouver qui que ce soit avec une chevelure flamboyante.

— Où est Yelena ? interrogé-je Isabelle tandis qu'elle m'observe comme si elle s'apprêtait à m'arracher la tête.

---

38 Compétition la plus importante avec les mondiaux pour les patineurs artistiques. L'ISU étant l'union internationale de patinage artistique. Cette compétition se déroule en plusieurs étapes dans plusieurs pays du monde.

— À ton avis, la cinglée. Avec ce que tu lui as mis dans la figure, elle n'est pas prête à sortir de chez elle avant un moment.

Je contracte la mâchoire, à moitié en colère contre moi, à moitié en colère contre elles.

— Et toi, où est Nolan ? demande son partenaire.

Je leur souris faussement.

— En train de chier. Ça le stresse cette compétition.

Dimitri retient son rire derrière son poing et Isabelle me fixe à présent comme si j'étais un extraterrestre. Fort heureusement, mon humour douteux les écarte de mon chemin.

Au fond de moi, j'espère tellement que c'est le cas et qu'il n'est pas dans une cellule, seul…

Le numéro de notre groupe est appelé. Tous les couples s'avancent jusqu'à la piste pour s'entraîner avant le passage de chacun d'entre eux. Mes coéquipiers de l'équipe officielle suisse sont dans les tribunes, pour la plupart. Le couloir est plongé dans la pénombre, faiblement éclairé par les lumières éclatantes de la patinoire de Berne.

Je m'arrête juste avant de pénétrer sur la piste. Je reste dans l'ombre tandis que tous les autres saluent le public.

Deux minutes.

Huit minutes.

Dix minutes s'écoulent. Les couples reviennent et vont s'installer sur les bancs d'attente en suivant leur numéro de passage.

Mon nom est appelé, ainsi que celui de Nolan.

Une seconde.

Deux.

Trois.

Et je suis toujours seule.

46

Avril

— Et ? Que ferais-tu par amour, Nolan ?

— Tout, je suppose.

— Comme c'est chevaleresque !

— C'est normal de protéger les personnes que l'on aime, de les préserver, de les écouter et de se soucier d'elles.

Avril

— Moi, je sais qui tu es. Tu es une femme éblouissante. Tu es une battante ! Personne n'a le droit de te faire perdre confiance en toi. Je te connais, Maddison. Quand tu ris avec ma cousine dans sa maison de jardin, quand tu donnes des conseils aux autres pour les apaiser. Quand tu serres les dents malgré les trois heures de pirouettes répétées, malgré les maux de tête parce que tu veux aller au bout de ton œuvre. Quand tu me tends ta main lorsque je tombe pour me relever. Tu m'as donné l'espoir que j'avais perdu. Est-ce que tu t'en rends compte, Maddison Petrova ?

Avril

— Pourquoi est-ce que tu m'as embrassé, Maddison ?

— C'était une bêtise. J'étais perturbée. Oublie ça.

— Ou-oublie ça ?

— C'est ce que je viens de dire.

— Tu plaisantes ? En quoi est-ce un problème ? Est-ce que tu… Est-ce que tu ressens quelque chose ? Pour moi ?

— Nous ne devons pas avoir ce genre de relation, Nolan. Nous sommes deux professionnels avec un but commun.

— Ça ne nous empêche pas de nous rapprocher. Nombreux patineurs de couple sont amoureux. Et ça ne répond pas à ma question.

— Alors, non, Nolan Davis. Je ne ressens rien pour toi.

Juin

— Est-ce que je suis important pour toi ?

— C'est ce que tu crois ?

— Dis la vérité, Maddison. Avoue que tu as des sentiments pour moi et que ce qu'il s'est passé à Londres n'était pas une erreur. Parce que depuis que tes… lèvres ont touché les miennes, je sais que ça a changé quelque chose entre nous.

Juillet

— Alors comme ça, tu as traversé l'océan Atlantique pour me fuir ? demande-t-il en premier.

— Alors comme ça, tu as traversé l'océan Atlantique pour me retrouver ?

Octobre

— Pardonne-moi…

— Je suis là, Maddison. Je ne t'abandonnerai pas.

Novembre

— Pourquoi, Nolan ?

— Tu sais pourquoi. Je suis tombé amoureux de la patineuse que tu es. Puis de la femme. Je ne peux pas vivre dans un monde où tu n'existes pas. Laisse-moi faire ça pour toi, Maddison.

Maddison

Novembre 2022, Biasca

Sauf qu'il n'est pas là. Je suis seule face à un public qui attend un fantôme.

— *Maddison Petrova and Nolan Davis !*

Un étirement pulse entre mes joues. Je souris parce que j'ai adoré ce rêve. Même s'il doit se terminer aujourd'hui, je…

Des doigts s'enroulent soudain autour de ma paume. Mon cœur explose lorsque je pivote.

Un large sourire aux lèvres, les cheveux laqués en arrière et la poitrine essoufflée.

Nolan !

Ma bouche s'entrouvre, mais aucun son n'en sort. Je… ne sais même plus comment respirer.

— Ouf, c'était moins une ! réplique-t-il en réajustant son pantalon noir sur sa cuisse.

J'ai envie de le frapper. Et en même temps de l'embrasser et de le tirer sur cette patinoire.

— C-comment ?

Ses yeux se braquent sur moi et sa main serre fortement la mienne, qu'il ramène contre son torse.

— J'en ai aucune idée ! Les policiers m'ont fait sortir de ma cellule, j'ai signé un papier dont je ne comprenais pas un traître mot. J'ai ensuite appelé Lena, qui est venue me chercher, et on a foncé jusqu'ici. J'ai à peine eu le temps de me coiffer dans sa voiture ! m'explique-t-il, euphorique. C'est un truc de dingue, mais je suis là. C'est notre moment.

Je hoche la tête, mais j'ai la sensation d'avoir encore besoin de dire quelque chose avant de me lancer… j'ai… *le trac ?*

Sa deuxième main libre accroche ma joue et il me sourit tendrement. Comme je suis heureuse de le retrouver… Je retiens les larmes chaudes de joie, qui perlent sous mes paupières.

— Maddison Petrova. Patine avec moi.

J'acquiesce en souriant à mon tour, tellement fort que j'en ai mal à la mâchoire.

Main dans la main, nous entrons en scène sous les projecteurs et le silence du public. Lorsque nous glissons sur la piste jusqu'au centre en saluant les spectateurs, la foule s'extasie. Nous sommes les premiers à passer, car c'est notre toute première compétition en tant que couple de danse sur glace. La salle est pleine et le public nous applaudit.

Je frissonne, chaque cellule de mon corps est en ébullition.

Nolan se place face à moi en position de valse. Un dernier regard, ma tête dérive en arrière, et je prends la peau de mon personnage.

Silence.

La musique démarre lentement. Au premier son de piano, nous nous mettons en mouvement. Une valse calme, nous prenons toute la place de la glace en avançant rapidement vers l'arcade. Premier tourbillon sous la main de Nolan, puis il agrippe ma hanche pour me remettre en selle. Nous effectuons le porté où il me soulève vers le haut jusqu'à ce que mes patins décollent légèrement.

Nous enchaînons nos gestes en boucle, en perdant la tête, en perdant nos sens, en nous perdant l'un l'autre.

La mélodie accélère, mes patins crissent contre la glace et se mêlent à l'accélération du morceau. Nous nous séparons pour effectuer une pirouette en parallèle, face aux jurés, afin de les impressionner. Je suis possédée, j'oublie tout, je ne suis plus Maddison Petrova, plus Maddison Sovetsky. Je suis une patineuse. Je danse sur la glace, je la laisse me dominer, m'enivrer.

Mon cœur bat la chamade à mesure que la vitesse de nos pas s'intensifie.

Vient le moment tragique de notre chorégraphie où j'imite un cœur qui se brise par-dessus ma poitrine. Le public est aussi hypnotisé que je le suis. Mes veines sont chargées de lave et d'adrénaline. Mon corps ne m'appartient plus. Pour la première fois de ma vie, je laisse libre cours à mes émotions, je me laisse envahir par la musique et par cette sensation indescriptible de bonheur et de liberté.

Nolan et moi revenons l'un vers l'autre. Son buste s'allonge contre ma jambe levée et j'agrippe la sienne dans la même position. Notre second *twizzle*. C'est si rapide, si brutal, si puissant.

Les bras de Nolan enserrent ensuite mes hanches pour me permettre de tourner autour de lui, les bras vers l'arrière, la tête penchée à son maximum. Je n'ai plus l'impression de danser, mais de ne faire qu'un avec l'air. Je revis.

Je suis moi. Et j'aime ce que je suis.

Nos lames nous ramènent au centre de la piste après plusieurs séries de pas similaires et une dernière pirouette à une boucle. Mon corps se plaque contre Nolan avec délicatesse et nos mains se rattachent l'une à l'autre, tels deux êtres qui se retrouvent. Je n'ai jamais été aussi emportée de toute ma vie par un programme. Je n'ai plus la sensation d'être entourée d'un public, d'un jury, de concurrents. Il n'y a que les pupilles brillantes de Nolan et son léger sourire en coin lorsque la musique disparaît.

Le temps s'arrête autour de nous.

On l'a fait.

ON L'A FAIT !

Ce n'était que la première partie, que le programme court de 2 minutes 30. Mais on l'a fait, Nolan et moi !

Le calme s'éternise, les commentateurs se questionnent silencieusement, le public est éteint. Je n'attends pas leurs applaudissements et plaque ma bouche contre celle de Nolan. Mes mains attirent son visage et mes lèvres englobent les siennes avec fougue.

Les applaudissements pleuvent d'un seul coup. J'ai la poitrine en feu tandis que Nolan répond à mon baiser avec autant d'ardeur que moi.

Je me détache à contrecœur et découvre, en rouvrant les paupières, les spectateurs debout dans les tribunes. Je n'ai pas les mots pour le sentiment indescriptible, mais intense, qui m'étreint.

Nous saluons la foule tandis qu'elle nous lance des fleurs et des peluches.

Patiner pour gagner, c'est incroyable. Mais patiner pour s'aimer, c'est au-delà des mots et des sensations.

Nous rejoignons la petite porte de sortie de la patinoire et sommes accueillis par les éclats d'Igor et de Lena.

Mon coach n'attend même pas que nous ayons enfilé nos protège-lames, il nous prend tous les deux dans ses bras.

— Félicitations, les jeunes ! Bravo ! Bravo ! s'enjaille-t-il.

Nous n'avons pas le temps de lui répondre que Lena nous félicite à son tour et nous aide à enfiler nos polaires à l'effigie de la fédération nationale de Suisse. Mon cœur bat encore à cent à l'heure lorsque nous nous installons dans l*e Kiss and Cry*. Les caméras sont braquées sur nous, assis sur le banc décoré de plusieurs bouquets ainsi que des logos des sponsors de la compétition.

C'est le moment véridique de l'attente des résultats. Igor prend place à mon côté, et Lena à celui de Nolan. Mon petit ami attrape soudain ma main et embrasse mes phalanges, les lèvres tremblantes et le souffle saccadé par l'effort.

— J'ai la trouille, murmure-t-il contre nos paumes scellées.

Je souris et soupire en déposant un rapide baiser contre sa tempe.

— J'ai confiance.

Il me lance un regard surpris, et avant qu'il n'ait le temps de dire quoi que ce soit, les résultats tombent.

Je ferme les yeux en prenant une grande inspiration. Les trois secondes les plus longues de ma vie. Je suis brutalement réveillée par les hurlements du public.

Oh. OH !

Je fixe avec de grands yeux le tableau d'affichage sans pouvoir y croire.

76.7.

C'est un score… inimaginable pour des amateurs de la danse sur glace.

Igor saute de joie en serrant ses poings en signe de victoire. Mes yeux pétillants croisent ceux de l'homme que j'aime, et je suis certaine d'une chose : peu importe notre classement, je ne serai jamais aussi heureuse qu'à cet instant.

Nos bouches se collent sous la nouvelle charge d'applaudissements.

Merci d'avoir débarqué dans ma vie, Nolan Davis.

Nous sommes ensuite guidés dans la zone d'attente puisque nous sommes officiellement premiers du classement jusqu'au passage des autres couples de danse. Je profite du canapé moelleux, qui nous donne une vue VIP sur la patinoire afin d'observer nos concurrents. Je repose mes épaules et ma respiration irrégulière, sans lâcher la main de Nolan, jusqu'au classement final de cette épreuve.

C'est au tour d'un couple de Français. Nous scrutons chacun des participants, chacune de leurs gestuelles avec minutie. Rien n'est encore joué. Il reste le programme libre et il compte pour 60 % de la note finale, contre 40 % pour la danse rythmique. Bien que notre première place soit conservée pendant une bonne heure, il y a encore quatre couples à passer sur le court.

Je bois une gorgée de ma bouteille d'eau tout en observant avec précision un autre couple suisse, que je connais très bien et que nous avons rencontré à Londres, en avril dernier. Ils ont une très bonne coordination, pas une seule erreur n'est commise et le développement de leur chorégraphie est impeccable. La compétition est rude, comme je l'imaginais. L'important pour nous sera de rester dans les quatre premiers du classement pour obtenir une place aux championnats européens de janvier prochain. Ce sera déterminé par nos points finaux à la fin de la compétition.

Là doit être l'objectif à garder en tête.

Le verdict tombe pour les Suisses et nous reculons à la deuxième position. Je m'en doutais. Même si nous avons eu un excellent score, ce couple est impressionnant et bien plus rapide que nous.

Il en reste encore trois, dont deux que je ne connais pas. Nolan me masse l'épaule sans rien dire. Il ne faut pas. Nous ne pouvons rien estimer, nous ne devons qu'attendre les derniers participants, qui sont apparemment Isabelle et Dimitri, ceux qui détiennent le titre. Je ne sais pas pourquoi ils participent à cette Coupe, probablement pour augmenter leur score dans le classement international. Ils sont, en tout cas, des adversaires redoutables.

Nous observons en silence ceux qui passent avant et soupirons de soulagement lorsque leurs scores tombent sans bouger notre place du podium.

La tension est à son maximum lorsqu'enfin les derniers entrent en scène pour clôturer cette épreuve de danse sur glace.

La musique démarre, premier *twizzle*. Je suis toujours impressionnée de les voir commencer par une pirouette synchronisée. Ils ont de l'endurance, c'est certain. Nous les avons très bien observés pendant les entraînements. Isabelle a attaché ses cheveux blond foncé en un chignon plaqué, qui lui donne l'allure d'une danseuse étoile. Bonne stratégie.

Une petite figure avec un large sourire aux jurés et ils repartent dans la deuxième partie de leur programme, plus rapide.

Les applaudissements fusent à leur pose finale. Nouvelle salve de bouquets et de peluches, que les juniors du club de Biasca, où se déroule la Coupe, viennent récupérer sur la piste.

Isabelle et Dimitri s'installent sur le banc du *Kiss and Cry*.

Mon cœur bat une fois, deux fois… Leur résultat s'affiche.

Ils arrivent premiers du programme court avec *85.9*.

Ce qui signifie…

Le tableau des scores s'affiche devant nos petits écrans sur les canapés du podium.

Nous sommes troisièmes ! O kurczę[39] *!*

J'éclate d'un rire nerveux incontrôlable quand Nolan m'enroule de ses bras en criant de joie. Nous nous levons tous les trois, Suisses et Français, pour saluer le public avant la deuxième compétition de demain.

J'envoie des cœurs en l'air. Je suis si comblée et bouleversée à la fois. J'ai tant pleuré la veille que je n'ai plus une goutte à verser, mais l'émotion est là.

La Suisse aux cheveux bruns et aux yeux verts vient nous saluer en serrant notre main pour nous féliciter, accompagnée de son partenaire à la peau mate et aux cheveux rasés.

— Bravo à vous deux, c'était dingue !

— Merci beaucoup !

Isabelle et Dimitri ne daignent même pas nous adresser la parole. Et tant mieux, de toute manière.

Nous sommes interviewés par plusieurs journalistes locaux et internationaux avant de retourner aux vestiaires. Igor nous amène à notre logement provisoire de Biasca.

39Putain de merde !

Dès que nous pénétrons dans ce minuscule studio une pièce, le lit étant au milieu du salon, Nolan referme la porte et s'avance vers moi.

— Écoute, je…

Je l'arrête en posant ma main contre sa bouche.

Non. Pas ce soir.

— Chut. J'ai envie de me perdre avec toi. Fais-moi l'amour, Nolan, embrase-moi.

Ses lèvres s'étirent sous mes doigts et son regard se charge de chocolat fondu, reflet de son désir.

— À vos ordres, Madame.

Je ris tandis qu'il me fait grimper ses hanches. Je l'embrasse jusqu'à ne plus sentir ma propre bouche, je le lèche jusqu'à ce que ma peau se change en lave et il fond en moi jusqu'à l'explosion de mes sens. Nous nous excusons, nous nous implorons, nous nous aimons et nous nous remercions. Ce soir, je ne veux pas parler de mon père, de la garde à vue, de la compétition. Je veux tout oublier et savourer nos retrouvailles.

Je décharge mes émotions sur Nolan et il décharge les siennes en moi. C'est la meilleure sensation du monde. Et c'est celle que je veux ressentir le temps d'une nuit. Le plus dur attendra demain.

47

Nolan
Novembre 2022, Biasca

Nous sommes dans le lit depuis ce matin. Les rayons du soleil nous bercent à travers la grosse couverture rabattue sur nos corps. Je caresse le front de Maddison d'un air distrait, le sourire aux lèvres. Elle dort tranquillement dans le creux de mon épaule. J'ai eu la chance d'entendre un petit ronflement à l'aube. J'ai failli la réveiller en riant, mais je me suis contenu. Je ne veux jamais sortir de ce lieu paisible où il n'y a que l'autre qui compte.

Je l'entends soudain marmonner contre mon torse et ses paupières papillonnent.

— Bonjour…

J'embrasse sa joue et me blottis un peu mieux contre l'oreiller pour être face à son visage. Nos regards se rencontrent, se cherchent, se parlent, s'aiment.

Je lui souris, elle me sourit.

— Bonjour, idiot.

Mes sourcils se froncent.

— Euh… je…

— Oui, tu es un idiot d’être allé en garde à vue à ma place, de m’avoir laissée toute seule et d’avoir cru que j’allais te pardonner comme par magie.

Je suis désarçonné. La cadence si calme de mon pouls s’emballe. Pourtant, Maddison dit tous ces mots avec une expression paisible et heureuse. Je… je suis perdu.

— Je suis désolé. Enfin, non, je ne suis pas désolé, parce que si je devais le refaire, je le referais. Le moment était angoissant, j’ai réagi par instinct de protection, me défends-je.

Elle médite sur ma réponse en levant les yeux au plafond, puis pince les lèvres.

— Hum, mais non.

— Non ?

OK. Soit elle se fiche de moi et s’en amuse, soit elle… se fiche de moi et s’en amuse ? Je ne comprends pas. Je secoue la tête contre ma paume.

— Explique-moi, Maddison. Qu’est-ce que tu me reproches exactement ? D’avoir voulu t’épargner la prison parce que je t’aime ? De t’avoir protégée parce que je t’aime ? De m’être sacrifié parce que je t’aime ?

Elle coupe mon élan en posant ses doigts sur ma bouche et son sourire tendre s’élargit.

— Maddiso…

— Chut. Laisse-moi parler.

J’embrasse le bout de son index pour le lui promettre.

— Ce que je veux que tu comprennes, Nolan, c’est que je t’aime moi aussi. Et que j’ai souffert de ton geste plus que si j’étais allée en garde à vue comme j’aurais dû. Je n’ose imaginer ce que tu as vécu en cellule…

— Ce n’était pas si affreux ! Je n’ai ni mangé ni bu pendant une nuit entière, mais je ne me suis pas fait tabasser, si c’est ce que tu crains. J’étais juste dans un espace très, très confiné, sans fenêtre, plaisanté-je en voyant son air agacé.

Sa paume m'empêche de parler plus longtemps.

— Ne me donne pas de détails, ça me fait encore plus mal, assène-t-elle tout à coup plus sérieuse.

J'acquiesce et ferme ma bouche.

— Nolan, ce qui me dérange, c'est que tu m'as protégée en pensant que j'en avais besoin. Et je n'ai pas envie que tu fasses des choses sans te demander ce que je pourrais ressentir. Tu… n'imagines pas le déchirement que c'était pour moi de me retrouver une nouvelle fois…

Elle déglutit.

— Abandonnée par quelqu'un à qui je tiens.

Maddison marque une pause et soupire.

— Je ne veux pas que tu me sauves, Nolan. Ni en te sacrifiant pour moi ni en t'immisçant dans ma famille par amour. Si tu veux m'aider, écoute-moi. Sois là pour moi, pour m'écouter, pour m'épauler. Je sais très bien ce que signifiait ton geste envers moi. Mais tu dois aussi comprendre que ça m'a fait du mal. Je n'ai pas besoin d'être protégée, j'ai besoin qu'on soit présent pour moi.

Ses yeux brillent en me fixant avec attention. Ses cils épais sont magnifiques, ils encadrent ses paupières avec douceur. Je me noie dans ses iris bruns depuis le premier jour. Ils m'ensorcellent encore aujourd'hui au point que je ne sache plus ni penser ni parler.

Maddison a raison. Ses mots résonnent en moi comme une évidence. Et je suis soulagé par le ton calme de sa voix.

Mon menton se lève de haut en bas.

— D'accord.

— D'accord, répète-t-elle avant de m'embrasser.

Son baiser s'éternise, ses doigts caressent ma joue lisse et froide sous sa peau bouillonnante. Je récupère sa paume et la pose sur mon torse. Puis je décolle mes lèvres tout en gardant mon front contre le sien.

— Est-ce que tu sens ça ?

Elle acquiesce sans un mot.

— Tu as toujours cru avoir un cœur de glace, Maddison, mais c'est faux. Tu es bourrée de chaleur et d'amour. Tu as toujours voulu en donner trop aux autres et tu as fini par être rejetée pour *ça*. Mais c'est terminé. Parce que moi, ta chaleur, je l'accepte et je la prends avec un immense plaisir.

Une larme roule sur sa joue et s'échoue sur mon épaule. Je l'efface d'un baiser sur sa paupière et l'enlace dans mes bras nus.

— Merci, murmure-t-elle sous mon oreille.

Son cœur bat la chamade contre le mien, c'est tout ce qui compte.

*

Une heure plus tard, je l'aide à sécher ses longues mèches blondes avec le sèche-cheveux pendant qu'elle se maquille. Elles sont douces et leur parfum pêche m'enivre. Je me surprends à les sentir tout en les brossant doucement.

Elle décide de laisser quelques mèches détachées pour donner un effet de voltige supplémentaire à son *look*. Ça correspondra au thème angélique de notre programme libre. Elle me demande de l'aider à enrouler deux tresses sur le devant de sa tête pour ensuite les assembler à l'arrière. Tandis que j'enfile mon propre costume et la veste polaire avec le logo de la fédération suisse, Maddison termine son ensemble avec quelques barrettes décoratives en fleurs blanches.

Nous nous scrutons, telles deux statues devant le miroir. C'est notre dernière épreuve, l'ultime porte vers les championnats européens. Nous inspirons et expirons ensemble afin de relâcher nos épaules. J'enroule mes bras autour d'elle et embrasse sa tempe pour me donner le courage de sortir de cet appartement et d'aller affronter une seconde fois la dureté de sa glace.

— À nous l'Europe, chuchoté-je.

Elle ferme les yeux et sourit.

— À nous l'Europe.

48

Nolan
Novembre 2022, Biasca

— Nous accueillons maintenant Nolan Davis et Maddison Petrova sur le thème de l’Ange avec *Experience* de Ludovico Einaudi et *Arrival of the Birds* de The Cinematic Orchestra.

Le silence tombe sur l’assemblée, la salle s’éteint entièrement. Nous nous installons au milieu de la piste pour notre pose de début. Maddison profite de l’obscurité pour me chuchoter quelque chose à l’oreille.

— Sois mon pilier, Nolan, je serai ton ange gardien.

Je souris et embrasse sa tempe une dernière fois en répondant :

— Dans ce cas, je te confie mon âme, Maddison.

Elle acquiesce avec un regard amoureux si beau. Puis elle se place, le dos cambré, mes bras la soutenant et ses cheveux penchés en arrière. Le projecteur s’allume autour de nous dans un cercle de lumière, qui rend sa robe blanche et mon haut de la même couleur, aussi somptueux que ceux de véritables anges.

La musique démarre, le corps de Maddison s'enroule sur lui-même dans un mouvement gracieux. Je suis ses mouvements, tels que nous les avons imaginés ensemble. Nous accélérons nos pas avec un croisé de nos patins pour plus d'intensité. Tout comme le programme court, je suis rapidement dominé par l'adrénaline, la joie, la peur et toutes les sensations possibles qui s'enchevêtrent en moi. La vitesse de nos figures me fait agréablement perdre la tête.

La mélodie se saccade, nous effectuons une première pirouette en parallèle. La petite traîne de sa robe blanche, pailletée, virevolte derrière ses jambes. C'est hypnotisant. Magnifique. J'ai l'impression d'être face à un véritable ange tombé du ciel pour me rencontrer et ne faire qu'un avec moi. Pour me relever, me sauver de mes tourments. Comme si elle avait entendu mon appel de détresse. Je me revois patiner seul, continuant à surveiller ma boîte mail vide de réponses de fédérations et de sponsors. Le soir tard, j'imaginais de faux spectateurs m'acclamer dans les tribunes. Je suffoquais à la reprise des entraînements, cherchant la force de poursuivre, de continuer à aimer ce sport…

Le Nolan d'il y a un an rouvre les paupières et découvre cette jeune femme devant lui, qui tournoie et lui tend les mains. J'ai la gorge nouée par l'émotion.

Mon cœur palpite à mesure que la difficulté de notre danse s'accentue. Je tourbillonne sur moi-même avant d'attraper Maddison par les hanches pour la soulever dans les airs. Un très léger sautillement pour parfaire notre scénario céleste. Mes paumes la récupèrent pour la faire tournoyer par-dessus ma nuque dans une pirouette allongée.

La première mélodie laisse place à la seconde. Je redescends ma partenaire et repose ses patins sur la piste. Sa main caresse ma joue délicatement et je frôle son bras du bout de mes doigts, comme nous l'avions imaginé pour les rôles que nous jouons dans cette danse.

La deuxième musique suit son cours tandis que nous effectuons quelques nouveaux pas de valse. Nous nous séparons aux deux extrémités de la patinoire afin d'effectuer une petite danse chacun de notre côté. Puis nous revenons rapidement l'un vers l'autre en mimant deux âmes impatientes de se retrouver. J'essaie d'être le plus expressif possible et de plonger le public ainsi que les juges dans l'épisode que nous proposons.

C'est *le* moment.

Maddison me tend son poignet que j'agrippe doucement, puis nous élance tous deux dans une spirale de la mort. Sous les conseils de Sarah et Sasha, je pousse sur mes cuisses, et non sur mes chevilles, pour nous offrir la meilleure célérité. Le corps de ma partenaire s'étire le long de la patinoire dans une spirale circulaire parfaite. Ses cheveux virevoltent en rythme. C'est magique. Comment fait-elle pour être aussi gracieuse en étant tendue comme la corde d'un arc ? Le public n'y voit que du feu. À son silence, je devine qu'il est aussi ébloui que moi par Maddison.

Je la ramène à moi. Ses patins dérapent et son pied s'élève anormalement sur la droite dans sa réception. Espérons que les jurés ne nous retirent pas trop de points. Mon cœur rate un battement lorsque je remarque le tic au sourcil de Maddison.

Elle s'en veut.

Non, elle doit avoir confiance en elle. Elle est puissante, elle ensorcelle tout le monde dans cette immense salle.

Je caresse discrètement son poignet lorsque je la fais tourner sous ma main. J'espère, face au regard qu'elle me lance, qu'elle a compris mon message.

Nous poursuivons notre danse jusqu'à l'extrémité de la patinoire en effectuant des arabesques avec nos mains et nos bras, tous en parallèle. Pour gagner davantage de points, nous accélérons la vitesse d'exécution jusqu'à notre dernier porté.

C'est ainsi que nous glissons l'un vers l'autre en mimant une fausse tristesse sur nos visages. J'encercle ses hanches de mes mains pour la soulever sur une de mes épaules. Maddison pose son patin sur ma cuisse, puis soulève sa jambe et… je… j'arrête de respirer avec le public devant ce sublime porté. La jambe de Maddison s'envole devant elle tandis qu'elle cambre légèrement le dos et étend ses coudes pour donner l'impression qu'elle décolle dans le ciel. Telle est la place d'un ange gardien. Le mien. Ses bras s'étirent vers l'arrière. Un ange qui vole dans les cieux. Je nous fais glisser ainsi sur plusieurs centimètres. L'instant se déroule au ralenti, suspendu dans l'espace-temps. La beauté de Maddison est surnaturelle. Sa robe et ses cheveux blonds délicats gravitent dans les airs.

Mon cœur tambourine à mesure que les secondes s'écoulent et dure une éternité. Mes yeux s'écarquillent devant tant d'immensité.

La musique s'apaise et j'aide ma partenaire à redescendre en la prenant dans mes bras. Mon coude roule sous ses genoux pour la garder contre moi, et j'effectue une pirouette princesse pour nous ramener au milieu de la piste. Nous tombons faussement à genoux sur la piste et nous nous enlaçons. La musique s'arrête. Le projecteur s'éteint.

Une seconde, puis deux, puis dix.

Toute la salle s'illumine de nouveau.

Les spectateurs explosent. Mon cœur bat la chamade tandis que Maddison et moi éclatons de rire dans une étreinte brutale.

On l'a fait ! C'était incroyable ! Dingue !

Mon rire me fait toussoter, car il se mélange au rythme saccadé de ma respiration. J'ai le corps en feu et en sueur. Mais je suis heureux ! Si comblé.

Ses lèvres se plaquent aux miennes. Je ressuscite par son baiser, comme si elle déversait son énergie en moi. Toutes mes cellules neuronales se ravivent dans un électrochoc. Maddison se retire trop vite à mon goût, arrachant mon cœur au passage. Ça n'a duré que quelques secondes, le temps d'un souffle coupé. J'ai le sentiment d'être resté figé bien plus longtemps. C'était un baiser comme aucun autre. Un « merci » du fond de son cœur.

Nous regagnons la petite porte de sortie pour laisser la place au couple suivant.

Igor me prend dans ses bras en me félicitant. Mes larmes montent trop vite, mais je les retiens juste à temps. J'enfile mes protège-lames avant de rejoindre l*e Kiss and Cry* pour attendre les résultats.

La tension est trop forte. La sueur coule dans mon dos, mes tripes sont en feu et mes paumes moites. Je serre la main de Maddison dans la mienne et ferme les yeux, incapable de patienter plus longtemps. Une minute plus tard, Maddison explose de joie et me tire vers le haut.

QUOI ?

On… J'ouvre les paupières en me levant et les écarquille devant les scores qui s'affichent sur notre petit écran.

118.

Ce qui nous fait un total de *195,7* points ! Même si nous avons eu une déduction de – *1.00* pour le dérapage de Maddison, je m'en fiche complètement ! Pour l'instant, nous sommes premiers devant les sept de notre groupe, passés avant nous. Plus que deux binômes. Grâce à notre troisième place au programme court, nous avons directement atteint le groupe 4, qui passe toujours en dernier à chaque compétition. Igor nous accompagne jusqu'à la salle d'attente où nous rejoignons les deux autres couples. Ils ont donc reculé, deuxième et troisième derrière nous. Espérons que cela reste ainsi.

Je suis tellement paniqué et angoissé que je n'ai pas la force de pleurer. Ce serait trop tôt, nous devons attendre et garder espoir jusqu'au bout. Les mains tremblantes, je m'assieds à côté de Maddison et accroche mon regard sur les prochains partenaires à concourir. J'essaie d'être concentré sur eux et de faire taire les battements douloureux dans ma poitrine.

Les Suisses entament leur chorégraphie, ils sont aussi impressionnants qu'hier. Leur porté se place juste devant les jurés, c'est risqué, mais ils le réussissent très bien ! Je pourrais être jaloux et avoir aussi peur que Maddison – son genou ne cesse de gigoter –, mais tout au contraire, je m'estime extrêmement chanceux d'être là où je suis, d'avoir pu vivre ça et de ne plus être seul dans les tribunes à envier les patineurs. Parce que maintenant, j'en suis un. J'ai retrouvé cette sensation incroyable de glisser à toute vitesse sur la glace en me laissant porter par la musique, cette adrénaline toute particulière.

Je ne l'échangerais pour rien au monde.

Sans surprise, les Suisses nous devancent et nous descendons à la deuxième place. Je pousse un soupir pour effacer la petite frustration qui pince mon cœur et garde les doigts de Maddison entre les miens. Isabelle et Dimitri entrent en piste. Tout comme aux Européens de l'année dernière, ils maîtrisent parfaitement leur danse et leur mélodie sur le thème du Roi Lion. Un classique, mais qu'ils renouvellent à leur façon.

Le temps s'écoule, mon propre genou rejoint le rythme effréné et nerveux de celui de Maddison. Les autres à côté de nous ne sont pas mieux. Tous, nous retenons notre souffle jusqu'à ce que la musique s'arrête et que les spectateurs applaudissent.

Isabelle et Dimitri s'installent à leur tour dans le *Kiss and Cry* devant le panneau publicitaire des sponsors. Isabelle boit une gorgée de la bouteille qu'on lui offre tout en patientant devant les résultats.

Ils tombent aussitôt.

Ils ont gagné. Isabelle et Dimitri sont premiers, ils ont l'or.

Attendez.

Quoi ?

Maddison se lève, sous le choc. Le tableau final s'affiche et… Je rêve ? Derrière le drapeau de la Suisse, en troisième position :

Maddison PETROVA, Nolan DAVIS.

On… on a réussi ?

Nous n'avons pas l'or, pas l'argent, mais nous avons le podium et… OH PUTAIN ! Avec notre score final, nous avons une place pour les championnats d'Europe !

Je hurle en sautant de mon siège. Tous se tournent vers moi, mais je m'en fiche. Maddison attrape mon visage et pousse un cri de joie à son tour.

— On l'a fait ? demandé-je une dernière fois, les larmes aux yeux.

— Oui ! OUIIIIII ! On y va !

— Bordel !

Je la fais voler autour de moi en pleurant dans son cou. Tout se relâche, un flot, non, un tsunami d'émotions.

Je ne veux pas y croire ! Je ne peux pas ! C'est trop beau !

Après les interviews des journalistes pour recueillir notre réaction, je grimpe avec mes patins sur le podium, sous les applaudissements excités du public.

Un homme enroule une médaille de bronze autour de mon cou. Tout s'éteint autour de moi, je n'entends plus rien, ne voit plus rien d'autre qu'*elle*. Mon rythme cardiaque, jusque-là assourdissant, s'apaise tout d'un coup. J'enroule mes doigts autour de ce rond en cuivre et le soulève légèrement.

Moi, Nolan Davis. Je prends ma revanche. Je suis de retour.

À moi l'Europe.

À *nous* l'Europe !

49

Nolan
Décembre 2022, Grenoble

— Le champion est rentré ! hurle Peter dans le salon.

À peine ai-je passé la porte d'entrée avec ma valise, que mes deux plus jeunes cousines me sautent dessus. Elles m'écartèlent chacune de leur côté, Jasmine se frayant un chemin au milieu pour entourer mon torse de ses bras. C'est un câlin rapide, mais j'en suis comblé !

— Nolan ! Tu nous as manqué ! s'exclame mon père.

Mon cœur dérape en découvrant les perles d'eau au coin de ses paupières. La fierté dans son regard lorsqu'il prend mes joues dans ses paumes rugueuses et brûlantes. J'ai la gorge nouée, la peau qui s'échauffe et le pouls à deux cents à l'heure.

Jocelyne et Cami me lâchent et mon père m'étreint avec force sous le rire des autres. Je ne sais plus comment réfléchir, je suis chamboulé. Non pas que ce soit la première fois qu'il exprime sa joie de me voir réussir, mais… sans son soutien sans faille depuis le début de ma reprise, je n'aurais peut-être pas été jusqu'au bout et je n'aurais pas rencontré Maddison. Même quand j'étais prêt à tout abandonner, il était là pour m'empêcher de le faire. Ma mère aussi me soutient beaucoup, tous, en fait. Mais elle ne le montrera pas, contrairement à lui.

— Tu sais que je suis fier de toi, Nolan ? Je t'avais dit de ne pas lâcher, je t'avais dit qu'ils finiraient par reconnaître ta valeur…

Ses mots sont hachés. Je me souviens très bien de ces paroles, le soir où j'ai rencontré Maddison. Je désespérais de ne pas avoir un signe d'un entraîneur après ma cinquième relance envers l'équipe française et le club de Grenoble… Mon père n'a jamais douté que j'y arriverais.

Je resserre mon étreinte et ferme les yeux.

— Merci, papa…

Son rythme cardiaque est aussi effréné que le mien. Il se détache soudain quand Maddison traverse le seuil. Toutes les têtes passent d'elle à moi, regards incompréhensibles. Jusqu'à ce que ma tante, ma mère et mes trois cousines se jettent sur ma partenaire, telle une masse terrifiante. Maddison recule d'un pas, mais trop tard, plusieurs bras l'encerclent en lâchant des « merci » à tout va. Nos yeux se croisent et nous nous sourions. Parce que nous n'avons pas besoin de parler pour exprimer l'immense joie qui nous emporte.

Hélène et Peter nous aident à monter nos bagages dans ma chambre, là où nous dormirons ensemble jusqu'aux championnats européens. Ma mère a été la première à proposer que Maddison reste avec nous pour les fêtes de fin d'année et je ne pouvais pas refuser !

Ce sera aussi l'occasion pour elle de célébrer un véritable Noël, entourée d'une famille qui l'apprécie.

Je déglutis à cette pensée, les fortes émotions ne voulant pas redescendre. Peter pose ma valise sur mon lit et me donne un coup de coude indiscret. On ne l'arrêtera jamais !

— Alooooors, vous êtes ensemble ?

Maddison s'empourpre et adresse un regard en biais à Hélène. Je souris.

— Oui. Enfin.

Les sourcils de ma partenaire se froncent.

— Comment ça « enfin » ? s'agace-t-elle pour de faux.

— Viens, Peter, on va les laisser, annonce Hélène en retenant un rire.

J'approche de Maddison, agrippe ses reins de mes mains et dépose un furtif baiser sur ses lèvres. Elle est à croquer avec sa médaille autour du cou… Et elle est avec *moi*.

Hélène tapote mon épaule avant de quitter la chambre :

— On est tous fiers de toi, Nolan. Tu peux l'être aussi.

J'embrasse le front de ma meilleure amie, les larmes de joie réapparues. Dans un dernier sourire chaleureux, elle ferme la porte de ma chambre.

— Tes amis sont cool, tu as de la chance, déclare Maddison.

— C'est vrai… Toute ma famille est incroyable. Et tu en fais maintenant partie.

Ses doigts glissent dans les miens et son nez me frôle dans un soupir.

— On peut être fiers tous les deux de ce qu'on a accompli.

— Et ce n'était pas gagné d'avance, la taquiné-je.

Je glousse tandis qu'elle frappe mon torse.

— Maddison-boule-de-nerfs a pris congé, mais fais gaffe à toi, s'exclame-t-elle.

Puis sans que je comprenne pourquoi, elle se retourne et tire sur ma commode. Mes lèvres s'entrouvrent lorsque je saisis… Dans ses mains pendent mes anciennes médailles qu'elle plaque sur la nouvelle contre ma poitrine.

— Et tu peux continuer à être fier des anciennes aussi.

Je les prends dans mes paumes et les fixe sans trop savoir quoi penser. Je suis bouleversé par mon passé, mon présent et mon futur qui s'entrechoquent. Et pour la première fois depuis des années, j'embrasse celles en or, et je souris.

— Tu as raison… Même si je les ai cachées dans ce tiroir, elles n'ont cessé de me motiver à continuer, comme si elles me chuchotaient que bientôt, mes efforts seraient récompensés.

Maddison serre sa propre médaille en bronze autour de sa nuque. Son index caresse le rond de cuivre et elle acquiesce.

*

Ma mère m'intime de lui passer le plat à tarte et je m'exécute avant qu'elle me tire l'oreille. Oui, elle en serait capable devant tous nos invités.

Noël est un jour spécial dans la famille. Ce n'est pas simplement une fête religieuse ou commerciale. C'est une célébration de la vie, de la famille, de l'amour. Où l'on dévoile nos sentiments à ceux que nous aimons en leur offrant un cadeau. Comme le baiser que je m'apprête à donner à Maddison devant le sapin multicolore.

La neige fondue se mêle à la pluie, à l'extérieur. Pendant que ma mère termine de préparer le dessert – un crumble aux pommes à se damner –, je rejoins ma petite amie au milieu du salon, seule, face à la fenêtre. Les bras croisés contre sa poitrine, son regard se perd dans la contemplation des gouttes d'eau. Je la sens nostalgique et me demande si elle repense à ses Noëls précédents avec son père. Je ne sais pas grand-chose, finalement, de leur entrevue pendant ma captivité. Si ce n'est qu'il a joué de ses relations pour me faire sortir de ma cellule et abandonner les charges contre nous.

J'enroule mes biceps autour des siens et cale Maddison dans un cocon d'amour en souriant. Elle s'affale contre mon torse dans un soupir.

— J'adore la pluie. Je te l'ai déjà dit ?

— Non, mais ça ne me surprend pas, réponds-je.

Maddison a ce quelque chose parfois où on a l'impression qu'elle ne fait pas partie de notre monde. Quelque chose qui la rend unique et mélancolique.

— Elle m'apaise.

— Pourquoi ? Tu es stressée ?

Nouveau relâchement de sa respiration. Le claquement de la pluie s'intensifie et berce le silence qui précède sa réponse.

— Un peu.

Au fond, je le suis aussi. Simplement, je garde tout en moi pour profiter de cette journée festive en compagnie de ma famille et de mes amis. J'entends d'ailleurs le doux accent tranché de Peter dans mon dos. Toujours en train de débattre sur tous les sujets possibles avec Hélène.

Même si nous sommes qualifiés pour les championnats d'Europe dans quelques semaines, tout peut basculer sur la piste. Il suffit d'un rien, de ma force qui lâche, de ma hanche qui se coince, de ma lame qui dérape. À cette pensée, l'image de ma chute en 2018 revient comme un flash dans mon esprit. Une boule s'alourdit dans mon estomac et je resserre mon étreinte autour de Maddison.

Nous serons entourés de patineurs de très haut niveau. Qui, eux aussi, auront dû franchir plusieurs épreuves afin d'arriver au *Graal*. Enfin, le véritable *Graal* sont les mondiaux, mais je n'ose pas encore en rêver.

Et puis… nous reverrons probablement Yelena et Vladimir dans les vestiaires. J'ai appris par Igor qu'ils avaient candidaté pour ces championnats, et qu'avec leurs précédents points acquis aux Jeux olympiques, ils avaient eu une place d'office. Nous serons donc quatre couples suisses à nous disputer la médaille d'or de danse sur glace. Le titre de champions d'Europe.

Je déglutis comme si j'avalais une bille de béton et secoue la tête.

— Tu sais ce que je pense ? susurré-je dans ses cheveux, près de son oreille.

L'odeur enivrante de son shampoing me parvient. Je ferme les yeux pour savourer la chaleur de son corps s'imprégner au mien.

— Dis-moi ?

— C'est peut-être naïf, mais je crois que toute décision est bonne à prendre du moment qu'on la prend pour nous.

Seul le bruit des gouttes martelant la vitre, qui nous reflète, me répond. Le sapin vert, juste à côté de nous, orné de paillettes et de glace, s'y réfléchit.

Un petit ricanement rebondit soudain contre ma poitrine.

— C'est tellement profond, Nolan.

Le ton de la moquerie, d'accord. Pourquoi ça ne me surprend pas venant de Maddison ?

Je grimace pour retenir une moue amusée lorsqu'elle se tourne face à moi et enroule ma nuque de ses poignets. Le sourire qu'elle me renvoie me déroute.

— Pourquoi tu es triste ? l'interrogé-je.

— Je ne suis pas triste. Je pense que tu as raison, même si ça dépend de la situation. Mais je crois que, oui, les meilleures décisions sont celles que l'on choisit pour notre bien. Merci, Nolan.

Je fronce les sourcils, mon sourire planant sur mes lèvres.

— Pourquoi ?

— Pour m'ouvrir les yeux chaque fois que j'ai peur de me perdre.

Sur cette phrase, ses lèvres s'approchent des miennes et les embrassent. Je ne sais pas, à vrai dire, si le poids qui lui pesait était la future compétition ou autre chose, mais je suis heureux de lui avoir tiré un sourire sincère. Ils se font de moins en moins rares depuis la Coupe de Suisse.

Je réponds sans hésiter à son baiser, l'accentuant pour la sentir encore plus près de moi qu'il est possible. Sa délicieuse bouche caresse la mienne avec un amour inconditionnel. Je n'aurais pas cru y avoir droit jusqu'à ce que je la rencontre. Je glisse mes mains dans son dos pour enlever les derniers centimètres qu'il reste entre nous.

Quoi qu'il soit arrivé avant tout ça, je ne regretterai jamais d'avoir fait confiance à mon instinct et de l'avoir abordée sur cette piste de glace, il y a plusieurs mois.

Elle m'a redonné confiance en moi, en elle, en ma passion, en mon but, en mes sentiments.

Je ne la remercierai jamais assez pour m'avoir autant bousculé.

50

[TW : relation toxique]

Maddison

23 janvier 2023, Amsterdam

Mes mains tremblent. Il ne reste que quelques minutes avant le départ de l'épreuve de danse rythmique. Le public s'échauffe déjà et hurle dans les tribunes. La musique ambiante se déchaîne dans le dôme de *Ekijsa kunstschaatsen*, l'une des patinoires d'Amsterdam.

Je suis encore assise sur le banc des vestiaires, incapable de bouger. Je ne sais pas si c'est parce que j'ai peur. En fait, si, sans doute est-ce la raison. Ou alors… le fait que je n'aie pas vu Yelena sortir des vestiaires et donc qu'elle est encore à l'intérieur avec moi.

J'ajuste une dernière fois les lacets de mes patins et lisse avec mon index la lame de l'un d'eux pour vérifier sa netteté. Bon. Tout a l'air en ordre.

Mes paumes claquent mes cuisses protégées par mon collant. Puis je me relève au moment où elle apparaît devant moi. Yelena s'arrête brusquement au milieu du couloir menant à la porte de sortie. Ses cheveux roux attachés en chignon impeccable lui vont à ravir. Cela dégage son visage et étire ses beaux yeux bleu glacé. Et aussi sa cicatrice. *Ma* cicatrice.

— Qu'est-ce que tu fais encore là ? m'agresse-t-elle, les poings contre ses hanches recouvertes par sa robe pailletée, rose *fuchsia.*

Un très bon choix de couleur avec sa carnation. Mais je ne fais que m'égarer pour repousser l'inévitable. Je sais que si je n'ai pas cette discussion avec elle, je ne pourrai pas tourner la page, refermer le livre pour en commencer un autre.

J'inspire et expire en ravalant ma salive.

— En fait, je...

Les mots restent coincés dans ma gorge. Je les ai prononcés tellement de fois. Aujourd'hui, ils semblent sonner différemment dans ma bouche. Je veux qu'ils soient sincères et que son cœur les entende.

Yelena hausse les sourcils pour m'inciter à terminer ma phrase.

— Je voulais m'excuser.

Ses traits se déforment dans un mélange de dégoût et de colère.

— Tu te fiches de moi ? Tu attends le dernier moment, comme d'habitude.

— Non, ce n'est pas…

— Écoute, j'ai bien voulu retirer ma plainte pour que vous puissiez patiner à la *Petronilla Cup.* Mais il ne faut pas pousser le bouchon trop loin ! Je ne te pardonnerai jamais ! Tu entends ?

Dans un ultime soupir, je lâche ce qui me pèse sur la poitrine depuis que j'ai réalisé ce que je n'ai jamais voulu admettre :

— Moi, si.

Ses bras en tombent le long de son corps. Elle m'observe, à présent ahurie.

— Moi, je te pardonne, Yelena. Tu m'as fait du mal, c'est vrai, tu m'as complètement brisée, sans euphémisme. Mais tu sais quoi ? Je te pardonne.

Sa voix s'enraye lorsqu'elle bégaye :

— J'espère que tu plaisantes ?

Je secoue la tête, mes mèches rebondissent sur mes joues en feu. Je retiens mes larmes de toutes mes forces en me souvenant de pourquoi je fais cela, pourquoi je lui pardonne.

— Je ne plaisante pas. Tu n'as pas voulu tout ce qui est arrivé. Je le sais, j'en ai pris conscience. Tu n'étais qu'une petite fille perdue qui débarquait dans la famille de quelqu'un d'autre. Et il t'a élevée comme…

Ma salive se coince et je déglutis pour me donner le courage de poursuivre.

— Comme la fille parfaite. Tu es sa fille parfaite, celle qu'il aimera plus que n'importe qui. Je suis désolée de ne pas… l'avoir accepté et de m'en être prise à toi. Tu ne le méritais pas, Yelena. Je suis désolée. Sincèrement.

— Tu crois que tes belles paroles vont changer quoi que ce soit ? Tu m'as *défigurée*, Maddison ! Tout ça par jalousie, et tu penses que tes excuses bidon vont y changer quelque chose ?

Je m'attendais à cette réaction, mais je dois continuer coûte que coûte, jusqu'au dernier mot. Pour me libérer. Pour *la* libérer et mettre un terme à ce cycle toxique.

— Je suis d'accord. Ça ne changera rien à ce que tu m'as fait subir par la suite. Mais j'espère que tu n'oublieras pas ce que je te dis pour autant. Tu es une belle femme, Yelena. Tu as bien plus à offrir que continuer à être le *bulldog* de notre père.

— *Mon* père. Il t'a reniée, si tu avais oublié.

Un sourire amer déforme mes lèvres sans que je puisse le retenir.

— Tu n'as pas besoin de continuer à m'envoyer des piques pour te sentir supérieure. Tu as toujours été plus que moi à ses yeux. J'ai fini par l'accepter. J'aimerais seulement que tu l'acceptes toi aussi. Accepte d'être toi, de vivre *pour* toi. Je décide de te pardonner parce que tu ne mérites pas ce qu'il t'est arrivé. Tout comme je ne le méritais pas non plus.

Je soupire en fermant les paupières. J'inspire à pleins poumons pour ravaler les larmes, qui se manifestent à nouveau.

— Moi je ne te pardonne pas, assène-t-elle. Quoi que tu dises ou que tu fasses, je ne pourrai jamais effacer la douleur.

Mes yeux se rouvrent à l'entente de sa voix faiblarde que je ne lui reconnais pas. Lorsque j'observe son expression, je n'y lis ni de la rancœur ni de la colère.

De la *tristesse.*

Je m'apprête à ajouter quelque chose, mais je ne sais plus quel mot utiliser. Ses épaules s'affaissent et ses lèvres tremblent.

— J'aimais ma sœur. Tu étais mon modèle… ma figure maternelle.

C'est une fléchette en plein cœur. Il se recroqueville sur lui-même dans ma poitrine et c'est douloureux. Je… je ne m'attendais pas à une telle réponse.

— Tu m'as abandonnée et tu t'en es prise à moi sans que je comprenne pourquoi. Tu m'as trahie, Maddison. Puis tu es partie. Et ça, je ne l'ai pas supporté. Voilà ce que je ne te pardonnerai jamais !

C'est trop difficile de réaliser qu'elle a raison… Pendant toutes ces années, je n'ai pensé qu'à ma propre douleur et non à la sienne. Une larme dévale ma joue, suivie d'une seconde.

— Je suis désolée, Yelena. Je ne pourrai pas dire si ça justifie la suite des événements que tu m'as fait endurer. Il n'empêche que j'accepte ça et que je te pardonne encore une fois. Je t'ai abandonnée, et j'en suis désolée. Mais, Yelena, ne t'abandonne pas toi-même.

Ses épaules se tendent tandis qu'elle secoue la tête.

— C'est quoi cette connerie encore ?

Je fais un pas en avant, le cœur au bord des lèvres, les joues inondées et les mains frissonnantes.

— Libère-toi de notre famille dysfonctionnelle et apprends à être *toi.* Plus la fille d'Alexeï Sovetsky. Récemment, j'ai réalisé que les meilleures décisions sont celles que l'on prend pour soi-même. On peut faire des erreurs, mais il faut apprendre à se pardonner pour aller de l'avant. Et c'est ce que je décide de faire. Je me pardonne pour le mal que je t'ai fait et je te pardonne pour celui que tu m'as rendu.

Voilà.

Je l'ai dit. C'en est terminé. Je ne sais pas ce qu'elle deviendra, si elle saura m'écouter.

Avant de quitter la salle sous ce silence pesant, j'adresse un dernier sourire à Yelena Sovetsky, cette petite fille aux cheveux flamboyants et aux yeux clairs avec qui j'aimais échanger mon dessert, jouer dans le sable et faire la course sur la patinoire.

J'espère qu'elle finira par comprendre et par s'aimer pour ce qu'elle est vraiment et non pour la poupée qu'Alexeï a confectionnée.

Je referme la porte des vestiaires et me dirige dans le couloir jusqu'au bout de la lumière où m'attend Nolan. Je glisse ma main dans la sienne et lui souris en effaçant mes dernières larmes.

Je ne me suis jamais sentie aussi légère qu'aujourd'hui.

— Ça va ? s'inquiète-t-il.

Je ris sans trop savoir pourquoi. Je serre ses doigts plus fort.

— Ça va. Je suis prête.

Nous nous sourions. Puis nous nous dévoilons sous les projecteurs.

Il n'y a pas de recette magique à la douleur, aux sentiments. Il faut apprendre à s'écouter. Pour notre bien.

Parce que nous sommes la personne la plus importante de notre vie.

Je ne suis pas un monstre. Grâce à Nolan, j'ai fini par le comprendre. Je n'étais qu'une femme brisée par le passé, les non-dits, la colère et la rage qui me rongeait.

Mon regard pivote vers mon partenaire lorsque nous nous élançons jusqu'au milieu de la piste. Il salue le public, et intérieurement, je le salue lui.

Je ne le remercierai jamais assez d'avoir déboulé dans ma vie, de s'y être imposé et de m'avoir ouvert les yeux.

51

Maddison
20 février 2023, Amsterdam

Ma gorge est nouée, compressée par une main imaginaire. Les lumières m'aveuglent d'abord tandis que je m'installe sur la chaise. Je pose mes coudes sur la table, le souffle court, aussi coupé que celui des journalistes en face de moi. Les caméras sont braquées sur mon visage impassible. Je suis seule face à une horde de personnes prêtes à entendre mes révélations.

Tout ce que j'ai affirmé à Yelena, il y a un mois, était sincère, mais… les paroles de Jasmine, la cousine de Nolan, ont eu un impact plus fort encore sur moi.

Trois semaines plus tôt, Grenoble

— Elle te va bien.

Je me retourne, prise en flagrant délit d'observation de ma médaille d'argent. La chevelure flamboyante de

Jasmine se dessine devant moi, je relâche aussitôt le cordon officiel des championnats européens et lui souris.

— Merci. Je suis ravie de voir que tu as suivi mon conseil.

Elle hausse une épaule, sourire en coin. La ressemblance avec son cousin me frappe étrangement à cet instant. Une nonchalance de famille à ce que j'ai compris.

— Un conseil qu'on a suivi toutes les deux, en réalité.

J'acquiesce en lâchant un souffle amusé.

— Nolan… Nolan m'a raconté ce que ta sœur t'avait fait.

Un poids tombe dans mon estomac. J'ai tourné la page, certes, mais elle n'en reste pas moins douloureuse.

— Ah…

Est tout ce que je parviens à répondre.

— Tu ne devrais pas laisser couler. Tu devrais le dénoncer, prendre parti.

Ces paroles vibrent avec intensité dans mes oreilles, jusque dans mes tempes. J'écarquille les yeux, trop bouleversée.

— Qu'est-ce que tu veux dire ? Ce n'est pas à moi de… Enfin, je détruirais sa carrière en faisant ça.

Nolan apparaît soudain dans l'embrasure de sa chambre, où je me suis réfugiée. Bras croisés contre son torse, dans la même posture que sa cousine, il me fixe sombrement. Attendez, c'est un coup monté ou quoi ?

— N'a-t-elle pas failli détruire la tienne de sa pleine volonté ?

— Oui, mais…

Jasmine grimpe ses fesses sur le bureau de Nolan sans me lâcher du regard.

— En dehors de la rancune, tu aiderais des milliers d'autres personnes, qui souffrent de harcèlement. Ne regarde pas tes pieds, regarde le monde entier.

— C'est si… philosophique, Jasmine, commente Nolan.

Elle lui balance une balle en caoutchouc et il éclate de rire.

— Je suis sérieuse ! C'est vrai que ça aura des conséquences sur ta sœur, mais ça en aura de plus grandes et de plus positives sur les autres. Je pense que tu dois ouvrir la parole au harcèlement dans le monde du patinage.

Jasmine marque une pause, nous scrutant l'un après l'autre, tandis que je suis bouche bée par ce qu'elle dévoile. Cette jeune femme a tellement mûri en un an…

— J'étais peut-être petite et je ne comprenais pas tout, mais il me semble que tes coéquipiers n'étaient pas très gentils avec toi non plus, Nolan. Notamment ce… Sasha.

Nolan pince les lèvres.

— Il a changé.

— Ouais, mais ça va continuer si tout le monde ferme sa bouche. Enfin, moi je dis ça, je dis rien. Allez, bonne nuit, les vice-champions.

Sur cette note et cette pensée déroutantes, mais tellement percutantes, Jasmine nous délaisse. Le silence nous engloutit. Mes sentiments se mêlent et je ne sais plus sur lequel porter mon attention. Elle… était très convaincante.

— Jasmine a raison, ajoute Nolan en me prenant dans ses bras.

Sa chaleur inonde tout mon corps avec plaisir. Je soupire, soulagée par sa présence contre moi.

— Peut-être que ça engendrera du mauvais pour Yelena, peut-être que tu lui as pardonné votre histoire. Mais pense à tous ceux qui attendent que quelqu'un prenne la parole. Il n'y a personne de plus courageux que toi, Maddison, pour le faire. Mais ça restera toujours ta décision. Suis ce que ton cœur te dicte.

Mes lèvres s'étirent et je dépose un baiser sur le bout de son nez.

— La meilleure leçon que j'ai apprise de toi.

— Ah oui ? dit-il d'une voix exagérément aiguë.

Nous rions en nous embrassant et en glissant sur son lit.

Aujourd'hui, Amsterdam

Jasmine a su en effet parler à mon cœur. Et même si mon histoire personnelle avec Yelena ne regarde que nous, le harcèlement que j'ai subi de sa part et de celle de nos coéquipières doit cesser. Aujourd'hui et maintenant.

C'est ainsi qu'après les championnats européens 2023, auxquels Yelena et Isabelle sont arrivées à la troisième et à la quatrième place avec leur partenaire, je prends la parole. Je *libère* la parole.

— Madame Petrova, pourquoi avoir demandé une nouvelle conférence de presse ?

Je déglutis, mes lèvres s'ouvrent, et j'avoue tout. Chacun des détails, pour que chaque personne qui subit puisse se reconnaître et ne pas se sentir seule. Pour que chaque bourreau conscient ou inconscient soit dénoncé et cesse ses immondices.

— Bonjour, je suis Maddison Petrova. Anciennement Sovetsky, et je viens aujourd'hui dénoncer le harcèlement physique et moral que j'ai vécu au sein de ma fédération.

L'air disparaît de la pièce avant qu'un millier de mains et de questions fusent dans la salle. C'est le moment. Nolan est derrière la foule, je le distingue à travers les flashs. Son sourire et son pouce en l'air sont les meilleurs boosts au monde.

Car grâce à lui, je ne suis plus seule.

ÉPILOGUE

Maddison
26 février 2023, lac de Champex

Nolan est complètement fou.

Mais je l'aime. Quel dilemme.

Tout mon corps tremble, c'est horrible. La sueur coule dans mon dos alors qu'il doit faire moins de zéro degré – un peu froid pour un début de printemps, d'ailleurs. Un petit gémissement s'échappe de ma gorge tandis qu'il me guide sur ce lac gelé, au milieu d'une station de ski, à 6 heures du matin !

— Tu es fou. Tu es fou. Tu es fou ! répété-je.

Et il ose éclater de rire en plus.

— Fais-moi confiance, je te promets que tu vas adorer ce lever de soleil.

— Tu sais ce que j'aurais adoré ? Être tranquillement emmitouflée sous ma couverture dans notre hôtel. Là, tu vois. Celui qui est sur la terre ferme !

Son rire s'accentue davantage. Il se fiche de moi, encore mieux. S'il tombe sous la glace, qu'il ne compte pas sur moi pour aller le récupérer !

Les lames de mes patins continuent de glisser sur les flocons de neige encore frais. Le cadre est idyllique cependant, je ne peux pas le nier. Les montagnes majestueuses s'élèvent autour de nous telles des gardiennes protectrices, qui veillent sur la vallée. Le ciel se pare de couleur bleutée, puis jaune clair et plus orangé vers la pointe de l'aube. Les saisons sont de plus en plus décalées en France et l'hiver semble durer plus longtemps cette année.

C'était le rêve de Nolan de patiner sur un lac gelé. Je ferais tout pour lui visiblement, jusqu'à risquer ma propre vie sur un sol qui pourrait se dérober sous mes pieds à tout moment.

Nolan me tire doucement vers l'avant, bras tendus, mes mains enserrant les siennes.

Nous nous arrêtons enfin lorsqu'il juge que c'est suffisant. Nous nous pelotonnons sous nos doudounes et dans le plaid qu'il a pris soin d'emporter. Nolan referme la couverture sur nos épaules et cale son regard sur les premiers rayons du soleil, qui s'élèvent par-dessus les volutes des montagnes.

C'est… OK. C'est à couper le souffle. Le chemin a été périlleux, et nous sommes toujours au beau milieu du lac, mais le spectacle est unique. Mon cœur se gonfle d'un sentiment étrange et chaleureux. Comme si ce sublime paysage montagneux pouvait guérir tous les maux avec ses couleurs flamboyantes et son calme angélique.

J'inspire l'air frais, naturel, et savoure le parfum unique de ce lieu.

— Joyeux anniversaire de notre rencontre, monsieur le vice-champion d'Europe.

Ses lèvres s'étirent sur son visage parfait que je caresse avec mes doigts gantés.

— Merci, madame la vice-championne d'Europe.

Un rire secoue ma poitrine. Eh oui, nous n'avons pas remporté la prestigieuse médaille d'or, mais nous sommes tout de même arrivés deuxièmes et nous avons de belles médailles en argent et en bronze, qui trônent dans notre chambre d'hôtel. Nous les astiquons bien et leur disons bonne nuit avant de dormir. Comme nos bébés.

C'est glauque, pensé de cette manière, mais j'aime bien l'idée.

Sa bouche embrasse mon front lorsque le soleil pointe le bout de son nez et éclaire la vallée de sa lumière naturelle. Une chaleur réconfortante baigne peu à peu la peau de nos visages et de nos paupières. Nous profitons de cette pause accordée par Igor avant la suite…

— À nous les mondiaux.

Un sourire plane paisiblement sur mes lèvres.

— À nous les mondiaux, réponds-je.

Après un silence agréable, je le charrie tout de même, sinon ce n'est pas drôle :

— Enfin, si tu ne te fais pas encore assommer par une peluche volante.

— Oh, non ! Encore ça ?

J'explose de rire en me tenant le ventre. Oui, encore cette histoire ! Je ne me délecterai jamais assez de ce moment, à la fin de notre programme libre, où nous avons salué le public et où l'un des spectateurs a envoyé une peluche d'ours en plein dans le visage de Nolan. Je crois que toute la salle a dû retenir son fou rire pour ne pas le mortifier davantage.

— Si, si !

Ses doigts commencent à s'agiter sur mes hanches et des frissons atroces m'étreignent. J'abandonne notre plaid pour m'enfuir à toute vitesse sur la glace.

— Viens ici que je t'attrape, Maddison !

Mon rire résonne dans la vallée silencieuse.

— Même pas en rêve, Nolan !

Bon, je le laisse finalement m'agripper et m'embrasser fougueusement au milieu de ce sublime lac gelé.

Parce qu'il est lui et que je suis moi. Parce que je l'aime et qu'il m'aime.

FIN

Remerciements

Le chemin de ce roman a été long et difficile. Tant par les thèmes qu'il aborde, que par son écriture laborieuse. Parce que c'est bête, mais j'aimerais remercier l'algorithme d'Instagram de m'avoir harcelé avec des vidéos de patinage artistique de couple pendant une période. Sans ça, je ne me serais pas intéressée à ce sport, et je n'en serais pas tombée amoureuse par la suite.

J'aimerais bien sûr, remercier ma famille pour leur soutien continue dans cette aventure qu'est le métier d'écrivain.

Je dédie ce roman à ma mère qui m'a aidé pendant l'écriture de ce roman à ne rien lâcher, merci de l'avoir lu et corrigé, merci de partager l'amour du patinage artistique avec moi.

Et à ma psychologue qui m'a épaulé dans ma reconstruction, qui m'a séché les larmes, m'a ouvert les yeux sur ce que je ressentais et la douleur profonde qui me rongeait. Merci, grâce à vous, j'ai grandi.

Comment ne pas remercier mes copines de Fyctia, où a débuté l'écriture de ce roman ! Merci à Anna, Daisy (Jessy), Lucile, Enola, Poppy et Céline de m'avoir suivi dès le début avec Maddison et Nolan !

Un énorme merci à l'autrice Amélie C Astier pour avoir cru en ce roman avant même que je ne l'ai terminé !

À vous, lecteurs, lectrices qui me suivent depuis le début. Merci de continuer de me pousser toujours plus haut.

Un merci tout particulier à ma grand-mère qui me manque. J'espère toujours que de là où tu es, tu es fière de tout ce que j'accomplis.

À la prochaine, pour le tome 2 ;)

AUTRES OEUVRES DE L'AUTRICE :

La Princesse et la Fée, Ani'mots Volume 2 © Homoromance édition, 2020

Hope With You © Nisha et Caetera, 2022

Sous l'Orage © Justine Brajou, 2024

Mon coloc est le Père Noël © Justine Brajou, 2024

Les étoiles dans tes yeux © Nisha et Caetera, 2025

Mariés les pieds mouillés © Justine Brajou, 2025

Moon Sorcery, tome 1 © Roxanne Ida, 2025

Contact

Vous pouvez me retrouver sur les différents réseaux sociaux :

Instagram : @justinebrajou

Facebook : Justine Brajou Auteure

TikTok : @justinebrajou.autrice

Site internet : https://justinebrajouautrice.wordpress.com/

Pour en savoir plus encore : vous pouvez vous abonner à ma **Newsletter** et découvrir les coulisses de l'écriture de mes romans et pleins de cadeaux et d'exclusivités avec ce QR code :

Au plaisir,

Justine.

www.ingramcontent.com/pod-product-compliance
Lightning Source LLC
LaVergne TN
LVHW041053080826
845145LV00007B/1563